Nero Wolfe Vintage Detective Stories: The Cases of Major Archie Goodwin

Rex Stout

論創海外ミステリ
Ronso Kaigai MYSTERY
182

《ネロ・ウルフの事件簿》

アーチー・グッドウィン少佐編

レックス・スタウト

鬼頭玲子 訳

論創社

Nero Wolfe Vintage Detective Stories : The Cases of Major Archie Goodwin

2016

by Rex Stout

目次

主要登場人物

ネロ・ウルフ……………私立探偵。美食家で蘭の栽培にも傾倒している
アーチー・グッドウィン……ウルフの助手
フリッツ・ブレンナー………ウルフのお抱えシェフ兼家政担当
セオドア・ホルストマン……ウルフの蘭栽培係

クレイマー………………ニューヨーク市警察殺人課、警視
パーリー・ステビンズ………クレイマーの部下、巡査部長
ロークリッフ………………クレイマーの部下、警部補

ソール・パンザー…………ウルフの手助けをする、腕利きのフリーランス探偵
フレッド・ダーキン…………ウルフの手助けをする、フリーランス探偵
オリー・キャザー…………ウルフの手助けをする、フリーランス探偵

マルコ・ヴクチッチ…………ニューヨークの一流レストラン〈ラスターマン〉のオーナーシェフ。

　　　　　　　　　　　　ウルフの幼なじみ

ロン・コーエン……………『ガゼット』紙の記者、アーチーの友人

リリー・ローワン……………アーチーの友人

ニューヨーク　西35丁目
ネロ・ウルフの自宅兼事務所

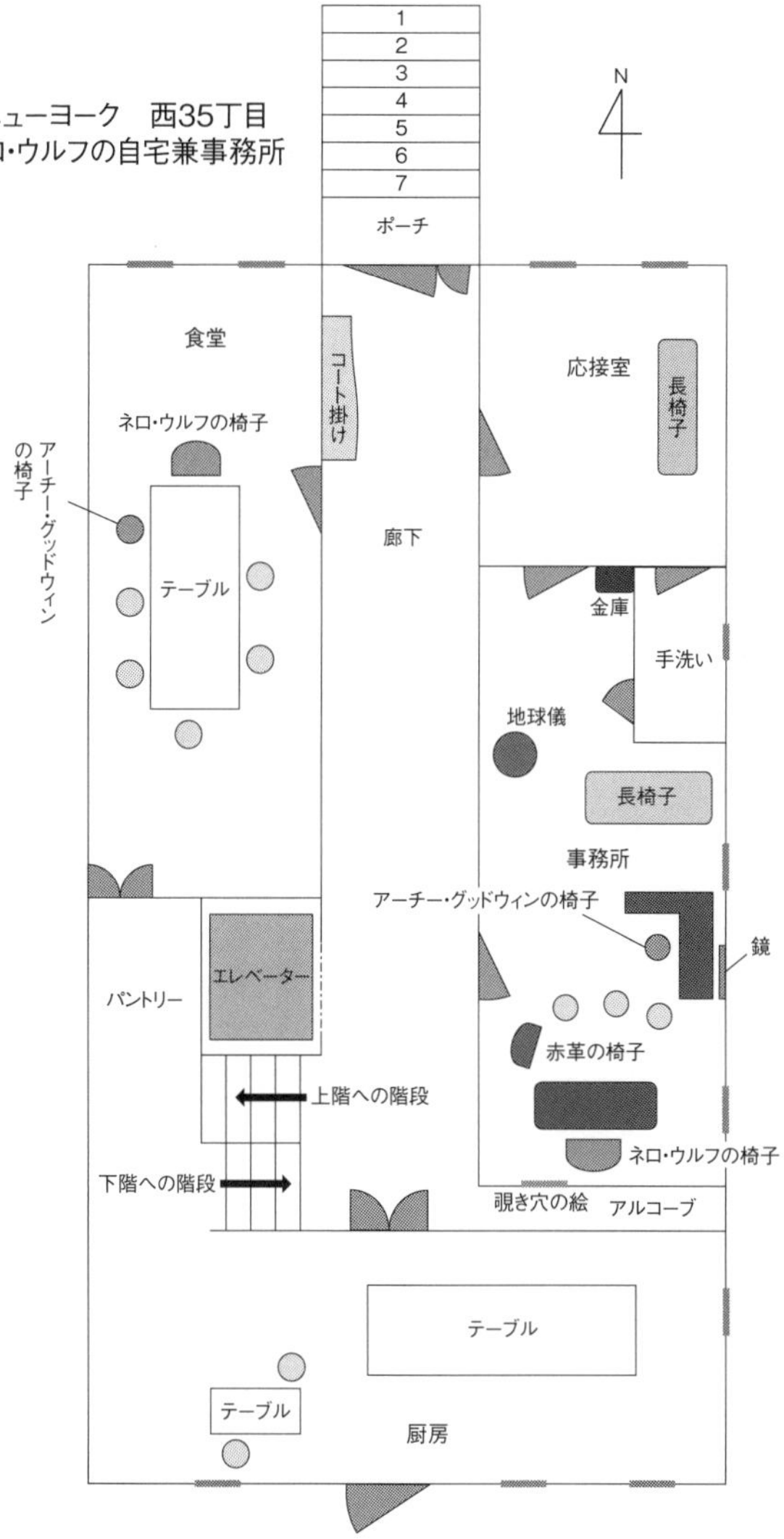

＊ネロ・ウルフの家の間取りは作品によって若干描写が異なる

アーチー・グッドウィン少佐編

死にそこねた死体

第一章

高度がぐっとさがり、ポトマック川沿いのコンクリートの滑走路に着陸したのは、三月初旬、寒々しい月曜日の午後一時二十分だった。

このままワシントンに残るのか、それともデトロイトかアフリカ行きの飛行機に飛び乗るのか、見当もつかない。ぼくは空港の荷物室で鞄を確認してから、表に出てタクシーを停めた。それから二十分間、軍服や民間服姿の二百万人の政府職員が車や徒歩で行き交うなか、運転手が苦労して車を進めるのを座席にもたれて観察した。その後のまた二十分間で、ぼくは、とあるビルに入って身分証明書を提示し、待たされ、廊下を案内されて、ついに大きな机のある大きな部屋へと通された。

合衆国陸軍情報部の最高責任者という代物に会うのは、それがはじめてだった。軍服姿で、時間も空間も無駄使いしない二重顎と二つの目の持ち主だった。ぼくは握手する気満々だったけれど、相手は座れと言っただけで、積まれた書類の一枚目に目をやり、素っ気ない事務的な声で、名前はアーチー・グッドウィンかと尋ねた。

ぼくは曖昧に頷いた。軍事機密だろうからだ、正確にはわからないが。

不機嫌そうに質問が飛んできた。「まったく、ネロ・ウルフはどこが悪いんだ?」

「皆目わかりません。つまり、ウルフ氏は病気なのですか?」

「きみは十年間ウルフのもとで働いていた。探偵業務で右腕となる助手として。ちがうのか？」

「おっしゃるとおりであります。しかしながら、ウルフ氏に具合の悪いところを見つけたことは、一度もありません。うまく当ててみろと言われるのなら――」

「ジョージア州の騒動ではめざましい活躍をしたようだな、グッドウィン少佐」

「恐縮です。ネロ・ウルフの件ですが――」

「今から説明するところだ」情報部長は書類の束を押しやった。「そのために、きみを呼んだのだぞ。ウルフは頭がおかしいのか？」

「それも一つの見かたです」ぼくは難しい顔をして足を組んだが、今の立場を思い出して、足を戻した。「ウルフ氏は偉大な男です、それは保証します。ですが、ディンゴ（オーストラリアの唯一の食肉獣である野犬）がディンゴたる所以、人の手に負えなかった点はおわかりですよね。助手というのは、適切な表現ではありません。自分はアクセル兼ブレーキでした。失礼ながら、現在のざっと三倍の給料をもらっていました。もちろん、大佐になれば――」

「少佐になってどれくらい経つ？」

「三日です」

部長はある単語、辛辣なただ一言だけを口にした。

「イエス・サー」ぼくは答えた。

部長はぞんざいに頷き、この問題は完全に決着がついたことを示した上で、続けた。「ネロ・ウルフが必要だ。必ずしも軍服を着せる必要はないが、ウルフが必要なのだ。世間の評判に間違いないのかは知らんが――」

「間違いありません」ぼくは断言した。「認めるのは不本意ですが、まさに名探偵です」

「結構。世間でもそういう評判だな。従ってウルフが必要となり、協力をとりつけようとしてきたのだ。クロス大尉とライダー大佐が面会にいった。ファイフ准将への訪問の依頼は断られてな。ここに報告書が——」

「扱いが間違っていたのです」ぼくはにやりと笑った。「仮に中国の王様がいたとしても、ウルフ氏は自ら訪問したりはしません。二ヶ月前に自分が入隊してからは、家を一歩も出ていないのではないかと思います。ウルフ氏の財産といえば、頭脳だけです。それを働かせる唯一の方法は、彼のもとへ持ちこむことです。事実、問題、関係者——」

情報部長は苛立ち、頭を振っていた。「もう、やってみた。ライダー大佐があるきわめて重大な問題に取り組ませようと出向いたのだが、あっさり断られてな。調査書によれば、ウルフはファシストでも、その協力者でもない。いったい、どこが悪いんだ?」

「どこも悪くはありません。そういう問題ではないのです。おそらく、機嫌が悪いのかと。ウルフ氏の機嫌は、些細な問題などではありません。もう一つ断った理由としては、もちろん自分の不在です。ただし、最大の問題は、ウルフ氏の扱いかたを心得ていない点であります」

「きみは心得ているんだな?」

「イエス・サー」

「では、なんとかしてこい。計画三十四Hに基づいた日に、ウルフが必要になる。ライダー大佐が出向いた件では、今すぐ、緊急にウルフが必要だ。だれも手もつけられない状態なのだ。きみなら、どれぐらいかかる?」

「わかりません。時と場合によります」ぼくはかかとを合わせて、立ちあがった。「一時間か、一日か、一週間か、あるいは二週間かもしれません。自分は以前のように、ウルフ氏の家で同居する必要があります。ウルフ氏への働きかけに一番効果的なのは、夜遅くですので」

「結構だ。到着したら、ガバナーズ・アイランドのライダー大佐に電話連絡を。進捗状況を報告し、ウルフ氏との面会の手はずが整ったら知らせろ」部長は立ちあがり、片手を差し出した。ぼくはその手を握った。「一刻を争うぞ」

階下の別室で、ニューヨーク行きの三時の飛行機に座席が優先予約されていることを知らされた。タクシーで飛行場に着いたときは、荷物の検量時間ぎりぎりで、全力で走る羽目になった。

第二章

一つの座席、前方付近の二列席の通路側を除いて、すべての座席が埋まっていた。ぼくは窓際の席にいる疲れた顔をした眼鏡の男に軽く頭をさげ、帽子と上着を荷棚に詰めこんで、腰をおろした。ほぼ同時に、飛行機は誘導路を移動しはじめ、向きを変え、小刻みに震えながら進んでいき、スピードをあげて空へ舞いあがった。ぼくがシートベルトをはずしたとたん、華奢な指が座席の腕をつかみ、横で足を止めた女性がきれいな金髪の横顔をぼくの目の前に突き出し、奥の眼鏡の男に話しかけた。

「よろしければ、席を替わっていただけません？　申し訳ないですけど」

騒ぎを起こしたくなかったので、ぼくとしては席替えの邪魔にならないように、そそくさとどけるしかなかった。男が出て、女が入り、腰をおろした。ぼくがまた席に着いたとき、飛行機が旋回のため傾いた。

彼女がぼくの腕をなでた。「闘牛士エスカミーリョさん（ビゼーのオペラ『カルメン』に登場するカルメンの恋人で闘牛士）。ここでキスしちゃだめよ。軍服姿のあなたってすてき、見とれちゃう」

「どこにいたって」ぼくは冷たく言い放った。「きみにキスするつもりなんかないね」

彼女の青い目が丸くなるほどのことではなかったが、唇の片端はわずかにあがった。客観的にみれば、その眺めになんら問題はなかったのだが、ぼくはリリー・ローワンを客観的にみる気分ではなかった。州北部の、とある牧場の柵の外側で彼女と出会った経緯は、別の場で話してある（『シーザーの埋葬』参照）。その牧場でぼくが雄牛と出くわしたのが話のはじまりで、状況が状況だけに、放牧場の柵まで逃げたときには、格好や体裁などかまっていられないほど追いこまれていた。ともかく、ぼくが柵を乗り越え、十ヤードくらい転がって、よろよろと立ちあがったら、黄色いシャツにパンツ姿の若い娘が嫌味たらしく拍手して、けだるげに声をかけてきた。「お上手よ、エスカミーリョ。もう一回やってみて！」

　それがリリーだった。それから、いろいろなことがあった。そう、いろいろなことが。そして、行き着くのは……。

　それでも、今は……。

　リリーがぼくの腕を握りしめる。「わたしのエスカミーリョ」

　ぼくはまっすぐにリリーを見つめた。「いいかい。ぼくがここを立って、そこらの乗客に席を替わってくれと頼まない理由は一つだけ、軍服を着てるからだ。軍務においては、公共の場での品位について、あれこれ配慮がいる。そして、きみが常識はずれの行動に出られることは、百も承知だ。だから、ぼくは今から新聞を読む」

　ぼくは『タイムズ』紙を広げた。リリーは喉の奥で笑い声をたてた。かつては魅力的な声だと思ったこともある。リリーは二人の腕が触れあうように座りなおした。

「ときどき」リリーは言った。「三年前のあの日に雄牛があなたを血祭りにあげていたらよかったのに、って思うわ。柵を大慌てで乗り越えてきたあなたを見たときは、こんなことになるなんて夢にも思わなかった。あなたったら、わたしの手紙にも電報にも返事を寄こさなかったでしょ。だから、ワシントンで居場所を突きとめて、会いにいくつもりだったの。で、ここにいるわけ。このわたし、リリー・ローワンがよ！　こっちを向きなさい、エスカミーリョ！」

「新聞を読んでるんでね」

「軍服姿のあなたって最高にすてきね。とっても男らしい。あなたがこの飛行機に乗るって探り出して、先回りしたの。感動しなかった？　わたしって賢いでしょ、どう？」

ぼくはなにも言わなかった。

「答えなさいよ」声が尖った。

リリーはどんな極端なことでもできる女だ。「ああ」ぼくは答えた。「賢いな」

「ありがとう。それにね、あなたが怒ってるのは、アイルランドは海軍や空軍の基地を一切放棄すべきじゃないってわたしが言ったせいだって話、それ嘘だって知ってるのよ。賢いから。わたしの父はアイルランドからこのアメリカに渡って、下水設備を作って八百万ドルの財産を手にした。つまり、わたしはアイルランド人で、あなたもそれはわかってる。だから、あの意見でわたしに腹を立てるなんて、理屈に合わない。あなたはわたしに飽きたと思ってるんでしょ。鼻についてきたなって。どう？」

ぼくは新聞に目を向けたままでいた。「今のぼくは軍人だからね、お嬢ちゃん」

「たしかにね。そばに行って本の読み聞かせをしてあげるって、わたし、四十通は電報を打たなかった？　病気かなにかじゃと心配して、ネロ・ウルフに三回も会いにいかなかった？　あの人には連絡してるんじゃないかと思ったのよ。それで思い出したけど、あの人いったいどうしたの？　わたしに会うのを断ったんだから。わたしが好きなのに」

「ウルフさんはきみを好きじゃない。女は好きにならないんだ」

「とにかく、わたしが蘭に興味を持つのは好きなのよ。だいたい、依頼したい事件があって、支払いはわたしがするって手紙を書いたのに。電話で話もしてくれなくて」

ぼくはリリーに目を向けた。「どんな事件だい?」

リリーの口の片端があがった。「知りたい?」

「うるさい」

「ねえ、エスカミーリョ。わたしって、あなたの退屈しのぎのおもちゃ?」

「いや」

「いえ、そうよ。事件を嗅ぎつけたときの、あなたの鼻が動く様子が好き。今回はわたしの友達、というか、知り合いのアン・アモリーって女の子のことなの。心配なのよ」

「きみがアン・アモリーなんて女の子を心配するなんて、想像もできないね。きみはどんな子のことも心配しないさ、リリー・ローワンって名前の子以外はね」

リリーはぼくの腕をなでた。「いつもの調子が出てきたじゃない。とにかく、わたしはネロ・ウルフに会う口実がほしかったし、アンは困ってたの。アンが本当に必要としてたのは専門家の助言なのよ。だれかについてなにかを発見したらしくて、どうしたらいいか教えてもらいたがっているの」

「だれについて、なにを発見したんだ?」

「さあ。わたしには話そうとしないから。アンのお父さんがわたしの父の会社で働いていた関係で、お父さんが亡くなったときは力になってあげたわけ。アンは全米鳥類協会で週給三十ドルで働いてるの」リリーは身震いした。「ぞっとする。考えてもみてよ、週給三十ドルなんて! もちろん、日給三十ドルより悪いってわけじゃないわよ。暮らしていけないのは同じだものね。とにかく、アンはわたしのところへ弁護士を紹介してくれって頼みに来たけど、本当に動揺してたの。でも、他人の大変なことを知ってしまったとしか、話そうとしなくて。ただ、何度か口を滑らせたから、わたしが思うに婚約者のことね。で、アンにはどんな弁護士よりも、ネロ・ウルフのほうが役に立つと思ったのよ」

「で、ウルフさんはきみに会おうとしなかった？」

「そう」

「アンは一切名前を出さなかった？」

「そう」

「どこに住んでいるんだい？」

「ダウンタウンよ。あなたのところから遠くない……バーナム・ストリート三一六番地」

「婚約者って、だれなんだい？」

「さあ、知らない」リリーはぼくの腕をなでた。「ねえ、男らしい正義の味方さん。今晩はどこで食事にする？　わたしの家？」

ぼくは首を振った。「任務中なんだよ。アイルランドの基地に関するきみの態度は、破壊活動分子の思想だ。ぼくの知る限りじゃ、きみはアイルランドのスパイだね。きみにはたまらない魅力を感じるけど、名誉は重んじなければならないしな。あの日、メソジストの食堂テントで警告しただろう、ぼくの精神面――」

リリーが遮る。そんなやりとりが続いた。ラガーディア・フィールド空港に再び着陸するまでの一時間、ずっとその調子だった。空港でリリーを振り切るわけにはいかず、礼儀作法にのっとり、タクシーに同乗してマンハッタンに向かった。リリーは〈リッツ・カールトン・ホテル〉に自分の砦を構えている。ホテルの正面に着くには着いたが、歩道上に置き去りにされるのを承知するわけがない。ぼくは鞄とともに別のタクシーに乗り換え、運転手に三十五丁目にあるウルフの家の住所を告げた。

リリーとの鉢合わせがあったものの、車がダウンタウン方向へ走りだし、ついで西へ曲がると、正直言ってぼくはうきうきしてきた。二ヶ月よりもずっと長い間留守にしていたように思える。理由はわからなかったが、実際そう感じた。以前はわざわざ目を向けた覚えさえないのに、店やビルを自分のもののように確認する。みんなを驚かせたらおもしろいと思って、電報は打っていなかった。もちろん、ぼくは会うのを楽しみにしていたのだ。屋上の植物室で蘭と一緒にいるセオドア、厨房でボウルの中身を混ぜ、香りや味を確認しているフリッツ。ネロ・ウルフは机の奥の椅子に座り、地図帳のページに向かってしかめ面をしているか、読みかけの本にぶつぶつ言っているだろう。いや、ウルフは事務所にはいないはずだ。六時まで植物室からおりてこないから、セオドアと一緒に屋上の植物室だ。厨房のフリッツにただいまと声をかけ、こっそり自分の部屋にあがって待っていよう、ウルフを乗せたエレベーターが事務所へおりてくる音が聞こえるまで。

第三章

あのときのショックは、文句なく人生最悪だった。

キーホルダーにつけたままだった鍵を使って、ぼくは家に入った。廊下に荷物を置いて、事務所に行く。目を疑った。未開封の手紙がウルフの机にいくつも山と積まれている。近寄ってみたら、机は十年間も埃を払っていないみたいだった。ぼくの机も。ドアに向き直ったぼくは、生唾をのみこんでいた。ウルフかフリッツが死んだんだ。残る問題は、どちらが死んだのかだ。気づいたら厨房にいたが、そこで目にした光景に、ぼくは二人とも死んだのだと確信した。そうとしか考えられない。何列にも並んだ鍋やフライパンも、調味料入れも埃をかぶっていた。

ぼくはまた唾をのんだ。戸棚の扉を開けたら、目に入ったのはオレンジ一皿とプルーンが六箱だけ。冷蔵庫も開けてみたが、これがとどめになった。レタス四玉とトマト四個、アップルソースが一鉢きりで、他にはなにもない。ぼくは厨房を飛び出し、階段へ向かった。

二階のウルフの部屋にも予備の寝室にも人気はなかったが、家具は以前と同じようだ。三階の二部屋、そのうち一部屋はぼくの部屋だが、やはり変わりはなさそうだった。ぼくはそのまま屋上の植物室へあがっていった。四つの育成室では、ガラスの天井の下で何百と咲き誇る蘭しか見あたらなかったが、鉢植え室でようやく人の生命の気配を感じた。つまり、人間を見つけたのだ。セオドア・ホルストマンが腰掛けに座って花台に向かい、以前はぼくがつけていた増殖記録を書いていた。

ぼくは問いただした。「ウルフさんはどこだ？　フリッツは？　この家はいったいどうなってるんだ？」

セオドアは一つの単語を書きおえ、吸い取り紙をあててから、座ったままこちらに向き直り、甲高い声で答えた。

「おや、お帰り、アーチー。二人は運動に出かけているよ。当人たちはトレーニングって呼んでるけどな。そのトレーニングで、家にはいない」

「二人は元気なのか？　ちゃんと生きてるのか？」

「もちろん生きてるさ。トレーニングをしてるんだよ」

「なんの？」

「お互いのトレーニングだ。いや、正確にいえば、自分たちをトレーニングしてるってとこかな。軍隊に入って、戦うつもりなんだよ。おれはここに管理人として残るつもりだ。ウルフさんは蘭を捨てちまおうとしたんだが、おれに預けてくれって、拝み倒した。ウルフさんはもう蘭の世話はしない。ここには汗をかきにあがってくるだけだ。体重を減らすために、できるだけ汗をかかなきゃならないんだとさ。それから、体を鍛えなけりゃならないんで、フリッツと一緒にハドソン川のそばに行って、早足で歩いてる。来週には走りはじめるんだと。食事制限をしていて、ビールを飲むのもやめた。先週は風邪をひいたが、今はもう元気だ。パンやクリームやバターや砂糖やたくさんの食材を買うのをやめたんで、おれは肉を自分で調達しなきゃならないんだよ」

「どこでトレーニングを？」

「川の近くさ。ウルフさんは当局から埠頭でトレーニングをする許可をもらったんだ、通りにいる男の子たちがばかにするからってな。時間は午前七時から九時までと、午後四時から六時まで。ウルフさんの意志はすごくかたくてね。残りの時間はここで汗をかいて過ごしてる。あまりしゃべらないんだが、フリッツに話しているのを聞いたよ。もし二百万のアメリカ人が、一人につき十人のドイツ兵を倒せば……」

セオドアの甲高い声は、もうたくさんだった。ぼくはセオドアを残して事務所に戻り、雑巾を出して自分の机と椅子を拭き、座って足を机に載せ、ウルフの机にある手紙の山を睨んだ。なんてことだ、ぼくは思った。帰省がこんなことになるなんて。ぼくが家を出てウルフに勝手に切り盛りさせれば、こうなるかもしれないと気づいていてもよかったのに。まずいじゃすまない。絶望的かもしれない。あの間抜け、ふやけたデブのとんまめ。ぼくは部長にウルフの扱いかたを心得ていると言ってしまったんだぞ。さて、これからどうする?

五時五十分、玄関のドアが開け閉めされる音が聞こえた。廊下を歩く音、そして戸口からウルフがぼくを覗きこんだ。フリッツが後ろにいる。

「ここでなにをしている?」ウルフは怒鳴った。

生きている限り、あのときの光景を忘れることはないだろう。ぼくは言葉も出なかった。ウルフは小さくなっていた。いや、ちょっとちがう。しぼんだだけのように見えた。青いサージの古いズボンは、ウルフ本人のものだ。靴はごつい軍隊用で、見たことがなかった。セーターは、ぼくのだった。厚手の栗色のセーターで、昔キャンプ用に買ったものだ。ウルフの胴回りが細くなったとはいえ、はち切れそうで、編み目から黄色いシャツが見えていた。

ぼくは、なんとか口がきけるようになった。「どうぞ！　お入りください！」

「当面事務所は閉鎖することにした」ウルフは言い、フリッツと一緒に背を向けて、厨房に向かった。

ぼくはしばらく座ったまま、口をすぼめて顔をしかめ、物音に耳を傾けていたが、結局立ちあがって二人のところへぶらぶら歩いていった。ウルフは食堂も閉鎖したらしい。二人とも厨房の窓際にある小さなテーブルにつき、プルーンを食べていた。ボウルに入ったレタスとトマトも用意してあったが、ドレッシングは見あたらない。ぼくは長テーブルに寄りかかって、二人を見おろし、無理をしてにやりと笑った。

「実験中ですか？」愛想よく声をかけてみた。

ウルフはプルーンの種をスプーンで口から皿に運んだ。ぼくを見ているが、見ていないふりをしている。「少佐になって」ウルフは尋ねた。「どのくらい経つ？」

「三日です」ぼくは思わずウルフを見つめた。信じられなかった。「テーブル・マナーのよさで昇進したんです。セオドアの話では、あなたたちは入隊するつもりだそうですね。失礼ながら、どんな採用枠で？」

ウルフは別のプルーンを口に入れたところだった。種を出して、答える。「兵卒だ」

「前線まで行進して、ズドンとぶっ放すやつですか？　パラシュート部隊ですか？　奇襲部隊？　ジープの運転手はきっと――」

「もう結構だ、アーチー」厳しい口調だった。こちらにちらりと向けた視線も。ウルフはスプーンをおろした。「ドイツ兵を倒すつもりなのだ。一九一八年に倒しただけでは足りなかった。きみがここへ来た理由がなんであれ――おそらく海外派遣前の賜暇だろうが――帰宅したのは残念だ。自分が直面している身体的問題なら、充分承知している。きみにあれこれ指摘されるのを黙って聞いているつもりはない。きみよりもよっぽど強く意識しているのだからな。きみの帰宅は残念だ。今は生活習慣に厄介な調整を施しているところだが、きみがいることで余計に面倒になるだろう。ところで、昇進おめでとう。夕食を家でとるのなら――」

「いや、結構です」ぼくは丁寧に断った。「約束があるので。ただ、差し支えなければ、この家の自分のベッドで寝泊まりしたいんですが。邪魔にならないよう気をつけ――」

「フリッツとわたしは九時ちょうどに就寝する」

「わかりました。一階で靴を脱ぎますよ。歓待には感謝しています。自分の机と椅子の埃を拭いたりして、すみませんでした。軍服が汚れるんじゃないかと心配だったもので。賜暇は二週間です」

「アーチー、理解してもらいたいのだが……」

ぼくは最後まで聞かなかった。あと一秒でもそこにいたら、もうわめきだすしかなかっただろうから。

第四章

角にある〈サムの店〉に着くと、とりあえず電話ボックスに入り、ガバナーズ・アイランドのライダー大佐へ任務にとりかかったことを報告した。それから、テーブルにつき、ビーフシチューとコップ二杯のミルクにありついた。

シチューを食べながら、ぼくは状況を検討した。見通しは厳しいどころではすまない、たぶん不可能だろう。なにが起こったかは、火を見るよりも明らかだった。要するに、ウルフは終戦まで頭脳を引き出しにしまいこんでしまったわけだ。ただの商売だからと、一切頭を働かせるつもりがないのだ。逆に、食事制限をして毎日屋外に出かけ、早足で歩き、ドイツ兵を撃つ準備をするのは……勇敢な行為というわけだ。もうすっかり深みにはまっているし、なにしろ頑固だから、状況は絶望的に思えた。散々頭を絞ったが、ぼくはこの件を心から消して荷物をまとめ、ガバナーズ・アイランドに向かっていただろう。そう、二つの問題がなければ。その一。ぼくは部長にウルフの扱いかたを心得ていると断言してしまった。その二。ぼくが止めなければ、ウルフは自ら死を迎え入れてしまいそうだった。あの頭脳のたった一つの細胞でも働いていれば……が、働いていなかった。

ぼくは助けを求めることも考えた。ウルフの旧友でシェフのマルコ・ヴクチッチ、蘭栽培家のレイモンド・プレーンもしくはルイス・ヒューイット。クレイマー警視さえも候補にした。が、だめに決まっている。どんな訴えも説得も、考えることを拒否している以上、ウルフをますます意固地にするだけだろう。目的を達成する唯一の方法は、どうにかしてウルフの頭脳を働かせることだ、それがどんなに大仕事かは、経験上わかっていた。おまけに、今回のような状況は、過去に例がない。その上、二ヶ月間家から離れていたのも、こちらに不利だ。どんな人が事務所に来たのか、もしくは来ようとしたのかも知らないし、世間で最近あった事件にも疎くなっている。

可能性があるとすれば、世間の事件だ。ぼくは支払いを済ませて電話ボックスに入り、クレイマー警視にかけてみた。警視は、ぼくが入隊したと思っていたと言い、ぼくもそう思っていたと答えた。その上で、尋ねた。「手近におもしろい事件はないですか？　殺人とか、強盗とか、行方不明でもかまわないんですが」

空振りだった。使いものになりそうな事件がなかったか、クレイマーがしゃべらなかったかのどちらかだ。ぼくは歩道に出て、タクシーの運転手を睨みつけながら立っていた。寒かった。三月半ばにしては腹が立つほど寒かった。雪交じりの突風が吹きすさぶ。なのに、オーバーは着ていなかった。他にやることがなかったし、一縷《る》の望みを抱いて、ぼくはタクシーに乗りこみ、運転手にバーナム・ストリート三一六番地へやってくれと頼んだ。いや、実際には望みなどではなかった。光がないからと、真っ暗闇で一か八かと打って出てみただけだ。

建物を外から見た限りでは、内側の住人たちが変人揃いだと警告する気配はまったくなかった。ごくありふれた四階建ての古い煉瓦造りで、かつては一軒家だったのを、ぼくが生まれた頃にアパートに改造したものだ。玄関前のポーチには郵便入れとベルのボタンが備え付けられていた。そこの名札の一つにパール・O・チャックとあり、下に小さめの字でアモリーと書いてあった。ボタンを押し、かちりという鍵の開く音を合図に共用入口のドアを押し開け、廊下を進んでいったところ、奥のドアが突然勢いよく開き、だれかのご先祖さまのような女性が戸口に現れた。骨と皮を差し引けば、残りは細胞組織と内臓をすべて合わせても二十ポンドは超えまい。乱れた白髪の先がすだれのように垂れ、その奥から黒い目が刺し貫くようにこちらを窺っていた。見えていたのは間違いない。ぼくが近づいていくと、そばに行く前に食ってかかってきたのだ。

「なんの用さ？」

ぼくは愛想笑いを浮かべた。「ぼくの用件は――」

ミセス・チャックは遮った。「あの女の差し金だね！　わかってるんだ！　あの女だと思ったよ。たまに、そういうごまかしをするから。外に出て、ベルを鳴らす。そうすれば、疑われないと思ってんのさ。あの女の母親をあたしが殺したんだって、言いたいんだよ。狙いはお見通しさ！　あたしに向かって一度、ただの一度でもそんなことを口にしたら、逮捕させてやるからね！　そう伝えな！今すぐ上に行って、そう伝えといで！」

ミセス・チャックは後ろにさがってドアを閉めようとしていた。ぼくは敷居の上に片足を置いた。

「ちょっと待ってくださいよ。上に行って、あなたの伝言はなんでも伝えますが、あの女って、ミス・アモリーのことですか？　アン・アモリーさん？」

「アン？　あたしの孫かい？」黒い瞳が白いすだれ越しにぼくを鋭く見た。「そんなはずないだろう？　あんたはあたしをばかにしてるんじゃ――」

「とんでもありません、ミセス・チャック。ただ、誤解があるんですよ。ぼくはお孫さんに会いたいだけなんです。アンさんに会いにきたんです。アンさんは――」

「信じるもんか！」ミセス・チャックは言い捨て、勢いよくドアを閉めた。足でドアを止めることはできたかもしれないが、今の状況ではそれがいい方法だとは思えなかった。おまけに、上の階で物音がしていた。ドアが大きな音をたてて閉められるとすぐ、足音が階段をおりてきた。ぼくがそちらへ向かったら、若い男が同じ高さにおりたっていた。

なにか言うつもりだったらしいが、軍服を見て、言葉を変えたようだ。

「あれ」男は驚いていた。「陸軍が？　おれはてっきり……」

若者は言いさして、こちらを見た。だらしない服装で、明るい光のなかではあまり清潔とは言えないようだ。が、それを別にすれば、フットボールのバックスの選手として写真に収まっていそうだ。ただし、ちょっと重量不足だったが。

「今は非番でね」ぼくは答えた。「おいおい、なにがいると思ってたんだ？　海軍かい？」

男は笑った。「陸軍の将校がいると思わなかっただけですよ。こんなところにはね。それに、ミス・アモリーに会いたいと言う声が聞こえたし。アンに陸軍将校の知り合いがいるなんて、知らなかったんで」

「ミス・アモリーを知ってるのかい？」

「もちろん。ここに住んでますから。二階上に」男は片手を差し出した。「レオン・フューリーです」

「アーチー・グッドウィンだ」と答えて握手をする。「ミス・アモリーが家にいるかどうか、知っているかな？」

「屋上にいますよ」レオンはぼくをじっと見た。「あのアーチー・グッドウィンじゃないですよね、ネロ・ウルフの助手の？」

「以前はそうだったよ。軍服を着る前は。ミス・アモリーはなにを——」

上から声が割りこんできた。

「だれなんだい、レオン？　連れてきなさい！」

男か女かわからないしゃがれ声で、その問題に決着をつけるにはもっと証拠が必要だった。レオンは首を回して階段の上をちらりと見やってから、顔を戻し、不意ににやりと笑った。自分では愛嬌のある、いや、もしかしたら魅力的な笑顔だと思っているのかもしれない。ラーチモントの婦人クラブで賛否の決を採ったら、九十二対十一くらいだろう。レオンはぼくに身を寄せ、声を潜めた。

「ここは精神病院だって、わかってるんでしょ？　悪いことは言わないから、とっとと出ていったほうがいい。ミス・アモリーへの伝言なら、おれが——」

「レオン！」声が降ってきた。「ここへ連れてきなさい！」

「今、ミス・アモリーに会いたいんだ」ぼくは相手をよけて進もうとしたが、レオンは男らしい肩をすくめて、先に立ってまた階段をのぼりはじめた。一階上の廊下、開いた戸口に声の主が立っていた。第二十五代大統領マッキンリーの就任式で着用されたんじゃないかと思える茶色いウールのドレスで、性別の問題は決着したが、その点を除けばレオンと同じチームでエンドかタックルがつとまりそうな体つきだ。おまけにぼくより軍人らしい立ち姿だった。ぼくはこの先もあんなふうに立てそうにない。

「いったいなに？」彼女は近づいていったぼくらを問い詰めた。「見たことない顔だね。入りなさい」

レオンが、「ミス・リーズ」と呼びかけ、ぼくがネロ・ウルフの元助手のアーチー・グッドウィンで、今はアメリカ陸軍のグッドウィン少佐だと説明したが、先方に伝わったかどうかはわからなかった。ミス・リーズは背を向け、ぼくらがついてくるのが当然だと言わんばかりにずかずかと部屋に入ってしまったのだ。で、ぼくらはついていった。通された広い部屋には、製作年代がマッキンリーの子供時代までさかのぼるはずの家具がいくつもあった。本気で勧めているような口調で座れと言われたので、ぼくは博物館のような室内を眺めながら腰をおろした。極めつきの珍品は、部屋の中央にある大理石の天板のテーブルにぽつんと置いてあるもの、翼を伸ばして死んでいる鷹だった。剝製ではなく、ただの死骸が転がしてある。ぼくの目が釘付けになっていたのだろう、ミス・リーズが言った。

「あたしのためにレオンが殺すんだ」

ぼくは丁寧に尋ねた。「お仕事は剝製師ですか、ミス・リーズ?」

「いやいや、ミス・リーズは鳩が好きなんですよ」説明するようにレオンが口を出した。座面がフラシテンのピアノスツールに座っている。「マンハッタンには七万羽の鳩がいて、鷹は九十羽くらい。それで、鳩を殺すんですよ。鷹は次から次へと飛んでくる。ビルの出っ張りなんかをねぐらにしてね。それをおれがミス・リーズのために駆除するんです。そいつは――」

「あんたの知ったことじゃない」ミス・リーズは切り捨てるようにぼくに言った。「ミセス・チャックに話してたのを聞いたよ。アン・アモリーに会いたいそうじゃないか。断っておくけどね、あたしは母親の死を調査してほしいなんて思っちゃいない。必要ないんだ。ミセス・チャックは、おかしいんだよ。頭がおかしい上に、根性も腐ってる。あの女が母を殺したとあたしが思ってると言いふらしてるけど、そんなことはないんだ。だれもあたしの母親を殺しちゃいないさ。年だったんだよ。調査の必要はないってことをきっちり説明してきてるんだからね、ちゃんと承知を――」

「この人は警官じゃありませんって」レオンが割りこんだ。「陸軍の将校ですよ、ミス・リーズ」

「なにがちがうのさ?」ミス・リーズが問いただした。「軍だろうと、警察だろうと、同じだよ」ぼくに向けている目が険しい。「わかったかい、お兄さん？　こんなことはやめてもらいたいって、市長に言いな。この家はあたしのものだし、このブロックに九軒の家を持ってて、税金もちゃんと払ってるんだから、とやかく言われる筋合いはないね。なにか対策をとるべきだって、母親は市長に手紙を書いたし、千回も新聞に投書したんだ。鷹をこの街に入れないのが当たり前なんだよ。そこのところ、どういう手が打ってあるのか、あんたに訊きたい。どうなんだい？」

　ここで笑いかけるべきだったのだろうが、とどのつまり、ミス・リーズは笑いかけられるような代物ではなかった。で、ぼくはじっと目を見て答えた。「ミス・リーズ、あなたは事実をお望みですね。わかりました。事実は三つあります。一つ。ぼくが鷹の話を聞いたのは、今がはじめてです。二つ。ぼくがあなたのお母さんの話を聞いたのは、今がはじめてです。三つ。ぼくはここに、ミス・アン・アモリーに会いにきました。で、レオンが屋上にいると教えてくれたところです」ぼくは立ちあがった。「屋上で鷹を見かけたら、生け捕りにして、首をひねってやりますよ。あなたの話は市長に伝えるつもりですから」

　ぼくは廊下に戻り、上へ通じる階段に向かった。

第五章

上の廊下とその上の廊下は、それぞれ壁のソケットに裸電球が一つだけあったが、屋上に通じる階段へのドアを開けて入り、閉めたところ、真っ暗になってしまった。木製の踏み板を足で探りながらのぼっていき、一番上で鍵のついた取っ手を見つけ、ドアを開けたら屋上に出た。風に舞う雪に目をしばたたいたが、どこにもアン・アモリーと呼べそうなものは見あたらないので、左手にある塔屋のような建物に向かった。日よけのおりた窓の端から明かりが漏れていて、ドアの前に立つと、こんな注意書きが読みとれた。

レース鳩用鳩舎
ロイ・ダグラス
立ち入り禁止！

立ち入り禁止と書いてあるからには、当然ぼくは入りたい気持ちに駆られたが、そこは我慢してノックをした。男の声がだれだと尋ね、ぼくはミス・アモリーにお客だと答えた。ドアが勢いよく開いた。

この家には早とちりな人間ばかり住んでいるらしい。ドアを開けた若い男は、ぼくを通してドアを閉めるなり、自己紹介をする隙も与えずに、しゃべりはじめた。最低でも四ヶ月間は鳩の供出は無理だろう、戦争に勝つ手助けになるなら喜んでどんな協力も惜しまないつもりだが、もう四十羽も提供しているし、交配のため数を維持しておく必要がある、なぜ軍がその点を理解しないのかわからない。

その間に、ぼくは室内をざっと観察した。箱や袋が周囲に積み重ねてあり、棚には見たことのない品物があれこれ乱雑に置いてある。奥の壁のドアには『開けるな』と注意書きがあった。テーブルには、どちらかといえば檻に近い針金製の鳥かごが載っていて、鳩が一羽入っていた。そのそばの椅子に、女の子が一人座っていた。茶色い目を大きく見開いて、ぼくを見あげている。若い男は、体格的にはレオン・フューリー級ではなく、そのぶんをちょっぴり顎におまけされたような顔だちだが、及第点だろう。ぼくは話を途中で遮った。

「きみは息を無駄にしてるよ、兄さん。ぼくは鳩の収集係じゃない。名前はアーチー・グッドウィン、ミス・アモリーに会いにきたんだ」そして、片手を差し出す。「ロイ・ダグラス君だろ?」握手をした。「ここはなかなかいい場所じゃないか。きみがミス・アモリー?」

「あなたのこと、知らないんですけど」アンの声はぼくの好みだった。「ですよね?」

「今はもう知ってるわけだから」ぼくは安心させるように言った。「いずれにしても知ってる必要もないんだ、ただのお使いだからね。リリー・ローワンがきみに夕食に来てもらいたいって、ぼくを迎えに寄こしたんだよ」

「リリー・ローワン?」茶色の目に戸惑いの色が浮かぶ。「でも、どうして……リリーがあなたを迎えに寄こしたの?」

「そう」ぼくは軽く受け流した。「きみはリリーの知り合いだから、准将を寄こさなかったんで驚いたかもしれないけど、近くに少佐しかいなくてね」

アンは笑った。ぼくの好みの笑いかただった。そして檻のなかの鳩、ロイに目をやり、ぼくに視線を戻した。「どうしようかな」アンは迷っているようだった。「夕飯はもう済ませたし。リリーがわたしに会いたがってるってこと?」そして、立ちあがる。「わたし、ちょっと……」気持ちがかたまってきたようだ。「でも、行けるし……わざわざ迎えなんて……」

ぼくはアンを堂々巡りから引っ張り出した。ロイは、そして鳩も、おもしろくなさそうに成り行きを見守っていたが、さらに少し話し合った上で、アンは来ることになった。ロイは懐中電灯を照らしてアパートの最上階までぼくらを送り、また小屋へ戻っていった。一階におりると、アンは祖母に断りを言ってオーバーを持ってくることになり、ぼくは廊下で待っていた。五分もかからなかった。それもぼくの好みだった。通りに出たが、アンはぼくの腕をとったりしなかったし、無理に歩調を合わせようともしなかった。これまでのところ、ぼくの好みに百パーセント合っている。ぼくらは角でタクシーを拾った。

次の審査は、もう少し難しい。五番街でアップタウン方向へ曲がったとき、ぼくは切り出した。「さあ、白状しようか。実はこういう状況なんだ。ぼくはきみと二人で話がしたかった。ロイと鳩の目の前じゃ都合が悪くてね。先におばあさんと会ったんで、きみの家で話せないのはわかってた。とはいえ、一緒に出かけようなんてぼくが言ったら、きっときみは断っただろう。で、リリー・ローワンからの招待の話をひねり出した。さて、これからどうしようか?」

アンは目を丸くしてぼくを見た。「それって……でも、どうやって知ったの……」

「ちょっと待った。ぼくの質問は、ただの言葉の綾だよ。探偵のネロ・ウルフ、聞いたことあるよね。ぼくは二ヶ月前に入隊するまで、その人の助手だったんだ。今日リリー・ローワンから聞いたけど、きみは弁護士を紹介してほしいって頼んだんだろう。で、リリーはきみのためにネロ・ウルフとの面会の約束をとりつけようとしてきたけど、ウルフさんの手が空かない。ぼくなら、なんとかできると思うんだ。ウルフさんはとても忙しい人だけど、依頼内容をぼくに教えてさえくれれば――」

「そうだったの」アンはぼくをじっと見つめ、結局首を振った。「だめ……話せない」

「どうして？　きみは困ってるんだろう？」

「ええ、そうよ」

「リリーに紹介してくれと頼んだ弁護士には、話すつもりだったんじゃないのかい？」

「そうだけど」

「いいかい、ネロ・ウルフには弁護士十人分の力がある。どんなに優秀な十人でも」

「でも、あなたはネロ・ウルフじゃない。ただのかっこよくて若い軍人さん」アンはまた首を振った。

「本当に無理なの」

「きみは思い違いをしてるよ、お嬢さん。ぼくはかっこいいが、かっこいいだけじゃない。まあ、いいや。夜はまだ長い、こういうのはどうかな。ぼくらは二人とも夕食は済ませてしまった。どこかに行って、ダンスをしよう。ダンスの合間に、ぼくがどんなに賢いかをきみに説明して、信用してもらえるよう努力する。それから口が軽くなるように、できるだけたくさんお酒をご馳走するよ。そうすれば、うまい手が見つかるかもしれない」

アンは笑った。「どこにダンスをしにいくの？」

「どこでもいい。フラミンゴ・クラブにしよう」

ぼくは運転手に行き先を告げた。

アンはかなりダンスがうまいとわかったが、酒はそれほど強くなかった。夕食目当ての大勢の客で店はほぼ満席状態だったが、ぼくはどこだかのお坊ちゃん用に確保してあった角のテーブルに先取権を主張し、当の本人がアビガイル（聖書に登場するイスラエル王ダビデの賢く美しい妻）の子孫だった女性が登場したときは、一睨みで群衆のなかへと追い払った。アンとぼくは仲良くやっていた。社交的には最高の夜だったが、基本的にぼくは仕事でそこにいたのだし、その観点から考えると収穫はほとんどゼロだった。

情報を集めなかったわけじゃない。檻に入っていた鳩はシオン・スタッサール系の〈ダスキー・ダイアナ号〉という名前の銘鳩で、九つの賞状をとり、五百マイルレースで優勝した四羽の母親だそうだ。ロイ・ダグラスは、ダイアナ号を九十ドルで購入した。三日前、ダイアナ号は屋外での訓練中に突風にあおられて煙突に衝突し、今は治療中だ。他に、ミス・リーズの母親と、アンの祖母ミセス・チャックの間にいざこざがあったことも聞いた。ことのはじまりは十九世紀にさかのぼり、今はミセス・チャックとミス・リーズが引き継いでいる。いがみ合いの原因は、チャック側がリスを餌づけし、リーズ側が鳩を餌づけして、両者がワシントン・スクエア公園を作戦本部にしていたことだった。二人は毎朝夜が明けるとすぐにそこへ出陣し、二時間ほど過ごして、夕方また出かけていく。ミセス・チャックはミセス・リーズよりも遅くまで残れて、日暮れ後までいることも珍しくなかった。鳩はリスよりも早く巣に戻るせいだ。敵があきらめて家に帰ると、ミセス・チャックの連戦連勝だった。二人の争いが深刻化して最悪の事態を迎えたのは、一九〇五年十二月九日、リスに毒を与えたとしてミス・リーズの母親をミセス・チャックが告発し、逮捕させようとしたときだった。その日付はずっと忘れられていなかったし、これからも忘れられることはないだろう。

　また、ミス・リーズの母親が三ヶ月前の十二月九日に死んだこともわかった。ミセス・チャックは近所の人に、昔の罪で歩みの遅い神罰が下ったのだと言いふらした。その噂話が警察の耳にも入り、結果的に少々調査が行われたが、空振りに終わった。なにかあるな、という気がしたのはこのときだ。実際には、アンのそぶりでなにかあるにちがいないと思った。が、ぼくにつかめたのはそこまでだった。アンは婚約者についても口にせず、いるかどうかさえも言わなかった。ぼくはかっこいいだけ、との考えに囚われているらしい。

　真夜中頃、ぼくは突然あることに気がついた。ダンスをしながら、自分がアンの髪の香りを意識している事実に気づいたのだ。それどころか、香りを吸いこんでいた。あんまりびっくりしたので、右手のカップルにぶつかり、倒してしまうところだった。ぼくがその場にいたのは……たしか、任務であり仕事であって、頑として口を割らないアンに腹を立てているんじゃなかったっけ。そのぼくが、むさぼるようにアンの髪の香りを楽しんでいた！　異常事態だ。ぼくはアンを端のほうへと導いていき、ダンスフロアからおりてテーブルに戻り、アンを座らせて伝票を頼んだ。

「そんな」アンは言った。「もう帰らなきゃいけないの？」

「聞くんだ」ぼくはアンの丸く開いた目を覗きこんだ。「きみは話をはぐらかしてばかりだね。たぶん、リリー・ローワンにも同じ態度だったんだろう。それとも、リリーがぼくをはぐらかしたか。きみは困っているのかい、いないのかい？」

「困ってるの。そう、本当に困ってるのよ、アーチー」

「どんなことで困ってるんだい？　ストッキングが伝線したとか？」

「そんなんじゃない。それは……深刻なことなの。ね？」

「でも、ぼくに話す気はない？」

アンは首を振った。「話せない。本当に、無理なの。つまり……話したくないの。わかるでしょ、あなたはたしかに若くて、かっこいいけど、今回の話は大変なことで……わたしにとって大変ってわけじゃないけど、ある人には大変なことなの」

「それは、ミス・リーズのお母さんの死に関係があるのかい？」

「それは……」アンは言いさしたが、続けた。「ええ、そうよ。でも、あなたに話すのは、これだけ。こんな態度を続けるつもりなら……」

ウェイターがお釣りを持ってきた。ぼくは受けとってから、言った。「わかったよ。ぼくがこんな態度をとる理由は、きみの髪の香りを楽しんでいる自分に気づいたせいだ。それだけじゃない。最後の三十分間、きみとのダンスにそれまでとはちがった態度をとっていたんだ。気づいたかもしれないけど」

「そうね、わたし……気づいてた」

「それは結構だ。ぼくは気づいていなかった。ちょっと前まではね。ぼくたちの将来には恋物語が待っている可能性がある。きみがぼくの胸を引き裂いて、ぼくを破滅させる可能性もある。なにがあってもおかしくはない。ただ、今はまだ早い。今ぼくが知りたいのは、きみが何時に仕事を終わるかってことだ」

アンはにっこり笑った。「五時に事務所を出るけど」

「それから？　家に帰るのかい？」

アンは頷いた。「だいたい、五時半より少し前に家に着くの。それからお風呂に入って、夕食の支度をはじめるわ。この季節だと、おばあさんは七時頃に公園から帰ってくるから、夕食を作っておくのよ。ロイかレオンが一緒に食べることもある」

「明日は早めに夕食を済ませて、七時にネロ・ウルフの家に来られないかな？　で、きみが抱えている困りごとを、話してほしいんだ。全部打ち明けてくれないか？」

アンは眉を寄せ、ためらっていた。ぼくはテーブルクロスの上でアンの片手を包み、「聞いてくれ」と言い聞かせた。「この先、きみ自身が大変な目に遭う可能性もある。嘘をつこうとしているわけじゃな……」

ぼくは言葉を切った。人の気配を感じたのだ。そして、視線を。顔をあげると、二つの目がぼくを見おろしていた。その中央には、リリー・ローワンのかわいらしい小さな鼻があった。

ぼくは笑いかけようとした。「やあ……どうしてこんなところに……」

「アーチー」ぼくの喉を掻き切るような口調だった。「任務ですって！　笑わせないでよ、嘘つき！」

リリーは、ぼくをひっぱたくつもりだったんだろう。いずれにしても、なにをしてもかまわない気になっているのは間違いなかった。それも即座に実行に移すつもりだ。つまり、単純な反射神経とスピードの勝負だった。ぼくは椅子から飛び出し、テーブルの反対側に逃げた。半秒きっかり。そして、アンを手招く。かなり難しい試練だったが、アンは見事に乗り切って、遅れずについてきた。リリー・ローワンに騒ぎを起こす間も与えず、ぼくは手荷物預かり係の女の子から制帽を受けとって、二人で歩道に出た。

タクシーが走りだすと、ぼくはアンの手をなでた。「いい子だ。なんだかリリーは頭に血がのぼっていたようだね」

「妬いてた」アンはくすくす笑った。「リリーが妬いてた、すごい。リリー・ローワンがあたしを妬くなんて！」

バーナム・ストリート三一六番地でアンと別れたときには、翌日午後七時にネロ・ウルフの家に来る約束ができていた。それでも、タクシーで三十五丁目の家に向かう途中、ぼくは気分上々とはいえなかった。枕カバーにメモがピンで留めてあるのを見つけても、気分はよくならなかった。

アーチーへ
ミス・ローワンが四回電話をかけてきて、留守だと伝えると、嘘つき呼ばわりされたよ。ベーコン、ハム、パンケーキの粉などの食材が家になくて、すまないと思っている。
フリッツ

第六章

ぼくは眠った。毎日眠ることになっているからだ。ただし、ぼくの神経は不眠だったにちがいない。目を開けて、時計が六時五十分を示しているのを知ったとたん、完全に目が覚めた。一階の廊下に立って、ウルフとフリッツがトレーニング場へと出かけていくときに睨みつけて憂さ晴らしができるなら、二回分の昇進と引き替えでもよかったが、戦略的にまずいとわかっていたので我慢し、物音が聞こえるように部屋のドアを開けるだけにしておいた。七時ちょうど、玄関のドアが開閉する音がして、ぼくは窓際へ行き、身を乗り出して覗いてみた。いた。川のほうへと向かっていく。ウルフは青いサージのズボンにぼくの栗色のセーターを着て、ごつい靴を履き、帽子はかぶっていない。あれで、きびきび歩いているつもりなのだろう。腕を振っている。涙が出るほど情けない光景にしかみえなかった。

その灰色のどんよりした三月の朝、ぼくのアン・アモリー作戦はほぼ絶望的に思えたが、それしか手はない。だから、やれるだけのことをやるつもりだった。〈サムの店〉でオレンジジュースとハムと卵とパンケーキとコーヒー二杯を平らげて家に戻り、留守の間にたまった個人的な雑用を片づけるために一時間ほどタイプと電話に費やす。終わったのが九時過ぎで、ちょうど奇襲部隊が帰営した。ぼくは二人を完全に無視する計画だったので、廊下の足音が開いた事務所の扉の前で停止しても、振り向かなかった。が、ウルフの声がした。

「おはよう、アーチー。わたしは昼間、上階で過ごす。よく眠れたかね？」

もう四千回も聞いた、ウルフお決まりの朝の問いかけだった。ぼくは里心を覚えた。それは認める。情にほだされた。で、椅子を回してウルフのほうを向いたが、一目見ただけでまた頑なな気持ちになった。

「はい、ありがとうございます」ぼくは冷たく答えた。「ぼくの引き出しをぐちゃぐちゃにしましたね、そのセーターを探したんでしょう。ちょっと話があります。アメリカ陸軍を代表して。この国で行われている敵の諜報活動に関して、あなたには他のだれよりも立派にこなせることが一つあります。今は、頭脳を必要とする状況なんです、以前のあなたには持ち合わせがあって、ときどき活用することもありましたよね。最高司令官、陸軍長官、参謀幕僚、ヨーク軍曹（第一次大戦でめざましい軍功をあげたアメリカの英雄）までが礼を尽くして、あなたにこんな喜劇はやめて、頭脳を活用してくれと頼んでいるんですよ。もし前線に突然あなたが姿を現せば、ドイツ兵が笑い死にすると思ったら、大間違いです。連中にはユーモアのセンスがありませんから」

　ここまで言えば、ウルフは怒りに我を忘れて事務所に入ってくるだろうと思った。事務所に入らせれば、ぼくが一ポイント先制したことになる。が、ウルフは立ったまま、顔をしかめただけだった。

「きみは」ウルフは嚙みついた。「賜暇の最中だということだったが」

「ちがいます。あなたはわが身を恥じるべきですよ。その発言が、今のあなたの状態を表しているんです。他ならぬこの部屋で、発言が不正確だとあなたが他の人を叱りとばすのを、ぼくは千回も聞いてきました。ぼくは、『賜暇は二週間です』と言ったんです。今、賜暇の最中だとは言いませんでした。それだけじゃなく――」

「くだらん！」ウルフは蔑むように吐き捨て、背を向けて階段をのぼりはじめた。それも、ぼくがこれまで見たことのない現象だった。ウルフが階段をのぼっている。エレベーターを設置するのに、七千ドルかかったというのに。

ぼくは制帽をかぶって家を出ると、仕事にとりかかった。

その日の作戦をなんとか盛りたてようと全力を尽くしたが、梃子《てこ》でも動かないウルフを動かせそうな道具を発見するあては、まったく見えてこなかった。今回は、これまでにぶつかってきたどんな問題ともちがっていた。ウルフは英雄的行為に酔っているから、金銭欲を突ついても効果はないだろう。ウルフの陥った状況で、ぼくが突破できそうな唯一の弱点、それは虚栄心だ。

センター・ストリートにあるニューヨーク市警本部の友人たちから、ミセス・リーズの死に関する捜査は所轄どまりだと聞きこんだので、ぼくは分署に出向いて、照会してみた。巡査部長は記録を確かめようともしなかった。たいした話じゃない。八十七歳という高齢であり、冠状動脈血栓症を起こしたと医者は診断した。神があんまり長く待たせるので、ミセス・チャックがしびれを切らして復讐の代役を買ってでたとの近所の噂話も、ただの噂話だ。

お昼頃、バーナム・ストリート三一六番地に寄ってみたところ、レオン・フューリーはまだベッドのなかだった。ともかく、まだパジャマ姿だった。鷹狩りは夜が中心なので、遅くまで寝ていなければならないと言う。鷹狩りはレオンにとって唯一たしかな食い扶持であること、レオンは心臓弁膜症のため入隊検査で不合格になったこと、ロイ・ダグラスはレオンの一階上、屋上のすぐ下に住んでいることなどがわかったが、どれもこれも役に立ちそうになかった。ロイは屋上の鳩舎にいた。入れてくれなかったし、話もろくにしてくれなかった。ロイは未亡人方式に取り組んでいるところで忙しいと言い、聞き出せたのは、未亡人方式の説明だけだった。つがいの鳩の雄を雌から一定期間隔離しておいて、レースの放鳩地点に輸送する直前、数分間だけ一緒にする。結果、雄の鳩は今まで一度も飛んだことがないような勢いで戻ってくるというものだ。ぼくは道徳的見地から反対したが、やはりロイは聞く耳持たないようだったので、未亡人方式を好きにやらせておくことにして、また通りまで出て、近所への聞きこみをはじめた。

三時間以上かけて近所の噂話を集めたが、一山十セントの価値もない話だった。役に立ちそうな情報どころか、いわくありげな悪口すらなかった。リーズばあさんの死についての質問は、十四の意見が以下のように分かれた。

ミセス・チャックがミセス・リーズを殺した∙∙四人。
ミス・リーズが母親を殺した∙∙一人。
ミセス・リーズは老衰で死んだ∙∙六人。
ミセス・リーズは性格が悪すぎて死んだ∙∙三人。

だれか、もしくはなにかが原因という多数の意見はない。空振りだった。ぼくは事件を考えなおして、最終的にアンをウルフにけしかけるだけの価値があるかを見極めようと、家に帰ることにして、五時少し前に着いた。事務所でウルフの机の埃を睨みながら立っていたところ、ベルが鳴った。玄関に行って、ドアの小窓のカーテンを開けて覗くと、ポーチにロイ・ダグラスが立っていた。心臓が止まりそうになった。なにか突破口が開けようとしているんだろうか？　ぼくはドアを引き開け、ロイを招き入れた。

ロイは落ち着かない様子だった。言いたいことがあるのに、なにを言ったらいいのか、よくわかっていない感じだ。事務所に案内して、椅子の埃を払ってやったら、腰をおろした。ロイは口を開け、二度ほど空気を取り入れたあと、ようやく言った。

「さっき、鳩舎のぼくの態度はあまり褒められたものじゃなかったなと思って。鳩の世話をしているときは、いつもあまり愛想がないんです。その、そばに知らない人間がいると、鳩は神経質になるもんで」

ぼくは励ますように頷いた。「ぼくも同じだよ。ところで、訊くのを忘れたんだが、〈ダスキー・ダイアナ号〉の回復具合はどうだい？」

「ああ、ずっとよくなりました。大丈夫でしょう」ロイは横目でぼくを見た。「〈ダスキー・ダイアナ号〉のこと、ミス・アモリーが話したんでしょ？」

「ああ。いろいろおもしろいことを話してもらった」

ロイは椅子でもじもじしていた。そして咳払いをする。「昨日は一晩中一緒だったんですよね？」

「もちろんだよ」

「帰ってきたのを見ました。家まで送ってきたのを。窓から」

「へえ？　かなり遅かったのに」

「わかってます。だけど……その、ミス・アモリーが心配で。今だって心配なんだ。ミス・アモリーはなにか困ってるんじゃないかって。それで、リリー・ローワンに会いにいったんじゃないかと思うんだけど」

「本人に訊いてみたらいい」

ロイは首を振った。「話そうとしないんです。ただ、なにか悩んでるなっていうのは、様子でわかる。ぼくはミス・ローワンとは知り合いじゃないので、事情を訊きにいくのはちょっと。でも、あなたは知り合いだから、つまり会ったことがあるから、昨日の夜二人と一緒にいたなら……今日もぼくに会いにきたことだし……なにか教えてくれるんじゃないかって。その、ぼくには知る権利があるんです、権利みたいなものが。ぼくらは婚約しているので」

ぼくは眉をあげた。「きみが？　きみとミス・アモリーが？」

「そうです」

「そいつはおめでとう」

「ありがとうございます」ロイはまた横目でぼくを見た。「要するに、なんでぼくに会いにきたのかなって思ったんです。もしかしたら、アンのことを話すつもりだったんじゃないかって。じゃなければ、なにか訊きにきたのかと。で、気になって……まあいいや、アンが困っているかどうかを知ってるのなら、教えてほしいんですが」

アンの婚約者の謎を解いた、というか、解けたわけだが、その一点を除けば、ロイの訪問はなんの突破口にもなりそうになかった。それでも、せっかく目の前にいるのだから、なにを隠しているのか探りを入れてもいいだろうと思い、ぼくは友好的な態度で接した。アンの悩みの内容については、仮にあったとしてもなんの役にも立てないのは残念だと話し、話題をさりげなくバーナム・ストリート三一六番地の住人に持っていった。これはやぶ蛇だったことが判明した。その住所にたどり着いたとたん、ロイは鳩のことを話しはじめたのだ。いや、話したのなんのって。

いろいろ勉強にはなった。本人の言いかたを借りれば、ロイは幼い頃から鳩愛好家だった。ミセス・リーズはロイに鳩舎を作ってやり、自由にさせた。今は娘のミス・リーズがそのまま引き継いでいる。ロイの鳩は若鳩のレースで合計百十六の賞状を勝ちとり、成鳩のレースでは六十三の賞状を獲得した。ある年、ロイの〈ヴィレッジ・スージー号〉、灰胡麻色のグルーター系の鳩は、五百十二鳩舎の三千八百六十四羽が争ったデイトン・グレート・ナショナル・レースで一番に帰還した。昨年のトレントン三百マイル・スペシャル・レースでは、大きな衝突事故で十四羽を失った。ロイの意見によれば、世界最高のレース鳩はシオン・スタッサールのディッキンソン血統で、〈ダスキー・ダイアナ号〉はそのうちの一羽だ。

ぼくはロイを鳩の話題から引き離すことができなかった。壁の時計がじりじりと六時に近づいていくにつれ、ぼくはやつを抱きあげて外に運び出さなきゃならないんじゃないかと考えはじめた。六時少し過ぎにはウルフがトレーニングから戻ってくる。ロイを事務所においておきたくなかった。が、その問題はうまく解決した。五時五十五分にベルが鳴り、ロイは帰ると言って腰をあげ、一緒に玄関へ来たのだ。カーテンをよけて覗くと、ポーチにいたのはリリー・ローワンただ一人だった。リリーもぼくに気づいた。

ぼくはチェーンをかけ、ドアを四インチしか開かないようにして、その幅の隙間からこう言った。

「空襲警報。家に帰ってベッドの下に隠れなさい。ぼくは今――」

リリーの手が隙間から伸びてきた。肘近くまで入った。

「閉めてみなさいよ」リリーが噛みついた。「なかに入れて」

「だめだよ、リリー。ぼくは――」

「入れてったら！　それとも、近所中に聞こえるような声でわめかせたいの――」

「わめくって、なにを？」

「殺人よ！」

「殺人が起こるって言いたいのかい？　いずれ――」

「アーチー！　ちゃんと聞きなさいよ！　アン・アモリーが殺されたって言ってるの！　あなたがそんな――」

すぐそばにいたロイが声をあげた。ぼくはロイを押しのけてチェーンをはずし、リリーを入れた。ドアを閉めて、リリーの両肩をぐっとつかむ。

「話せ」ぼくは言った。「なぞなぞ遊びをしてるつもりなら――」

「やめてよ、痛いじゃない！」リリーは怒った。そして静かになった。「いいわ、このままで。続けてよ。もっと強く」

「リリー、話してくれって」

「話してるでしょ。わたし、アンに会いにいったの。ベルを鳴らしても共用玄関の鍵が開かないから、別の家のベルを鳴らして入った。アンの家のドアはちょっと開いてて、一度ノックをしてから、入ってみたのよ。家にいるはずだと思ったの、事務所に電話したとき、五時半には家にいるだろうって言ってたから。もう五時四十五分だったしね。アンはたしかにいたわ。床の上で、椅子に寄りかかるみたいな格好で。喉の周りにはマフラーが結んであって、舌が突き出て、目が飛び出してた。死んでたの。死んでるってわかって、わたし――」

ロイ・ダグラスが出ていった。目にもとまらぬ早さでドアを開けて飛び出したので、腕をつかまえる暇さえなかった。

「ちっ」ぼくはリリーを放し、手首に目をやった。六時二分。ついてない。リリーを連れて飛び出したとしても、戻ってきたウルフに姿を見られるだろう。リリーはまだしゃべり続けていた。

「アーチー、聞いて。本当に大変な――」

「うるさい」ぼくは表に面した応接室のドアを開け、リリーをなかに入れて、閉めた。「ぼくの言うとおりにするんだ、リリー。じゃないと、本当にお仕置きするぞ。座って、息を潜めてるんだ。ネロ・ウルフが帰ってくるけど、きみがここにいることを知られたくない。だめだ。そっち、窓から離れた場所に座ってくれ。一つ訊いておきたい。きみがアンを殺したのか?」

「いいえ」

「こっちを見ろ。きみはやらなかったのか?」

「ええ」

「わかった」

「アーチー――」

「黙ってくれ」

ぼくは椅子の端に腰をおろし、膝の上に拳を置いて壁を睨んだ。ウルフのように目を閉じてものを考えることはできない。三分くらい経っただろうか。ぼくはいい計略を考え出したと思った。少なくとも、あらましだけは。あのダグラスの小僧がいなければ、うまくいく。すべてやつ次第だ。

ぼくはリリーに目を向けた。「ドアの開く音が聞こえるように、声は小さく。ひそひそ話だ。あのアパートにはよく行っていたのかい？」

「一回だけ。ずっと前に。こういうときのあなたってすてき、アー――」

「その台詞はクリスマスプレゼントにとっといてくれ。どの家のベルを鳴らしたんだ？」

「さあ。上の階のどれか――」

「出入りするとき、だれかに見られたか？」

「入ったときはわからない。いないと思うけど。出ていくときは、見られてない。周りを確認して、階段もちらっと見たから」

「きみの顔を知っている住人は？　アン以外に？」

「ミセス・チャックだけ。アンのおばあさん」

「だれか……しっ」

玄関のドアが開く音がしていた。また閉まる。ウルフの声、フリッツのくぐもった声。足音が廊下を進んでいき、厨房のドアが開いて閉まる音がした。

ぼくはこっそり廊下に通じるドアに近づき、そっと開けてみた。厨房のドアは閉まっていて、その奥から物音がしている。ぼくはリリーを手招いた。そばに来たリリーの耳元に囁く。「急いで、ただし、静かに。わかったね？」忍び足で玄関のドアに近づき、音をたてないように開けた。リリーがすり抜けるように出て、ぼくも続いた。ドアを閉めたが、かすかにかちりという音をたてただけだった。階段から歩道におり、東へ向かう。遅れないようにと、リリーは小走りだ。大通りに出て角を曲がると、ぼくはどこかの家の玄関口にリリーを引っ張りこんだ。

「続きだ。きみが入っていったとき、共用玄関の近くでだれか突っ立っていなかったか？」

「突っ立って？　いえ。でも、なんの——」

「余計なことは言うな。時間がないんだ。きみは人目につきやすい。出入りするとき、だれかきみに気づいた人は？」

「いないと思う。いたとしても、わたしは気づかなかった」

「わかった。ここで別れる。で、きみの行動計画だ。町の外に出ろ。遠くない場所、ロングアイランドとか、ウェストチェスターとかに。行く先を書いたメモを〈リッツ・ホテル〉に残しておいてくれ。いいか、他言無用だ。ぼくは——」

「今から、ってこと？」

「今すぐだ。荷物をまとめて出発だ。一時間以内に」

「勝手なこと言わないでよ」リリーはぼくの腕を両手でつかんだ。「あなたってひどい人ね。一大事があって、わたしはあなたを頼りにして行ったんじゃなかった？　一杯、いえ、何杯か飲みたい気分なの。一緒にいてくれなきゃ。ねえ、どう思う？　わたしが——」

　ぼくは自分の意見を押し通そうとしたが、どうにもならなかった。リリーは頑として動かない。時間が惜しかった。それで、こう持ちかけた。「聞くんだ、リリー。ぼくにはやらなきゃならないことがあるし、きみは手を貸してくれなきゃいけない。説明している暇はないんだ。言ったとおりにしてくれ。そうすれば、ぼくは土曜日に週末休暇をとる。予定はきみの好きにしていい。セントラル・パークの湖でボートをこぐ以外なら、なんでもだ」

「この次の土曜日？」

「ああ」

「正真正銘、嘘のない約束?」

「そうだって言ってるだろ」

「『紳士は金髪がお好き』って言うでしょ。紳士ならお別れのキスをして」

ぼくはすばやく片をつけ、歩道を突っ切ってタクシーに飛び乗り、運転手にバーナム・ストリートとクリストファー・ストリートの交差点へやってくれと告げて、車を飛ばさせた。ぼくの時計では六時十五分。ロイは十三分先行していた。

第七章

ロイ・ダグラスのせいで、ぼくの計略を成し遂げる望みは、ないに等しかった。が、通りの角でタクシーから飛び降り、三一六番地に大急ぎで向かう途中、変わった様子はまるでなく、望みはわずかに大きくなったように思えた。それでも、ぼくに対する掛け率は二十対一だ。ロイを含め、だれかがぼくの先手を打って、警察、医者、あるいは近所の人でも呼んでいたら、おばあさんが早めに帰っていたら、他の十七の候補のどれか一つでも起こっていたら、ぼくの計画はおじゃんだ。

共用玄関のドアが開いていたら幸先がよかったのだが、そううまくはいかず、チャックとアモリーの名前が書かれたベルを押した。一か八かで他の部屋のベルを押す勇気はなかったのだ。五秒くらいで、鍵が開く音がした。いい徴候か悪い徴候かのどちらかだろうし、あれこれ考える時間もない。ぼくはアパートに入り、廊下を進んだ。チャック家の開いた戸口にロイが立っていた。顔は青ざめ、ひきつっていて、全身が震えている。ロイが口をきけるようになるのを待たず、ぼくは部屋にロイを押しこんで、指関節だけを使って扉を閉めた。ロイは叫びだしそうな顔をしている。短い廊下から部屋へ入れ、有無を言わせず椅子に座らせた。

「死んでる」ロイの声はかすれていた。「だめだ……見られない」

「黙ってるんだ」ぼくは命じた。「わかったか。黙ってろ。この事件について、きみの知らないことをぼくは知ってる」

調べてみた。荒らされた痕跡も、争った跡もない。アンを見られないと言うロイを責めはしなかった。それは、アンであってアンでなかったのだ。ただの抜け殻で、ちっともアンに似ていなかった。リリーはさっき二つの大きな特徴を挙げていた。舌と目。上半身は布張りの椅子の正面にもたれかかっていて、青いウールのマフラーが首に巻きつけられ、左耳の下に結び目があった。ぼくは近づいて、膝をついた。十秒で、それが死体であって若い娘ではないとの結論が出た。まだ生きているみたいに温かかった。

ぼくはロイに向き直った。頭を垂れて、椅子にぐったりと座りこんでいる。ロイの背骨には、頭をあげてぼくを見るだけの強度が残っていそうになかったので、こちらから片膝をついて身を屈め、顔を覗きこんでやった。

「聞くんだ、ロイ」ぼくは言った。「やらなきゃならないことがある。ここへは、どれくらい前に着いた？」

ロイはぼくをじっと見た。「さあ」と呟く。「わからない、まっすぐここに来たんだけど」

「どうやって入った？」

「どこに？　ああ、自分の鍵で――」

「そうじゃない、ここだ。この部屋のことだよ」

「ドアが開いてて」

「大きく開いていた？」

「さあ……いや、大きくじゃない。少しだけ」

「だれか見かけたか？　だれかに見られたかい？」

「いや。だれにも会ってない」

「どこにも連絡していないのか？　電話はしていないのか？　医者は？　警察は？」

「医者？」ロイはぼくにすばやく視線を送った。「アンは死んでる。そうでしょう？」

「ああ。アンは死んだ。警察は呼ばなかったのか？」

ロイはぼんやりと首を振った。「やってません……ぼくはちがうんです……」

「わかった。じっとしてろ。そこから動くなよ」ぼくは立ちあがり、周囲を確認した。開いたドアの隙間から、ベッドの角が見えた。ぼくはそっちへ行って寝室に入り、ドレッサーのスツールに座って、内ポケットから手帳と鉛筆をとり出し、ページに書きこんだ。

アンへ
　悪いけど、約束を変更しなきゃならない。七時にネロ・ウルフの家には来なくていい。代わりに、ぼくが五時半頃きみの家に行く。
アーチー

　ぼくはそのページを破りとって畳み、軽くしわをつけた。そして、よく見えるようにと鏡に顔を寄せ、髪から八本か十本くらいの小さな毛束を分け、指に絡めて引っこ抜いた。居間に引き返すと、死体の前にしゃがみ、ドレスの前身頃、肌に直接触れるように畳んだ手紙を押しこんだ。毛束は首に巻きついたマフラーの内側、顎の右下あたりに挟んだ。マフラーは食いこんでいて、力仕事だった。ぼくはアンの肩をなで、小声で話しかけた。「大丈夫だよ、アン。悪党は捕まえてやる。場合によっては、悪女かもしれないけど」そして体を起こし、指紋をつけにかかった。三組もあれば充分だろう。椅子の肘掛けに一組、テーブルの端に一組、テーブルに置かれた雑誌の表紙に一組。腕時計を確認すると、六時三十七分だった。ミセス・チャックがリスの餌やりから早めに引きあげる気になったとしたら、いつ姿をみせるかわからない。今さらぶちこわしになったら悔しい。

ぼくはロイのそばに行った。「大丈夫か？　歩けるかい？」

「歩く？」ロイの震えは止まっていた。「歩いていくなんて、どこへ？　ぼくたちはここで――」

「いいか」ぼくは言い聞かせた。「アンは死んだ。だれかに殺されたんだ。ぼくらは犯人を見つけたい。だろ？」

「ああ」ロイは歯を見せた。寝ている犬が歯をむき出して唸っているみたいだった。「見つけたい」

「じゃあ、来るんだ」ぼくはロイの腕をとった。「行こう」

「でも、できない……アンをこのまま置き去りになんて……」

「ぼくらはアンになにもしてやれない。警察には通報するが、ここからじゃだめだ。いいかい、ぼくにはわかってることがあるんだ。さあ、行くぞ」

腕を引っ張りあげると、ロイは立ちあがった。ドアへと向かわせる。そこには指紋を残さないと決めていたので、ハンカチを使ってノブを拭ってからひねり、外側も同じようにした。廊下はがらんとして、人気がなかった。ロイをせきたてて通りに連れ出し、普通の歩行者の足取りでクリストファー・ストリートに向かった。心臓がどきどきしていた。それは認める。残り一球でストライクをとりにいくような気持ちだったのだ。二十四時間、ロイをどうにかしておくために。

ぼくはロイを七番街のバーへ連れていき、テーブル席に座らせて、ダブルのスコッチを二杯注文した。すぐに戻ると断ってから、電話ボックスへ行き、ある番号へかけた。

「リリー？　ぼくだ。荷造りはしてるかい？」

「嫌な人ね、してるわよ。なんの――」

「話す担当はぼくだ。説明をしてる暇はない。今言えるのは、これだけだ。こっちから電話をかけなおすまでそこを出ないでくれ。いいね？」

「あそこへは行った――」

「悪い。忙しいんだ。かけなおすまでそこにいてくれ」

テーブルに戻ると、ロイはグラスを落ち着きなくいじりながら、また震えだしたところだった。酒を口にしたのを、いや、飲んでしまったのを確認して、ぼくは身を乗り出した。

「よく聞くんだ、ロイ。いいかい、ぼくは信用できる男だ。ぼくがどういう仕事をしてたのか知っているね、ネロ・ウルフがどういう人かも。それで充分なはずだ。ぼくたちはこれからアンを殺した犯人を見つけだす、きみも力を貸してくれなきゃならない。その気はあるよな？」

ロイは眉を寄せていた。酒の力で顔に血の気が差してきている。「だけど、警察が――」と言いかける。

「もちろん警察はすぐにでも捜査をはじめるだろう、ミセス・チャックが帰り次第にね。ぼくも自分で通報するし、一緒に捜査することになるだろうな。ただ、この事件については、警察に伏せておくつもりの情報が一つあるんだ。リリー・ローワンを知ってるかい？　顔を見たことは？」

「いや。一度もないです」

「そうか。あの女は高飛びをするつもりらしい。いや、間違いない。住所は〈リッツ・ホテル〉だ。今からそこへ行く。女が荷物を持って出てきたら教えるから、きみが尾行するんだ。どこに行こうと絶対に見失うな。やってくれるね？」

頰が赤くなっていた。どうやらロイは酒に強くないらしい。「尾行したことなんて一度もない。やりかたがわからないよ」

「必要なのは知恵だけだ。きみにはちゃんとあるじゃないか」ぼくは財布を出して、二十ドル札を五枚抜き、ロイに手渡した。「自分でやりたいのは山々だが、他にしなきゃならないことがある。さあ、ここからが重要だ。しっかり覚えてくれ。木曜の朝九時まではぼくに連絡しようとしちゃいけない。が、その時間になったらどこにいようと電話で報告を入れるんだ。ネロ・ウルフか、ぼくに。他の相手にはしゃべるなよ」ぼくはグラスを空けた。「きみがやらなきゃいけないんだ、ロイ。電話を一本かけてくるから、それで出発する。いいね？　ちゃんとわかったかい？」

ロイは頷いた。「全力を尽くします」

「その意気だ。すぐに戻るよ」

ぼくは電話ボックスに入り、同じ番号にかけた。

「やあ、リリーかい？　ぼくだ。聞いてくれ。二十分、いや、もっと早いと思うけど、〈リッツ・ホテル〉のマディソン街側の入口前、歩道に行く。ロイ・ダグラスも一緒だ。きみがウルフさんの家に来たときに、居合わせた男だよ。で、ぼくがロイにきみを教える。ロイはきみをつける、尾行するんだ。ロイには一日くらい町の外にいてもらいたい。思いついたのは、この方法だけでね。タクシーで鉄道の駅に向かうときには——」

「駅に行くつもりはないけど。グリニッチの〈ワージントン・ホテル〉に行くの、車で――」

「だめだ。列車を使うんだ。これは取引の一部だよ、できなきゃ、取引はご破算だね。ロイがきみを見失わないように気をつけてくれ。グランド・セントラル駅で切符を買うときには、行く先が聞こえるくらいロイが近くにいて、その列車に乗り遅れないことを確認する。特等車じゃなく、普通車を選ぶように。ロイも〈ワージントン・ホテル〉に泊まるだろう。目を離さないでくれ。ただし、尾行に気がついてることを悟られちゃだめだ。馬に乗ったり、ロイを困らせるようなことは禁止。二十分以内にそこへ行く。そのあと、できるだけ早くやってくれ。時間がない――」

「待ってよ、アーチー。あなた、どうかしてるんじゃない？　あそこへ行ったんでしょ？　アンのアパートに？」

「まさか。時間がな――」

「じゃあ、どこでロイ・ダグラスをつかまえたのよ？」

「アパートに着く前に、追いついたのさ。説明してる時間はない。どんなに遅くても、土曜日には会おう」

テーブルに戻ると、ロイのやつはお代わりを飲んでいた。ぼくはウェイターを呼んで勘定を済ませた。

するとロイが言い出した。「できません。行けない。鳩のことを忘れてた。鳩の世話をしなくちゃ」

これでもかと、またしても面倒が起きた。ぼくはロイを店から連れ出してタクシーに乗せ、アップタウンへ向かう道々、朝八時になる前にミス・リーズに連絡をとって鳩の世話をしてもらう手はずを整えるという方法で、なんとか納得させた。今の大きな問題は、ロイがすっかり飲んだくれていることだ。ただでさえショックを受けたところだし、どれだけの理解力が残っているか、疑わしい。で、ぼくは丁寧にすべての指示を繰り返し、百ドルがどのポケットに入っているかを覚えていられるように確認した。

そのおかげで、〈リッツ・ホテル〉の前でタクシーを降りたとき、ロイはやるべきことをきちんと把握しているようにみえた。魔法のようにうまくいった。十分も待たないうちに、リリーは大きな荷物を三つしか持たずに出てきた。つまり、リリーにとっては紙袋一つ分の身軽さだ。タクシーのドアが開くのを待っている間に、リリーがぼくを目の片隅でとらえたのがわかった。ぼくはロイを別のタクシーに乗せ、握手をして、信じていると声をかけた。そして運転手に、なんとしてでも前のタクシーにくっついていけと指示した。二人の車が走り去るのを、ぼくは立ったまま見送った。

腕時計の時刻は七時四十五分だった。ぼくはホテルに入り、鳩の世話を頼むとのミス・リーズ宛の電報をロイ・ダグラスとサインして打った。一刻も早く三十五丁目の家に戻りたかった。ぼくがアン宛に書いたメモが、現場に到着した最初の捜査員に発見されるのか、何時間も経って医者が検死解剖をはじめたときに発見するのか、その問題は未解決のままだったからだ。電話がかかってくるなり、お迎えが来たなりしたときには、とにかく家にいなければならない。それでも、別に最優先のちょっとした用事があった。どうしても後回しにはできない。なんといっても、ロイ・ダグラスはアンの婚約者だったのだ。恋人を絞め殺した直後にどっかり腰を据えて、ぼくに向かって鳩のことをしゃべりまくれるほど度胸のあるやつとは思えなかったが、とんでもないドジを踏むのが嫌なら、ぜひとも確認しておかなければならない。で、電話帳と電話を探しにいった。

四十五分近くかかった。最初、だれかが残業しているのを期待して全米鳥類協会の番号にかけてみたが、応答はなかった。なので、次から次へと試した。『タイムズ』紙と『ガゼット』紙に電話をかけ、ついに『ヘラルド・トリビューン』紙のだれかから全米鳥類協会会長の名前と住所を教えてもらった。家はマウント・キスコだった。そこに電話をしたら、当人はオハイオ州のシンシナティにいると言われたが、奥さんが協会の秘書の名前と住所を教えてくれた。ぼくはそのブルックリンの番号にかけて、本人をつかまえた。ついてない。その日の午後は会議で事務所を留守にしていたと言う。事務所で働いていたもう一人の女性の名前と電話番号を聞き出すには、ありったけの力で宥めすかす必要があった。で、ようやくツキに恵まれた。その女性は家にいて退屈していたらしく、しゃべらせるのにご機嫌をとる必要もなかった。彼女はアン・アモリーの隣の席で、その日は五時ちょっと過ぎに一緒に事務所を出ていた。だから、あれこれ手間をかけた価値はあって、問題は解決した。ロイはウルフの家に四時五十五分に到着した、アンが会社を出てもいない時刻だ。殺人犯に田舎旅行をさせるために百ドル握らせたのではないことがわかって、ぼくは胸をなで下ろした。

タクシーに乗り、途中サンドイッチ二個とミルク一瓶を買うために寄り道して、三十五丁目に戻った。まだツキは続いていた。なにもかも平穏そのものだった。ウルフたちは寝てしまっていて、家は暗かった。厨房でサンドイッチを楽しみたいところだったが、玄関のベルは鳴らさせたくなかったので、電気をつけずに、こっそり家に入ってコップを一つとると、ポーチへ戻った。ドアを閉め、階段の一番上に座って夕食を味わった。すべてすらすらと順調だった。

いけるサンドイッチだった。時間はゆっくり過ぎていき、ぼくは寒くなってきた。ポーチで足踏みをしたり、歩道を行ったり来たりするのはやめておきたかった。フリッツが寝ているのは地下だし、トレーニング期間中にどれだけ深く眠っているのか、知らなかったからだ。で、血行をよくするために、立ちあがって腕をばたばた振った。それから、また階段に座りこんだ。腕時計を見ると、十時四十分だった。一時間くらい経ってからもう一度見たら、なんと十時五十五分だった。ここに陣どる前は、捜査員が真っ先にメモを発見するんじゃないかと心配していたが、今はばかな鑑識が検死解剖の開始を明日の朝まで延ばして、ぼくを一晩中外で待たせておくつもりなんじゃないかと心配になってきた。ぼくは立ちあがって、また腕を振った。

十二時近くなったとき、パトカーが通りを突っ走ってきて、家の前でスピードを落として停まり、人が出てきた。歩道にあがる前に、だれだかわかった。殺人課のステビンズ巡査部長だ。歩道を横切って階段をのぼりはじめたところで、ぼくに気づき、足を止めた。

ぼくは明るく声をかけた。「やあ、パーリー。こんな遅くまで起きてるのかい?」

「だれだ?」ステビンズはこっちの顔を覗きこんだ。「へえ、驚いたな。軍服姿じゃわからなかった。いつニューヨークに戻った?」

「昨日の午後だ。犯罪者狩りはどうだい?」

「絶好調だ。なかで座って、少しおしゃべりしないか?」

「悪いね、だめだ。大きな声を出さないでくれ。みんな寝てるから。ぼくは外の空気を吸いに出てきただけなんだよ。いやいや、また会えて嬉しいったらないね」

「まったくだ。少し訊きたいことがあるんだが」

「どうぞ」

「そうだな……こんなのはどうだ。アン・アモリーに最後に会ったのはいつだ?」

「いや、参ったな」ぼくは残念そうに答えた。「そうくるとはね。今晩のぼくが答える気のない、唯一の質問をするんだからな。今夜はアンという名前の人物に関する質問には、一切答えないことにしてる」

「ばか言え」ステビンズは大声をあげた。この十年間ちょこちょこ聞いてきた、低音の怒鳴り声だ。「こっちはお遊びじゃないんだ。彼女が死んだのは初耳か？　殺されたのは？」

「無駄だよ、パーリー」

「無駄じゃない訊きかたもあるぞ。アン・アモリーは殺された。答えなきゃならないことくらい、百も承知だろうが」

ぼくはにやりと笑った。「どんな訊きかただい？」

「そうだな、手始めに重要参考人で引っ張る。吐けよ。じゃなきゃ、引っ張る。いや、いずれにしても引っ張るかもな」

「つまり、重要参考人として逮捕するってことかい？」

「そういうことだ」

「やってくれよ。ニューヨーク市で逮捕されるのは、これがはじめてだ。おまけに、相手があんたとはね！　やれよ」

ステビンズは怒鳴った。頭に血がのぼってきている。「ふざけるな、アーチー！　その格好でか？　おまえは将校なんだろ？」

「そうだ。グッドウィン少佐だよ。敬礼を忘れたぞ」

「くそ、聞けよ――」

「だめだめ。最後通告だ。アン・アモリーについて、アン・アモリーに関することについて、ぼくは一切答えない」

「上等だ」ステビンズは言った。「ずっと前から、おまえの頭はおかしいと思ってたんだ。逮捕だ。あの車に乗れ」

ぼくは言われたとおりにした。

成り行きを悠々と見守れるようになる前に、まだちょっとした仕事が一つ残っていた。センター・ストリートに到着し、ぼくは一本電話をかける権利を主張した。そして知り合いの弁護士をベッドから引っ張り出し、何点か事実を話して『クーリエ』紙のビル・プラットに伝えてくれと頼んだ。クレイマー警視、二人の警部補、巡査部長の寄せ集め、その他大勢と三時間渡り合い、アン・アモリーの生死に関わる一切に完全に黙秘したまま、午前三時四十五分、ぼくはできたてぴかぴかの市拘置所の一室に閉じこめられた。内部は外見ほどきれいではなかった。

第八章

密輸入には二ドルかかったが、それだけの価値はあった。水曜日の正午、ぼくは拘留室の簡易寝台の端に腰をおろし、それに見ほれていた。『クーリエ』紙の早版、第一面の見出しだ。

殺人事件で陸軍少佐の身柄拘束
　ネロ・ウルフの元助手、塀のなかへ

学校の生徒が先生に言う言葉を借りるなら、『うまくできました』だ。いや、こいつは完璧だ。『陸軍少佐』だけでも充分不面目だが、『ネロ・ウルフの元助手』は傑作だ。面目丸潰れだ。その上おまけの目玉記事として、第二面にウルフとぼく、二人の写真が掲載されていた。記事の内容もいい。ビル・プラットはぼくの期待を裏切らなかった。おかげで食欲が出てきたので、こういう場合にふさわしい食事を差し入れてもらうために、さらに二ドルを手放した。食事を平らげたあとは、ここ二晩寝不足続きだったため、簡易寝台に横になって昼寝をした。

拘留室のドアが開く音で目が覚めた。瞬きしながら看守を見やると、出てこいと合図をしていた。目をこすって立ちあがり、体をぶるぶる揺すって思い切りあくびをしてから、ついていった。看守はエレベーターに向かい、下の階で舎房の検問所を通過し、廊下を進んで控え室を抜けて取調室に入った。昨晩も来た場所だった。一つの物体を除いて見覚えがあった。大きな机に向かうクレイマー警視、すぐそばには知的活動を必要としないあらゆる出来事に万全の態勢で立っているステビンズ巡査部長、傍らの小さなテーブルでノートを用意している男。この配置でなじみのない物体が、ネロ・ウルフだった。クレイマーの机の角に近い椅子に座っている。もうトレーニング用の服を着ていないのを見て、ぼくはにんまりしないように、唇をしっかり引き結ばなければならなかった。ウルフが着ていたのは、紺色でピンストライプのチェビオット生地のスーツ、黄色いワイシャツと暗い青のネクタイ一式だった。最高に洒落ている。スーツはもう体に合っていなかったが、今のぼくにはどうでもよかった。

ウルフはぼくを見たが、なにも言わない。しかし、たしかに見た。

クレイマーが声をかけた。「座れ」

ぼくは腰をおろし、足を組んで、ふてくされた態度をとった。

ウルフはぼくから視線をはずし、厳しい口調で言った。「クレイマー警視。さっきの話をもう一度してください、簡潔に」

「こいつは全部知ってる」クレイマーは怒鳴った。机の上で両手を握りしめている。「昨晩七時十分、ミセス・チャックがバーナム・ストリート三一六番地の自宅アパートへ帰り、孫娘のアン・アモリーが床の上に倒れて死んでいるのを発見した。絞殺だ、首にマフラーが巻きついていた。無線パトカーは七時二十一分、捜査班は七時二十七分、検死官は七時四十二分に現着。被害者は死後一時間から三時間経過。死体が動かされた――」

ウルフが指を一本動かした。「失礼。要点を。グッドウィン君に関することで」

「それもこいつは知ってる。死体の服の下から、さっき見せたメモが見つかった。グッドウィンの筆跡で、『アーチー』とサインがある。紙片はグッドウィンの所持していた手帳から破りとられていて、現在は警察が保管している。グッドウィンの鮮明で新しい指紋がアパート内の物品に三組付着していた。毛束、十一本の毛髪が、死体の首に巻かれた凶器のマフラーの内側から見つかっている。グッドウィンの毛髪と比較したところ、完全に一致。グッドウィンは月曜の夜、現場のアパートに行き、ミセス・チャックと口論している。その後、アン・アモリーをフラミンゴ・クラブへ連れていったが、他の女、名前は――事件の重要要素じゃない――と揉めて、被害者と一緒に慌てて引きあげた。昨日もまた現場に出向いて、フューリー、レオン・フューリーという男に質問をした。まだ裏をとっているところだが、午後はほぼずっと近所を嗅ぎまわっていたようだ。で、近所の連中に顔が割れていた。六時半から七時の間にグッドウィンが三一六番地から遠くない場所、バーナム・ストリートを徒歩で東へ向かっているところを二人の住人が目撃している。男が一人一緒で、名前はロイ・ダグラス、住所は――」

「もう結構」ウルフが遮った。視線が動く。「アーチー。今すぐ説明しろ」

「この証拠を突きつけられて」クレイマーはドスのきいた声で続けた。「グッドウィンは説明を拒否した。身体検査には抵抗せずに応じた。ポケットに例の手帳が入っていたのに。毛束と自分の毛髪の顕微鏡比較検査も許可した。なのに、口を開こうとしない。おまけに、なんなんだ」クレイマーは片手の握り拳で机を叩いた。「あんたが厚かましくもここへ出向いてきた。初のご来訪だよ。そして、警察をぶっつぶすと脅すときたもんだ」

「わたしはただ――」ウルフが言いかけた。

「こっちの話を聞け！」クレイマーがすごい声で怒鳴った。「あんたの減らず口を十五年間も聞いてきたんだからな。グッドウィンは少なくとも十年は無茶をやりたい放題にしてきた。その挙句、この有様だ。まだ殺人罪で起訴はされてはいない。重要参考人として勾留中だ。だがな、あの毛髪の束を笑ってごまかすには、相当な喜劇が必要だろうよ。娘がつかみかかり、犯人の髪の毛を引き抜いた。そこへ、マフラーを巻きつける。はずそうと被害者が指を内側に入れようとする。それで毛髪が挟まった。グッドウィンは気づかずじまい。いかにもありそうな話じゃないか。ウルフ、あんたは頭がいい。おれの知り合いのなかで一番だ。いいだろう、どうやってグッドウィンの毛髪がマフラーの内側に入りこんだか、他に筋の通った説明を考えてみろ。こういう事情だからな、保釈の申請にはすべて反対するつもりだ」

クレイマーはポケットから葉巻を引っ張り出し、口へ持っていって、がっちり嚙んだ。

「大丈夫ですよ、ボス」ぼくは気丈に笑おうとしているような顔を作ろうとした。「まさか有罪判決が出ることはない、と思います。出るはずがありませんから。弁護士には面会に来てもらえるよう手配してあります。家に帰って、忘れてください。トレーニングを中断してほしくないんです」

ウルフの唇がかすかに動いたが、声は出てこなかった。怒りのあまり、言葉が出てこないのだ。

ウルフは大きくため息をついた。

「アーチー」と口を開いた。「きみはわたしより有利な立場にある。きみに対して打つ手はない。首にすることもできない。今は雇われていないのだから」ウルフの視線が移動した。「クレイマー警視。あなたは愚かだ。グッドウィン君とわたしを一時間二人きりにしてください。そうすれば、お望みの情報はすべて手に入れます」

「あんたと二人きり？」クレイマーはばかにしたように唸った。「そこまで愚かじゃないんでね」

ウルフは顔をしかめた。感情を抑えるために全力を尽くしているのだ。

ぼくは覚悟を決めた口調で言った。「こういうことなんです、ボス。ぼくはとても苦しい立場に陥りました。それは認めます。無実ですが、ぼくの名誉に関わる問題なもので。いい弁護士なら、助けてくれるかもしれません。昨夜はあなたを起こして事情を説明したい気持ちを、歯を食いしばって我慢しなくちゃなりませんでした。あなたの意志に反することはわかって――」

「アーチー、きみは」ウルフはむすっとした声で遮った。「わたしがきみをどれだけ知っているかを忘れているようだな。こんな馬鹿騒ぎはたくさんだ。きみの取引条件はなんだ？」

やられた。ぼくは一瞬面食らい、口ごもった。「ぼくのなんです？　取引条件？」

「そうだ。この騒動を片づけるのに知らなくてはならない情報に対する要求だ。まず、きみをここから出すための。わかっているのか、フリッツが新聞を持ってきて、あの見出しを見たときには――」

「はい、わかっています。取引条件に関してですが、ぼくのじゃありません。軍のです。ぼくは陸軍に所属していますし、任務があります。あなたに協力を要請――」

「もうすぐ協力することになる。そのための準備をしているではないか――」

「そうでしょうとも。日干しになって死ぬ準備をね。ライダー大佐の訪問及び面会の機会を、できるだけ早く設けることを要求申し上げます。また、あなたの頭脳をシダー材の保管用引き出しからとり出してくること、伸びて型崩れしたぼくのセーターを返すこと、仕事をすることを要求いたします」

「いい加減に――」

「おい」クレイマーが怒鳴った。「いったいなんの話だ？」

「静かにしていただきたい」ウルフが鋭く制した。腕を組み、目を閉じる。そして、唇を突き出し、引っこめ、また突き出して、引っこめた。クレイマーもぼくも、いろいろな機会にウルフがそうするのを見てきた。今回はかなり長い間続いた。結局、ウルフは大きなため息をつき、両目を開けた。

「結構だ」ぼくにぼそぼそと声をかける。「話せ」

ぼくはにやりと笑った。「明朝十一時に来るようにと、ライダー大佐に電話をかけてもかまいませんか？」

「そんなことを決められると思うか？　仕事をしなければならないのだぞ」

「けりがつき次第では？」

「いいだろう」

「わかりました」ぼくはクレイマーに向き直った。「ステビンズに、電話でフリッツに伝言をするよう頼んでください。事務所の掃除と換気、それから買い物ですね。以前と同じように八時に夕食を……そうだな……ヤング・ターキーのグリルとそれに合う料理で。それにビール。ビールを三箱」

ステビンズは怒りのあまり唸ったが、クレイマーが軽く頷き、発令となったので、部屋を出ていった。

「それに」ぼくは屈託ない調子でクレイマーに告げた。「口を割る前に、あなたからの保証がほしいんです。ぼくは――」

「黙れ」クレイマーはがみがみ怒鳴った。「今度はおまえの番だ。充分に気に入る話なら――」

「無理です」ぼくはきっぱり首を振った。「あなたはちっとも気に入らないでしょうね。そちらがその気になれば、実際問題ぼくに着せられない罪はないでしょう、殺人罪は除きますが。そこで、あなたにも取引条件があります。あなたはぼくを十年間……少なくとも五年間はぶちこんで鬱憤を晴らすことができます。さもなければ、事実を知ることができます。ただし、鬱憤を晴らすのと事実、両方を手に入れることはできません。ぼくをブタ箱に放りこんで、ウルフさんをぼく抜きでてくてく歩いて帰らせたとしましょう。ぼくの毛髪の束があのマフラーの内側に入りこんだ事情を解明するのに、どれくらいかかると思います？　他にもいろいろあります。もし事実を知りたければ、あなたの保証をください。前もって、です。そして我慢する覚悟を決めてください。率直に認めますが、ぼくは任務に熱心なあまり——」

「ぼくがどうだって？」

「熱心です。一生懸命です」

「ほう」

「そういうことなんです。なんというか、自由裁量で行動してしまったことは認めます。その点を説明すると、あなたはきっと腹を立てたくなるでしょう。それどころか——」

「べちゃくちゃうるさい。おまえの取引条件はなんだ？」

「新鮮な空気。殺人罪以外では、ぼくの罪は問わない。サイン入りの供述書はなし、口頭だけで終わりにする」

「勝手にほざけ」

「お好きなように」ぼくは肩をすくめた。「たぶん、ぼくを殺人罪で告発することはできないでしょう。ぼくは事実を知っているし、あなたは知らない。あの毛髪の束について真相を見抜くには三千年かかるでしょうね、ましてや——」

「黙れ！」

ぼくは言われたとおりにした。クレイマーがぼくを睨みつける。ぼくは冷静に見返したが、ひるまなかった。ウルフは目を閉じて、椅子にもたれている。

「いいだろう」クレイマーは言った。「殺人を除いて、おまえの罪は問わない。話を進めろ」

ぼくは立ちあがった。「電話をお借りしたいんですが」

クレイマーが電話機を押して寄こしたので、ぼくはグリニッチの〈ワージントン・ホテル〉にいるリリー・ローワン宛の指名通話を申しこんだ。外出してロイを振り回してはいなかったらしく、リリーはすぐに電話に出た。少し扱いにくい状態だったが、直接会うまでおしゃべりは一切お預けだと告げた。もし次のニューヨーク行きの列車に乗って、駅からウルフの事務所へ直行してくれれば、会うのは今日の午後になるだろうとも付け加えた。それからホテルの交換台へ電話を戻すよう頼み、つながるとロイ・ダグラスへの通話を申しこんだ。数分後、応答があった。びくついているような口調で、新聞に自分が逃走して行方を捜索されていると出ていたと、まくしたてはじめた。そこを宥めすかして、リリーのときと同じく、ニューヨークに戻ってウルフの事務所に来るように指示した。ぼくが受話器を戻すと、クレイマーが険しい目でこちらを見ていた。電話機に手を伸ばし、出た相手にこう怒鳴る。

「三十五丁目、ネロ・ウルフの家へ四人やれ。リリー・ローワンとロイ・ダグラスがそこに現れる。二時間、いや、もっと早くだろう。ウルフの家に入るようなら、そのまま見張れ。別の行動をとったら、尾行しろ」クレイマーは電話を切り、ぼくに向き直った。「じゃあ、おまえがあいつらを高飛びさせたんだな？　二人ともか、ええ？」ぼくに葉巻を突きつける。「おまえは一つ間違いをしでかしたぞ。今日の午後、ウルフの事務所でリリー・ローワンには会えない。そこには行けないからな。さあ、話を聞かせてもらおうか」

　ウルフがぼそりと言った。「話せ、アーチー」

第九章

ぼくは話した。自分が見たそのときどきの出来事の報告が、ぼくの特技の一つだ。二人はそれを承知しているので、話の腰を折ったりはしなかった。そう難しい報告ではなかった。ウルフだけを相手にするときのように、ただ口を開けて手持ちの中身をぶちまけるだけでよかったのだから。切り札をクレイマーから隠そうとする理由もなく、持ち札はすべて渡した。ただ一つを除いて。ぼくは控えめな性格なので、ぼくに本を読み聞かせることがリリー・ローワンの生命、自由、幸福の追求において必要不可欠な要素である点には触れる気になれず、すべて割愛した。ニューヨーク行きの飛行機で偶然リリーと乗り合わせ、アン・アモリーが厄介ごとを抱えていることを聞き、ネロ・ウルフを正気に戻す作戦で活用してみることに決めた、と説明するだけにした。もちろん、ニューヨークへ来た目的やその他細かい事情についてはは打ち明けざるをえなかった。そうしない限り、あのメモや毛髪や指紋を残した理由を説明しようがない。どっちみち、ぼくに取引条件を訊いたときにははっきり示したとおり、その辺の事情をウルフはとっくの昔に見抜いていた。

「というわけで」ぼくはウルフをまっすぐ見つめながら、締めくくった。「こういうことになりました。ぼくは軍服を汚してしまったのです。今この瞬間にも、百万人の人々が『ネロ・ウルフの元助手、塀のなかへ』という見出しを読んで、忍び笑いを漏らしているでしょう。警視がぼくの話を信じてくれたとしても、警察はまだぼくの毛束を握っています。信じなければ、警視はぼくを電気椅子送りにするかもしれません。みんな、あなたのせいなんですよ！　もしあなたが――」

クレイマーはぼくを仏頂面で睨み、三本目の葉巻をぐちゃぐちゃに嚙みながら、首の後ろを揉んでいた。「さっきからの頭痛が」と口を挟む。「今はもっとひどくなった。うちの息子は陸軍航空隊の一員で、オーストラリアにいる。爆撃手だ」

「承知しています」ぼくは丁寧に応じた。「最近、連絡はありましたか？」

「やかましい。グッドウィン、おまえもよく知っているとおり、おれは何年間もおまえに一度思い知らせてやりたいと思ってきた。今回はいい機会だ。懲役五年が妥当なとこだな。だが、殺人罪以外では、おまえは無罪だ。おれはそう言った。言ったからには、守る。約束さえなければ、ぶちこんでやるところだ、つけあがるなよ。ともかく、おまえは今、息子と同じ軍服を着ている。こっちはおまえなんかより、その服に敬意を抱いてるんだ。だいたい、軍法会議にかけられるんじゃないのか？　一時間くらい前、ライダー大佐とかいうやつがおまえとの面会を求めてここに来たぞ、認めなかったが」

「そっちは大丈夫です」ぼくは請け合った。「ウルフさんが殺人犯を見つければ、すぐに万事丸く収まりますから」

「どうだかな。ウルフは殺人犯を見つけるつもりなのか？　そりゃご親切なこった」

「アーチー」ウルフは口がきけるようになっていた。「この非常識きわまりない大騒動の唯一の目的が、わたしに圧力をかけるためだったと認めるのか？　わたしを思いどおりに動かすためだったと？」

「刺激を与えるためだったとのことなら、そのとおりです」

ウルフは厳しい顔で頷いた。「この件は適当なときに話し合う。他人のいる前では議論したくない。まずはこの殺人事件だ。クレイマー警視にした話のうち、どこまでが真実なんだ？」

「全部です」

「今はわたしに話しているんだぞ」

「わかってます」

「言及を控えた話は、どの程度ある？」

「なにも。あれで全部です」

「信じられんな。二度、きみはためらった」

ぼくは首を振り、にやりと笑いかけた。「あなたは少し焼きが回ったんですよ、それだけです。実戦から離れていましたからね。ただし、口に出さなかったことは一つあります。たしかに、軍があなたを必要としているので仕事に復帰してもらいたいのですが、あそこで床に倒れたアン・アモリーを見て、もう一つ理由ができました。アンはいい娘《こ》でした。すてきな女の子だったんです。一緒にダンスをして、好意を感じました。もし月曜の夜のアンを見て、次に床に倒れている彼女を見たとしたら……ともかく、ぼくはこの目で見ました。ですから、そんなことをしたやつが必要以上に長生きしないことをぜひ確認したいんです。それが、あなたを仕事に復帰させたかった、もう一つの理由です。事件の責任の一端は、ぼくにあるのかもしれません。あのアパートに出向いて、ことを荒立てたんですから。やめておけば、こんなことにはならなかったかもしれません」

「意味がわからん」ウルフは不機嫌だった。「キノコじゃあるまいし、殺人犯は一晩で突然発現するわけじゃない。どうですか、クレイマー警視？　なにをつかんでいたんですか？　なにか必要なことが？」

クレイマーは唸った。「グッドウィンの供述は必要なかったな。仮にこいつを信じるとしたら。信じることになるなら、本命を潰す。だったら、グッドウィンはお呼びじゃなかった」

ぼくは眉をあげた。「ロイ・ダグラス？　やつに目をつけてたんですか？」

「そうだ」クレイマーは、火をつけないまま、ぼろぼろにした葉巻をゴミ箱に投げ入れた。「一つには、逃走したからだ。が、おまえを信じるとしたら、やつはシロで除外される。目撃者の三人によれば、被害者が会社を出たのは五時少し過ぎ。五時二十分より早く帰宅するのは無理だ。五時二十五分より前も、たぶんきつい。ミス・ローワンが現場で死んだ被害者を見つけたのが五時四十五分、もしくはそれに近い時間だった。従って、その二十分間に殺されたことになる。ちょっと飛躍した考えを採用して、被害者が会社を出てすぐ、どこか別の場所で殺され、その後死体が運ばれてアパートに捨てられたとしても、だ。それでもダグラスは、除外される。おまえの話じゃ、やつは五時前にウルフの家に着いて、ミス・ローワンが来るまで、ずっとおまえと一緒だったんだからな」

ぼくは頷いた。「さっきも言いましたが、アンが会社を出た時刻はぼくも確かめました。殺人犯を汽車の旅に送り出すために百ドル握らせたとしたら、いくらなんでもやりすぎでしょうからね。他に残っている容疑者は？　レオン・フューリーはどうです？」

「四時からずっと〈マーティン〉で賭けビリヤードをしていた。そこでサンドイッチを食べて、ゲームを続けてる。バーナム・ストリートには真夜中頃まで戻っていない」

「裏はとれたんですか？」

「とれたと思っていた。だが、洗いなおさなけりゃならんだろう。ダグラスを追ってたんでな。関係者全員を調べなおす必要がある。ばあさんも、だな。七時十分に家に入ったところを二人が目撃しているが、もっと早い時間に帰って、また出ることもできただろう。それに、ミス・リーズ。業者が賃貸物件や決算報告書の確認に来ていたが、帰った時刻は六時半以降七時までの間。それも裏をとらなけりゃならなくなった。犯行時刻にアパート内にいた四人の人物は、アン・アモリーと接点がなさそうで除外したが、そいつらもあたりなおさなけりゃならん」クレイマーはぼくを睨みつけた。「やれやれ。おまえと会うか、話をするかして、事件をかき回されなかったためしは一度もないな」

クレイマーは受話器をとって、指示を出しはじめた。その結果、十分弱で二ダースの人間が行ったり来たりしはじめた。が、ぼくはあまり注意を払っていなかった。ウルフはライダー大佐との面会に同意し、フリッツにヤング・ターキーのグリルを注文する伝言を黙認したが、ぼくは本当にウルフを丸めこめたのか、自信が持てなかった。ウルフはリリー・ローワンと同じで、予測がつかない。だからぼくは、ウルフを真剣に取り組ませる方法を見つけようとしていた。ウルフの様子が気に入らない。目を見開いて、頭をまっすぐにあげている。それがなにを意味するのか、今まで見たことがないので知りようがなかった。やるべきことはわかりきっている。ウルフを家に戻して机の奥にある自分の椅子に座らせ、目の前にビールを置き、厨房から食欲をそそる香りを漂わせることだ。それも、できるだけ早く。

その考えをクレイマーに売りこむ方法を考えていたのだが、先方がその手間を省いてくれた。クレイマーは電話を脇に押しやり、突然ウルフにこう切り出したのだ。「さっき、なにか必要かと訊いたな。実は、必要だ。今の状況がだれを指しているか、あんたは気づいているだろうな」

「わたしの理解したところでは」ウルフは素っ気なかった。「全体的な流れは、ミス・ローワンを指し示しているようですが」

クレイマーは、浮かない顔で頷いた。「たいした理解力も必要ないことだな。全員を調べなおさなきゃならんが、今度はその線が有望のようだ。実を言うと、リリー・ローワンの父親は、おれの一番の恩人の一人でね。警察に入る世話をしてくれた上に、市庁舎にいた昔は、こっちを苦しい立場から助けてくれたことも何度かあった。リリーのことは、歩けるようになる前から知っている。リリーのために尻ぬぐいをする立場じゃないが、かといって、オオカミどもに引き渡すようなまねもしたくない。あんたの家で、あんたがリリーの相手をしてくれないか。こっちはリリーから見えないように、表の応接室で立ち会いたい」

ウルフは眉を寄せた。「ミス・ローワンは、わたし自身も知り合いです。蘭を贈る間柄なのですよ。最近は、わたしにずっとつきまとっていました。楽しくはない頼まれごとですな」ウルフはぼくを縮みあがらせるつもりで、一睨みした。そして、不愉快そうな顔をしてクレイマーを見たが、大きくため息をついた。「結構。アーチーも同行して、立ち会うのなら、という条件で。このばかげた道化芝居は——」

ぼくの知らない刑事が部屋に入ってきた。クレイマーが頷くのを見て、近寄って報告した。「ミセス・チャックがここへ来て、話をしたがっています。ミス・リーズも一緒です。ロークリッフ警部補に対応していただきますか？」

「いや」クレイマーは時計をちらりと見やり、答えた。「ここへ連れてこい」

第十章

　ぼくが最初にバーナム・ストリートに出かけていって別々に会ったときも、この二人の女性は風変わりだったが、一緒に取調室へずかずかと入りこんできたときは、正真正銘の変人奇人にみえた。体格と体重に限れば、ミス・リーズはミセス・チャックを楽々と小脇に抱えて、さらっていけただろう。が、ミセス・チャックの黒い目に浮かぶ表情は、もしだれかがことを構えようとしたら、体格だの体重などはもちろん、年齢なんて小さな問題だろうなと思わせた。ミス・リーズが一歩で進むところをミセス・チャックには二歩必要だったが、先陣を切るのはミセス・チャックだ。二人の服は、軽装馬車に腰をおろして米西戦争の帰還兵の行進を見物したときのものじゃないだろうか。ステビンズが席に座らせ、クレイマーが声をかけた。「お二人はなにか話があるとか?」

「あるのは、あたしだよ」ミセス・チャックは食ってかかった。「いつロイ・ダグラスを捕まえるつもりなのか知りたい。あの男と直接会いたいんだよ。あいつがあたしの孫を殺したんだ」

「あんたは頭がおかしい」ミス・リーズの声はかすれていたが、口調はきっぱりしていた。「五十年も、頭がおかしいまま。あたしの家に住むのを許してきたのは――」

「あたしは我慢できないから――」

　二人が同時にしゃべる。

「お二人とも！」クレイマーは大声で制した。栓をひねったみたいに、二人ともぴたりと口を閉じた。

「ミス・リーズ」クレイマーが提案した。「あなたは外で待ったほうがいいでしょう。わたしがミセス・チャックの言い分を聞いてしまうまでは――」

「お断り」ミス・リーズはすっぱり拒絶した。「聞かせてもらう」

「では、口を出さないでもらいたい。後ほどあなたにも――」

「あたしのことを怖がってるんだ」ミセス・チャックが決めつけた。「一九〇五年の十二月九日、この人の母親がワシントン・スクエアでリスに毒を盛ったのを、あたしが見つけてからね。刑務所送りの罪だよ。でもね、今度はあたしの孫娘が死んだ。あたし自身が罪を犯したからだ。神の慈悲を乞う権利はないし、喜んで罰を受けるつもりだよ。あたしは死んでもおかしくない年だし、あたしが死ぬべきだったんだ。去年の十二月九日にコーラ・リーズが死んだとき、あたしは神罰だったと自分に言い聞かせた、浅ましい思い上がりさ。自分に都合がよかったんだよ。あとになって、ロイ・ダグラスがコーラ・リーズを死なせた、殺したとわかったとき、あたしは信じないと言った。思い上がって、神罰という考えを捨てられ――」

「コーラ・リーズとは、だれです？」クレイマーが訊いた。

「この人の母親だよ」ミセス・チャックは骨張った小さな指で、矢のようにまっすぐミス・リーズを指した。「あたしは耳を貸さなかった――」

「ロイ・ダグラスが殺したと、どうしてわかったんです？」

「アンが話してくれたんだよ。孫がね。どうやってわかったか説明してくれたんだけど、思い出せない。昨晩からずっと思い出そうとしてる、いずれわかるだろうさ。そんなことも思い出せないほど、あたしの頭は耄碌《もうろく》していないからね。コーラ・リーズはベッドにいた。九月に足を傷めてから寝たきりだったんだ。で、ロイはコーラの顔に枕をあてて押さえつけた。もがいたら年で心臓が持たなくて、死んだんだよ。ロイが枕をあてるところを、アンは見たんだと思う。いや、ただの思いこみだね。わかるだろう、覚えておきたくなかったんだよ、十二月九日に下された神罰ではなくなってしまうから。それで、忘れることにした。年はとりたくないもんだ。思い出し次第すぐに警察に来て話そうって、昨日の夜からずっと頑張っているんだけど、待たないほうがいいかと思ってね」

「この女は頭がおかしい」ミス・リーズは男のような声で言った。「前からずっと――」

クレイマーは手を振ってミス・リーズを黙らせ、ミセス・チャックから目を離さなかった。「しかし」と荒々しい声で言う。「さっきは、ロイ・ダグラスがお孫さんを殺したと言ったが。なぜそれがわかったのか、覚えてますかね？」

「もちろんだよ」ミセス・チャックは言い返した。「コーラ・リーズを殺したことを知られたから、アンを殺したのさ。アンを怖がってたんだ。だれかにしゃべるんじゃないかって怯えてたんだよ。立派な理由じゃないかい？」

「ああ、理由としては申し分ない。なにか証拠は？　証人は？　現場の近くでやつを見かけた？」

「見かける？　どうやって？　あたしは留守だったんだよ。帰ったら、アンは死んでたんだ」声が尖ってきた。「あたしは八十九歳なんだ！　家に帰ったら、孫娘が死んでるのを見つけたんだよ！　その場に座って、じっくり考えられたってのかい？　ベッドに入ってから、あの男がアンを殺したとわかったんだよ。捕まえてもらいたいんだ。直接あいつに会いたいんだ！」

「大丈夫ですよ」クレイマーは請け合った。「落ち着いて、ミセス・チャック。ダグラスがコーラ・

リーズさんを殺した理由は、覚えていますか？」

「もちろんだよ。鳩舎を手放したくなかったんだ。コーラ・リーズはあそこを取り壊すつもりだったからね」

「ミセス・リーズはダグラスのために鳩舎を作ったのでは？」ぼくは口を挟んだ。

「そうだよ。何千ドルもかけてね。ただ、足を傷めて、もう公園へ行けなくなってからは、ロイを忌み嫌ってたんだよ。だれも彼も嫌ってた。あたしには伝言を寄こしたよ、退去しろって。四十年以上も住んでいたあの家を出ていかなけりゃいけないって話さ。レオンにも出ていけ、もう鷹を殺した報酬は払わないって言った。それまでは殺した鷹一羽につき、二十ドルずつ払ってたんだけど。ロイ・ダグラスには、こう宣言したんだ。鳩は自分のものでロイのものじゃない、鳩小屋は取り壊すから出ていけってね。それから自分の娘に向かって、もうワシントン・スクエアに行くのはやめろって命令した。この人が鷹を殺した代金をこっそりレオンに払っているのを見つけてからは、どんな理由でも一切お金を持たせようとしなくなった。足を傷めて公園に行けなくなってから、コーラ・リーズはこんな調子だったのさ。あたしが神罰だと思ったのも不思議はないんだ、ことに十二月九日だったんだから。でも、神様お許しを。そうじゃなかった。それに、そうじゃないって、ロイ・ダグラスの仕業だって、あたしは知ってた。アンが教えてくれたから……神様、お許しください」

クレイマーは咳払いをして、尋ねた。「ミス・リーズ。あなたの言いかたからすると、ミセス・チャックには賛成していないようだが」

「賛成しない」ミス・リーズは力強く断言した。「この人は頭がおかしい。自分でやったんだ」

「なにを自分でやったと？　今の話をでっちあげた？」

「ちがう。この人がやった。あたしの母と、自分の孫を殺したんだ。自分がやったことも、わかっていないいんじゃないか。まともな頭の持ち主なら、だれもアンを傷つけようなんて思わない。アンはいい子で、みんなから好かれていた」

「失礼」ぼくは割りこんだ。「月曜日にはだれもお母さんを殺していないと、ぼくに言いましたよ。老衰で死んだと。なのに今は――」

「あんたこそ」ミス・リーズは強烈な反撃をしてきた。「アンに会いにきただけだって言ったね。なのに、ここにいるじゃないか。軍隊だろうと警察だろうと同じだって、あんたに言わなかったかい？ここに雁首並べて、あんたたちは、いったいなにをどうするつもりなんだい？　六十年間、鷹がこの町に入ってくるのを止めるのに、指一本動かさなかったじゃないか。この頭のおかしいばあさんがあたしの母親を殺したことをあんたに教えたところで、なんの意味があるんだい？　なにをしてくれたって言うんだい？　この女がアンまで殺す気でいたなんて、どうやったらあたしにわかったのさ？この人についてきたのは、ただ――」

「マダム！」ウルフが制し、相手を黙らせた。「あなたご自身が正気であるなら、質問に答えられるはずです。あなたのお母さんはミセス・チャックに退去しろと言いましたか？」

「言った。あそこは母の家で――」

「レオン・フューリー氏には鷹を殺した代金を払うのをやめ、やはり出ていけと言いましたか？」

「言った。足をけがしてからは――」

「ロイ・ダグラス氏には、鳩舎を取り壊すつもりだと言いましたか？」

「言ったよ。母にはもう耐えられなく――」

「あなたにお金を渡すのをやめ、ワシントン・スクエアに行くのを禁じましたか?」
「禁じたさ。だけど、あたしは――」
「ではマダム、あなたの見解は間違いですな。ミセス・チャックはこれらの詳細をすべて正確に記憶にとどめている。このような高齢としては信用に値する行動です。忠告をするつもりはありませんが――」

電話が鳴り、クレイマーが出た。少し聞いてからちょっと待てと言い、ウルフに話しかけた。「あんたの話が済んだなら、こっちは終わりにするが」ウルフは頷き、クレイマーは受話器に向かって言った。「こっちへ来て女性二人をお送りしてくれ。それから案内してくるように」

女性二人のお見送りは、そう簡単にはいかなかった。ウルフとクレイマーが終わっていようといなかろうと、二人の話は終わっていなかったのだ。最終的にクレイマーは席を立ち、二人をドアから追いたてた。クレイマーが椅子に戻る頃には、警官が別の客を連れて入ってきた。

第十一章

レオン・フューリーは、最後に会ったときほど自分が気に入っていないようだった。入ってきて、ぼくらを見回し、勧められた椅子に崩れるように座ったレオンは、はつらつとした好青年ではなかった。その日は昼までパジャマを着ていたとは思えなかったが、そもそも服を脱いだ気配がなかったのだ。血走った目の下が腫れていて、二日間はひげを剃っていないらしい。そこに座っている様子を見る限りでは、アン・アモリーの喉に例のマフラーを結んだという推理に矛盾する点は、アリバイを除いて一つもないが、それでは証明にならない。

「なにか言いたいことがあるそうだが？」クレイマーが尋ねた。

「ああ、あるとも」疑いが晴れて、現状に心から安んじている人間にしては大きすぎる声だった。「なぜ、おれに尾行をつけるのか、理由が知りたい。おれは今回の事件に関しては完全にシロだし、アリバイも一分ごとに詳しく説明したし、確認もできてるはずだ。なんの権利があって、おれを犯罪者扱いする？　尾行をつけて、徴兵登録を確認して、おれが行った場所やしたことをいちいち嗅ぎまわって、いつまで続くかもわからない。いったいどういうつもりなんだ？」

「殺人事件では型どおりのことです」クレイマーはぶっきらぼうに答えた。「われわれはそうやって膨大な時間を無駄に費やしている。権利侵害を主張するなら、弁護士を雇いなさい。捜査されてなにか不都合なことでも？」

「そういう問題じゃない」レオンは大声のままだった。「おれは殺人とは無関係だと証明した、警察もちゃんと承知しているはずだ。犯人の疑いがあるみたいに調べ続ける権利はない。それに、おれにも他の連中と同じように生計を立てる権利がある。鷹を殺して暮らしていくってのは、賛否が分かれるかもしれないが、ミス・リーズが金を出したがっているんだから、警察や他の連中には関係ないだろう？」

クレイマーは唸った。「ああ、そのことか」

「ああ、そのことだよ。ニューヨーク州のあちこちへ電話をして、納税者の金をどぶに捨てている。いいだろう、おれが農家の撃った鷹を送らせて、一羽につき五ドルずつ払ってきたことを警察は突きとめた。それがどうした？　犯罪か？　ミス・リーズは死んだ鷹一羽に二十ドル払う気でいるんだし、手間をかけたぶん、こっちが少しくらいもらったって、それが犯罪になるのか？　ミス・リーズはそれで満足していたんだ、だろう？　鷹は害鳥だ。ニワトリを襲うんだから。おれのやりかただと、州は得をするし、農家も得をするし、ミス・リーズも得をして、おれも得をする。だれも損はしない」

「じゃあなぜ、文句を言う？」

「おれが文句を言ってるのは、警察がその件をミス・リーズにばらすつもりだと思ったからだ。そうなったら、おれの商売はおしまいだ。鷹がニューヨーク市のこの近所で殺されたと、たまたまミス・リーズが思いこんで満足してたからって、それが警察にとってなんだっていうんだ？　あるいはおれにも？　平たく言えば、親切なんだよ。それに、ぼったくりでもない。平均して一週間に三羽か四羽に抑えてる。二倍、いや、三倍にもできたんだ、その気になれば――」

「帰れ」クレイマーは、苛ついて怒鳴った。「ここから、とっとと出ていけ。こっちは……ちょっと待て。おまえがこの鷹殺しの商売のまとめ役になってから、かなり経つんだろうな？」

「なんで……いや、そんなに長くは……」

「どれくらい経つ？」

レオンはためらった。「はっきりとは覚えていない」

「一年前は？」

「いや、まあ、たしかに。最低でも一年前からは」

「ミセス・リーズはいくら払っていた？　娘と同じ金額か？　一羽につき二十ドル？」

「そうです。向こうが金額を決めた。おれじゃない」

「そして、ミセス・リーズは足を傷めて寝たきりになってから、おまえに金を払うのを断ったんだろう？　そして、娘にも払わせようとしなかったな？　あげくに、出ていけと命じた？」

「ああ、そんなこと」レオンは手を振って、とりあわない。

「その理由は、おまえが鷹を始末したと言いながら、実際はちがって、農家から買い集めていたことに、ミセス・リーズが気づいたからじゃないのか？」

「そうじゃない。ミセス・リーズはもう人生が楽しめなくなったんで、だれにも楽しませたくなかったんだよ。どうやって鷹のことを見抜くことができたんだ？　寝たきりだったのに」

「訊いてるのはこっちだ」

「で、こっちは答えたんだよ」レオンは身を乗り出した。「おれが知りたいのは、あんたがおれの商売をだめにするつもりか、そうじゃないかだ。そっちにはなんの権利も――」

「つまみ出せ」クレイマーはうんざりしたらしい。「ステビンズ！　こいつをつまみ出せ」

ステビンズ巡査部長は指示に従った。

二人が出ていってしまい、ぼくら三人は顔を見合わせた。ぼくはあくびをした。ウルフの肩がさがっていた。もう胸を張ることを忘れている。クレイマーは葉巻をとり出して、苦い顔で見つめたあと、ポケットに突っこんで戻した。

「思いやりがある人たちだ」ウルフが話をつないだ。「わざわざここへ足を運んで、ああいう話を聞かせてくれるとは」

「そうだな」クレイマーは首の後ろを揉んでいた。「大助かりだよ。所轄が作ったミセス・リーズの死亡報告書があるんだが、紙くずにしかならん。全員がミセス・リーズを片づけたい動機を持っていたとしよう。だとしたら、どうなる？　アン・アモリー殺害事件では、どんな手がかりになるんだ？連中にはアリバイがある。おまけに孫がロイ・ダグラスをどうこう言ったが内容を思い出せないとかいう、ミセス・チャックの話。いや、まったく有力な手がかりじゃないか。目の前にいるグッドウィンは、唯一犯行が可能だった時間帯にはダグラスと一緒だったと言い張っている」ここでぼくを睨んだ。「おい。おまえが何度かいかさまをやったのは承知してるんだ。こっちが知ってることを、おまえも知ってる。よく覚えておけ、もしダグラスを庇ってるんなら、たとえおまえが准将だろうと――」

「ちがいます」ぼくは断言した。「だれも、なにも庇っていません。ぼくに責任を転嫁するのはいただけませんね。いいですか、ここにはニューヨーク市警殺人課のトップがいて、比類なき名探偵のネロ・ウルフがいるんですよ。なのに、殺人事件の捜査であなたが打てる最善の手は、ここに座って、ぼくが嘘つきかどうか検討することらしいですね。いいでしょう、ぼくは嘘つきじゃありません。そんなことは忘れて、仕事にとりかかってください。ダグラスはシロです。昨晩、あなたの代わりにそれだけは電話で確認しておきました。ダグラスは忘れてください。レオン・フューリーのアリバイは成立していると言いましたね。じゃあ、レオンも省ける。もしぼくの意見が必要なら言いますが、ミス・リーズとミセス・チャックもシロですよ。ぼくはアンを知っていました。あの二人のどちらかがアンを絞め殺したとは到底思えません。ですから、残るはニューヨーク市民だけ、七百万から八百万の間――」

「そのなかに」クレイマーは噛みつくように言った。「リリー・ローワンも入る」

「おっしゃるとおり」ぼくは同意した。「リリーも入ります。リリーが電気椅子送りになったらミルクのボトルを開けてお祝いするとは言いませんが、アン・アモリーをあんな目に遭わせた人間はだれであっても、ぼくは情状酌量の余地を認めません。もし、リリー・ローワンが犯人なら、手段と機会については心配無用ですね。現場にいたことを認めてるんですし。マフラーも同様です。あれがアンのものだってことは、たぶんご存じでしょう。ですから、動機を探りあてれば、準備完了です」

「動機は足しになるな」クレイマーはぼくをじろじろと見た。「月曜の夜、フラミンゴ・クラブ。居合わせた連中からはっきりした情報を手に入れるのは難しかったが、どうやらおまえが逃げ出したとき、リリーはものを投げつけそうな剣幕だったそうじゃないか。おまえはアモリーを連れていた。リリーは焼き餅をやいて、かんかんだったのか？　アン・アモリーに嫉妬していたのか？　翌日家まで押しかけて、大爆発するほどひどくか？　これは質問だぞ」

ぼくは頭を振った。「買いかぶりすぎですよ、警視。ぼくはそんな熱情をかきたてるような男じゃありません。女性が好むのは、ぼくの知性ですから。よい本を読むように啓発はしますが、たとえ相手がリジー・ボーデン（一八九二年にアメリカで発生したボーデン夫妻惨殺事件の中心人物。裁判では無罪）でも殺人をするよう啓発するのは無理でしょうね。フラミンゴ・クラブの一件は忘れて大丈夫です。口喧嘩とも言えない程度ですよ。リリー・ローワンをご存じだと言ってましたね。前にも説明したとおり、アン・アモリーが面倒に巻きこまれていると情報をくれたのは、リリーなんです。怒ったのは、彼女抜きでぼくが調査に乗り出したせいですよ。もっとましな動機を見つけなきゃいけません。ぼくはべつに――」

　電話が鳴った。クレイマーが応答して、一分ほど耳を傾けてから唸るように指示を出し、電話を押しやって立ちあがった。

「現れたそうだ」クレイマーは告げた。「二人ともだ。行こう」気が重そうだった。「ウルフ、リリーはあんたに任せる。おれは必要になるまで、顔を合わせたくない」

第十二章

問題は、ぼくが喜べなかったことだった。

正常に戻った、それはぼくのおかげだ。事務所は掃除され、整理整頓された。ウルフは机の奥にある特注品の椅子に収まっている。目の前にはビールの瓶。厨房でフリッツが立ち働く音がかすかに聞こえてくる。これを四十八時間足らずで成し遂げたのだ。なのに、喜べなかった。第一の原因は、アン・アモリーだ。ぼくはウルフにアンを悩みから救い出させようと、大いなる野望を抱いて会いにいき、その結果……たしかにまあ、悩みからは救ってやった。アンはもう、これ以上悩みを抱えることはない。

第二の原因は、リリー・ローワンだった。彼女に対する自分の感情をすべて分析してみようとするまでもなく、リリーをハドソン川の上流の刑務所に送りこみ、夏の夜にだれもが一度きりしか座らない椅子に座らせるため、通路を連行するのに手を貸すという考えには、ぼくはちっとも気乗りしなかった。それは間違いない。一方、リリーが完全に正気を失ったか、ぼくの知らないなにかの理由で、アンの首に巻かれていたあのマフラーを引っ張ったのなら、そうなってほしくないとは言えなかった。いや、そうなることを望んでいた。が、そのおかげで、事務所がまた使用可能な状態に戻ったのを見ても、少しも勝利感を味わえない始末となった。

ウルフは二人と別々に会うだろうと思っていたが、ちがった。ぼくは自分の机でノートを広げていた。ロイ・ダグラスはぼくの右手にウルフと向かい合って座り、リリーは向こう側でウルフの机の近く、赤革の椅子に座っていた。表側の応接室に通じるドアは開いていて、その陰にクレイマーとステビンズが配置についていた。二人がそこにいることを、リリーとロイは知らない。もう一つぼくを悩ませていたのは、リリーの顔つきとふるまいだった。ウルフやぼくに話しかけたときの様子。あの口元のわずかなねじれ。ほんの少しなので、見つけられるようになるまでぼくは一年かかった。スタッド・ポーカーのゲーム中、ホールはクラブの六でしかなかったのに、リリーが四枚のスペードのカードに最大限度額を賭けたとき、あの口元をしていた。そういうときのリリーは大胆不敵に見え、あんなに自信たっぷりなのだから降りたほうがいいのではないかと相手は考えてしまう。それを承知していたとしても、一杯食わされないように用心が必要なのだ。

ウルフは今までにないほど、かんかんだった……つまり、ぼくに。だが、それももっともだった、もしくはもっともだと思った。この場に座って話を聞いていなければならないリリーとの、神経戦になったからだ。ウルフはロイに質問した。鳩舎と鳩について。ミス・リーズと母親、ミセス・チャック、アン、レオン・フユーリリーにはじめて会ったときのいきさつ。チャックとアモリーの家にはどのくらいの頻度で行ったか。バーナム・ストリート三一六番地にどのくらい住んでいるのか。それ以前はどこに住んでいたのか。リリー・ローワンのことは、どの程度知っているのか。堂々巡りをして遊んでいるみたいだ。だらだらと時間が過ぎていくにつれ、ぼくのノートは役に立たない事実十六ブッシェル分で一杯になった。レオンもロイも家賃は一切払っていなかった。ミセス・リーズが死んだ日の午後は、ロイは屋上で鳩の訓練をしていた。日が暮れて階下におりてきたとき、レオンから知らせを受けた。鳩舎の維持費は、新しい鳩の購入代金こみで、年間約四千ドルにのぼる。半分はレースの賞金で、残りはミス・リーズ、かつてはミセス・リーズからの資金でまかなっていた。ミセス・リーズが鳩舎を取り壊すと脅したことを、ロイは認めた。ただ、そのときのミセス・リーズは自分の娘も含め、誰彼かまわず、見境なく脅していた。だから、だれも本気で受けとめてはいなかった。ロイはリリー・ローワンとは面識がなかった。アンから名前は聞いたことがあるが、それがほぼすべてだった。アンがリリーについて特別なことを話したかどうかは、思い出せない。

いや、とロイは答えた。どんな厄介ごとに巻きこまれているのか、アンがロイに話したことはなかった。だれの、どんなことについてなのかも。ただ、アンのそぶりで、なにか心配事を抱えているのはわかっていた。月曜日にぼくがリリー・ローワンに会わせるためにアンを連れに来て、翌日には自分に会いに戻ってきたので、気になった。アンとは婚約中だったため、事情を知る権利があると感じ、ぼくのところへ尋ねに来た。ぼくに会いにきた理由はそれだけだとロイは言いたてた。アンが危険にさらされているとは思いもよらなかった、ましてや、だれかがアンを殺したがっているなど差し迫った危険は感じていなかった。だれが、どんな理由で殺したのか、見当もつかない。バーナム・ストリート三一六番地の住人が犯人のはずはない。みんなアンに好意を持っていた。万事に皮肉屋のレオンでさえも。

五時二十分、リリー・ローワンは口を開いた。「そんな大きな声でしゃべらないで、ロイ。ひそひそ声のほうがいいわ。ウルフさんが起きちゃうかも」

ぼくもリリーに賛成したいような気がした。ウルフは気持ちよさそうに自分の椅子に体を預け、腕を組み、目を閉じている。三分の二くらいは寝ているんじゃないかと、ぼくは疑った。一ヶ月以上もご無沙汰したあとで、ビール瓶二本を空にし、この世で唯一気に入っている椅子に戻った。一日二回、外に出て早足で歩くという突拍子もない計画は、忌まわしい思い出でしかなかった。

ウルフは大きなため息をつき、目を半分開けて、リリーを見つめた。

「ふざけている場合ではない、ミス・ローワン」ウルフはぼそぼそと言った。「特に、あなたは。あなたには殺人の容疑がかかっている。どう転んでも、愉快なことなど一つもない」

「ハッ」リリーは言った。笑ったのではない。単に『ハッ』と言っただけだった。

ウルフは首を振った。「マダム、保証しますが『ハッ』と言っている場合ではない。警察はあなたを疑っている。あなたを悩ませ、苛つかせるでしょう。あなたの友人、敵について質問する。過去を根掘り葉掘り調べあげる。それも見境なく、まずいやりかたで。おかげで余計に不愉快になるでしょう。どこまでもさかのぼって調べようとするはずです。ずっと昔、ミス・アモリーの父親があなたのお父さんのもとで働いたことを承知していますから。その古いつながりに、あなたがミス・アモリーを殺害した理由が隠されていると警察は推測する、いや、既にそうみなしているでしょうな」ウルフの肩が四分の一インチあがり、元に戻った。「不快きわまりないでしょう。ですから、今ここではっきりさせることをご提案します。できる限り、すべてを」

リリーの口元が軽くねじれている。「ねえ」と口を開く。「あなたとアーチーはわが身を恥じるべきよ。友達だと思っていたのに、あなたたちは今、わたしが殺人を犯したことを証明しようとしている。やってもいない殺人をね」リリーはぼくに視線を切り替えた。「アーチー、こっちを見て。わたしの目を見てよ。アーチー、本当にやってないの」

ウルフはリリーに向けて指を一本軽く動かした。「あなたは昨日の午後ミス・アモリーに会うためにアパートへ行き、五時四十分もしくは四十五分に到着した。ドアが開いていたので、室内に入り、ミス・アモリーが床の上に倒れて死んでいるのを発見した。そうなんですか?」

リリーは額にしわを寄せ、ウルフをじっと見つめた。「そのことなら」リリーはゆっくりと答えた。「話す気はありません。もちろん、友人としてなら喜んで話し合うつもりだけど、今はそういう状況じゃないでしょ」

「わたしは単に、あなたがグッドウィン君に話した内容を繰り返しているだけですが」

「じゃあ、今さらおさらいする必要はないでしょう?」

ウルフの目が完全に開いた。苛つきはじめたのだ。「わたしは今ある前提に基づいて話を進めている」切り口上で続ける。「あなたがミス・アモリーを殺したか、殺さなかったかのいずれか。後者のほうが筋が通っているように思えますがね。もしあなたが犯人なら、ここでどのようにふるまうかは、完全にあなた自身の問題です。もし犯人ではないのでしたら、自分への嫌疑を強めるような言動は愚の骨頂だ。どちらにしても、あなたにとって得策なのは、ミス・アモリーを殺害した犯人を見つけるのに協力を望んでいるという印象を与えることでしょうな」

「もちろん、望んでますとも。望んでるどころじゃない。絶対に見つけてやりたいわよ。でも、ずいぶん結構なやりかたね。このロイ・ダグラスを質問攻めにする間、わたしを何時間もここに座らせっぱなしにするなんて」リリーは腹を立てていた。「家の前には警官たち。あっちの部屋も警官で一杯なんでしょうよ。のっけからわたしが殺人事件の容疑者だなんて言うし。アーチーったら、あたしの言うことを書きとめる」リリーがこちらを向いた。「このろくでなし。あんなふうに指図に従ったお返しがこれ？　わたしは一度だって他人の指図を受けたことなんかないのよ、わかってるくせに！」

リリーはウルフに戻った。「アン・アモリーに関する限り、わたしがアーチーに話したことをアーチーがあなたに話したのなら、わたしの知ってることはもう全部知ってるわよ。何週間か前、困ったことがあるから弁護士に引き合わせてくれって頼みにくるまで、アンとは何年も会ってなかったし、思い出したこともなかった。わたしにできるのは、アーチーにした話を繰り返すだけよ」

「ぜひ、そうしてください」ぼそぼそとウルフが言った。

「お断りよ！　アーチーにやらせたらいいでしょ！」リリーは興奮してきて、またぼくに向き直った。「ちょっと、そこの速記者！　ここに来て話し合おうなんて言っておいて、こんな目に遭わせるのね！　あなたに会うまでは、わたしだって多少の分別はあったんだから！　なのに、今はどう？　わたしの電報に返事をくれようとしないからって、居場所を知りたい一心で、ワシントンくんだりまで追いかけていったのよ！　自分の顔を『ライフ』の表紙にできるくらいコネを使いまくったのも、あなたが乗る飛行機を見つけて席を確保する、それだけのためだったのに！　おまけに、それをべらしゃべった。あなたの気を引けるかもってね！　忙しくて個人的な付き合いの約束はできないって言われたから、ここへ五十回も電話をして、結局飲みに出かけたら、そこであなたはダンスを踊ってるじゃないの！　もし殺人をすることがあったら、だれから片づけたらいいのか、ちゃんとわかってるわよ！　なによりもね、わたしったらお人好しもいいとこ、荷物をまとめて列車に乗って――」

「失礼！」ウルフが断固として止めた。「ミス・ローワン！」

リリーは椅子にもたれた。「ああ」満足した口調で言う。「すっきりした。目撃者のいる前で、胸の裡《うち》をぶちまけたかったのよ。さあ、あなたがアーチーにわたしをどこかに連れていって一杯おごれと命令――」

「失礼」ウルフはすげなく遮った。「話を蒸し返すのはやめていただきたい。警察の立ち会いに怒りを覚えるのには同情しますが、わたしのせいではない。これは一切わたしのせいではないのです。ミス・アモリーについて質問を試みるのはやめますが、グッドウィン君について、一つ、二つ訊きたい。どうやらあなたもわたし同様、グッドウィン君が神経をかき乱す存在だと認めたようですな。あなたの今の発言はこう解釈してよいのですか？　あなたはグッドウィン君を探しにワシントンへ行き、わざわざ手間をかけて彼の乗っている飛行機に座席を確保し、その事実をグッドウィン君に教えた？」

「そうよ」

「月曜日に？　一昨日ですか？」

「ええ」

「ほほう」ウルフは唇を突き出した。「あなたと会ったのは偶然だと、グッドウィン君は言いましたよ。彼に謙遜のかけらがあるとは知らなかった」

「わたしなら、そんなことで悩まないけど」リリーは皮肉った。「謙遜なんてないから。相手が宋家三姉妹（宋靄齢、宋美齢、宋慶齢。「一人は金と、一人は権力と、一人は国家と結婚した」と言われる、中国近代史に影響を及ぼした三姉妹）でもない限り、吹聴する価値があるなんて思わないのよ」

ウルフは頷いた。「おかげである考えが浮かんだ、というだけです。グッドウィン君はあなたの電報に返事を寄こさなかったと言いましたね。おそらく、あなたがわたしにつきまとっていたのは……つまり、最近わたしと連絡をとろうとしていたのは、ミス・アモリーを助けたいというよりは、グッドウィン君の所在を知りたいという願望に基づいていたのでしょう。その点に答えていただければ――」

「そのとおりよ」

「わかりました。では、月曜の夜にここへ電話してきたのはあなただったんですね？　火曜日は？　昨日は？　あれもあなたですか？」

「ええ。あなたは――」

「失礼。あれだけの不満の種が、あなたのような気質の女性にどんな効果をもたらすか、推察はできます。ただの推察ではありますが、少々調査してみる価値はありますな」ウルフは声を張りあげた。「クレイマー警視！　こっちへどうぞ！」

ぼくらが頭の向きを変えたときには、クレイマーは戸口に立っていた。

「やっぱり」リリーは言った。「そこに警官がいるってことは、百も承知だったのよ。でもね、クレイマーさんだとは知らなかった。パパはどう思ったかしらね？」

「ミス・ローワンとは知り合いでしたな」ウルフは言った。「ステビンズ巡査部長と家の表にいる警官たちに、ちょっと調べてもらいたいことがあります」ここで間があった。「いや、部長にはここにいてもらったほうがよさそうだ。表の警官たちは役に立ちますか？」

「まあまあだ」クレイマーはけんか腰だった。「いったい――」

「彼らにさせる仕事はこうです。〈リッツ・ホテル〉に派遣し、ミス・ローワンのメイド、エレベーター係、ベルボーイ、ドアマン、電話交換手の娘、手当たり次第に聞きこみをさせる。火曜日の午後、ミス・ローワンがホテルを出たのが何時だったのか、できれば分単位まで知りたい。特に夕方であれば。そう、だいたい六時近く……なにか言いたかったのでは、ミス・ローワン？」

「いいえ」リリーは目を見張り、信じられないといった面持ちでウルフを見ている。

「結構。もちろん、あなたは午後、いつでも〈リッツ・ホテル〉を出ていけた。それはわかっています。とはいえ、他の調査も可能です。例えば、その日の午後にミス・アモリーは会社で自分宛の電話を受けたか。五時三十分から五時四十五分の間にバーナム・ストリート三一六番地でどこかの家のベルが鳴ったかどうか。他にも——」

「驚いた」リリーは言った。「本当に見抜いたじゃないの！」

「ほほう」ウルフは静かに言った。目がきらめいている。「では、われわれの手間を省いてくれたらいいでしょう。火曜日、〈リッツ・ホテル〉を出たのは何時でした？」

「六時少し前。十五分くらい前ね。わたしがあなたみたいに賢かったら——」

「どうも。で、まっすぐここへ来た？」

「ええ」

ウルフは唸り、顔の向きを変えた。「部長？　こちらへ。こちらがあなたの探す人物です。ロイ・ダグラス。アン・アモリー殺害の罪で逮捕して結構です」

ぼくらはみんな、体を動かしてロイを見つめたが、ロイは動かなかった。動けなかったのだ。凍りついたように身をかたくして、ウルフをぽかんと見ている。

「待て、ステビンズ」クレイマーが怒鳴った。そしてロイの横に移動し、監視下においたものの、こう言う。「ウルフ、あんたがそう言ったからってだけで、警察は人を殺人罪で告発はしない。きちんと説明したらどうなんだ？」

「クレイマー警視」ウルフはじれったそうだった。「明白ではありませんか？　ミス・ローワンはたった今、火曜日の五時四十五分に〈リッツ・ホテル〉を出て、まっすぐここへ来たと言ったのですよ。

つまり、バーナム・ストリートには一歩も立ち寄っていない。ミス・ローワンの作り話ですよ、ミス・アモリーが首にマフラーを巻かれてアパートで死んでいるのを見つけたというのは。ミス・ローワンは、なんとしてでもアーチーに会うつもりだったのです。しかも女性ですからな、まったく無責任きわまりない――」

「調子に乗らないで」リリーがウルフに言い返した。「アーチーに入れてもらおうと思って、言っただけ。他に人がいるなんて知らなかった。一杯付き合ってもらいたかったの、そうしたらアーチーがあんなやりかたをして、すっかり大事《おおごと》に――」

「リリーはバーナム・ストリートに行ったはずだぞ」クレイマーが頑固に言い張った。「グッドウィンに説明したじゃないか、死体が椅子に寄りかかるように床に倒れていて、マフラーが首に巻きつき――」

「ぼくはやってない」ロイが半泣きで訴えた。立ちあがろうとしていたが、クレイマーがその肩に片手を置いていた。「絶対にやらなかった。絶対に――」

「そんな話を、黙って聞いているつもりはない」ウルフが厳しく決めつけた。

クレイマーはロイを椅子に押さえつけていた。ロイは震えはじめた。クレイマーが言い募る。「見ていないんだったら、どうやって現場の様子を説明できたと……」不意に言葉を切る。「くそ、やられた！」

「そういうことです」ウルフは苛立っていた。「そこが肝心なんです。ミス・ローワンが現場の説明をして、ダグラスさんはその言葉を聞いた。彼にとってはよい知らせ、願ってもない知らせだった。ダグラスさんがミセス・リーズを殺害したことを知っていると、ミス・アモリーにすっぱ抜かれる心配がなくなる。が、もちろん、驚きはした。だれが自分のためにそんな大仕事をやってのけたのか、見当もつかなかった」

「ぼくじゃない！」ロイがぐずぐずと言う。「ぼくはやってない――」

「黙れ！」クレイマーが怒鳴りつける。

「そこで」ウルフは続けた。「ダグラスさんは全速力で現場に駆けつけた。そして、狼狽した。ミス・アモリーが死にそこなっていたことを発見したのです。もちろん、死体などではなかった。ミス・アモリーは元気でぴんぴんしていたのです。ダグラスさんは茫然自失状態になった。そして、犯罪史上、もっとも愚劣な犯行を思いついたのです。痛恨の一撃で、ダグラスさんはミス・アモリーをマフラーで絞め殺し、椅子に寄りかからせた。自分が作ったこの現場の様子を、既にミス・ローワンがそっくりそのまま説明してしまっている以上、打ち破ることのできないアリバイができると踏んだのですな。それがどんなに愚かなことか、いつ気づいたのかはわからない。いずれにしても、やってしまったことは取り返しがつかなかった。その上、アーチーがびっくりするほど早く現場に到着し、気を回す暇もまるでなかった」

「ぼくじゃ……」ロイは全身をわななかせ、クレイマーの手から逃れようと身をよじっていた。が、ステビンズが反対側の肩をつかみ、手錠をとり出していた。

ウルフは顔をしかめ、続けた。「もちろん、ダグラスさんの計略は無罪ではなく、有罪を証明することになった。ミス・アモリーが会社を出たのは五時過ぎだったこと、ミス・ローワンが〈リッツ・ホテル〉を出たのが五時四十五分で十分後にはこの家に着いたことは、証明できる。ミス・ローワンには、ミス・アモリーのアパートで見たと言った場面を、見られたはずがない。従って、ミス・ローワンの現場の説明は、作り話だ。それに、ミス・ローワン自身もそう証言するでしょう。そうしなければならない。しかし、実際に現場がミス・ローワンの説明どおりであった以上、動かしがたい結論に至る。つまり、その説明を聞いただれかが演出したのだ。それだけでも、ダグラスさんの有罪が証明されるでしょう」

ぼくはなにか言おうとしたが、声が出ないことに気づいた。咳払いをしてから、口に出してみた。

「あの、ぼくもリリーの説明を聞きましたが」

「くだらん」ウルフは鼻であしらった。「アーチー。いろいろ欠点はあっても、きみは人を絞め殺すような男でも、愚か者でもない」そして、クレイマーに向けて指を一本動かした。「その悪党をここから連れ出してください」

第十三章

　一時間後の七時三十分頃、ウルフとぼくは二人きりで事務所にいた。ウルフは机に向かい、オーストラリアのページを開いた地図帳を見て、時折顔をあげて香りを嗅いでいる。厨房ではターキーが炙り焼きにされていた。

　ぼくは受話器に手を伸ばし、ガバナーズ・アイランドのライダー大佐をつかまえようとしてみた。これで三度目だ。不在だったが、もう戻ってくる頃だそうだ。

「言っておきたいことがあります」ぼくはウルフに話しかけた。「ロイがミセス・リーズを殺したことを知ってすぐに警察へ通報しなかったことを理由に、アン・アモリーは感情に流されやすい愚か者だと決めつけるのは、あなたの考え違いです。ぼくはアンを知っていましたし、あなたは知りませんでした。アンは本当にロイがやったと知っていた、つまり、犯行を実際に目撃したのではなかったんでしょう。強い疑惑を感じるなにかを見たんだと思います。その話を祖母に打ち明けたけれども、ミセス・チャックが思いとどまらせた」

　ウルフは呟いた。「愚かだ」

「ちがいます」ぼくは断言した。「アンは本当にいい娘《こ》だったんです。ぼくは彼女を知っていたんですから。ミセス・チャックに言い含められても、完全には納得できずに、アンはずっと悩み続けていたんです。なんといっても、その男と婚約していたんですからね。賭けてもいいですが、アンは直接ダグラスに話してみたと思いますよ。アンらしい態度です。もちろん、ダグラスは否定した。でも、やはりアンは納得しなかった。それ以降、アンがいつ何時その話を他人にぶちまけるかもしれないと、ダグラスは怯えた。で、うさんくさいふるまいをしたんでしょう。そういう男でしたからね。そのせいで、アンの疑いは強まった。ダグラスに充分な動機があったことを、もちろんアンは知っていた。ダグラスがこの世で唯一執着していたものは、あの小屋とろくでもない鳩たちだったんです。ミセス・リーズはそれをとりあげて、ダグラスを追い出すつもりだった。それでもアンは、ダグラスがやったという絶対の自信は持てなかった。すてきな状況じゃありませんか。放っておくこともできず、かといってダグラスを警察に告発したくはなかった。そこで、リリー・ローワンに弁護士と引き合わせてくれと頼み、専門家から助言してもらおうとした。正しいやりかたで進めようとしていたんです。ぼくにさえ話そうとしなかった。ですが、ぼくがあのアパートへ乗りこんでいったせいで、ダグラスはすっかり怖じ気づいた。そして、アンはあなたに打ち明けるつもりだった。つまり、あなたに会えていたら、ですが」

「愚かだ」ウルフは呟いた。

ウルフがいつものウルフに戻ったことには、疑問の余地はなかった。ぼくもだ。ウルフはぼくをうんざりさせた。が、軍服を着て任務を担っている身なので、個人的な感情は抑えこまねばならない。ぼくは電話に手を伸ばし、また同じ番号にかけ、今回は大佐をつかまえた。ぼくの名前を聞くなり、大佐はすごい勢いで怒鳴りはじめたが、ぼくは無視した。

「ライダー大佐」ぼくはもったいぶって告げた。「明日の午前十一時に事務所までご足労願えれば、ネロ・ウルフ氏との面会が可能となりました。十時半に到着されれば、自分は本日の遺憾なる報道について喜んでご説明します。必ず納得いただけると信じております。その際、自分に土曜の正午から週末休暇が必要である理由も説明するつもりです。将校としての名誉をかけた約束がありますので」

電話を切ったとき、ウルフは厨房から漂ってくる芳香をとらえようと、また顔をあげていた。ぼく自身の心は、他の問題で一杯だった。必要経費にはある程度自由裁量による記載を認めてはいるが、『殺人犯を高飛びさせる旅費、百ドル』と書くのはまずいだろう。その問題をぼくがいかに解決したかは軍事機密だ。

ブービートラップ

第一章

ぼくらが家――ノース・リバーに近い西三十五丁目、ネロ・ウルフの事務所兼自宅――から出かけようとしたところ、前にいたウルフが突然立ちどまり、ぼくは危うくぶつかりそうになった。ウルフはぼくに向き直り、書類鞄にちらりと目を向けた。

「あれは持ってきたか?」

ぼくは空とぼけた。「あれってなんです?」

「ちゃんと承知しているはずだが。例のけしからん手榴弾だ。あの危険きわまりない装置は、この家から引きあげてもらいたい。持ってきたか?」

ぼくは応戦した。「自分の上官」きびきびした軍隊口調で主張する。「ライダー大佐が記念品として保管を許可してくれたのであります。回収任務における自分の忠実で勇敢な働きぶりを鑑み――」

「わたしの家で保管はできない。拳銃類は仕事の道具として大目にみるが、あのわけのわからん装置は別だ。誤って安全ピンが抜けたら、この家の屋根を吹っ飛ばすだろう。そのときの大騒音は、なにをかいわんやだ。この問題に議論の余地がないことは、きみも了解したと思ったが。とってきてくれ」

以前なら、三階の部屋はぼくの城であり、助手兼用心棒としてウルフのわがまま気ままを耐え忍ぶ代償の一部として貸し与えられた場所だと言い返したかもしれないが、今、その言い分は通らない。一ヶ月およそ百億ドルの予算で、議会がぼくを管理しているからだ。そこで、しかたないなと肩をすくめるだけにした。立ったまま待たされるのがウルフにどれだけ不快かを承知していたので、ぶらぶら戻ってのんびり二階分の階段をのぼり、自分の部屋に向かった。手榴弾は飾った場所、タンスの一番上に載っていた。長さ約七インチ、直径約三インチ、薄桃色に塗られていて、本来の性質ほど恐ろしいものにはまるでみえない。手を伸ばし、安全ピンに異常がないことをちらっと確認し、書類鞄に入れて悠々と階下に戻った。その際にウルフがふさわしいと考えた感想は無視して、一緒に車の駐めてある歩道際まで出ていった。

一つだけ、ウルフが軍に要求し、手に入れたものが、自家用車用の充分なガソリンだった。戦争に知らん顔を決めこもうとしたわけではない。ウルフは勝利のために本気で犠牲を払っていた。その一、探偵業から得られる従来の収入の大部分。その二、屋上の植物室で蘭の世話をする日課。軍の仕事に差し障る場合は必ず中止した。その三、不必要な移動、特に屋外へ行く危険を避けるという鉄の掟。その四、食べ物。ぼくはよく注意して、難癖をつける機会を窺っていたが、無駄骨だった。ウルフとフリッツは配給食材の制限内で奇跡を成し遂げた。しかも、このニューヨークのど真ん中、夏の夜の空気を吸いに出た娼婦よろしく闇市場が目配せしているのに、ウルフの厨房はカッテージ・チーズのように真っ白だった。

信号による停止と発進まで含めても、貴重なガソリンを半ガロンと費やさずにウルフをダンカン・ストリート一七番地の正面で降ろし、駐車場所を見つけて歩いて戻り、ロビーで合流した。十階でエレベーターを降りると、ウルフはさらに苛立ちを堪える羽目になった。ぼくは軍服を着ているので、歩哨の伍長に返礼するだけでいい。が、ウルフは最低でも二十四回はここに足を運んでいる上に一目で見分けられるが、平服だ。ここ、軍情報部《G2》のニューヨーク本部では、民間人の客にやたらとうるさい。ウルフの立ち入り許可をもらい、とあるドアを通って、両側に閉まったドアが並んでいる長い廊下を進んだ。ちなみにそのドアの一つがぼくの事務室だ。角を曲がり、副司令官室に通じる秘書室へ入った。

陸軍の軍曹が机に向かい、タイプライターのキーを連打していた。

ぼくは、おはようと声をかけた。

「おはようございます、少佐」軍曹は答えた。「今、到着をお伝えします」彼女は電話に手を伸ばした。

ウルフは目を丸くした。「これはいったい、なんなんだ?」と詰問してくる。

「陸軍婦人部隊《WAC》ですよ」ぼくは答えた。「あなたが最後にここへ来たあとで、新しい備品を入れたんです。明るく模様替えしたんですよ」

ウルフは唇を引き結び、軍曹から目を離さなかった。個人的な理由からではない。ウルフを苛つかせているのは、女が軍服を着て、軍務についている光景なのだ。

「大丈夫ですよ」ぼくは宥めた。「重要な機密事項は一切教えませんから。例えば、なんとか大尉がコルセットを着けているとか」

軍曹は通話を終えた。「ライダー大佐が、入室するようおっしゃっています」

ぼくは厳しく指摘した。「きみは敬礼をしなかったな」

もし彼女にユーモア感覚が備わっていたら、立ちあがって敬礼していただろうが、ここに来てからの十日間は、センスのかけらも見受けられなかった。だからといって、ぼくは試すのをやめたわけではなかった。彼女はセンスのないふりをしているだけだと、思っていたのだ。きまじめで利口そうな目、機能的でまっすぐな鼻。その下はてっきり骨張ってエラの張った顎だと思いきや、予想は裏切られる。エラは張っていない。手のひらにすっぽり気持ちよく収まりそうだった。仮にそういう状況まで進んだら、の話だが。

軍曹は弁明していた。「失礼しました、グッドウィン少佐。自分は規程に従って――」

「はいはい」ぼくは手を振って片づけた。「こちらはネロ・ウルフさん。こちらは米国陸軍のドロシー・ブルース軍曹です」

二人は挨拶を交わした。ぼくは奥に行ってドアを開け、ウルフに続いてなかに入ると、ドアを閉めた。

その事務室は広々とした角部屋だった。壁の二面に窓があり、残り二面には天井高三分の二程度まで届く、鍵のかかった金属製キャビネットがずらっと並んでいる。一ヶ所ある隙間には、秘書室を通らずに直接廊下に抜けられる別のドアがあった。

室内にもユーモアはなかった。着席している四人の陽気さときたら、どへたな選手たちがダブルヘッダーの試合を落とすのを見たドジャースファンのグループといい勝負だった。軍隊式の礼儀作法を要求しない雰囲気だったので、ぼくは腕をおろしたままでいた。顔見知りの大佐が二人と中尉が一人。もう一人は会ったことのない民間人だったが、事前に説明があって、どういう相手かは承知していた。そもそも、たいていの善良な市民ならジョン・ベル・シャタックの顔くらい知っているだろう。思ったよりも背は低く、若干横幅もあるようだったが、立ちあがってぼくらと握手をして目を覗きこむ仕草は見誤りようがない。ぼくらはニューヨーク市民だが、政治家は常に相手が自分の州に引っ越してきて有権者にならないとも限らないと考えているのだ。

「記念すべき日だな、ネロ・ウルフに会えるとは」シャタックは神様の心づもりよりも低い声を出しているらしい。こういう声は、以前にも聞いた覚えがある。ウィンストン・チャーチルがアメリカ議会であの有名な演説をしてからというもの、ワシントンの政治家の半分はまねようとしている。

ウルフは礼儀正しく応対した上で、ライダーに向き直った。「大佐。遅ればせながら、ご令息に謹んで哀悼の意を表します。一人息子さんだったそうで」

ライダーは口を強く結んだ。戦死公報が届いてから、一週間近く経つ。「ああ」ライダーは言った。「ありがとう」

「敵兵を倒したのですか？」

「ドイツ機を四機、撃墜した。おそらく敵兵を倒しただろう。そうだといいのだが」

「確実でしょう」ウルフは唸るような声で続けた。「面識がなかったので、息子さんのお話はできませんが、あなたのことは存じています。できるものなら、力になりたい。だが、あなたはご自分で勇敢に対処できるとお見受けします」ウルフは空いている席を見回し、どれも同じ寸法なのを確認すると、近づいて腰をおろした。例によって端から尻がはみ出ている。「どこで戦死なさったのですか？」

「シチリア島です」ライダーが答えた。

「いい子だった」ジョン・ベル・シャタックが口を挟んだ。「わたしは名付け親でね。わが国最高の立派な青年だ。わたしの誇りだった。いや、今でもそうだ」

ライダーは目を閉じ、再び開けると、机の上の電話に手を伸ばし、受話器にこう言った。「ファイフ准将を」ちょっと間をおいて、また話しはじめる。「准将、ウルフ氏が到着しました。全員揃っております。今からそちらへ参りますか？　はい、結構であります。了解いたしました」

ライダーは電話を押し戻し、室内の面々に言った。「准将がここへ来る」

ウルフは顔をしかめた。理由はわかっていた。准将の執務室にはもっと大きな椅子があることを知っているのだ。しかも、二脚も。ぼくはライダーの机のそばに行って書類鞄を置き、ベルトをはずして、手榴弾をとり出した。

「大佐、こいつを」ぼくは切り出した。「待っている間に片づけたほうがいいと思います。どこへしまいましょうか？」

ライダーはぼくに渋面を向けた。「きみに保管を許可したが」

「承知しております。ですが、ウルフ氏の家の自室以外に、保管する場所がありません。それでは、だめなのです。昨晩、ウルフ氏がこいつで遊んでいるところを見つけまして。けがをするのではないかと心配なのです」

全員がウルフを見た。ウルフがむっとする。「グッドウィン少佐の人柄は、ご存じでしょう？　わたしはそんなものに指一本触れはしなかった。また、自宅に保管させるつもりもない」

ぼくは残念そうに頷いた。「というわけで、猫は戻ってきてしまいました」

ライダーは手榴弾をとりあげ、安全ピンに異常がないことをちらりと確認したが、急に椅子からおりて、ロケッツ（ニューヨークで正確無比なラインダンスを踊る女性グループ）の一員みたいにまっすぐ突っ立った。ドアが開き、ドロシー・ブルース軍曹のきびきびした軍隊調の声が響いた。「ファイフ准将！」

准将が入室すると、ブルースはまた下がって、扉を閉めた。もちろん、そのときにはぼくらも全員ロケッツの一員になっていた。ファイフは敬礼を返し、ジョン・ベル・シャタックに近づいて握手と挨拶を交わし、再度鋭い目で周囲を一瞥すると、腕を伸ばしてライダーの左手を指さした。

「そいつで、いったいなにをしている?」ファイフが問いただした。「キャッチボールか?」

ライダーの手が手榴弾を持ったまま、あがった。「グッドウィン少佐がたった今、返却したのです」

「それは例のH十四の一つじゃないか?」

「はい。ご承知のとおり、少佐が発見者でした。自分が一つ保管してよいと許可したのです」

「きみがか?　わたしは許可してないぞ。ちがうか?」

「ちがいません」

ライダーは机の引き出しを開け、手榴弾を入れて、閉めた。ファイフ准将は椅子へ近づき、くるりと回して、逆向きに腰をおろし、椅子の背の上で両手を組んだ。ファイフにそんな癖ができたのはアイゼンハワーがそうやって座っている写真を見てからというのが了解事項だが、これは偏見なしの話だ。この場の出席者のなかで、ファイフはただ一人の職業軍人だった。ライダー大佐は遠いオハイオ州クリーブランドの弁護士。ティンカム大佐はニューヨークの大手銀行で内定調査のような仕事をしていた男で、茶色の小さな口ひげを貼りつける場所を確保するために、小ぶりの目鼻を適当に寄せ集めたような顔をしている。ローソン中尉は二週間前にワシントンから出てきたばかりで、個人的にはまだ未知の部分がありそうだが、先祖的にははっきりしていた。中尉は、ケネス・ローソン二世なのだ。一世は、イースタン・プロダクツ社の帝王で、自分の給料から十万ドル削って緊急事態の祖国に貢献したことがある。二世についてぼくがちゃんと把握しているのは、赴任して二日目にブルース軍曹をデートに誘おうとして断られた、という話だけだった。

たった一つ残った椅子は、奥にある金属製キャビネットのそばだったが、小さな豚革のスーツケースが鎮座していた。そういう状況におかれた少佐にふさわしい物音と乱暴さを演出しようとしながら、ぼくはスーツケースを床におろして、席に着いた。

その間に、ファイフ准将がしゃべっていた。「結論はどうなった？　国民はどこだ？　報道関係者は？　カメラマンはいないのか？」

ローソン中尉の口元が緩みそうになったが、ライダー大佐と目が合い、整った顔を引き締めた。テインカム大佐は人差し指の先を左右交互に口ひげの流れに沿って滑らせた。落ち着き払った印象を与えたいときの、一番気に入りの仕草だ。

「なんの結論にも達していません、准将」ライダーが答えた。「まだはじめてもいない段階でありま す。ウルフ氏は到着したばかりです。その他の質問につきましては――」

「きみに訊いたのではない」ファイフはすげなく遮った。視線は明らかにジョン・ベル・シャタックをとらえている。「政治家は国民の僕《しもべ》なのに、国民抜きなのか？　マイクは？　ニュース放送用のカメラは？　どうやって国民は情報を与えられるんだ？」

シャタックはやり返そうとするどころか、瞬き一つしなかった。「いいかね」たしなめるような口調だった。「われわれ政治家も、そこまでひどくはない。自分たちの義務を果たそうとしているのだ、そちらだって同じだろう。こういうやりかたもいいかもしれないと思うときがあるんだが、一定期間、そうだな、一ヶ月くらい軍を政治家が引き継いで……」

「勘弁してくれ」

「……同じ期間、米国連邦議会を大将や提督たちに引き継がせる。どちらも学ぶところがあるにちがいない。保証するが、この件は極秘であることを、わたしは充分に理解している。委員会のメンバーたちにも一切漏らしていない。そちらに相談するのが自分の義務だと考えたから、そうしているまでだ」

ファイフがシャタックに向けた視線には、打ち解けた気配はまったくなかった。「手紙を受けとったんでしたな」

シャタックは頷いた。「そのとおり。サインなしの匿名で、タイプで打った手紙だ。頭のおかしいやつが出したのかもしれない。きっとそうだろうとは思うが、無視するのも適当ではないと判断した」

「見せてもらえるかな?」

「自分が持っています」ライダー大佐が口を挟んだ。机の文鎮の下から紙を一枚抜いて、上官に手渡そうと席を立った。が、ファイフは両手を上着のポケットを叩くのに使用中だった。

「眼鏡を上階に忘れた。読んでくれ」

ライダーは言われたとおりにした。

拝啓

貴殿の調査委員会には以下の問題を調べる権限が与えられていると考え、この手紙をお送りします。ご存じのとおり、戦争という非常時には、陸軍はさまざまな産業工程の機密事項を委託されています。こういった状況では、この取り決めも容認されるのでしょうが、それが法を逸脱して悪用されているのです。特許や著作権の保護もない産業機密のなかに、戦争後に関係業種の市場競争へ参入をもくろむ輩に内通されている事項があります。何千万ドルにのぼる金銭的価値が、正当な所有者から盗みとられているのです。

　戦争後に実行に移されるまで詐取の意図が明らかにならない難点があり、証拠をつかむのは難しいでしょう。詳細は控えますが、真摯かつ徹底的に調査すれば、間違いなく不正は暴かれるはずです。ついては、出発点を提供します。軍情報部《G2》のアルバート・クロス大尉の死。大尉は、一昨日ニューヨークの〈バスコム・ホテル〉の十二階から飛びおりた、もしくは誤って転落したと考えられています。本当にそうでしょうか？　大尉は上官からどんな任務を命じられていたのでしょう？　大尉はなにを発見したのか？　そこを手始めに。

一市民

沈黙。水を打ったような沈黙。

ティンカム大佐が咳払いをした。「よく書けた手紙だ」教師が出来のいい作文を書いた生徒を褒めるような口調だった。

「拝見できますか？」ネロ・ウルフが尋ねた。

ライダーが手紙を渡した。ぼくは部屋の反対側に移動して、ウルフの肩越しに手紙を覗き見した。ティンカムとローソンも同じことを考えたらしく、まねをした。ぼくら全員に見える角度を配慮して、ウルフは手紙を持っている。ごく普通の白いボンド紙で、本文はシングル・スペースできちんと真ん中に位置合わせをしてあり、間違いやXでの訂正もなかった。習慣と経験から、ぼくは二つの機械的特徴に気づいた。〝c〟の文字が並び線より下だ。そして〝a〟が左に寄っていて、例えば〝war〟という単語なら、〝w〟の上の角に重なっていた。ぼくはその場で観察を続けていたが、ティンカムとローソンは読みおえて離れていった。ウルフはライダーに返すために、ぼくに紙を手渡した。

「眉唾ものですね」ローソンが座りながら言った。「具体的な話を示せたはずなのに、そうしていない。もったいぶってばかりだ」

ファイフが皮肉っぽく尋ねた。「それで一件落着かな、中尉？」

「は？」

「それがきみの最終決定かと訊いている。それとも、話を進めてもかまわんのか？」

「その」ローソンは赤くなった。「失礼いたしました、准将。今のは単なる観測でありまして――」

「観測の方法は、他にもある。よく見て、話を聞くことだ」

「イエス・サー」

「ちょっとよろしいですか――」ティンカム大佐が口を出した。

「なんだ？」

「その手紙に興味深い点がいくつか。手紙を書いた人物は頭脳明晰で教養が高く、タイプライティングに精通しています。速記者に口述したかもしれませんが、可能性は低い。右の余白の取りかたが、びっくりするほど均一です。また、ピリオドのあとはダブルスペースで――」

ウルフが声を漏らした。ファイフが視線を向ける。「なんだ？」

「なんでもありません」ウルフは答えた。「この椅子がちゃんと作られていて、ちゃんとした大きさがあれば、我慢できたでしょう。議論が幼稚園レベルなら、全員床に座ってはいかがかと思いますが」

「悪くない意見だ。そうなるかもしれない」ファイフはシャタックに向き直った。「手紙を受けとったのはいつだね？」

「土曜の朝の郵便だ」シャタックが答えた。「もちろん、ありきたりな封筒で、住所はタイプ打ち、親展とあった。消印は金曜日午後七時三十分、ニューヨーク、ステーションR。最初はFBIへ引き渡しかけたんだが、それではきみたちに公平を欠くと判断してね。ハロルド……ライダー大佐に電話をしたわけだ。いずれにしても、今日は全米産業協会の夕食会でスピーチをするので、ニューヨークに来る予定だった。結局、この対処法が望ましいと二人で判断したのだよ」

「きみは……カーペンター中将に相談はしなかったのかね？」

「しない」シャタックは笑みを浮かべた。「二ヶ月ほど前、わたしたちの委員会で証言するためにやってきたときの、あのふるまいぶり……わたしはカーペンター中将の縄張りを荒らしたいとは思わないね」

「こういう問題は、カーペンター中将の縄張りだが」

「わかっているが、今現在この方面を警戒中なわけではないし……」シャタックの目が大きくなった。「……それとも、調べているのかね？」

ファイフは首を振った。「カーペンターはワシントンでじりじりしている。じゃなければ、かっかしているところだ。いや、両方かな。で、そちらは調査のためにこの手紙をわたしたちに引き渡す、そういうことか？」

「さあ」シャタックはためらった。ファイフと視線がぶつかりあう。「その手紙は議会内の委員長たるわたし宛に届いたものだ。ここへ来たのは……この問題を議論するためだ」

「了解はついているだろうが」ファイフもためらった。言葉を選びながら続ける。「当然了解の上だろうが、わたしとしては、軍の安全保障が絡んでいて、その問題は議論できないとしか答えようがないかもしれない」

「了解している」シャタックは逆らわなかった。「そういう言いかたも、できるかもしれないな」少しばかり『できる』を強めて言い返す。

ファイフは好意のかけらもない目で相手を見つめた。

「今は非公式かつオフレコでの話し合いだ。あの手紙には、差出人が有力な情報を持っていると示す記述は一切ない。少しでも分別のある人間ならわかっているはずだ。わが国の戦時生産においては、何千人もが責任ある地位に就き、莫大な利益と何十億ドルもの金が絡んでいる以上、あれこれある。それも、うんとだ。あの手紙がほのめかしている類いの問題もあるだろう。軍情報部《G2》の任務の一つは、そのような問題が発生しないよう援護することだ。できる限りな」

「言うまでもないことだが」シャタックが切り返す。「そちらにとって、この話が青天の霹靂《へきれき》になるとは思っていなかった」

「それはありがたい」ファイフはちっともありがたくなさそうだった。「軍もそこまで、ぼんくらじゃない。ライダーが机の引き出しにしまったピンク色のものを見たかな? 見たはずだ。あれは新型の手榴弾で、構造だけでなく、中身も新しい。その見本に食指を動かして、手に入れたやつらがいた。敵方の人間ではない……少なくとも、われわれはそう判断している。先週死んだクロス大尉は、その問題を調べていたのだ。クロスの任務の内容を知っていたものは、この部屋にいる人間以外に一人もいない。クロスは手がかりをつかんだが、月曜から報告がなく、経緯は不明で、もう不明のままかもしれない。グッドウィン少佐が一見無意味と思われるクロスの手帳の書きこみをうまく読み解き、クロスが手榴弾を置いた場所、バスターミナルの手荷物一時預かり所で、輸送用の段ボール箱を発見した。さて、こんな話をしたのは、クロスの名前があの手紙に出ていたせいだが、同時に、手紙の差出人がわれわれの把握していないことを指摘するつもりなら、顔を洗って出直してくる必要があることを例証するためだ」

シャタックは異議を唱えた。「いやいや、准将。きみが昨日生まれた赤ん坊ではないことくらいは、ちゃんと承知している。そもそも、わたしが受けとる匿名の手紙は、普通ならゴミ箱行きだ。が、この件については情報部も知っておくべきだと思った。具体的な話、クロスの件が挙げられているしな。当然、調査はされたんだろう?」

「された。警察によって」

「そして」シャタックが追及した。「情報部によっても?」慌てて付け加える。「この質問は認められるだろう。ここだけの話だ。警察の捜査には限界があるだろうからな、クロスの正確な任務の内容、及び……ええ……それを把握していた人物の名前が明かされない限りは。きみたちがおいそれと警察に情報を開示したとは思えないが」

ファイフは再び言葉を選びながら、ゆっくりと話しだした。「われわれは自由裁量の範囲で警察に協力している。最初の質問についてだが、認められるか認められないかはさておき、ネロ・ウルフが民間人の相談役として、われわれとさまざまな任務にあたっていることは、軍事機密ではない。新聞の記事になったからな。そちらはウルフを有能な探偵とみなしているかね?」

シャタックはほほえんだ。「わたしは政治家だ。わたしが少数派に属することはあまりないね」

「結構、ウルフはクロスの死を調査している。われわれのために。あの手紙をだれが書いたのか発見したら、ウルフに教えてくれ。それでウルフは気が晴れるはずだ」

「わたしも気が晴れる」シャタックは断言した。「もしよければ……ウルフさんに二つほど質問できるだろうか？」

「もちろんだ。ウルフが答えたいと思えばの話だが。ウルフには命令できない。陸軍に所属していないからな」

ウルフは唸った。ぼくには嫌と言うほど見慣れた様子がすべて現れていた。苛立ち、不快、苦痛。こういう場合にふさわしく作られた椅子と冷えたビールのあるわが家へ帰りたいという焼けつくような欲望。ウルフは嚙みついた。

「シャタック先生。あなたの質問の手間を省いてあげましょう。訊きたい理由はくだらない好奇心なのか、純粋に燃えあがる愛国心の炎から生まれた火花なのかは知りませんが、クロス大尉は殺害されたのです。これで答えになっていますか？」

沈黙。水を打ったように静かになった。ファイフ准将はライダー大佐にすばやく視線を向けたが、大佐も同じことをして、二人はそのまま顔を見合わせている。ティンカム大佐の指先が口ひげに触れた。ローソン中尉は眉を寄せてウルフを見つめた。シャタックは光る目を細め、同席者の顔を順繰りに見ていく。

ローソン中尉が口を開いた。「参ったな、まったく」

爆弾発言でもなんでもない、ウルフはそんなふりをしていた。その場にいた他のだれかが、そのふりに気づいたわけではない。ぼくのようにウルフを知っている人は、だれもいなかったのだから。ウルフの半分閉じた目が、一同のごくわずかな筋肉のひきつりも見逃さないとは、思いもよらなかっただろう。

「残念ながら」ウルフはぶっきらぼうに続けた。「あなたのためになることは一つもないと思いますな、シャタック先生。票にもならなければ、褒められることもない。国民からの喝采もない。先ほどあなたの前で断言したのは、殺人だと証明する方法がなく、この先も証明されそうにないからです。証拠はかけらもない。だれでもホテルのエレベーターを使って、十二階のクロス大尉の部屋へ行くことはできた。が、目撃された人物はいない。巨大な警察組織が捜査し……ねずみ一匹見つかっていないのです。窓は大きく開いていて、クロス大尉は下の歩道で無惨な姿で死んでいた。それだけです」

「だったら、なぜ」ローソンが問い詰めた。「大尉が殺されたと言うんだ?」

「殺されたからです。大尉が誤ってあの窓から落下するのは、このわたしが——誤って——議員に立候補するようなものだ。大尉は自ら飛びおりたり、這いでたのではなかった。その夜八時にライダー大佐に電話して、翌朝には本部に出向いて報告すること、二晩寝ていないので休息が必要なことを伝えている。ボストンにいる婚約者には、土曜日には会えると電報を打った。そして、自殺した？　くだらん」

「ほう」ファイフはまた椅子の背の上で腕を組んだ。「わたしはてっきり……なにかつかんでいるのかと思ったが」

「今言ったとおりの事実をつかんでいます」ウルフはファイフに向かって指を一本、軽く動かした。「大尉は殺されたのです。ただ、歩道上の無惨な死体、もしくは、落下した現場の部屋には、手がかりとなる糸を結びつけられない。警察は徹底的な捜査を行っているが、なにも出てこない。別の出発点が必要です。動機が個人的なもの、一人の男性としての大尉の過去から生じたものであれば、警察が見つけるかもしれません。今も捜査中でしょうから。動機が職業的、軍人としての任務に起因するものなら、現在のわれわれの活動を通じて発見できるかもしれない。つまり、このまま続けるのであれば。今、展開中の線に沿って進めますか？　同じ顔ぶれで？」

ファイフはライダーの机の隅をじっと見ていた。

ウルフがおもしろくもなさそうに促した。「准将、わたしは質問したのですが」

ファイフの頭がさっとウルフのほうを向いた。「ぜひやってくれ。続ける？　もちろんだとも」

シャタックが満足そうに口を挟んだ。「あなたに質問をする必要はないようだ、ウルフさん」

「失礼」ティンカムが尋ねた。「一つ意見を言わせていただいても？」

「かまわん」ファイフが言った。

「わたしが言いたいのは……ウルフ氏の言葉を借りると、顔ぶれの件です。これは複雑かつ扱いの難しい問題です。その点については、全員が了解しています。ま、それしか了解していないのかもしれませんが。ウルフ氏の推理が正しいとすれば、クロスの身になにが起こったかを考えると、いささか危険でもありますな。幼稚園児に任せる仕事ではない。もし、それがわれわれに対するウルフ氏の評価なら……ことに、わたしのことを当てこすっているなら——」

「きみは過敏症かなにかか?」ファイフが訊いた。「わたしからの命令なんだぞ」

「わたしは」ウルフが断言した。「あなたの目を開かせようとしていたのです、大佐。排除しようとしたわけではない」

「自分は過敏症ではありません」ティンカムの口調は、彼にしては珍しく感情的だった。「このまま調査に加わりたいと思っております。ウルフ氏が顔ぶれについて問いただした意図を正しく理解しているのか、そこを確認したかっただけです」

「答えを得るためですよ」ウルフはティンカムを見据えた。「そして、答えは聞きました」

「とはいえ」ローソンがここで割りこみ、ファイフ准将に向かって発言した。「ティンカム大佐の意見には一理あります。例えば、たった今准将はご自分からの命令だと言われましたね。が、そうではありません。少なくとも、自分がこの仕事に就いてからの二週間は、そうではありませんでした。命令はライダー大佐、もしくはネロ・ウルフから出され、混乱気味です。その上、ウルフの口のききかたときたら、肩章に星が四つはありそうです。ただの民間人なのに」

「やれやれ」ファイフは不機嫌になった。「きみもか。ウルフの口のききかたに傷ついた、と。ウルフの言うとおりだ。我らが陸軍は幼稚園と化してきているな。だからといって、きみを海外に派遣するか、ワシントンに送り返せば、代わりにもっとひどいのが来るのがおちだ」そして、ウルフのほうを向く。「きみとライダーについてはどうだ? 命令に矛盾があったのか?」

「わたしの把握している限りでは、ありません」ウルフは辛抱した。

ファイフは矛先をライダーに向けた。「きみの把握している限りでは？」

「ありません」興味も重要性もないと言わんばかりの、素っ気ない返事だった。「ウルフ氏はきわめて協力的で、有能な補佐役です。彼独特の性癖にめくじらを立てるのは、浅はかでしかない。ただ、お断りしておくべきことが……状況に……いえ、この体制に変更があることをご承知おきください。要望があります。カーペンター中将との面会のため、自分はワシントンへ行く許可を申請します。本日です」

不意に完全な沈黙が訪れた。三度目だ。ファイフ以外は職業軍人ではないため、ぼくらは今のように申し出られた要望の意味をすぐ、完全には理解できなかったのだ。ぴんときたのは、ファイフ准将の顔つきの変化のせいだった。唖然としている。このじいさんが間抜け面をさらすところを、これまで一度も見たことがなかったが、机越しにライダーをぽかんと見つめている今は、たしかに間が抜けてみえた。

「補足するべきだと思いますが」ライダーはファイフの視線を受けとめていた。「個人的な用件ではありません。自分は軍務でカーペンター中将に面会したいのです。五時の飛行機を予約してあります」

再び、沈黙。ファイフの首の筋肉が動いた。そして、口を開く。「ずいぶんなまねをしてくれるじゃないか、大佐」冷たく、感情を抑えた声だった。「軍の習慣に不慣れなせいかもしれんな。そういった申請は、たとえするにしても、普通はもっと内密にするものだ。一つ、提案をしよう。職務上の命令ではない。もしきみが希望するなら、わたしと個人的な協議の場を設けてもかまわん。今だ。いや、昼食後、いったん検討してみてからでもいい」

「申し訳ありません」屈託はあるようだが、ライダーの返事はきっぱりしていた。「時間の無駄になると思います。自分のしていることは心得ておりますので」

「やれやれ、そうだといいのだが」

「イエス・サー。大丈夫です。許可はいただけますか？」

「許可する」その続きを、ファイフの顔つきがはっきりと物語っていた。とっとと行って、二度と戻ってくるな。が、ファイフは人目のある場所では将校であり、紳士だった。公平にみて、ファイフは一つもへたを打たなかった。立ちあがってティンカムとローソンに行っていいと告げ、二人を出ていかせた。それから、ジョン・ベル・シャタックを昼食に誘って、了承された。ファイフはウルフに向かって、同席してくれたら嬉しいと言ったが、ウルフは先約があるからと礼を言って断った。嘘だった。ウルフはありとあらゆるレストランが大嫌いで、ファイフ准将が昼食をとる店はラムのカレー煮こみにヒ素を入れると言い張っていた。ライダーには声をかけないまま、ファイフとシャタックは一緒に出ていった。

　ウルフは机のそばに立って、しかめ面でライダーを見おろし、相手が顔をあげるのを待った。ようやく、ライダーは顔をあげた。

「わたしが思うに」ウルフは言った。「あなたは愚か者ですな。結論ではなく、単なる意見ですが」

「参考意見として覚えておくといいですな」ライダーは応じた。

「そうするつもりです。あなたの頭脳は機能していない。息子さんが戦死した。部下の一人、クロス大尉が殺害された。難しい決定を下せる状態ではない。頭の働く賢い友人がいるなら、その人に相談しなさい。いや、弁護士でも結構。もしくは、わたしでも」

「きみに？」ライダーは言った。「そりゃ結構だ。結構至極だな」

ウルフは四分の一インチ肩を上下させ、「来なさい、アーチー」と言って、ドアに向かった。ぼくはスーツケースを元どおり椅子に戻して、あとを追った。秘書室を通り抜けるとき、ブルース軍曹がちらりとこちらに目を向けた。ウルフは無視した。ぼくは机の前で足を止め、こう言った。「目にゴミが入った」

「それは大変ですね」軍曹は立ちあがった。「どちらの目ですか？　見せてください」ぼくは思った。おいおい、今までなにをして生きてきたんだ、こいつは。こんな古い冗談に引っかかるなんて。ぼくは身を屈めて軍曹の目を覗きこんだ。顔は十インチも離れていない。軍曹はぼくの目を見つめ返した。

「わかりました」軍曹は言った。

「そうかい？　なにが入ってる？」

「わたしです。両方の目にわたしが入っています。とるのは無理ですね」

軍曹はまた腰をおろし、顔色一つ変えずにタイプの続きにとりかかった。ぼくは彼女を完全に見損なっていたようだ。「やるね」と認めた。「一本とられたよ」そして走ってウルフを追いかけ、エレベーターで追いついた。

ウルフに訊いてみたい質問がいろいろ、一ダースくらいあった。せめて、そのうちのいくつかにでもウルフが答えてくれる気分になる機会があったらよかったのだが、結局見つからずじまいだった。家に帰る途中は、もちろんだめだった。後部座席にいるウルフは、不機嫌の極みだ。で、家に着いたら、ウルフは厨房に直行し、昼食のしこみ中のフリッツを手伝いはじめた。鶏の脂身と茄子に関わる仮説だかなんだかを試してみているらしい。食事の席では仕事の話はご法度と決まっているので、継続的にチェスをやっているとどんなに優秀な野戦将軍も使いものにならなくなるというウルフの説明を聞くしかなかった。そのあとは、午前中植物室で蘭の世話をする日課を休んだので、ウルフは屋上へ行かなければならなかった。植物室では話を切り出す余地などないのは、わかっていた。ダウンタウンに戻って報告したほうがいいかとウルフに訊いてみたが、ぼくが必要になるかもしれないからだめだと言われた。ぼくの任務はネロ・ウルフの望むとおりにお守りをすることだから、一階の事務所に行き、机に向かって雑用を少し片づけ、ラジオのニュースを聞いた。

三時二十五分に電話が鳴った。ファイフ准将からだった。部下に対する命令口調で、四時にネロ・ウルフを自分の執務室に連れてこいとぼくに言い渡した。無理だと答えると、なんとかしろと言って、電話は切れた。

ぼくは電話をかけなおして、言った。「聞いてください、准将。ウルフ氏に来てもらいたいのですか、そうではないのですか？　僭越《せんえつ》ながら、ウルフ氏を動かすにはあなたか、せめて大佐が直接話をして、申し入れを伝えない限りは無理です」

「面倒なやつだ。つないでくれ」

内線で植物室のウルフを呼び出したところ、そのまま聞いているように言われたので、そうした。なにも新しいことはなかった。ファイフが電話で話した内容は、ティンカムとローソンとぼくを同席させた上で直ちにウルフと話し合う必要がある、との一点張りだった。結局ウルフは行くと答え、十分後に一階へおりてきた。ぼくは外の車に向かう途中でこう言った。「一つ、役に立つかもしれない情報があります。ライダーがカーペンターに会いにワシントンへ行くと決めたのは、今朝の話し合いでのなにかが原因だと、あなたが思っている場合ですが。ライダーは荷物を詰めたスーツケースを、もう事務室に用意していました」

「それは見た。まったくドイツ人はけしからん。発車するとき、例の急な揺れを起こすな。今は悪ふざけを楽しむ気分ではない」

ダンカン・ストリート一七番地のロビーに着いたのは、約束より少し早めの三時五十五分だった。習慣の力で、ぼくはなにも考えずにエレベーター係に、「十階」と言ってしまい、降りてからようやく、はっと気づいた。ファイフの執務室は十一階だ。ウルフは伍長と、お決まりの面倒で無意味な身分確認をはじめていた。ぼくは声をかけた。「ちょっと、間違いだ。ぼくらは――」

その先は言えずじまいだった。ちょうどその瞬間だったのだ。さほど大きな音ではなく、ましてや耳をつんざくような音ではなかったのだが、背中をどやされたような気がした。いや、音じゃなく、建物の震動だったのかもしれない。あとでみんなが口を揃えて、ビルが揺れたと言っていた。ぼくはちがうと思う。空気になにか変動があったんだろう。いずれにしても、一瞬、ぼくの体内ですべての活動が止まった。伍長も同じだったのだろう、顔つきでわかった。そして二人してあたりを見回したのだが、ウルフは早くも奥の廊下に通じるドアに向かっていて、ぼくに怒鳴った。「あれだ。だから言っただろう?」

ぼくは二段飛びでウルフより先にドアに到着した。通ったあとは、閉めておいた。廊下では、大勢の人がドアから顔を出したり、飛び出してきていた。ほとんどが軍服姿だ。廊下の奥に向かっていく人もいて、二人ほどが走っている。前方から声があがり、煙か埃の幕が、いや両方かもしれないが、鼻をつく酸っぱい臭いを先触れにして、こちらに近づいてきた。ぼくらはそのなかに飛びこみ、突きあたりで右に曲がった。

ひどい状態だった。『わが軍、シチリア島の村で敵のマシンガン基地を奪取』という見出しがついた、ピンぼけの無線電送写真そっくりだった。瓦礫、粉々になった漆喰、ちょうつがい一つでぶらさがっているドア、ほとんどなくなった壁、軍服姿の暗い顔をした人々。戸口があった場所に立ち、こちらを向いているのは、ティンカム大佐だった。二人の男が押しのけるようにしてライダーの部屋だった場所へ入ろうとしたが、ティンカムは立ちふさがって、怒鳴った。「さがれ！　あの角までさがれ！」二人はさがりはしたが、ほんの五歩ほどでウルフとぼくにぶつかった。後ろにも、周りにも人が集まっていた。

背後の喧噪のなかから、突然、一声響いた。「ファイフ准将！」

細い通り道ができ、すぐにファイフがずかずかと進んできた。それを見て、ティンカムは戸口から前に進みでた。ティンカムの後ろ、部屋のなかからはローソン中尉が出てきた。二人は揃って敬礼した。間が抜けているように聞こえるかもしれないが、どういうわけか、そうはみえなかった。ファイフは返礼し、尋ねた。「なかは？」

ローソンが答えた。「ライダー大佐が」

「死んだのか？」

「はい、残念です。ばらばらに吹き飛ばされております」

「他にけが人は？」

「いません。人がいた形跡はありません」

「現場を見る。ティンカム、この廊下を片づけろ。全員持ち場に戻れ。外出は禁止だ」

ネロ・ウルフがぼくの耳元で唸った。「けしからん、ひどい埃だ。それに臭いも。来るんだ、アーチー」

ぼくの覚えている限りではこのときだけ、ウルフは一階分の階段を喜んでのぼった。エレベーターのそばにいる伍長にはどんな指示が出されているのかわからないし、ウルフは手間どるのを避けたかったのだろう。だれもぼくらの邪魔はしなかった。十一階に行くのは外出ではないからだ。ウルフはぼくを従え、秘書室を突っ切ってファイフの執務室へ入り、窓に背を向けた大きな革の椅子へ直行して腰をおろすと、態勢を整えてから命じた。「電話するんだ、どこでもいい。ビールを持ってくるように言え」

第三章

ぼくらの旧友兼仇敵、殺人課のクレイマー警視は口の端に葉巻を上向きにくわえ、手に持った書類に改めて目を走らせた。ファイフ准将の口述を、ぼくがタイプしたものだ。内容はこうだ。

米国陸軍所属ハロルド・ライダー大佐は、本日午後四時、ダンカン・ストリート一七番地の同人の事務室における手榴弾の爆発により事故死した。事故発生の詳細は、不明である。手榴弾は新型で、きわめて爆発力が強く、まだ軍には支給されていない。当該手榴弾は職務の一環として、ライダー大佐の公式な管理下にあった。ライダー大佐はモーティマー・ファイフ准将指揮下の軍情報部ニューヨーク本部に配属。

「このとおりだとしても」クレイマーは噛みついた。「不十分にもほどがある」

ウルフはまだ大きな革の椅子に陣どったままで、後ろの窓台には空のビール瓶が三本並んでいた。ファイフは自分の机に向かっている。ぼくは書類をクレイマーに渡しにいったついでに、壁に寄りかかって楽にしていた。

「適当だと思う形に手直ししてくれ」ファイフが投げやりに言った。ちょっと汚れているようだ。

「それはそれは」クレイマーは葉巻をはずし、「手直しの材料は?」とその手を振って突っぱねた。

「あんたは軍人だ。こっちは警察官なんでね。突然死や不審死を捜査するために、ニューヨーク市から給料をもらってる。だから、事実が必要だ。例えば、手榴弾がどこから出てきて、どういうわけでライダーの机の引き出しに収まったのか? どの程度の不注意で誤って爆発するのか? 似たような手榴弾を見られるか、とかだ。軍事機密で回答不可。こっちに関わりのないことなら、それで痛くも痒くもない。だが、今回の事件はそうはいかない」


ファイフは言った。「そちらが部下を連れてきて、捜索するのを認めてやったが」

「どうもご親切なことで」クレイマーは本気で頭に血がのぼっていた。「このビルは合衆国の所有ではないし、こっちの管轄区にある。なのに、認めてやっただと!」書類を振り回す。「いいかね、准将。あんただって、こっちと同じくらい事情はわかってるはずだ。通常の事件なら、この件に裏がなければ、警察もうるさいことは言わずに目をつぶる。が、クロス大尉はライダーの部下だった。そいつは、警察がつかんだ事実の一つだ。で、クロスは殺された。おまけに、あんたの執務室に入ってみたら目の前に座っているのが、ネロ・ウルフじゃないか。事件が発生した時刻に、このビルの現場にいた。ウルフとは二十年なにがしの付き合いだが、これだけは言えるね。死体、どんな死体でもかまわん。文句のつけようがない自然な状況で、検死官を含めたニューヨーク中の医者が揃って死亡証明書にサインしているやつでいい。その死体が出てきたとき、ウルフが手近にいて、ほんのわずかでも興味を示す気配があれば、おれは直ちに課員を捜査にとりかからせる」

「ばかばかしい」ウルフはほぼ目を開いた。「わたしがあなたをペテンにかけたことなどありましたか、クレイマー警視?」

「なんだと！」クレイマーは目を剝いた。「それ以外、なにもしてこなかったじゃないか！」

「意味がわからん。いずれにしても、今はペテンにかけているわけではない。これはすべて時間の無駄だ。あなただって軍を力業でねじ伏せられないことくらい、百も承知でしょう。ことに、この情報部はね」ウルフはため息をついた。「一つ、協力しましょうか。下のめちゃめちゃになった現場は、手つかずのままだと思います。そこに行って、様子を見てきますよ。その上で、状況、わたしが把握している内容を検討します。この先のあなたがたの発見に期待するより、よほど有望だ。明日にはそちらに電話して、わたしの意見を伝えます。いかがですかな？」

「その間は？」クレイマーが追及した。

「ここから部下を出す。立ち入らない。わたしが提供した、クロス大尉に関する見解をお忘れなく」

クレイマーは葉巻を口に戻してがっちり嚙むと、さっきの紙を畳んでポケットにしまった。椅子にもたれ、ベストの袖ぐりに両手の親指を引っかける。戦争の終わりまで、そのまま陣どっていそうな気構えだ。ウルフを睨んでいる。やがて椅子からぐっと身を乗り出し、怒鳴った。「電話は今晩だ」

「だめです」ウルフはきっぱり答えた。「明日で」

クレイマーはさらに三秒ウルフを睨んでから、立ちあがってファイフ准将に声をかけた。「軍にはなにも含むところはない、軍隊としてはな。軍なしじゃ戦争には勝てない。だが、あんたら丸ごとこの管轄区から出ていって、ドイツ行きの船に乗ってくれりゃ、こっちはせいせいするだろうよ」クレイマーは背を向けて出ていった。

ウルフはまたため息をついた。

ファイフは唇をすぼめ、頭を振った。「警視を責めるわけにはいかん」

「そうですな」ウルフは同意した。「クレイマー警視はいつでも悪の喉元めがけて飛びかかり、気づけばその尻尾の先に命からがらぶらさがっている始末だ」

「なんだって?」ファイフは横目でウルフを見た。「ああ、そういうことだな」そして、ハンカチをとり出して、額、顔、首と拭う。もともとあった汚れはとれたが、別の場所に汚れがついた。ぼくにちらりと視線を向け、ウルフに戻す。「ライダーについてだが。よければ二人だけで話したい」

ウルフは首を振った。「グッドウィン少佐抜きでは話にならない。わたしは彼の記憶力を頼りにしています。それに、もう何年も前から、グッドウィン少佐の存在がわたしの脳細胞の活動を刺激するとわかっていますので。ライダー大佐がどうしたのですか? 事故ではなかったと?」

「わたしは事故だったと思っているが。きみはどう考える?」

「どうも考えていません。出発点がないので。事故だった可能性はあるのですか? 引き出しから出して、床に落としたとしたら?」

「それはない」ファイフは断言した。「問題外だ。だいたい、爆発したときには、手榴弾は机上のどこかにあった。天板が下に向かって破損していたからな。それに、安全ピンは耐衝撃性だ。しっかり力をこめて、水平方向に引かなければならない」

「では、事故ではなかったことになる」ウルフはこともなげに言い放った。「自殺の可能性はある、その他に……。ところで、控えの事務室にいたあの女性は? 軍服を着用していた女性ですが。どこにいたんです?」

「あそこにはいなかった。昼食に出かけていたんだ」

「ほほう」ウルフの両方の眉があがった。「四時に?」

「ティンカムにはそう話した。彼女が戻ってきたとき、ティンカムが話を聞いたんだ。今は部屋の外で待機している。呼んでおいた」

「ここへ通してください。で、よければ……?」

「かまわんとも」ファイフは受話器をとりあげ、指示を出した。

すぐにドアが開き、ブルース軍曹が入ってきた。三歩進んで、ぼくら三人をすばやく確認し、立ちどまってかかとを合わせると、きびきびと敬礼をした。いつもと変わらないようだが、ひどく重々しい顔をしていた。声をかけられ、前に出てくる。

「こちらはネロ・ウルフ」ファイフが告げた。「きみにいくつか質問する、わたしから訊かれたつもりで答えるように」

「イエス・サー」

「おかけなさい」ウルフは声をかけた。「アーチー。その椅子を持っていってくれるか? 准将、少佐に軍曹の世話をやかせて軍規を乱しているのであれば申し訳ないが、わたしには女性を兵士とみなすのは不可能で、そのつもりもないので」ウルフはブルースに目を向けた。「ミス・ブルース。そういうお名前でしたね?」

「イエス・サー。ドロシー・ブルースです」

「爆発があったとき、あなたは昼食中だった?」

「イエス・サー」ブルースの声は、ぼくの目のなかに自分がいると答えたときのように、しっかり落ち着き払っていた。

「それがいつもの昼食時間なのですか? 四時が?」

「ノー・サー。説明してもよろしいでしょうか？」

「どうぞ。できるだけ『サー』は省いて。わたしはお忍びの陸軍元帥ではないのでね。では、続きを」

「イエス・サー。失礼しました、癖になっておりますので。自分には決まった昼食の時間がありません。ライダー大佐の要望で、つまり命令で、大佐が昼食に行かれる時間に合わせていました。そうすれば、大佐が事務室におられるときは、自分も在室していられますので。本日、大佐は昼食に出られませんでした。つまり、自分の知る範囲では。少なくとも、いつものように外出を知らせるために秘書室を通ることはありませんでした。四時十五分前に、自分を呼び入れていくつか指示を出したとき、大佐は昼食をとったかと尋ね、失念していたので今から行くようにと言ったのです。自分は角のドラッグストアに行き、サンドイッチとコーヒーで食事を済ませました。戻ったのは四時二十分です」

ウルフの半分閉じた目は、ブルースの顔から逸れることはなかった。「角のドラッグストア？」穏やかに確認する。「爆発音を聞いたり、騒ぎを目にしたりしなかった？」

「ノー・サー。ドラッグストアは一ブロック半離れたところ、ミッチェル・ストリートの角にありますので」

「ライダー大佐は昼食に出かけなかったと言いましたね？　では、四時十五分前までずっと事務室にいたのですか？」

「説明を加えたいと思います。自分が言ったのは、秘書室を通っては外出されなかったという意味です。当然、大佐は別のドア、事務室から直接廊下へ出られるドアを使って、いつでも室外に出て、同じ経路で戻ることができました。大佐はそちらのドアをよく使われていました」

「そのドアには鍵がかけられていたのですか?」

「イエス・サー。通常は」ブルースはためらった。「自分は訊かれたことだけに答えるべきですか?」

「わたしたちは情報を求めているのです、ミス・ブルース。もし、情報があるのなら、教えてもらいたいですな」

「通路側のドアについてだけです。ライダー大佐はもちろん鍵を持っていました。ただ、すぐ戻ってくるつもりで、鍵を使わなくてよいようにと、開錠状態にするボタンを押して出ていかれるところを、二度見たことがあります。このような細かい情報が必要であるなら――」

「必要です。他にもありますか?」

ブルースは首を振った。「ノー・サー。あのドアに鍵がかけっぱなしだったかとの質問でしたので、付け加えただけです」

「どうしてこんなことになったのか、なにか考えは?」

「それは……」ブルースの視線が揺らいだ。「自分の考えでは……自分の了解するところでは、ライダー大佐が机に保管していた手榴弾のせいだと」

ファイフが鋭くブルースを見やった。「手榴弾だと、どうして知った?」

ブルースの頭がくるりと准将へ向きを変えた。「みながそのように話しているからです。もしそれが秘密事項だったのなら……もう秘密ではなくなっております」

「もちろん、秘密事項ではない」ウルフが不機嫌そうに遮った。「准将、失礼。どうしてあの手榴弾が爆発したのか、考えはありますか?」

「まさか!　失礼しました……ノー・サー」

「まさか、と答えたところで問題はないでしょう」ウルフがぼそぼそと答えた。「なにもご存じない?」

「存じません」

「ライダー大佐は四時十五分前にあなたを呼び入れたとき、どんな指示を与えたんですか?」

「ただの定例業務についてです。今日はこれで帰るから、手紙にはサインをしておくよう指示されました。また、明日も留守にするので、約束はキャンセルするようにと」

「それだけですか?」

「イエス・サー」

「あなたは個人秘書だったのでしょう?」

「そうです……ただ、どこまで個人的だったのかは、わかりません。ここに来てまだ二週間足らずですし、ライダー大佐とはまったく面識がありませんでした。実際のところ、個人的な事項に関してはまだ試用期間だったように思います。自分は十日前にワシントンから出てきたばかりですから」

「ワシントンでは、どんな仕事を?」

「カーペンター中将の補佐をしているかたの秘書でした。アダムズ中佐です」

ウルフは唸って、目を閉じた。ブルース軍曹は座ったまま、待っている。ファイフはいつもよりきつく唇を引き結び、自分を抑えているらしい。だれかが質問しているときに聞き役に回るのに慣れていないのだろうが、メキシコからのある有名な客人を尾行していた三人の中尉と一人の兵卒の目の前で、ウルフに面目を潰されたときのことを忘れていないのだろう。ウルフはまた唸った。今度のは、ぼくが唸り声その三と呼んでいるやつで、不快感を意味する。いったい、なにがウルフを苛つかせているんだろう？　ブルース軍曹は礼儀正しく協力的で、おまけにかわいい。と、ウルフは目を開け、重心を移しながら椅子の肘掛けに置いた両手に力をこめた。一件落着。ウルフが不快になったのは、立ちあがる決心をしたせいだったのだ。

ウルフは立ちあがりながら、不機嫌そうな声で言った。「今はこれで結構です、ミス・ブルース。当たり前だが、あなたとはいつでも連絡がつきますからな。准将、ご承知のとおり、わたしはクレイマー警視に爆発現場を見てくると約束しましたので。来なさい、アーチー」ウルフは一歩、踏み出した。が、ファイフが止めた。

「ちょっと待ってくれ。ブルース、もう結構だ。きみは行っていい」

ブルースは立ちあがり、一瞬ためらってから准将に向き直った。「一つ、お願いがあります」

「そうか。なんだ？」

「秘書室からの物品の持ち出しを認めてもらえないのです。少々品物が、ちょっとした私物ですが、置いてありました。今週末は不在にしていまして、今朝は駅から直接出勤したのです。ライダー大佐から一時携行証を発行されました……ただ、有効ではないのではないかと……今となっては」

「かまわん。好きにしろ」ファイフはうんざりしたようだ。「ティンカム大佐に指示しておく。ところで」と、ブルースを横目で見る。「きみは部屋も仕事もないわけだな。さしあたりは。話を聞く限りでは、きみは賢くて有能そうだ。そうなのか？」

「イエス・サー」

「そりゃ結構だ。いずれわかるだろう。明朝、わたしの秘書室に出頭するように。使い慣れた用具があるなら、持参しろ。現場から持ち出すなら、早いほうがいいぞ。今夜片づけるからな。ティンカム大佐に伝言を……いや、わたしから話そう。行っていい」

　ブルースは敬礼し、くるっと向きを変え、軍人らしい歩きかたで出ていった。

　ドアが閉まるのを待ってから、ファイフはウルフに声をかけた。「きみはさっきなにか言いかけてたな。ブルースが入ってくる前だ」

「たいしたことではない」ウルフはぶっきらぼうに答えた。立って話すときは、いつもこうだ。「事故、問題外。自殺、可能性あり。殺人？　ライダー大佐の不在の隙に、だれでも人目につかずに事務室に侵入できたようだ。ライダー大佐は廊下側のドアから出て、鍵を開けたままにしておいた可能性があるのだから」

「侵入した？　で、どうする？」

「ああ、犯人の気の向くままですな。机から手榴弾をとり出す。持ち去る。後ほど、ミス・ブルースが外出した際に秘書室へ入り、そこからライダー大佐の事務室のドアを開け、安全ピンを抜いて手榴弾を大佐に投げつけ、大急ぎで廊下に戻る。もちろん、そうであれば、おもしろい問題が持ちあがる。手榴弾があそこにあったのを知っていたのは、おそらく六人だけだ。ティンカム大佐、ローソン中尉、シャタック氏、あなた、グッドウィン君、わたし。最後の二人を除いて、容疑者からはずす理由をわたしは一つも持っていない。例えば、あなただ。午後はずっとここに？」

　ファイフの唇が引っ張られ、不敵な笑みが浮かんだ。「そいつはいい考えだ。トップからはじめる。ああ、わたしはここにいた。ただ残念ながら、この部屋を出なかったと証明はできないようだ。シャタックが昼食後一緒にここへ来たが、二時半頃に帰った。それから三十分ほど口述をした。それでも、そのあとについては降参かな」

ウルフは嚙みついた。「ばかな！　これは単なる雑談です、現状では。下へ行って、現場を見てきます」

ウルフはどすどすと歩きだし、ぼくもあとを追った。准将の執務室のドアなので、そっと閉めていると、ファイフが電話でティンカム大佐につなげと言っている声が聞こえた。

十階の現場では手間どってしまった。廊下からライダー大佐の部屋に通じるドアがあった場所には、装備一式を身につけた伍長が立っていた。装備を抜きにしても体重二百ポンド超えの相手が、ぼくらも立ち入り禁止だと通告したおかげで、余計に事態の収拾は難しくなったように思えた。ウルフはファイフをここまで引きずってこいと言ったが、ぼくは時間稼ぎをした。案の定、すぐにティンカム大佐が来て、ファイフ准将の許可があって問題ない、と伍長に告げた。ティンカムは調査隊に加わることになり、先頭に立って瓦礫のなかへ入った。ウルフが持ち出されたものはあるかと質問したが、ティンカムはないと答えた。警察が隅から隅まで捜索していったが、物品の持ち出しは許可されていないし、警察以外も同じだそうだ。

現場の角部屋には、まだ日がさんさんと差しこみ、気持ちのいいそよ風が窓から流れこんでいた。ガラスが残っていないせいだ。漆喰の塊などの障害物をよけながら室内を調べていくと、注意すべき細かい点がいろいろあった。爆風の気まぐれで、廊下に面した壁は崩れたのに、秘書室との仕切り壁はせいぜい二、三ひびが入った程度だった。秘書室へのドアは開いたままで、ちょっと傾いているだけで無傷にみえる。椅子二脚はただの残骸となり、四脚は壊れたり、傷が入っていた。そして、ライダーの椅子、机の奥の壁際にある椅子は傷跡一つなかった。机の天板は壊れて穴だらけになり、だれかが二トンのおもりを落として、次に散弾銃の的にしたみたいな有様だった。机の上とその近辺は、ほんの一滴から机の奥の床にある洗い桶ほどの大きなものまで、血痕だらけ。秘書室に通じるドアの近くには、スーツケースと中身の残骸が床に転がっていた。中身はそこらに散乱し、スーツケース本体はすぐにはそれとわからないほど穴だらけでひしゃげていた。室内の四方八方、至るところに小さな金属片が飛び散っていた。小さいものはピンの頭ほど、大きいものは親指の爪くらいで、片面が黒く、裏側がピンク色だった。爆発したとき室内にいたら、どの位置でも最低一ダースは受けとめることになったはずだ……同時に息の根も止まっただろう。ぼくは家の引き出しで保管している記念品に加えようと、かけらを二個ほどポケットに入れた。

他にもお土産が手に入った。散乱しているスーツケースの中身に混じって、見覚えのある畳んだ紙があった。ウルフとティンカムは部屋の反対側にいる。ぼくは身を屈めて、その紙をちょろまかした。ちらっと見て、今朝の会議のきっかけとなったシャタック宛の匿名の手紙だと確認できた。で、内側の胸ポケットにこっそりしまっておいた。

ぼくらはまだ観察したり感想を言ったりしながら、ぶらぶらしていた。ティンカムもまだまだ付き添い役をしている。そのとき、隣の部屋にお客がいたことに、ぼくは気づいた。秘書室に入ってみると、ブルース軍曹が立っていて、手に持ったテニスラケットを眉をひそめて見ていた。

「壊れた?」ぼくは愛想よく声をかけた。

「ノー・サー」

こいつめ、とぼくは思った。この『サー』呼ばわりは、鎧《よろい》よりも手強いな。床には垂れ蓋を開けた繊維板製の輸送箱が置いてあり、ブルースはそのなかにラケットを入れ、机の後ろへ回った。埃だらけで、ものは散乱しているが、ひどい損害はなさそうだった。

「手伝おうか?」

「ノー・サー。ありがとうございます」

いつか、とぼくは厳しく自分に、いや、むしろ彼女に言い聞かせた、口には出さなかったが。きみにそれだけの価値があるにしろ、ないにしろ、『サー』なんて呼ぶような気持ちにはとてもなれないような状況にうまく――。

「アーチー!」怒鳴り声がした。

「楽にしろ」ぼくはブルースにぶっきらぼうに命じて、その場から消えた。

ウルフとティンカムは部屋の反対側、奥の伍長のそばにいた。

「家に連れて帰ってくれ」ウルフは言った。

ウルフが家に帰ると決めたら、一も二もない。ティンカムの顔つきを見ると、なにか質問したいことがあるか、もう質問したのに答えてもらっていないようだが、ウルフは明日の朝連絡するとファイフ准将に伝えてくれ、と頼んだだけだった。

歩道には人だかりができていた。通りの反対側には、さらに大勢集まっていた。二時間前に十階から落下したガラスの破片は、きれいに片づけられていた。人混みをかき分けて車を駐めてある場所に向かう途中、ある男が若い娘にこう言っているのが聞こえた。「巨大な爆弾が爆発して、八十人死んだんだって。それに将官二人も」ちょっとびっくりする発言だったが、家に向かって車を運転して、ヴァリック・ストリートを北に向かっているとき、ウルフがなおいっそうびっくりするような発言をした。後部座席からはっきりとこう言ったのだ。「もう少し急いでくれ、アーチー」聞き間違いだと思った。前にも言ったとおり、ウルフは自動車での移動という危険な荒技を堪え忍んでいる間は、一切口をきかない。もっとスピードを出せと言うなんて、新兵が懲罰の炊事当番をもっとやらせてくれと頼むようなものだ。それはそれとして、ぼくは言われたとおりにした。

家の前で停車したとき、ウルフは小声でなにか呟いた。きっと感謝の祈りだろう。ぼくがドアを開けて運転席から降りようと体をよじったとき、ウルフが言った。「降りなくていい。きみにはこれから出かけるところがある」

「おや、そうなんですか?」

「そうだ。ダウンタウンに戻れ。ファイフ准将の話では、現場は今晩片づけられるとのことだった。すぐにもはじまるかもしれないが、わたしはあのスーツケースがほしい。手に入れて持ってきてくれ。スーツケースだけで、中身は必要ない。完全にそのままの状態で。曲げたり、勝手に壊してはだめだ」

ぼくは体をぐるりとねじって、ウルフを睨んだ。ウルフはドアを開け、降りるところだった。「それは」ぼくは確認した。「ライダーのスーツケースのことですか?」

「そうだ」ウルフは歩道に降りたった。「重要な問題なのだ。なお重要なことだが、持ち去るのをだれにも見られてはいけない。特にローソン中尉、ティンカム大佐、ファイフ准将、もしくはミス・ブルースには見つからないように。まあ、だれにも見られないのが一番だが」

ぼくはめったに唾を飛ばして文句を言うことはないが、このときはちがった。「あのスーツケースを……連中の鼻先から……聞いてくださいよ。月で我慢してくれませんか。喜んでとってきますから。わかってるんですか――」

「もちろん、わかっている。難しい仕事だ。軍の内外問わず、安心して任せられる人間は他にいないだろう」

　ウルフは本気であのスーツケースがほしいのだ。こんなおべっかを大盤振る舞いするのだから。

「ばかばかしい」ぼくはドアを開けて、車から這いだすと、階段に向かった。

　ウルフが鋭く声をかけた。「どこへ行く？」

「入れ物をとりにいくんですよ！」ぼくは肩越しに返事をした。「首の周りにぶらさげてくるとでも思ってるんですか？」

　三分後、ぼくは再びダンカン・ストリートに向かっていた。後部座席を占領しているのはウルフではなく、人が入りそうな大きさのスーツケースだった。ウルフの部屋の物入れからとってきたのだ。自分でも同じくらい大きなものを持っていたが、軍人としての経歴に加えて個人的財産まで危険にさらすのはごめんだった。軍法会議についての法規をもっとよく読んでおけばよかった。とはいえ、到着までの時間を後悔で無駄にしたわけではない。作戦を練るのに使った。腕時計では、六時三十分。この時間帯では、偵察してみるまでなにが待っているのかわからない。現場の周りがどうなっているのか、見当もつかなかった。だれでも出入りしている可能性がある。四時から夜中の十二時まで、いつ退勤するやつがいてもおかしくないのだ。ぼくは三つ半ほど異なる計画を練りはじめていたが、ダンカン・ストリートに着いたときには、現場の確認と敵情視察をしてしまうまで細かい戦略をたてるのは無理だと結論づけていた。

　十階で伍長に敬礼を返し、左手に持ったスーツケースが少し重いようなふりをしながら、焦った顔をしてローソン中尉が出ていったのを見たかと尋ねた。

「イエス・サー。二十分ほど前に帰りました」

「ついてないな。ティンカム大佐もか？」

「ノー・サー。大佐は自分の事務室にいると思います」

「ファイフ准将を近くで見かけなかったか？」

「一時間かそこらは、見かけておりません。十一階にいらっしゃるのかもしれません」

ぼくはすんなり奥の廊下へ入った。だれも見あたらない。ぼくの事務室のドアまでは普通なら二十歩ほどだが、今回はせいぜい十四歩だった。室内に入って一息つき、大型スーツケースを机の上に置いた。望みが出てきたようだ。こんな手でいこう。現場に行って、あるものを詳しく調査するために、ネロ・ウルフがぼくを寄こしたと伍長に説明する。現場に入って、ライダーの机の天板を小さな虫眼鏡で調べる。苛ついた独り言を吐き、グッドマン少佐に大きな拡大鏡を借りられないか頼んできてくれと伍長に命じる。グッドマンの事務室は十一階だと言う。伍長がいなくなったら、スーツケースをひっつかんで廊下から自分の部屋へ飛びこみ、ウルフのスーツケースに隠す。それなら危険は一つだけ、廊下を通る五秒だけだ。あとは楽勝。ぼくはあれこれ検討を重ね、さらに危険を減らす方法を探してみたが、これが一番だと判断した。

自分の机の引き出しから小さな虫眼鏡を出して、ポケットに突っこみ、外に出て廊下を進んだ。角を曲がると、さっきの伍長が見張りに立っていて、周囲にはだれもいないのがわかった。伍長にちょっと説明して、なにも訊かれずになかに入り、ライダーの机に近づいて、虫眼鏡を手に調査をはじめた。だが、目の前の仕事にぼくは身が入らなかった。机に近づいていくとき、例のスーツケースがないと見てとる時間はたっぷりあったのだ。

第四章

ぼくは机の調査を続けながら、こう自分に言っていた。「よりにもよって、最悪、最低だ」

それ以上役に立ちそうなことは思いつかなかったので、結局体を起こして、現場全体を観察した。見た限りでは、ただ一つ、あのスーツケースを除いて、さっきと変わらないようだ。ぼくは伍長のところへ行った。

「ティンカム大佐とウルフさんとぼくがここを出たあと、だれか入ったかい？」

「ノー・サー。いえ、いました。ティンカム大佐がまもなく戻られました。ファイフ准将もご一緒に」

「そうか」ぼくはさりげなく言ってみた。「じゃあ、二人があの椅子を持ち出したんだな」

「椅子？」

「ああ、ウルフさんがぼくに調べさせたがっていた椅子の一つだ。なくなっているようだから、これから訊きにいって――」

「椅子がなくなるはずはありません、少佐。椅子を、いえ、なにも持ち出した人はいません」

「間違いないのか？　ファイフ准将やティンカム大佐も含めて？」

「イエス・サー。いません」

ぼくはにやりと笑いかけた。「伍長、ぼくはネロ・ウルフじゃないけど、そうだったとしたら、保証するのは自分の知識の範囲内に限れって注意するだろうね。それがウルフさんの言い回しなんだ。きみは、なにかを持ち出した人物はいないと、断言したね。でも、きみは廊下のほうを向いてこの戸口に立っていたじゃないか、部屋に背を向けていた。窓にガラスは残っていない。パラシュート部隊がそこから入ってきて、お目当ての品物をとっていかなかったと、どうしてわかる?」

半秒ほど、伍長は軽く面食らい、次の半秒で口にしたい思いをその目にはっきりと表した。ぼくらが伍長と少佐ではなく、ただの男同士だったら、伍長はきっと口に出したにちがいない。が、実際には、「イエス・サー」と言っただけだった。

「いや、わかった」ぼくは男と男として、話した。「きっとぼくの数え間違いだろう。忘れてくれ。六より大きい数字になると、いつもこんがらがってね」

廊下を通って自分の部屋へと引き返し、机の端に腰かけて、ぼくは論理学を応用した。もちろん、伍長が盲目でも嘘つきでもないのなら、結論はわかりきっている。マイナス二の立方根を求めるような精神活動はネロ・ウルフに任せるしかないが、ぼくにだって単純な足し算や引き算はできる。そこで、電話を引き寄せて、人事担当のフォスター大尉を呼び出し、ドロシー・ブルース軍曹の自宅住所を問い合わせた。

フォスターはともすれば冷やかすような態度をとったが、この問い合わせは職務に基づくと通告したら、教えてくれた。情報や探偵の勘を根拠にしたのではなく、ただの論理学の応用だったので、ブロンクスやブルックリンだと面倒だったが、西十一丁目の番地を告げられて、一安心した。それなら家への帰り道だ。どうやらドライブに付き合わせただけになりそうな大型スーツケースを持って、ぼくはエレベーターでビルから退却し、車に戻って、アップタウンに向かった。

十一丁目の家は、古い褐色砂岩の家が並ぶブロックでただ一つ現代風の建物だった。スーツケースは車に残し、ぼくはアパートに入って、軍人風の足取りで受付係をかすめてさっさと通過し、当てずっぽうで左に向かい、エレベーターを見つけて近くでぶらぶらしていた若い娘に、「ブルース」とぞんざいに命じた。どうやら怪しまれるような風体ではなかったらしく、娘は続いて乗りこんできた。エレベーターは上に向かい、七階で停止してドアが開いた。娘がきれいな声で、「七Cです」と告げた。見つかった。廊下の右手、二つ目の部屋だ。ベルを鳴らしたら、ほどなくドアは開いた。が、ほんの数インチの隙間だったので、ぼくは念のためにそっと足を敷居の内側に入れた。

「あら！」ブルースは驚きの声をあげた。嬉しそうに驚いたとは言わない。「グッドウィン少佐！」

「そのとおり」ぼくは明るく応じた。「人の顔の記憶力はたしかなようだね。また目の調子が悪いんだよ」

「それは大変ですね、少佐」親身で真心がこもっているような言いかただが、ドアのちょうつがいを活用する気配はまるでない。「さっきも言いましたが、自分にはどうにもできませんので」

「こんな薄暗いところじゃ、どうにもできないさ。すてきな部屋に住んでいるようじゃないか。家具類はきみのものかい、それとも部屋ごと借りたのかい？　きみのものもあるはずだな、いかにもきみらしい感じがするから」

「恐れ入ります。もちろん、女性的な趣味のせいでしょう」

「そうだな。こんなに開けたくなるドアを見るのは、はじめてだよ。聞いてくれ。ブルース軍曹、なかに入ってきみと少し話がしたい、と言ってもいいんだ。そうでなければ、単純にこのドアを押して入ることもできる。うまく解決しようじゃないか。きみがドアを動かす、ぼくは自分を動かすよ」

笑い声をあげそうだなと思ったが、ブルースはくすくす笑った程度だった。いずれにしても、ドアは開き、ブルースは丁寧にぼくを招き入れた。「どうぞ、少佐」そして、ドアを閉めた。玄関ホールはスーツケースほどの広さしかない。手で合図され、ぼくは先に立って全然彼女らしくない部屋へと入った。というのも、その部屋はだれらしくもなかった。完全に月極か、賃貸用の割引物件。窓は二ヶ所。長椅子が一つに、椅子が三脚。簡易台所に通じるドアと、寝室に通じるドア。一目でこれだけ把握して振り返ると、ブルースが目の前でほほえんでいた。完全に女性的なほほえみだった。さっきまでなら大いなる進歩だと考えただろうが、論理学が信じるに値するものなら、ぼくらの間にはなんらかの問題があることになる。それでも、ぼくは友好路線を維持した。

で、訊いてみた。「事務室できみが私物を詰めていたあの箱、覚えているかい？　あれとまったく同じ大きさの箱が必要でね。もう用済みなら、買いとらせてもらえるかな？」

ブルースはお上手だった。とてもお上手だった。ほほえみが消え、唇を軽く開き、目を丸くするその様子……ぼくが突拍子もないこと、頭がおかしいとしか思えないことを言い出したときに、ごく自然に思える反応だった。

そして、ブルースは改めて笑顔になった。「一つ、卸値で手に入れられますが」

ぼくは首を振った。「きみの失点だ。サーをつけなかったな。つまり、こういうことさ。ぼくはあの箱を見られるまで、幸福にはなれない。ところが、ぼくは全力で幸福を追求している。きみがさっさと出すか、ぼくが部屋を見学してまわるか。きみなら、ぼくの手間と、二人の時間を節約できるんだが」

「それは軍務上の命令ですか、少佐？　ここには上官としていらしたんですか、それとも……あなたご自身として？」

「どっちでもかまわないよ。好みのほうを選んでくれ。行くでも、来るでも、二とおりに言えるからね。ともかく、箱は出してくれ」

　ブルースは動いた。寝室のドアに向かうには、ぼくをよけて通らなければならない。で、よけて通り、戸口から入って見えなくなった。それでも、ブルースなら箒の柄にまたがって空を飛ぶことも含めて、できないことはあまりなさそうだと判定済みだったので、ぼくは目を離さないように忍び足で戸口まで移動した。が、物音をたてたのか、それともブルースがもともと疑り深い性格なのか、彼女は寝室の中程で振り返って、ぼくを見つけた。戻ってきて、ドアノブをつかむ。邪魔者、つまりぼくが取り除かれたら、閉めるつもりにちがいない。

「そこでお待ちください」本気で言っているようだ。「箱は持ってきますから」

　さほど楽しい成り行きではなかったし、時間もかかりすぎていた。ブルースは間違いなく寝室の奥の角、閉まった物入れの扉に向かっていた。ぼくはブルースの脇をすり抜け、ベッドの裾を迂回して扉の前まで行って、引き開けた。正直なところ、ぼくは驚きのあまり、二歩さがってしまった。物入れには軍服姿の男が立っていて、こっちへ踏み出してきたのだ。ケネス・ローソン中尉だった。そのまま外に出てきて、ぼくをじっと見据える。敬礼はなしだった。

「ほほう」ぼくは言った。これはネロ・ウルフの口癖で、ぼくは切羽詰まったとき以外には決して口にしない。それに、その台詞を使っているのに気がつくと、がっくりくる。鏡を見たときには、他人の皮をかぶった自分じゃなく、ありのままの自分が映っているほうがいい。たとえ、ネロ・ウルフの皮でも、だ。

　前にも言ったとおり、ローソンは大柄でたくましく、男前だ。現在の状況ではなにが起こってもおかしくないように思えたが、ぼくは川の向こう側にいるクロスやライダーの仲間入りをする気はさらさらなかった。で、扉を全開にして、物入れへと入った。探すほどのこともなかった。箱は紐をかけられた状態で、すぐそこにあった。引っ張り出して紐を引きはずし、蓋を開けると、ずたずたの豚革が見えた。論理学についていては一安打一得点、エラーはなし。蓋を閉じて、紐を元どおりにかける。その時点でわからないことはあれこれあったが、特に謎だったのが、ローソンが純粋に個人的な用件で居合わせたのか、この壊れたスーツケースの略奪計画の片棒を担いでいたかだ。そのため、いろいろと微妙な情勢だった。

　ローソンは特に動揺した様子もなく、口を開いた。「さっきブルースの質問が聞こえましたが――それで少しは事情がはっきりするかもしれない――これは軍務上の訪問ですか、少佐？」

　なんだかんだ言っても、ローソンはぼくより有利な立場にいた。ウルフは、ファイフに内緒でスーツケースを手に入れてこいと言った。そのファイフは、ぼくの指揮官だ。ぼくは呆れるほど、なにもわかっていなかった。ローソンは職務に忠実なやつで、この一件をファイフに報告するつもりなんだろうか？　ローソンは嘘つきもしくは殺人犯、あるいはその両方で、どのみち正体を隠すために報告するのだろうか？　ローソンとブルース軍曹は……。ともかく、二人の視線を浴びながら答えの出ない質問を自分に繰り返し、一晩中ここに突っ立っていてもしかたがない。

　ぼくは口を開いた。「紳士淑女の皆さん。知ってのとおり、ぼくの任務は、ネロ・ウルフが軍のために行っている捜査の補助だ。今からウルフさんに報告をするつもりだし、この箱は一緒に持っていく。ブルース軍曹、ここまではただの下士官で赴任してきたばかりのきみに関する限り、アイゼンハワー元帥とぼくとのちがいは、元帥はここにいないってことだけだとも言える。ただ、この先は、ぼくらはただの同胞だ。ぼくが出ていくときにローソンがぼくを転ばせようとしたり、椅子で殴ろうとしても、今もこの先も権力に訴えたりはしない。ぶんなぐってやめさせるだけだ」

ローソンの唇の片端があがった。「そこまで不作法をするつもりはなかったんですが」冷たい口調だった。「今はわからないな」

「覚悟しとけよ、兄弟」こう言ってから、ぼくはブルース軍曹に目を向けた。「そこで一つ、提案だ。グッドウィン少佐からの命令じゃなく、単なる個人対個人の話さ。ウルフさんの家まで箱とぼくの付き添いをするのはどうだい？　ここの前に車を駐めてある。外出は楽しいかもしれないよ」

ブルースがちらりとローソンに目をやれば、少なくともぼくの疑問の一つに答えが出ただろうが、ブルースはぼくに向かって首をかしげただけだった。

「お断りしておくべきだと思いますが、少佐」ブルースは言った。「おそらく、この件を後悔されるのではないかと」

「もう後悔してるよ。なに一つ気に入らないんだ。来るのかい？」

「もちろんです。その箱と中身は、自分の所有物ですので」ブルースはローソンに近づき、相手の腕に手を置いた。「ねえ、ケン。なんでもないのよ。本当に。ただ、残念だけど……どれぐらいかかるか、わからないの。あとで電話する。それに、わたしのワシントンの妹へ連絡を入れてくれたほうがいいと思う……今すぐに」

「こいつを」ローソンは不満そうだった。「締めあげて、ぐうの音も出ないようにすることもできるが」

「わかってる」ブルースはローソンの腕をなでた。「でも、ここは辛抱のしどころよ。方法は一つじゃない……風邪を治すにはね。あとで電話して。ねえ、ケン？」

「そうするよ」

「帰るときは、鍵をちゃんとかけてね。行きましょうか、少佐？」

ぼくが目の前を通っても、ローソンはぴくりとも動かなかった。ぼくはローソン側の手に箱を抱え、ローソンがブルースに自分がどんなに大きくて勇敢かを見せつける決心をしたときの用心に、反対の手を空けておいた。が、ブルースが主導権を握っていてローソンは命令に従っているのか、一人になって考えたかったらしい。ぼくはブルースに先に行くよう促した。レディ・ファーストだから。ブルースは別の部屋に寄ってテーブルから大型計量《ペック・メジャー》カップ型の帽子をとりあげただけで、言われたとおりにした。細かい世話をやいてくれる男の付き添いがいることを楽しむみたいに、ドアを閉めるのも、エレベーターでボタンを押すのも、ぼくに任せた。

表に出て、ぼくは箱を後部座席に、前の座席にブルースを乗せ、ぐるっと回ってブルースの隣の運転席に座った。車を出す。会話はなかった。この先もなさそうに思えた。が、二十三丁目で信号待ちをしているとき、突然、ブルースが口を開いた。

「ちょっとお願いを聞いてもらえませんか」

「どうかな。どんなお願いだい？　ワシントンの妹に電話をかけてほしいのかい？」

ブルースが、喉を鳴らすのと含み笑いの中間のような声をたてた。三時間前のぼくなら、わくわくしただろう。「いいえ」ブルースは答えた。「そんな複雑なことじゃありません。ちょっと車を駐めてもらえませんか。歩道際のどこでも結構です。そうしたら、説明できますので」

信号が変わり、車は動きだした。一ブロック先で、広めのスペースが見えたので、ぼくはそこに入って、エンジンを止めた。

「いいよ。お願いというのは？」

「目の調子がよくなってるなら、いいんだけど」

その口調で、軍曹が少佐に話しかけているのではないことがはっきりした。それは、世間的な階級や、うわっつらの境界線への敬意を完全に打ち砕いた。だからといって、車がばんばん行き交う六番街のど真ん中で、ぼくを色仕掛けでとりこもうという気配があったわけじゃない。とはいえ、ぼくたち二人がもっとよくわかりあうのが、自然でお互いのためになる成り行きにつながると、はっきり口説いていた。

ぼくは答えた。「好調だよ。それだけかい？」

「いえ。よくなっているといいなと思っただけ」ブルースは真正面からぼくを見た。ぼくも見つめ返した。「なにもないといいなと思って。つまり、わたしとあなたの間には、そんなたわいのない、楽しい軽口を叩く以上の問題が。見え透いたまねをしているなんて思わないで。わたし、頭はいいの。あなたがどれだけ頭がいいか、かろうじてわかる程度にはね。もしばかだったら、ネロ・ウルフの家に向かう途中にここで車を停めたら、すぐにあなたをけむに巻けると考えたかもしれないけど、くだらない手を試しても無駄なことくらいはわかってるの」

ぼくはにやりと笑った。「それにしても、きみは唇や目の使いかたをよく心得てるよ。特に、声はね。それを使って、ぼくにお願いをするはずだったじゃないか」

ブルースは頷いた。「教えて。ネロ・ウルフがあの箱を手に入れたがってるのは、わたしが自分のものじゃない品を持ち去ったかどうかを知りたいだけ？」

「いや」はぐらかす必要があるとは思えなかった。「箱に用はないんだ。用があるのは、ライダー大佐のスーツケースさ。きみも同じだったらしいね。持ち主はくじ引きで決めなきゃならないんじゃないかな。それだけかい？」

「あらあら」ブルースは眉を寄せていた。「それじゃあ、すっかり手詰まりね。でも、ウルフさんは知らないんでしょ、あなたがそれを持っていくって……もう手に入れたってことを」

「もちろん、知ってるさ」

「そんなはずはないわ。見つけたと知らせる機会がなかったもの」

「だけど、ウルフさんは、このぼくにとりにいかせたことを知っている。だから、現在運搬中か、まもなくそうなることを知っているんだよ」

ブルースは首を振った。「あなたって人は、仕事のことしか頭にないんでしょ」自分は仕事を片づけたら、ぜひ遊びにいきたいとほのめかしているような口調だった。「いくらウルフさんだって、確信はないはずよ。わたしが持ち去ったなんて知っていたわけがないし、別の場所へ隠してあったとしたら？　あなたが探してることに気づいて、わたしが頭を働かせていたら、そうしていたはずだし」

そして、ぼくの腕に手を置いた。狙いがある感じではなく、ごく自然だった。本来の置き場所が、ぼくの腕だったみたいに。ブルースは親しい仲間同士のような笑顔を向けてきた。「あの箱に、その中身に一万ドル出すと言ったら驚くでしょうね。この件は一切忘れるとの了解つきで。どう？」

ぼくはウィンクした。「そりゃもう、声も出ないほど驚くね」

「でも、すぐに出るようになるわ。そうしたら、なんて答える？」

「いや、参ったな」ぼくはまだ腕に置かれたままのブルースの手をなでた。「場合によるね。ただのおしゃべりなら、自分の職務を果たすために適切な対応を考えて、車のエンジンをかけて、発車させる。現ナマを突きつけられたら、どうだかわからないけど」

ブルースはにっこり笑った。「そんな大金、持ち歩いているほうがおかしいでしょ」

「だよな。だから、なかったことにしよう」ぼくはダッシュボードのほうへ手を伸ばしかけた。

その腕をブルースが押さえた。「待って。せっかちね。わたし、本気なの。一万ドル」

「現金で？」

「そう」

「いつ、どこで？」

「そうね……」ブルースはためらった。「二十四時間以内には、手配できる。もうちょっと早いと思うけど。明日の午後ね」

「その間、箱はどうする？」

「二十四時間営業の銀行。二人揃わないと引き出せないように預ける。約束の印に、握手しましょう」

ぼくは舌を巻いた。それが顔に、口調にも表れた。「サーカスで綱渡りをしてるきみを見たことがなかったかな？　いや、きみの妹だったのかもしれないけど。聞いてくれ。そうできたらいいとは思うが、現実的じゃない。ネロ・ウルフは必ず見抜く。長い目で見れば、ウルフさんはなんでも見抜くんだよ。そうしたら、ぼくの母さんに告げ口するに決まってる。母さんがいなかったら、食いつくところだけどね。昔、約束したんだよ、百万ドル未満じゃ裏切らないって。古い農場の抵当額が、たまたま百万ドルちょうどだったから」

ぼくはエンジンをかけ、路肩を離れて、車の波に合流した。ブルースはもう餌をぶらさげたり、付け替えたりしようとはしなかった。そうしたとしても、ぼくは聞く耳を持たなかっただろう。いろいろ考えごとがあったからだ。なにより気になったのが、例のスーツケースだ。ウルフは重要だと言ったし、この無邪気でかわいい女性は一万ドル出すと言っている。ただ、ぼくの見たところ、適正な物価管理局の最高限度額は、せいぜい二十セントだろう。ぼくの計算では九千九百九十九ドル八十セントの狂いが出る。苛ついた。苛々すると、ぼくは余計にガソリンを消費するたちで、その後、西三十五丁目のウルフの家までの道のりは、ほんの一またぎだった。

夕食の時間まで三十分しかないため、ウルフは厨房で実験を監督しているだろうとあたりをつけたが、事務所の自分の机で一心不乱に働いていた。ロシアの戦闘図に、戦場指揮官たちを配置しているらしい。ぼくたちが入っていっても、そのまま続けていた。

ブルースが口を開いた。「じゃあ、ここがネロ・ウルフの探偵事務所なのね」そして室内を見回す。革製の椅子が何脚か、大型地球儀、本棚、旧式の重さ二トンの金庫。いつもウルフが咲き誇る蘭を一輪飾っておく、小さな張りだし棚。ぼくは輸送箱から紐をはずし、蓋を開け、スーツケースの骨組み部分をつかんで、丁寧に、しかし、力をこめて引っ張り出し、椅子に載せた。ウルフの机の上には地図が広げてあったからだ。箱のなかには他の品々、書類や雑多な品物が入っていたが、手をつけずに箱ごと壁際に置いた。

「ああ、手に入れたのか」ウルフはようやく顔をあげた。「見事だ。しかし、人知れず持ち出したとは考えられないな。ミス・ブルースは運搬の手伝いで一緒に来たのか？」

「いえ。目の届かないところへ持っていかれてはたまらないからと、ついてきたんです。ぼくがスーツケースをとりにいったら、現場にありませんでした。なくなっていたんです。見張りの伍長は、だれもなにも持ち去っていないと言いました。だれも持ち去っていないのになくなったのなら、ブルース軍曹しかいないと考えたんです。秘書室で箱に私物を入れているのを見ましたし、スーツケースは秘書室のドアからほんの二歩ほどの位置にありましたから。おまけに、伍長は反対を向いていました。ブルースなら楽勝でしたが、他の人間には不可能だったでしょう。そこで、彼女の住所を調べて、出向きました。部屋二つと、簡易台所に風呂という間取りでした。スーツケースは、寝室の物入れに入っていた輸送箱のなかにありました。その物入れには、ローソン中尉も入っていました。元気そのものので」

「愚か者だ、中尉は」ウルフは椅子にもたれ、少しまぶたをおろした。「座りませんか、ミス・ブルース？　いや、差し支えなければ、そちらの椅子で」

無邪気でかわいい女性は腰をおろした。

ぼくは話を続けた。「ローソンがそこにいた理由はわかりません、騎士としてか、運搬係としてか、なんなのか。会話からも、その点ははっきりしませんでした。はっきりしたのは、ブルースがローソンを『ケン』と呼ぶことだけです。とりあえず、ローソンはその場に残して、ブルースと箱を持ってきました。ここに来る途中、ブルースはその輸送箱と中身に、現金の取引を持ちかけました。明日の午後までに一万ドル。それで、ぼくは箱の話を忘れるってことに。粘ればもっと出したでしょうが、彼女の手がぼくの腕に置かれていたんで、値段のことをあれこれ言いたくなかったんです。あなたが彼女の申し出にうんと言わなければ、十セント進呈しますね」

ウルフは唸った。「ミス・ブルースの申し出は、箱と中身に対してか？　他にはなにが入っていた？」

「見ていません」

「見てくれ」

ぼくは箱を持ちあげ、書類や雑品を引っ張り出して、自分の机に積んでいった。たいした収穫はなかった。テニスラケット、空のハンドバッグ、長靴下、『ドイツは矯正不能か？』という本が一冊、クリームの瓶、など。書類にも、ぼくの鼓動を早めるようなものはなかった。陸軍規定書が一部、軍の雑誌『ヤンク』が四冊、下士官兵の絵はがきが一ダースほど。規定書のページをぱらぱらとめくったら、畳んだ紙が一枚ひらひらと落ちた。拾って開けてみたら、片面にタイプライターでこう打ってあった。

イニスフリーの湖島

立ちあがり、いざ行かん、イニスフリーへ
そこに小屋を作ろう、粘土と編み枝で
九列の豆を植え、ミツバチは巣へ
一人住むのだ、蜂がぶんぶんと飛ぶ林の空き地でまだ続きがあった。「これは手がかりになるかもしれません」ぼくはウルフに告げた。「イニスフリーって、どこです?」

ウルフはぼくに向かって顔をしかめた。「なんだと?」

「ブルースが詩を書いてるんです」ぼくは紙切れをウルフの目の前の机に置き、最後まで読もうと後ろに回った。「ブルースはイニスフリーに行って、小屋を作って、家庭菜園をはじめ、ミツバチを飼うつもりなんです。もっと手がかりがあるかもしれません」ぼくは読みすすめた。

そこでなにがしかの平穏を手にするだろう。平穏とはゆっくり一滴一滴
したたり落ちてくるものだ。朝の薄布からコオロギが歌う場所にと
真夜中にはすべてのかすかな光へ、昼間には紫色の輝き
夕刻には見渡す限りのムネアカヒワの翼にと

立ちあがり、いざ行かん。昼も夜も、いつでも
岸をひたひたと洗う湖水の音が聞こえている
街路に立っているときも、灰色の歩道に立っているときも
心の奥底深くに、聞こえている

「敗北主義者だ」ぼくは決めつけた。「平和宣伝活動だ。戦争をやめろ、そうすれば気づく——」

ウルフが遮った。「くだらん。これは五十年前に書かれたものだぞ、イェイツの詩だ」ぼくの机に

置かれたがらくたの山に向かって、指を一本軽く動かす。「なにもないんだな?」

しかし、ぼくはウルフが見逃したらしい点に気づいていた。「そうだとしても」と言い張った。「こいつはあることを思い出させてくれまして」ブルースに背を向けて見られないようにした上で、ぼくはライダーの事務室で残骸のなかから回収した紙片をポケットからとり出した。シャタックが受けとった匿名の手紙だ。開いて、机の上の詩の隣に並べた。

「これはイェイツが書いたんじゃありません。少なくとも、ぼくにはそう思えます」言いながら、二枚の紙の細かい類似点を指し示した……並び線よりさがった〝c〟、左へ寄った〝a〟、などなど。「もちろん、おもしろい偶然の一致にすぎないのかもしれませんが、文句なしにはっきりしていますよ」

「おもしろいな」ウルフは渋々認めた。ぼくが先に見つけたので、気に食わないのだ。引き出しから拡大鏡をとり出して、二枚の紙を交互に見比べる。ぼくは肩をすくめ、ぐるっと回って自分の席に戻り、腰をおろした。タイプ原稿の比較の重大性もわからないほどブルースが鈍いと思っているのなら、いずれ思い知るだろう。が、すぐにわざとやっていることがわかった。ウルフは拡大鏡を置き、ぼくに向かって満足げに頷いた。

「きみの目はまだたしかだな、アーチー。間違いなく、同じものだ」

「ありがとうございます」ぴんときて、ぼくは新たな勝負の口火を切った。「攻撃をしかけるつもりなら、ブルースのアパートで見かけた携帯用のアンダーウッドから手をつけるといいかもしれませんん」

ウルフは再度頷いた。「いい考えだ。これで重要な問題が出てきた。きみへの気前のいい申し出についてだが、ミス・ブルースのそもそもの狙いはなんだったのだろう？　スーツケースか、この紙片か、それとも両方か？」

「そのどちらでもないか？」ブルース軍曹が付け足した。

　ぼくらは揃って彼女を見た。ブルースの顔つきも声も平静そのもので、ちょっとおもしろがっているようだった。

「どちらでもない？」ウルフが追及した。

　ブルースはにっこり笑った。「そもそもはどちらでもありません、ウルフさん。わたしのそもそもの狙いは、あなただったのです。グッドウィン少佐に対する申し出は、あなたへの忠誠心を試すためのもの、ちょっとした実験にすぎません。少佐は冗談で百万ドルという金額を出しましたが、百万ドルなんて、この件に関わる……あるいは関わってくる総額に比べれば、ごく一部のはした金にすぎないことはよくご承知でしょう。あなたの立場で計らえる便宜なら、その全体の一部の金額に充分値するでしょうね。いえ、もしかしたら、その二倍の金額かも」

十年ほど前のある夜、ハロウェルという男が、五十ドル札や百ドル札で総額十五万ドルを入れたカンバス地のファスナーつきバックを持ってきたことがあった。ウルフはやつを二千ボルトの電流が流れる椅子に座らせる手配をしていたのだが、その金でショートさせるつもりだったのだ。が、今回の金額に比べれば、鳥の餌みたいなものだ。それに、裏取引だから、所得税は必要なし。百万ドルあれば、最高級のビールを四百万本買うことができる。

ウルフは椅子にもたれ、目を閉じて、唇を突き出したり引っこめたりしていた。ぼくは氷のような目でブルースの顔をまっすぐ見つめながら、ウルフにぼくの百倍の価値があるという見積もりが果たして妥当だろうかと思案していた。

「わたしとしては」無邪気でかわいい女性は淡々と続けた。「こんなどうでもいいことで時間を無駄にするのは、あなたの本意ではないと思いますが。グッドウィン少佐の推理は、どういうわけか当たってますね。その詩は自分の携帯用タイプライターで打ったものです。借りた本から写しました、気に入ったので。きっと……よろしければ、なにと比較していたのか教えてもらえませんか？」

ウルフは目を開けずに、ぼそりと答えた。「シャタック氏が受けとった手紙です」

ブルースは頷いた。「ええ、それなら同じタイプライターで打ったものです。他にも、重要な役職のいろいろな人宛に、同じような手紙を三十通以上作成しました。もうお気づきだと思いますが、この件は非常に複雑なのです。上層部も絡み、関係者も多い。ウルフさん。あんな手紙だの、ライダー大佐のスーツケースだの、そんな些細なことに自分の能力を浪費しているなんて、本当にあなたらしくありません。われわれはいずれあなたと話し合いの場を持つつもりで、適切な時期を見計らっていたのです。もちろん、このスーツケースの件で、あなたが待ったなしでわれわれを引っ張り出したわけですが。雇用契約の合意はきわめて困難だろうと承知しております。双方の保証が必要になるでしょう、どちらの側も翻意を不可能とする保証契約が。そちらがその気になれば、当方はいつでも話し合いに応じる用意があります」

ウルフのまぶたがあがり、ごくわずかな隙間ができた。「スーツケースなど些細なことだと一言で片づける手際は結構ですな、ミス・ブルース。ただ、それがあなたの気まぐれな思いつきなら……あなたにこの件について、もしくはこの手紙について質問したところで、答えは得られないのでしょうな?」

「時間の無駄じゃありませんか」ブルースは言い返した。

「たしかに、そうなるだろうとは思いますが」ウルフは認めた。「スーツケースはわたしの管理下にあり、手の内をさらしたのはそのせいだとあなたは認めていますな。わたしを雇いたいとの申し出に関しては、問題点の克服はほぼ無理なようです。一例を挙げると、あなたは『われわれ』という言いかたをする。あまりにも曖昧すぎですな。こういった問題については、主導者との話し合いしか考えられませんが、正体を明かす余地があるとでも？　身元を特定次第、わたしが裏切るかもしれないのですよ」

ブルースは首を振り、眉を寄せてウルフを見た。「わかっていませんね、ウルフさん。あなたの言う主導者には、裏切りの危険は及びません。さっきも言ったとおり、この事件は上層部も絡んでいますから。ただ、そうであっても、慎重を期す必要はあります。わたしたちの本意ではない――」

電話の音でブルースの言葉は途切れた。ぼくが自分の机で応答したところ、ワシントンからネロ・ウルフ氏宛の電話だと告げられた。相手はだれかと尋ねたところ、しばらくしてカーペンター中将との返事があった。ぼくはちょっと待ってくれと頼み、メモに、「カープ中将」と書きつけ、席を立ってウルフに手渡した。

ウルフはメモにちらりと目を向けたあと、裏返しにして机に置き、丁寧な口調でブルースに通告した。「グッドウィン君があなたを屋上に案内して、蘭をお見せします」

「ローソン中尉からの電話なら――」ブルースは言いかけた。

「行こう」ぼくは声をかけた。「ぼくからうまく聞き出せるかもしれないよ」

植物室は暑かった。階段をのぼったせいで、ぼくは汗をかいていたし、ブルースは少し顔が赤かった。ホルストマンがせかせかと出てきたので、ぼくはお客様に蘭を見せていると説明した。鉢植え室は少し涼しいと誘ってみたが、蘭を見たいとブルースに断られた。で、ぼくとしては、彼女の首を締めあげるという痛快な希望を心から追い出すには、蘭のラテン語名を教えるのが一番だと判断した。実際に、個人的には鉢植え室に行きたいがそうもいかない、置き去りにすると蘭の鉢をくすねて賄賂に使うかもしれないから、とも言った。ブルースは飲みこみ顔でこちらをちらりと見て、ぼくの愉快な発言を本気で楽しんでいるみたいに、喉を鳴らすのと含み笑いの中間のようなあの声をたてた。

三番目の部屋、発芽用のフラスコがある部屋にいるとき、鉢植え室の電話の呼び出し音が聞こえた。

ぼくはそっちへ移動して、電話に出た。「グッドウィンです」

ウルフの声が聞こえた。「ミス・ブルースをここへ寄こしてくれ」

「連れてこい、ってことですか？」

「いや。きみは軍の将校として宣誓をしている以上、制約がある。わたしはちがう。この件は少々扱いの難しい問題になるかもしれない。ミス・ブルースと二人で話したほうがいいだろう」

またしても、ぼくが知らないほうがいいことの発生だ。たしかに、ぼくは軍内部の人間ではあるが。戻って、ブルースに伝言を伝え、階段に通じるドアを開けてやった。ブルースはおりていった。ぼくは一階下の自分の部屋へ向かいながら、汗を流して悪い理由はないなと考えた。で、服を脱いでシャワーを浴びた。いつもなら自分の心を整理して、パズルの断片を組み合わせていくのにぴったりの環境なのだが、この事件では実戦の場から無理やり観客席へ押しやられているので、頭を休ませて、自分の筋肉や胸毛をうっとり眺めた。気に入りの靴の紐を結んでいるとき、フリッツが内線電話で夕食の用意ができたと教えてくれた。

一階におりると、ウルフは廊下、食堂のドアのすぐ前に立っていた。ぼくが近づくのを待ってから、向きを変えて食堂に入る。ぼくらは席についた。

「お客はいないんですか？」ぼくは丁寧に尋ねた。「ぼくらの新しい雇い主は？」

「ミス・ブルースなら、もう帰った」ウルフは答えた。

フリッツが盛りつけ用の大皿に載せた陶器の壺を持って、入ってきた。ウルフの目の前に置いて蓋を開ける。湯気と芳香が立ちのぼり、空気の流れにのって漂ってきた。ウルフは鼻をうごめかし、身を乗り出して再度香りを確かめた。

「クレオールふうトリッパだ」ウルフは言った。「塩漬けの豚肉と豚足は抜いた。きみの感想をぜひ聞きたい」ウルフは給仕用のスプーンを入れた。改めて湯気が立ちのぼった。

食事の開始が遅かったので、コーヒーを飲みおえて事務所に向かったのは十時頃だった。ぼくが机に積みあげていた箱の中身はなくなっていて、箱自体もなかった。ロシアの地図は片づけられていた。スーツケースはまだ椅子の上に置いてあった。安全な場所にしまえというウルフの指示で、鍵つきの物入れにしまった。金庫に入れるには大きすぎたのだ。ウルフは机の奥の椅子にもたれ、長さ一ヤードの巻き尺では決して両端が合わない腹の上で、指先を合わせていた。読みかけの本、ジョン・ロイ・カールソン著『諜報活動』は机の上に置いてあったが、手にとってはいなかった。ぼくは自分の机につき、話しかけた。

「他人の楽しみの邪魔をするのは嫌いなんです」ぼくは言った。「それに、個人的な解釈を押しつけるのも好きじゃありませんが、さっき思いついたことがありまして。ローソンが職務に忠実で、ぼくがブルース軍曹の家を訪ねてあの箱をかっさらったことを上官に報告したら、とんでもないツケが回ってくるんじゃないかと」

ウルフはため息をついた。「中尉が物入れに隠れている現場を、きみは押さえただろうが」

「にしても、です」ぼくは言い張った。

「ミス・ブルースを面倒に巻きこみそうなまねはするまい」

「そうですか？　ローソンが職務に忠実で、ブルースの企みに気づいて、利用していたとしたら？　ライダーから、もしくは、ファイフ自身の命令で動いていたら？　いや、ティンカムだったかも？　ああいう連中がどんなまねをするかは、わかっているでしょう。だれが背後にいるにしろ、背中にも油断なく目を配ってなきゃいけませんよ」

　ウルフはかぶりを振った。「アーチー、きみはそこまでばかではあるまい。ミス・ブルースとは顔を合わせているんだぞ。ローソン中尉があの女性を思うがままに操る？　意味がわからん」

「じゃあ」ぼくは切り返した。「ローソンがどんな役割なのかを、ブルースがあなたに説明したんですね。もちろん、あなたがそういう細かい点を見落とすはずがないから。ローソンの親父さんが例の主導者の一人だとか？」

　ウルフは眉を寄せて、またため息をついた。「アーチー。ねちねち絡むのはやめろ。いい加減にしないか、わたしはここに座って仕事をしなければならない。かつ、夕食後に仕事をするのが好きではないのだ。きみは軍の将校だ。それには忠誠の義務が伴う。この事件はきみにとって、荷が重すぎる。例えば、ライダー大佐が殺害され、犯人を捕まえるつもりだとわたしが話したとしよう。そうしたら、きみの立場はどうなる？　上官のだれかがきみに誘導尋問をしかけたら？　報告するように命じた場合は？　ミス・ブルースについては、わたしは彼女を利用するつもりだ。ローソン中尉も。そして、きみも。ただ、今は放っておいてくれ。読書をしろ。絵画鑑賞をしろ。映画を見にいくのでもいい」

　ウルフの言う『仕事』は、目を閉じて座り、一時間に三回ため息をつくことだ。それに、なにかいい考えが閃いたとしても、どのみち内緒にするだろうから、ぼくはさっさと撤退することに決めた。そもそも、車をガレージに戻すという、外で片づけなければならない用事があった。ぼくは家を出て、用事を片づけ、散歩に出かけた。時間も遅く、警戒灯火管制下の散歩は以前とちがっていたが、散歩を楽しむ気分ではなかったので、その点は問題にならなかった。ぼくは五十年代のうちに、海外派遣されるように再度手を打つ決意をした。自国で軍服を着て軍情報部《G2》のために働くのは結構だろうし、私服でネロ・ウルフのために働くのも悪くはないだろう。が、両方こなそうとしていれば、遅かれ早かれ、投票権を失う羽目になりそうだ。そうなれば、大統領に立候補することは絶対にできなくなる。

三十五丁目の家に戻ったのは十一時過ぎで、ぼくは目先のことではなく、将来のことで頭が一杯だった。そのため、客を一人降ろしたタクシーの存在に気づかず、その客が歩道を横切ってぼく自身の目的地の階段をのぼりかけたとき、ようやく我に返った。ぼくが八段のぼって客と同じ高さに立ったときには、相手はもうベルのボタンに指をかけていた。ぼくが近づく音に気づいて、男の頭がくるりと回転した。ジョン・ベル・シャタックだった。

「失礼」ぼくは扉とシャタックの間に割りこみ、鍵を差して回した。

「おや」薄暗い照明のなかで、シャタックはぼくの顔を覗きこんでいた。「グッドウィン少佐か。ウルフさんに会いにきたんだが」

「了解はとってありますか?」

「ああ……電話をかけたんだが……」

「わかりました」シャタックを通し、ドアを閉めた。「到着を知らせてきます」

ウルフの怒鳴り声が、事務所に通じる開いたドアから響いてきた。「アーチー! お連れしろ!」

「音声に従ってお進みください」ぼくはシャタックに言った。シャタックは言われたとおりに進んだ。ぼくはあとから入って、机へと向かった。

「ずいぶん早かったですな」ウルフは低い声で言った。「おかけなさい。そちらの椅子にどうぞ」

シャタックは晩餐会用の服を着ていたが、ネクタイが曲がり、シャツの前身頃になにかの染みがついていて、少々だらしない感じだった。口を開いたが、ちらりとぼくを見やって、閉じる。ウルフのほうに向き直り、改めて口を開いた。

「ライダー大佐の件で、ファイフ准将から電話があった。わたしは晩餐会に出ていて、スピーチをしなければならなかったので、できるだけ早く切りあげて、電話をかけた次第だ」またぼくをちらりと見た。「申し訳ないが、グッドウィン少佐、できれば……」

ぼくは、さっさと机に近づいて腰をおろしてしまっていた。ウルフがすげなく追い払うに決まっていると思っていたので、そういう態度に対するぼくの意見を前もって示しておきたかったのだ。が、シャタックのせいで風向きががらりと変わった。ぼくを追い出そうという提案は、原則としてウルフを怒らせるのだが、それだけではなかった。シャタックはウルフになんの断りもなく、ぼくを自分で追い出そうとした。ウルフの我慢の限度を超えていた。

「グッドウィン少佐は」ウルフは宣言した。「軍務でここにいるのです。秘密を知りうる資格を有した上で、わたしのために働いています。やれやれ、あなたは軍に知られたくないことをわたしに話すつもりですかな？」

「とんでもない」シャタックは噛みついた。「軍に知られたくないことなど、わたしはなにも知らない」

「おや、そうですか？」ウルフの眉があがった。「いやはや、わたしはちがいますな。だれにも知られたくないことが、何百もあります。そんなに清廉潔白な過去を持てるはずはありませんよ、シャタック先生。それはさておき、ライダー大佐に関する話があるのでしょう？」

「話があるのではない。訊きたいことがあるんだ。ファイフの話では、きみが捜査をしていて、明日には報告とのことだった。なにか収穫はあったのかね？」

「そうですな……いくつか事実が立証されるようです。あの手榴弾を覚えていますね、今朝ライダー大佐が机の引き出しにしまった、ピンク色の品です。グッドウィン少佐が渡しました。それが爆発して、ライダー大佐は死亡したのです。引き出しからとり出していたのは間違いありません、爆発時には机の上、もしくは上方にあったという証拠がありますので。その上、破片が部屋中に飛び散っていました」

ウルフの言葉を書きとめているのは、ぼくの耳に入って、心のどこかに記録されていたからだ。が、心の表側でなかったのは間違いない。表は聴覚ではなく視覚が記録したものに集中していたからだ。ぼくの目は、ちょうどそれをとらえたところだった。ウルフの背後の右側——座っているぼくから見た右側——の壁には、一枚の絵がかかっている。ガラスに描かれたワシントン記念塔の絵だ（ついでに言っておくが、その絵はカモフラージュだ。本当は厨房の横、廊下の突きあたりにあるアルコーブから事務所内をほぼ見渡せるようにはめたパネルがあり、それをごまかすための特別製なのだ）。その絵のすぐ向こうに、奥行きの浅い棚が並んでいて、ぼくらが手がけた事件の記念品も含め、さまざまながらくたが置いてある。

ぼくの目がとらえたものは、上から四番目の棚にあった。以前はなかったもので、控えめに表現すれば意外な品だった。というのも、それは現在進行中でまだ未解決の事件の記念品だったのだ。ライダーを爆死させた手榴弾。以前ぼくが三階のタンスの上に置いていたときとまったく同じで、底面を下にして立ててあった。

もちろん、それは目に入ったとき反射的に心に浮かんだ、突拍子のないとっぱじめの考えにすぎない。が、すぐに浮かんだ代わりの考えも、充分に突拍子もなかった。あれは別の手榴弾なのだ、ウルフが自宅から撤去せよとぼくに命じたものとそっくりな。二時間前にここを出たときは、絶対になかった。

ショックのあまり、二秒間ほどまじまじと見つめてしまったかもしれないが、それ以上ということはない。他人の持ち物をじろじろ見るのは行儀が悪いことくらい、ちゃんと心得ていたから。ぼくの心のひどい動揺に、ウルフもシャタックも気づかなかったらしく、話を続けていた。さっきも言ったが、その会話はぼくの耳にも入ってきていた。

シャタックが言っていた。「どんなふうに爆発したんだ？　原因は？　きみはなんらかの結論に到達しているのか？」

「いいえ」ウルフはあっさり否定した。「報道では事故扱いになるでしょう、発生の経緯についての推測は一切抜きで。ファイフ准将の話では、あの手榴弾の安全ピンは衝撃に耐えられるそうですが、専門家の意見が絶対に正しいわけではない。自殺については、たしかに物理的に困難な点はありません。手榴弾を手に持って、ピンを抜くだけでよかった。ただし、本人が望む必要がある。大佐は死を望んでいたのか？　あなたなら、その点をご存じかもしれませんな。息子さんの名付け親で、ハロルドと呼ぶ間柄だったのですから。ライダー大佐は死を望んでいましたか？」

シャタックの顔がひきつった。ちょっと間をおいて、息を呑む。それでも、声は揺るぎなくはっきりしていた。「望んでいたとしても、わたしはまったく気づかなかった。問題なのは、息子さんの戦死だな。が、健全な心を持った賢明な男は、自殺せずにそういう問題を克服するし、ハロルド・ライダーは賢明な男で健全な心の持ち主だった。最近はしょっちゅう会っていたわけではないが、その点は自信がある」

ウルフは頷いた。「では、別の選択肢です。だれかがライダー大佐を殺害した。例の手榴弾が使用されたのですから、机の引き出しからなんとか入手されなければならなかった。おそらく、今朝ライダー大佐がそこにしまうのを見た、われわれのうちの一人によって。われわれ六人のだれかです。おかげで少々面倒なことになりました」

「たしかに」シャタックの口調は重々しかった。「わたしがここに来た理由の一つがそれだ。引き出しから手に入れて、そのあとは?」

「わかりません。その点では、詳細が問題になってきます。人の入退室、在室か不在か。ドア、おそらくはどちらかのドアを開け、安全ピンを抜いて投げ入れた」ウルフは一瞬、尋ねるようにシャタックを見つめた。「シャタック先生。この会話は内密と考えていいのでしょうな?」

「もちろんだよ。完全にここだけの話だ」

「では、一応お話ししてもよいかもしれません。七人目の人物が関係しているようなのです。ミス・ブルース。ライダー大佐の秘書です」

「それは、隣の部屋にいた陸軍婦人部隊員のことかね?」

「そうです。詳細をお話しする段階には至っていませんが、ライダー大佐はある情報をつかみ、報告書を作成したか、その準備をしていたようなのです。ミス・ブルースの身の破滅を招くような」

シャタックは眉を寄せていた。「気に入らないな」

「ほほう。気に入らない?」

「わたしが言いたかったのは、気に……」シャタックは言いさした。眉間のしわが深くなる。「つまり、こういうことだ」厳しい、きっぱりした口調だった。「内密の話だからな。正しいか、間違っているかはともかく、クロス大尉の死に関する詳細は故意に隠蔽され、本格的な調査は行われていなかったのではと、わたしは考えていた。その点、きみが調査をしているとわかって満足だ。では、なぜきみがライダーの死についての調査を担当していることに満足していないのかと、疑問に思うかもしれないいな。満足はしている。が、きみ自身、その……誤った方向に導かれているかもしれない。きみのような天才でも、誤った手がかりを追っているのかもしれない。あの娘が事件に引っ張りこまれるのが気に入らないといった理由は、そこだよ。ミス・ブルースとは面識はないし、なにも知らないが、罠のように思える」

「可能性はありますか」ウルフは認めた。「罠だという証拠は、ありますか?」

「ない」

「例の六人については? 特例で、この場にいる三人は除外します。残りの三人については? なにか参考になる情報はありませんか?」

「ない」

「では、残念ながら今夜はもう、進展はないでしょう」ウルフは壁の時計を見やり、机の端に両手をかけ、椅子を引いた。「もう真夜中です。お断りしておきますが、もし罠がしかけられているのなら、ちゃんと見抜いてそれなりの礼をしますから」そして、立ちあがる。「明日にはもっと具体的な情報をつかんでいるかもしれません。そうですな、明日の昼までには。お昼の十二時にここへお立ち寄りいただいてもかまいませんか? 本当になにかつかんだら、電話で伝えるのは好まないので」

「なんとかなるだろう」シャタックも腰をあげた。「都合をつける。三時にはワシントン行きの飛行機を予約してあるが」

「結構です。では、明日お目にかかりましょう」

ぼくは玄関まで行って客を送り出し、ドアを閉めて夜の戸締まりをした上で、事務所に戻った。てっきりウルフはその日の仕事を終えて休むつもりだろうと思ったのだが、驚いたことに、椅子に戻っていた。その顔つきからすると、どうやら頭を働かせているらしい。

ぼくはずけずけと言ってやった。「じゃあ、シャタックも利用するつもりなんですね？　なんのために？　やつが狙いなんですか？」

「アーチー。黙っていろ」

「わかりました。それとも、やつがミス・ブルースの親玉なんで、取引をまとめるつもりなんですか？」

返事はなかった。

ぼくは棚に近づいて手榴弾をとりあげ、軽く投げて、つかんだ。ウルフが身震いするのがわかった。それはそれで、一つの収穫だ。「こいつは」ぼくは言った。「軍の所有物です。ぼくも同じです、時計の針が真上に来るごとに、あなたが釘を刺してくれるとおりにね。こいつをどこで手に入れたかは訊きません。黙れって言うんでしょうから。ただし、ぼくの部屋で保管して、朝には軍に返還します」

「いい加減にしないか！　そいつを寄こせ」

「嫌です。ぼくは本気なんです。あなたの言うように、ぼくに忠誠の義務があるのなら、明日の朝一番にこの手榴弾をファイフ准将にお持ちして事情を――」

「黙れ！」

ぼくは立ったまま、ウルフを睨みつけた。

ウルフは睨み返した。なにかしらもう腹に据えかねる寸前で、ぼくにそれを処理させようとしているみたいだった。

ついに、ウルフは口を開いた。「アーチー。わたしは状況を甘受しているのだよ。きみもそうあるべきだ。まあ、一つ譲歩しよう。例えば、あのスーツケースについてだ。スーツケースの金属製の骨組みは、外側へと曲がっていた。四方八方に、だ。遠近問わず、爆発がスーツケースの外で起こった場合、どうやって骨組みを外方向へ曲げられる？　ありえない。従って、爆発したとき、手榴弾はスーツケースのなかにあったのだ。手榴弾の破片による革部分の無数の穴や裂け目が、その推理を裏付けている。破片は内側から外に向かって飛び出した」

ぼくは手榴弾をウルフの机に置いた。

「従って」ウルフは続けた。「ライダー大佐は殺されたのだ。手榴弾が偶発的事故により、スーツケース内で爆発した可能性はほぼない。自殺の線もない。ライダー大佐は愚か者ではなかった。自殺するために手榴弾を机の引き出しからとり出し、スーツケースに入れ、蓋を手が差しこめるだけの隙間を残した状態にして、安全ピンを抜く。蓋の骨組みも外側に曲がっていたのだから、それしか方法は考えられない。こんな自殺はない。残った結論はただ一つ。ブービートラップだ」

ウルフは手榴弾をとりあげ、ピンの太い端の部分を指さした。「この刻み目が見えるな。手榴弾をスーツケースに入れ、糸――ハンカチを引き裂いた細い布でもかまわない――その端をピンの刻み目の下に結びつける。手を動かせるぎりぎりまで蓋を閉め、反対の糸端を蓋の内張の手前の角にくっつける。作業をするのに手頃な場所は机だから、そこにあった画鋲でも使ったのだろう。そして、蓋を閉める。二分で完了、三分以上はかかるまい。いつ、どこであろうと、ライダー大佐がそのスーツケースを開ければ、一巻の終わりだ。爆発時に蓋は閉まっていたのだから、おそらく大佐は急いで蓋を開けてなにかを入れ、すぐまた閉めたのだろう。糸には気づかずにな。もちろん、気づいたところで、なんの足しにもならなかっただろうが」

ぼくは思案していた。ウルフが言葉を切ったのを受けて、頷く。「いいでしょう」ぼくは認めた。「全面的に賛成です。では、次。ブルース軍曹がスーツケースを持ち去った理由ですが――」

「だめだ」ウルフは譲らなかった。手榴弾を机の引き出しに入れる。「これでおしまいだ」

「まだ手始めにもなっていないんですが」ぼくは不平を鳴らした。

「今夜はこれでおしまいだ」ウルフは立ちあがった。「朝八時、フリッツが朝食を持ってくる時間に、わたしの部屋へ来てくれ。ノート持参だ、きみに少しばかり指示がある。忙しい日になるぞ。ブービートラップをしかけるんだ。犯人のより、もうちょっと手のこんだトラップをな」

第六章

火曜の朝十時五十五分。ぼくはネロ・ウルフの事務所にある自分の机の角に腰をおろし、舞台と小道具を念入りに確認した。指示に従って自分で手配りしたのだが、なにが行われているのかは、井戸の底で目隠しされたときと同じくらいしか見当がついていなかった。

一点、ウルフの判断は正しかった。少なくとも今までのところは、忙しい一日だったのだ……ぼくにとっては。早い時間に朝食を済ませ、ウルフの部屋に行って、指示を受けた。理由とか目的は一切抜きで、なにをするのかだけ。それから、ダンカン・ストリートに出かけて、計画に従って行動した。あまり時間に余裕はなかった。十時近くになるまで、ファイフ准将が執務室に現れなかったからだ。ファイフとの話し合いを片づけた上で家に戻り、小道具の準備をした。

準備が難しかったり、すごく手間がかかったわけではない。品物は三つだけ。ぼくの机に一つと、ウルフの机に二つだ。ウルフの机用の一つは、朝の郵便で届いた大判封筒だった。宛名はネロ・ウルフで、住所はタイプされており、左下の隅にもタイプ文字の短信があった。『当方から連絡なき場合、八月十日火曜、午後六時に開封すること』。

左上の隅には返送先の記載があった。

ハロルド・ライダー大佐
ニューヨーク市キャンドルウッド・ストリート六三三番地

手触りからして、何枚か紙が入っているようだが、厳重に封がしてあって、開けられていない。それがウルフの机の上、中央のちょっと右寄りに置かれ、上には重しが置いてある。その重しが、第二の品物だ。それは手榴弾、ライダーを爆死させたものと同型の手榴弾だった。

封筒のタイプ文字は、〝c〟が並び線より下で、〝a〟が左にずれていた。ブルース軍曹のお気に入りの詩と、シャタック宛の匿名の手紙を打ったのと同じタイプライターだ。

ぼくの机にある品は、スーツケースだった。ぼくが持っているなかで一番小型で、茶色い牛革製の短い旅行用だ。なにか――シャツや数冊の本など――を入れて、机に置けとの指示だった。で、置いてある。

封筒、手榴弾、スーツケース。これがブービートラップのようだ。だれを捕まえるためなのか、方法や時間や理由については、ぼくには見当もつかなかった。受けていた追加の指示を考え合わせると、殺人犯を罠にかけるために人間がこれまで考案した工作のなかで、一番心許なくて間が抜けているように思えた。ぼくは憂さ晴らしに、兵舎に入ったことがあれば使っていただろうと思われる言葉をいくつか声に出してみた。それから事務所を出て、階段を三階分あがって屋上に行った。ウルフは鉢植え室で、ミズゴケをいじっているところだった。「準備完了です」

ウルフは手も止めずに訊いた。「事務所内の品物か？」

「はい」

「時間厳守だと伝えたか？」

「伝えました。ローソンが十一時十五分、ティンカムが十一時三十分、ファイフが十一時四十五分。シャタックとブルースはご自分で呼びましたよね」

「フリッツは？　パネルは？」

「さっき」ぼくは氷のように冷たい声で言った。「準備完了と言ったじゃないですか。なんのためかは知りませんが」

「いいか、アーチー」ウルフはミズゴケを引きちぎりながら、ぼそぼそと答えた。「わたしが不安に陥ることもなくはないのだ。これは、一か八かの賭だからな。うまくいかなければ、犯人を捕まえることは不可能かもしれない。ところで……クレイマー警視を電話に呼び出してくれ」

ぼくが花台の上にある電話を使って、言われたとおりにすると、ウルフは一芝居打った。一か八かの賭で不安に陥っていると言ったその口で、クレイマー相手にこんなはったりをかますんだからな。

「おはようございます。例のダウンタウンでの一件ですが。今日、電話をして意見を伝えると約束しましたな。あれは予謀殺人です。今お話しできるのはそれだけですが、まもなく進展がありそうです。だめです。そういうことは一切認められませんな。ご自分が物笑いの種になるだけですよ。だいたい、わたしが説明するまで、どうやってやってのけられると？　今来ても、家には入れません。今日中にまた電話をかけて、殺人犯がだれなのか、どこに行けば捕まえられるのかをお知らせできるでしょう。とんでもない！　だめだと言ったらだめだ」

ウルフは受話器を置いて、「くだらん」と呟き、ミズゴケの処理を続けた。

「うまくいかなかったら、きっとクレイマーはへそを曲げますよ」ぼくは意見を述べた。

ウルフの肩がほんのわずかにあがり、元の位置に戻った。「では、うまくいかなければならん。何時だ？」

「十一時八分」

「持ち場につけ、一階のアルコーブだ。ローソン中尉が早めに来るかもしれん」

ぼくは一階に向かった。

その後の一時間の行動ほど、あほらしい気分になったことはない。作戦は単純だった。ぼくは廊下の突きあたりにあるアルコーブで張り番に立つことになっていた。そこの覗き穴パネルから事務所内の様子が見える。客が到着するたびに、ウルフは十分ほどでおりてくるとフリッツが説明し、事務所に通して扉を閉める。客が事務所で待っている間の行動の観察が、ぼくの役目だ。客が小道具の一つ、もしくは複数に悪さをしない限り、ぼくはなにもしない。小道具をただ眺めるだけだったり、手にとって戻す場合は、放っておく。もっと荒っぽい行動に出るようなら、厨房の電話を使って、ウルフに報告する。それ以外、ぼくは動かない。

次の客の到着予定時間の五分前に、フリッツが事務所に行って、ウルフが屋上の植物室まで来てほしいと言っていると先客に告げる。そして案内し、次の客のために事務所を空ける。犠牲者の一人が予定より早く到着した場合には、事務所に迎え入れる準備が整うまで、フリッツが表側の応接室で待たせる。

計画にまずいところは一つもなく、すらすら進んだ。ローソンは十一時十三分に、ティンカムは十一時三十二分に、ファイフは十一時五十分にやってきた。シャタックが来たのは十二時八分で、ブルース軍曹は十二時二十三分だった。フリッツの往復運転も完璧だった、ある時点までは。それを今から説明しよう。

覗き穴にへばりついて、客が入ってきては出ていくのを観察する。さっきも言ったが、あんなにばからしい思いをしたのははじめてだった。客の一人が殺人犯なのは認めるとして、いったいそいつがなにをすると、ウルフは思っているのだろう？　封筒をひっつかんで逃走する？　手榴弾で自殺？　手榴弾とスーツケースを使って、昨日の再演をする？　ぼくの見たてでは、殺人犯はそんなことはしない。似通った行動だって、やりそうにない。神様がガチョウに与えた程度の知能が、犯人にあればの話だが。

今回の客のなかに犯人がいたとしても、だれもそんなまねはしなかった。

最初に来たローソンは、フリッツに事務所で置き去りにされ、立ったまま室内を見回していたが、机に近づいて、封筒と手榴弾に気づいて小首をかしげ、腰をおろした。そのあとは、フリッツが呼びに来るまで動かなかった。

ティンカムはもう少し反応を示した。小道具にはすぐに気づいた。フリッツが出ていってドアを閉めると、ティンカムは戸口を振り返り、そちらへ行こうとした。が、気を変えて机に戻り、最初に手榴弾を、次に封筒をとりあげて、じっくりと観察した。絶えずドアをちらちらと窺う。思い切ってなにか行動を起こそうとしていたとしても、結局そこまでいかなかった。ティンカムが封筒を手に持って、三度目の観察をしている最中に、ドアが開き、フリッツが入ってきた。ティンカムは封筒をすっと机に戻した。ぼくの見た限りでは、心臓が止まるほど驚いた様子はなかった。フリッツがティンカムを連れて出ていったあと、ぼくは事務所に入って小道具を元どおりに置き直し、持ち場へ戻った。

ファイフは大はずれだった。ありそうもないことだが、ぼくの観察した範囲では、ファイフは小道具に目もくれなかったのだ。誓って間違いはない。

シャタックはただ一人、スーツケースに目を留めた。もっとも、シャタックはすべての品に目を留めた。手は触れず、ただ見ていた。机に近づいて観察をはじめ、封筒と手榴弾をじっと見つめた。次にぼくの机に近づいて、やはり観察をした。その後、室内にくまなく目を配り、また二つの机を観察した。が、一切手は触れなかった。

最後のブルース軍曹をぼくは心待ちにしていたものの、個人的には一番期待していなかった。手榴弾の安全ピンを抜いて窓から投げ捨てることから、スーツケースを開けてぼくのシャツを盗むことまで、彼女がなにをしでかしても、驚くような気がしなかったのだ。ところが、正直驚かされた。フリッツが出ていってドアを閉めてから、ブルースは通算二十秒も事務所にいなかった。ウルフの机に近づいて手榴弾と封筒をとりあげ、ろくに見もせずに、引き出しに入れて閉め、出ていった。さっさと外に出ていってしまったのだ。止めたいと思ったら、ぼくは飛び出さなければならなかっただろう。廊下を歩く音、玄関のドアが閉まる音が聞こえた。廊下の角から顔を出して確認したが、ブルース軍曹の姿はなかった。とっとと逃げ帰ってしまっていた。

その時点で、ぼくは完全に匙を投げた。事務所に戻り、自分の机の電話を使って植物室を呼び出し、ウルフに事の次第を報告した。それから、やはり指示に従って、厨房に撤退した。客たちが植物室からおりてきてしまうまで、ぼくは事務所には姿をみせないことになっていた。なぜか？　ぼくの知っている限りでの理由は、理由があるからだ。どうやら、一行はのんびりおりてくるらしい。エレベーターが軋る音が聞こえたときには、ぼくは二本のバナナとコップ一杯のミルクを平らげていた。廊下で客たちの声がしたあと、事務所に入って座席の問題を片づける余裕をみてから、ぼくも仲間に加わった。

　ぼくは自分の机に向かうために、客たちの椅子の後ろを迂回していったが、和気あいあいの雰囲気ではなかった。ぼくとしては上官たちに敬礼する気満々だったのだが、先方は必要なさそうな態度だった。だれも手錠をかけられてはいないし、記章すらはぎとられてはいない。見たところ、ブービートラップは失敗だったようだ。ぼくの席に一番近い椅子にはシャタック、その隣がティンカムだった。ファイフはウルフの机の向こう端にある、大きな椅子に座っていた。ローソンは准将の右側、後方だった。

　ウルフは楽に座れるように位置を調整し、腹の底からため息をついた。「これで」と満足そうな口調で切り出す。「話を進められるようになった。お付き合いくださったことに、改めてお礼を申し上げます。先ほど説明したとおり、それだけの価値はあったと、皆さんにも認めていただけるとよいのですが。これがわたしの思いついた唯一の方法だったのです。ライダー大佐を殺害したのはあなたがたのだれかか、それともミス・ブルースかを見極めるための」

「殺害？」ファイフは顔をしかめた。「グッドウィンの話では、きみには皆目――」

「失礼、准将」ウルフはばっさり切り捨てた。「ああだこうだと質問をはじめたら、一日中かかってしまいます。グッドウィン少佐はあなたに、そしてティンカム大佐とローソン中尉に伝えましたね。わたしが事務所での個人的な面会を望んでいること、ライダー大佐の死亡の状況に関してはまだ結論に至っていないこと、ライダー大佐はミス・ブルースの破滅につながる報告書を作成中で彼女の関与も考えられると判明したこと、昨日投函されたライダー大佐からの封書を受けとったので、あなたがた立ち会いのもとで開封したいこと」

「だが、さっきのきみの話では――」

「失礼、准将」ウルフの目が半円形に並んだ客をすばやく見渡した。「もうお話ししてもいいでしょう、わたしは実験をしたのです。あなたがたが十五分間隔でここに到着し、この事務所内で一人になるよう手配しました。机の上の嫌でも目につく場所には、わたし宛の封筒が置いてありました。返送先はライダー大佐で、自宅の住所が記載されており、『当方から連絡なき場合、八月十日火曜、午後六時に開封すること』の但し書きがついていました。ついでながら、あの封筒は偽物です。わたしが作らせて、昨夜投函させたのです」

「そんなことだろうと思ったよ」ティンカムが冷たく言い放った。「消印は午後十一時だった。ライダーは七時間前に死んでいる」

「根拠薄弱ですな」ウルフは言い返した。「理由をつけようと思えば、一ダースはつけられます。その封書の上には、ライダー大佐を爆殺したものと同じ型式の手榴弾を置いておきました。昨夜電話でカーペンター中将に頼んだところ、飛行機を利用した使いに届けさせてくれましてね。実験とは、あなたがたをそれぞれ、この品物を机に置いたままの事務所に十分間一人きりで残して、なにが起こるかを観察するというものでした。あなたがたが出ていくたびに、フリッツが入ってきて点検しました。特に、封書がいじられていないかどうかを。少々見え透いているかもしれません。が、考えてみてください、殺人犯の心情を。あの封書とにらめっこをしながら、十分間ここに一人でいて、ただ手をこまねいていることが可能でしょうか？　中身がなにかを知ろうともしない？　不可能だ。絶対にありえない！」

ファイフが鼻を鳴らした。「わたしはそんなもの、見なかったぞ。今も、見あたらないが」ウルフが有能な協力者なんてとんでもないと、考えているらしい。「おまけにわたしを容疑者リストに入れるとは、無礼にもほどがある！」

「わたしのみたところでは」ティンカムは冷たく言った。「幼稚園レベルの実験だな」

「いや、大佐」ウルフは指を一本、ティンカムに向けて軽く動かした。「ところが、うまくいったのです！」その指を今度は机に向ける。「ファイフ准将が言ったとおり、封書はもう見あたらない。なくなったのです」

全員が目を見張った。その意味するところが次第にわかってくると、互いに顔を見合わせる。驚き混じりの問いかけ、不安、不信のこもった視線が、ある人から別の人へ、そちらかと思えばこちらへ、あらゆる方向に行き交い、絡み合う。

ファイフがウルフに怒鳴った。「いったい、なんの話だ？　なにを言いたい？」

「なにも」ウルフは穏やかに受け流した。「ただ報告したまでです。あなたがたが一触即発の状態なのは承知していますが、話は最後まで続けさせてくれるでしょうな。さっきも言ったとおり、あなたがたが一人ずつここに十分間いたあと、フリッツが入室して小道具を確認しました。あなたがたは全員、実験を見事に切り抜けました。ローソン中尉、ティンカム大佐、ファイフ准将、シャタック先生です。ただし、もう一人いたのです。最後に来たのが、ミス・ブルースでした。ミス・ブルースもまた、十分間を割り当てられたのです。ですが皆さん、ミス・ブルースはたった七分間しかここにいませんでした！　厨房の扉の鍵穴からは、廊下を見渡せます。七分後、ミス・ブルースが事務所を出て、玄関から帰っていくのをフリッツは確認しました。それで、事務所に入ったのです。すると、封書も手榴弾もなくなっていたではありませんか！　なぜ手榴弾を持ち去ったのかは、わかりません。あの窓からわたしに投げつけるつもりでないのなら」

客が揃って窓に目を向けた。ぼくもみんなに合わせた。

ファイフが立ちあがった。「その電話を貸してもらいたい」

ウルフは首を振った。「少々話し合いが必要です、准将。第一に、警察を敵に回すのは具合が悪い。次に、警察は既にミス・ブルースを監視下においています。クレイマー警視と交渉して、この家の外に警官を張りこませていたのです。あなたがたのだれかが一時前にここを出たら、尾行するために。さらにもう一つ、ミス・ブルースも含め、あなたがたのだれかが一時前にここを出たら、尾行するために。さらにもう一つ、カーペンター中将が昨夜ワシントンから電話をかけてきて、特別な指示を出しました。さっきも言いましたが、あの手榴弾を送ってきたのです。一緒に指示書も届きました。ですから、もう少しお付き合いいただければ……」

ファイフは腰をおろした。

「わたしはなにも」ウルフは続けた。「ミス・ブルースがライダー大佐を殺したと言っているわけではありません。機略縦横で、意志の強い女性のようですが、殺人罪で告発するだけの証拠はないのです。封書を見つけて、すぐ持ち去らずになぜここに七分間もいたのか、理由はわかりません。沈着冷静で、封書を開けて内容を確認したともとれるが、今回は考えにくい。中身は白紙だけだったのですから。いずれにせよ、もうミス・ブルースに本腰を入れて取り組みはじめられますな。彼女の悪事に殺人まで入るかどうかはともかく、自分のしたことの報いは受けることになります」ウルフは眉を寄せた。「あの手榴弾がミス・ブルースの所有下にあるのは、正直なところ、ありがたくないですな。予想外でした。追い詰められて、あれで人を殺すようなまねを……」ウルフは肩をすくめた。「アーチー。クレイマー警視に電話して、部下に警告するように伝えたほうがいいな。いや、待て。カーペンター中将からの指示書はどこだ？　きみが自分の机にしまったのか？」

答えようと口を開けたそのとき、ウルフがなにを狙っているのかに気づいた。これがブービートラップなんだ。

「そうじゃないでしょう」ぼくは答えた。「あなたが持っていると思いますが、確認してみます」ぼくは机の引き出しを開けた。連中の顔を見られるのなら、一ヶ月分の給料と引き替えでもいいところだが、それはウルフの役目だとわかっていたので、自分の役目を続けた。最初の引き出しを閉め、次のを開ける。「ありませんね」三番目を開けて、閉めた。

ウルフは腕を組んだまま椅子にもたれ、噛みつくように命じた。「こっちを調べてみろ」

ぼくはぐるっと回りこんでウルフの机の横に行き、言われたとおりにした。真ん中の引き出し、左側の三つ、右側の四つ。ファイルを調べてみましょうか、とぼくが小声で言いかけたとき、ウルフが口を開いた。

「けしからんな、思い出したぞ！　スーツケースに戻したんだ。出してくれ」

ぼくは自分の机に戻った。指がスーツケースの金具にかかろうとした瞬間、ウルフの声が鞭のように響いた。「シャタック先生！　どうしました？」

「どうした？　どうもしていない」返事はあったが、いつものシャタックの声とはかなりちがっていた。

ぼくは体の向きを変えて、シャタックを見た。両手で椅子の肘掛けを握りしめ、歯を食いしばっている。ぼくのいる場所から見た限りでは、闘争と逃走、この二つの相半ばする感情で目が光っていた。

「アドレナリンだ」ウルフは指摘した。「自分では制御できない。あなたが勇敢な人間ならもっとうまくやれたでしょうが、どうやら臆病らしい」ウルフは手を下へ伸ばし、引き出しを開けた。そして掲げた手には、手榴弾が握られていた。「ほら、ここにありますよ。あなたを安心させるために見せただけです、落ち着いてください。ミス・ブルースは引き出しの一つに手榴弾をしかけたりしなかった。あのスーツケースにも。あなたが昨日ライダー大佐のスーツケースにやったようにはね」ウルフは手榴弾を机に置いた。

「驚いたな」ファイフが言った。

ローソンは腰をあげた。椅子のすぐ前で、気をつけをしているみたいにまっすぐ、身じろぎもせずに立っている。

ティンカムはウルフをじっと見つめていたが、その視線をシャタックに移し、口ひげをなでた。

シャタックは動かず、なにも言わない。自分を制御できなくなっていたので、回復するのを待っているのだ。勇敢ではないかもしれないが、立派なブレーキは備わっているようだ。

ウルフが立ちあがった。「准将」とファイフに声をかける。「残念だが、この件はあなたの管轄外ですな。シャタックさんは軍隊に属していませんので、最終的には民間人を管轄する当局の取り扱いになるでしょう。シャタックさんを忌憚《きたん》なく話せる場所に連れていきたいので、わたしの車で一緒にちょっと外出するつもりです。グッドウィン少佐が運転手です。飲みものをご所望なら、フリッツがご用意しますので」ウルフは向きを変えた。「シャタック先生。あなたはわたしに勝手にしろと言うこともできる。弁護士のところに駆けこむこともできる。さしあたり、あなたは自分の望みどおりになんでもできる。ただ、昨日の発言からすると、あなたはわたしの評判を耳にしているようだ。わたしがどういう相手かを知っているのであれば、話し合いの申し出を受け入れるよう、強くお勧めしますよ」

第七章

「ヴァン・コートラント公園へ」ウルフが後部座席から指示した。

ぼくが『人生で体験したおもしろい旅』という本を書くことがあったら、このときの体験が第一の収録候補だ。

ぼくは運転席に座っていた。ショルダーホルスターの銃にすばやく、楽に手が届くようにと、軍紀に反して上着のボタンを三つ開けていた。これは、ぼく自身の戦略だ。ジョン・ベル・シャタックは、ぼくの隣の前部座席に座っていた。身体検査はされていない。後ろの席にはウルフが一人で座っていたのだが、いつもよりもっと笑える有様だった。手が横の吊革ではなく、別のものを握っていたのだ。手榴弾だ。自己防衛のために持ってきたのか、家の外に持ち出したかっただけなのかは、わからない。が、なにはともあれ、しっかりと握り続けている。それに、なんだってヴァン・コートラント公園なんだ？　その近所にさえ、一度も行ったことがないのに。

ぼくはウェストサイド・ハイウェイ（現ジョー・ディマジオ・ハイウェイ）につながる四十七丁目の入口に向かっていた。

「おとなしく同行したのは賢明でしたな、シャタック先生」ウルフの声は低く、重々しかった。

「わたしは賢明な男でね」シャタックが答えた。どうやら調子を取り戻したらしい。声にアドレナリンの影響は感じられなかった。座席で体をねじり、ウルフのほうを向いている。「きみがなにを企んでいるにしろ……狙いがなんなのか、さっぱりわからない。ハロルド・ライダーを殺したとわたしを糾弾するなんて、ばかばかしくて話にならないし、まさか本気だったはずもないだろう。が、問題は第三者が四人もいる前でそれを口にした点だ。みんなと離れて、一緒に来てやったのは、釈明の機会を与えるためだ。できるものならね。ただし、よっぽどの理由でないと」

「理由はできるだけちゃんと説明しますよ」ウルフは請け合った。車が四十二丁目の線路を横切った。

「アーチー。もっとゆっくり走ってくれ」

「はい」

「肝心な点に絞るようにします」ウルフは言った。「詳しく聞きたいことがあったら、言ってください。まず白状しますが、あなたと他の人へ話したことは、あらかた嘘でした」

「やはりな」シャタックは言った。「だが、きみはそれを認めるのに、わたしだけを引っ張り出した。その点もちゃんとした理由があるのだろう。聞かせてもらおうじゃないか」

「詳しく説明……」車が軽く揺れ、ウルフは唸った。「……しますよ、何点かの嘘については。ライダー大佐の死の真相ですが、結論がまとまっていないわけではない。大佐のスーツケースの残骸を一目見た時点で、真相は把握できました。ついでながら、あの残骸は当方の事務所で保管しています。カーペンター中将からの指示書については、受けとっていませんが、電話で話はしました。中将は今日の午後ニューヨークに来て、今晩は一緒に食事をする予定です。ただ、嘘の大半は、ミス・ブルースに関してですな。実際問題、わたしがミス・ブルースについて話した内容は、すべて真実ではないと言っていい。ミス・ブルースに容疑はかかっていません。ライダー大佐はミス・ブルースを破滅させるような報告書は作成していなかった。彼女がわたしの家を出たら尾行するよう、警察に手を回してもいません。正しくは、ミス・ブルースはカーペンター中将の右腕で、直属の部下だったのです。昨夜の中将の話では、自分の将校団のどの男性をとっても、その二人分に値するとか。買いかぶりすぎではと思いますが、たしかにスーツケースに関しては頭の切れるところを示しましたな。数フィート離れた位置、秘書室の戸口から見ただけで、その状態の重大性に気づいたのですから」

「スーツケースの状態の重大性とは、いったいなんなんだ？」シャタックが追及した。

「やれやれ」ウルフは切り返した。「そんな見え透いた無実のふりはごめんこうむりたいですな。ミス・ブルースには、スーツケースを現場から持ち出し、カーペンター中将に見せようとする知恵もあった。中将がミス・ブルースをニューヨークに送りこんだのは、産業機密に関する疑わしいやりとりに関与しているものが、当該部内にいる形跡があったからだ。あの匿名の手紙をあなた宛にタイプで書いたのは、ミス・ブルースです。ついでながら、あの手紙にあそこまで怯えるべきではありませんでしたな。あなたは、つゆほども疑われていなかったのですから。同じ手紙が三十人ほどに送られたのです。立法と行政で要職に就いている主だった人宛に。ただの〝ツリ〟だったのですよ。ただし、ライダー大佐については、話が別だ。証拠はなかったものの、大佐は監視下におかれていた。だからこそ、ミス・ブルースがワシントンから来て、ライダー大佐の事務を担当することになったのです。大佐もそういったことがあろうかと疑っていたのかもしれない。それが一因となり、カーペンター中将に会いにいって洗いざらい話す決意をした。さらに――」

「やめないか！」シャタックが口を出した。「汚いぞ！　卑怯だ。わたしに根も葉もない非難を浴びせ、その責任をとりたいのなら、こっちの知ったことじゃない。わたしはここにいるからな、自分の面倒くらいは自分でみられるし、そうするつもりだ。が、ハロルドは死んだ。死んだ人間に対して、そんな汚らわしい嘘を並べ立てるのは――」

「やめなさい」ウルフはにべもなく遮った。「あなたは臆病なだけでなく、馬鹿者だと思われたいのですかな。そんな愚にもつかない話で、わたしに揺さぶりをかけようとするとは！　自分がなぜ一緒に来て、この車に乗ったのか、よくわかっているはずだ。わたしがどこまで知っているかを探るためでしょう。ならば、話の邪魔をしないでもらいたい。言いたいことがあるときだけ、口を開けばいい。なんの話でしたかな？　ああ、ミス・ブルースの話だった。まあ、もういいでしょう。ローソン中尉については一言。中尉もまたカーペンター中将から特別任務を課されていたのです。ミス・ブルースのお使いのような役ですな。そういう仕事なら、中尉も充分役に立つのかもしれません。この話はある意味、軍の機密事項です。従って、こんな話はしなかったはずなのです、あなたが第三者に暴露する可能性があるなら。が、危険は皆無です。今から一時間後、たぶんそんなにかからないと思いますが、あなたはもうこの世にいないのですから」

シャタックは声も出さず、ウルフを見つめるばかりだった。

車はウェストサイド・ハイウェイを走行中だった。ぼく自身もあんまり驚いたので、隣にいるシャタックに視線を吸い寄せられてしまい、運転に気持ちを戻したときは縁石に接触する寸前で、慌ててハンドルを切った。

「頭がおかしくなったのか？」シャタックはようやく声が出るようになって、咎めた。

「いいえ」ウルフは答えた。「発生確率が限りなく百パーセントに近い事象を、確実な事実として話したまでです。だれでもやることですな」

「この世にいない？　今から一時間で？」シャタックは笑った。まんざら強がりでもなさそうだ。

「呆れたな。きみは自分の言うとおりの告白書にサインしないと、その手榴弾でわたしをばらばらにすると脅すつもりなんだろう。いや、まったくお笑いぐさだ」

「そんなつもりではない。手榴弾については、まあ、当たっていますな。あなたが自殺に使うように、持ってきたのです」

「なんだと……きみは頭がおかしいんだ！」

ウルフはかぶりを振った。「わめかないでください。思慮分別を失わないように。これから必要になりますから。アーチー、今どのあたりだ？」

「ハイウェイを降りるところです」ぼくは答えた。「公園の入口に向かいます。そのあとは？」

「園内の人目につきにくい道路へ」

「はい」車は坂を下っていった。

「あなたがわめいた理由は」ウルフはシャタックに話し続けた。「事実のかすかな光が、あなたの頭脳にはじめて差しこんだからです。今、自分の命をかけて戦っている事実のね。事務所であなたにしかけたのは、子供だましの罠だった。あなたはわたしの机にある手榴弾を目にしていた。わたしが身の安全を脅かすと思っている人物が、七分間事務所に一人きりでいて、そこから離れ、手榴弾がなくなったと聞かされた。そのとき、あなたの心になによりも鮮やかに浮かんだのは、一日前にそっくりの手榴弾で自分がした行為の記憶だった。グッドウィン少佐が引き出しを開けはじめた。そのうちのどれかに、あなたがしかけたのと同じような罠がしかけられているかもしれない、いや、無意識の思考過程を制御するなど、到底無理だ。わたしがスーツケースを開けろとグッドウィン少佐に命じたとき……ご自分の顔が見られなかったのは残念ですな。見ものでしたよ。悲鳴をあげて席を立ち、部屋から逃げ出すのよりも、もっとずっと。

アーチー、いい加減にしろ。穴くらい目に入らないのか？

あなたの狙いは言うまでもなく、わたしがどの程度まで知っているかを探り出すことだ。そして、カーペンター中将がどの程度知っているのかも。手の内を明かすつもりはありません。あなたはわたしの知恵と自分の知恵を戦わせるつもりで、この車に乗りこんだのだ。無駄な抵抗はやめなさい。対等の条件であったのなら、結果はどう転ぶかわからなかっただろうが、条件は同じではない。わたしは自由で安全だ。対して、あなたは進退窮まっている。追い詰められていて、策略を用いる余裕はない」

「言わせておけば」シャタックは言った。「言いたい放題じゃないか」

ヴァン・コートラント公園に入った。

ウルフはシャタックの言葉を無視した。「悪党は必ずしもばかとは限らない」と続ける。「シャタック先生。ご承知のとおり、金に汚く不誠実な裏切り者が公人として要職に、いや、あなたに匹敵する地位にさえ、就いていることはあるのです。栄誉をたたえる記念の品々に囲まれ、一番の心残りといえば、翌日の新聞の華々しい死亡記事を読めないことくらいで、安らかに自分のベッドで息を引きとる悪党が。あなたもその一人になっていたかもしれない。資産家や有力者の間で積みあげてきた、働きぶりへの絶大な信用をもとに、あなたが主導して弾劾を防いでいるこの不正な計画を使って、うまく野望の極みに達することさえ可能だったかもしれない。

が、あなたはついていなかった。わたしに遭遇したのだ。わたしには二つの取り柄があります。第一に、巧みな罠をしかける才能。今日、それを活用した結果、あなたは今ここにわたしといるわけです。第二が、あきらめの悪さ。この事件にけりをつけるもっとも簡単な方法はあなたが死ぬことだと、わたしは判断しました。あなたも同意してくれることと思います。同意しないのならば、最後まで戦おうと、生きながらえようとするならば、万事休すだ。ライダー大佐殺害であなたを有罪にするだけの証拠は、今のところない。この先も入手不可能かもしれませんな。が、起訴して裁判にかけるくらいの証拠は出てくるでしょう。そのように手を打ちます。放免となったら、また最初からやるだけです。絶対にやめませんよ。クロス大尉殺害事件もある。戦争に協力するために軍に委託された産業機密における、あなたの密売買の隠れたやりとりや複雑な諸事情もすべて存在しているのですから。

わたしがあなたの人柄や、目のつけどころを心得ている以上、あなたを告発し、法廷に引っ張り出し、弾劾するのに充分な材料を手に入れるまでどの程度かかるだろうか？　一週間？　一ヶ月？　一年？　あなたの共犯者についてはどうか？　今にもあなたが稲妻に打たれ、息の根を止められそうだと気づかれたら？　ライダー大佐は決してあなたに不利な証言をすることはない。あなたがそのように手を打ったのだから。だが、共犯者は他にもいる。その人たちはどうですか、シャタック先生？　わたしたちがその人たちを突きとめ、口を割らせそうになっても、昔からの友人のライダーさん以上に信頼できるのですか？　もちろん、全員を殺すことなど無理なのですよ」

シャタックはもう、ウルフを見ていなかった。まだ座席で体をねじってはいたが、ちらっと横を窺ったら、シャタックの視線はぼくの顎を通過し、開いた窓の向こう側に注がれていた。

「停めろ、アーチー」ウルフの声がした。

ぼくは路肩の草むらに車を寄せ、停めた。公園の高台にある、枝道の一つだった。平日でもあり、あたりには人っ子一人見あたらない。左手は森で、下り坂になっている。右手は草に覆われたなだらかな丘で、ちらほらと木も生えていた。これで牛の群れさえいれば、遠く離れたバーモント州の景色のできあがりだ。

「この道は行き止まりか?」ウルフが尋ねた。

「いえ」ぼくは答えた。「その丘を越えて、東に向かう北側の大きな通りに合流します」

「じゃあ、車から降りてくれ」ぼくは言われたとおりにした。ウルフは手榴弾を手渡して、「持っていけ」と丘の上、道路からまっすぐ右上にある、草地の大きな木を指さした。「あの木の根元の地面に置いてくるんだ。幹のすぐ横に」

「ただ地面に置くだけですか?」

「そうだ」

ぼくは指示に従った。草地をたっぷり百ヤード進んで戻ってくる間に、賭け率を考えてみる。結局、五分五分に決めた。ウルフを身びいきしているように聞こえるかもしれないが、ぼくはその場にいて、話を聞き、二人の様子を見ていた。ウルフの声だけでも、その根拠の半分になった。冷徹で、確信に満ちた声。その声が起こると告げれば、どんなことでも起こらないとは考えにくかった。根拠の残り半分は、シャタックの様子だ。今は運転中ではないので、シャタックをじっくり観察することができた。事務所で受けたショックは完全な不意打ちで、シャタックはまだそこから立ち直るきっかけすらつかんでいないのがわかった。シャタックはダウンし、カウントをとられている。カウントをとっているのは、ウルフだ。車に戻ると、ウルフの声が聞こえた。

「そうだとしたら、あなたは間違っている。わたしとしては、できれば決着をつけたいし、カーペンター中将も同意見です。あなたには万に一つも勝ち目はない。ニューヨーク州人民により死刑に処せられなくても、どのみちあなたは死んだも同然だ。最低でも、終生残る恥をさらし、経歴も水の泡となる。だからといって、情けであなたをここまで連れてきて、こんな機会を与えたと言うつもりはない。きっちり決着をつけたいのは山々だが、われわれは今、国家のために働いている身であり、かつわが国は戦争中だ。この非常時に、このような醜聞をぶちまければ、損害は計りしれない。そのような行為は避けられるのならば、避けるべきだ。なにもわたしは、あなたの判断力をねじ曲げようと、こんなことを言っているわけではないのです。無理なのは、わかっているのでね。わざわざあなたをここまで連れてきた理由を説明したまでだ」

ぼくはシャタックのいる助手席のドアを開け、閉まらないように、寄りかかった。その上で、ウルフに声をかける。「あの木のすぐそばに、平らな石があります。そこに置いてきました」

シャタックはなにか言いたげにぼくを見たが、言葉は出てこなかった。唇を舌で湿らせ、ぼくを見あげ続けている。また、唇を湿らせた。

ウルフは厳しく命じた。「車から降りなさい、シャタック先生。そんなに長く歩くわけではない。ライダー大佐の事務室まで廊下を往復するのと、さほど変わらない。三十秒か四十秒、それで終わりだ。わたしたちはここで待ちます。事故が起こるでしょう。その点はお約束します。見事な死亡記事になりますよ。どんな立派な名士も望みようがないほどの」

シャタックはゆっくりとウルフのほうを向いた。「厚かましくも、わたしに……」あまり声が出なかった。ちょっと間をおいて、言いなおそうとする。「厚かましくも、わたしにそんな……」唾をのもうとしたが、うまくいかなかった。

「アーチー、手を貸してやれ」

ぼくが肘を引くと、シャタックは出てきた。片足がステップから滑ったので支えてやり、草地を二、三歩進めてやった。

「大丈夫だ」ウルフが言った。「車に戻って、乗れ」

ぼくは車に戻ってドアをバタンと閉め、運転席に滑りこんだ。ウルフが開いた窓から話を続けていた。

「シャタック先生。もし、気が変わったら、道路まで引き返してきたら、町までお連れします。そして、戦闘続行です。やめておくように忠告したいところですが、わたしの忠告など必要ではないでしょうな。あなたは臆病者だ、シャタック先生。わたしは探偵としていろいろ経験を積んできましたが、ライダー大佐の殺害ほど、臆病な殺人にはお目にかかったことがない。それをよりどころに、やり抜くんです。草地を進むときは、自分に言い聞かせなさい。『わたしは臆病者だ、臆病かつ殺人犯だ』と。それで乗り切れる。間違いなく最後まで。この百ヤードを進むのに、あなたにはなにかが必要だ。勇気では持ちこたえられないのだから、心の奥底の宿命、臆病者としてのそのままの姿を支えになさい。それにもう一つ、覚えておくといい。戻ってきたら、そこにはわたしたちが……このわたしがいる。わたしは受けて立ちますよ」

ウルフは言葉を切った。シャタックが歩きはじめていたのだ。ゆっくりした足取りで、排水溝のほうへ少し下ったが、その向こう側を登っていく。数歩進むと動きは速くなり、一直線に進んでいった。まっすぐに、木を目指して。途中でなにかにつまずいて倒れそうになったが、体勢を立て直すと、さらに足を速めた。

ウルフがぼそりと言った。「車を出せ。前進だ。ゆっくりとな」

なに言ってるんだ、とぼくは思った。シャタックは確実にエンジンの音を耳にするだろう。どんな影響があるかは、まるでわからない。それでも、ぼくは言われたとおりにした。できるだけ静かに。車をそろそろと道路へ戻し、慎重に坂を登っていく。百ヤード進んだ。二百ヤード。

ウルフの声がした。「停めろ」

ぼくはギアをニュートラルに入れ、ハンドブレーキを引いた。エンジンはかけっぱなしで、座ったまま体をひねって草地を振り返る。ジョン・ベル・シャタックの最後の姿が、ちらりと見えた。木のそばに膝をつき、前屈みになって、それから……。

ぼくらのところまで届いたのは、音だけだった。予想していた轟音には、ほど遠かった。目の前が埃の雲で閉ざされる。が、一瞬後、たぶん四秒ぐらいしてから、広い範囲で草に小さなかけらが落ちる、ぱらぱらと低く静かな音が聞こえた。夏のにわか雨の降りはじめ、大きな雨粒がぱらついてきたときのような音だった。

「行け」ウルフの不機嫌そうな声がした。「電話のあるところに。けしからん、クレイマー警視に説明しなければならない羽目になった」

第八章

夕食は、ハマグリ、カエルの足、ローストダック・ミスター・リチャーズふう、トウモロコシの丸焼き、グリーン・サラダ、ブラックベリー・パイ、チーズ、コーヒーという献立だった。ぼくはウルフの向かいに座っていた。右手にはカーペンター中将、左手はブルース軍曹。カーペンターがブルースを連れてくることをウルフは知っていたはずで、二人の到着前にテーブルには四人分の席が用意されていたが、ぼくはなにも言われていなかった。ブルースは軍曹らしく食べた。食事の作法はちがうかもしれないが、量はそうだった。ぼくらもいい勝負だった。

食事のあと、事務室でぼくはブルースと自分のたばこに火をつけた。カーペンターは、前日の夜ジョン・ベル・シャタックが座った赤革の椅子に腰をおろし、パイプを詰めて火をつけ、足を組んで吹かした。机の奥の玉座でくつろぐつもりだったウルフは、それを男らしく受けとめた。パイプが大嫌いなのだ。が、ウルフの顔には、今は戦争中なのだから過酷な状況にひるんではいけないと、はっきり書いてあった。少なくとも、ぼくにはそう読みとれた。

「わたしにはまだわからないんだが」カーペンターが口火を切った。「なぜシャタックはあんなふうに弱い部分をさらけだしたんだろうか」

ウルフは満足の吐息をついた。「それは」ぼそぼそと答える。「本人に自覚はなかったんでしょう。

第一に、シャタック氏はわたしを過小評価していた。第二に、自分を思い切り過大評価していた。権力の座についている人々の職業病ですな。第三に、あの匿名の手紙で、シャタック氏は動揺した。あれは天才的閃きと言ってもいい、あの内容の手紙を手当たり次第に送るとは」

カーペンターは頷いた。「ドロシーの考えでね。いや、ミス・ブルースの」

ぼくは内心思った。へえ。『ドロシー』、『ねえ、ケン』。ブルースは社交的にはうまくやってるね、たしかに。

「ミス・ブルースは多少の知恵は持ち合わせているらしい」ウルフは認めた。「そうだとしても、雌ロバのように愚かでもある。もちろんあなたには話していないでしょうが、わたしとグッドウィン少佐の徳義心を試そうとしたのですぞ。わたしに百万ドルで買収を持ちかけました。せっかく頭が切れる面もあるのですから、ミス・ブルースを使うのは大いに結構。しかし、愚かな点もあることに留意するべきですな。女性の頭脳によって考え出されたなかでは、もっとも見え透いた罠だった」

「きみにとっては、そうなんだろう」カーペンターは笑みを浮かべていた。「ただ、その件を提案したのは、わたしでね。機会があれば、きみたちを試してみるようにと言ったんだ。利権と金に関する限り、わたしはわが身からも目を離さないようにしている。なおかつ、きみの才能はよく承知しているとはいえ――」

ウルフは顔をしかめた。「ばかな」と手首から先を振り、一蹴する。「せめて罠だと気づかせないための工夫くらいしてもよかった。シャタック氏に関しては、彼は自分を抑えられなかったんですな。おそらく、ライダー氏が自滅寸前だという気配にいち早く気づいていたんでしょう」

「ライダーに関しては、いまだにわからない。誠実そのものだと、わたしは自信を持って断言しただろうに。それでも、堕落した部分があった」

「必ずしもそうとは限りません」ウルフは異を唱えた。「おそらく弱い部分があっただけでしょう、なんとも言えませんが。二人は昔からの友人でした。古い友人ほどに、人を抵抗できない状態に追いこむ秘密の言葉、隠れた脅しの種を握っていそうな存在がありますか？　しかし、大佐は二つの大きな打撃を同時に受け、その脅しはどんな内容であったにせよ、効力を失った。愛する一人息子が戦死し、部下の一人であるクロス大尉は殺された。最初の出来事は、大佐の価値観をすべてひっくり返した。また、殺人の黙認は約束になかった。大佐はあなたのところに行って暴露する決心をし、その決意をシャタック氏に伝えた。議論したり、言い争ったりしたくなかったのでしょう。個人的にではなく、証人の目の前で、取り消せないように公然と宣言した。こういったところですかな」

「なんとも苦しい立場だな」カーペンターがぽつりと言った。

「たしかに。かつまた、シャタック氏も苦しい立場に立たされた。やはり進退窮まったのです。宣言のあとは事実上、選択の余地がなかった。そして、その選択肢は状況的に簡単ではなかったとしても、不可能なほど難しいわけでもなかった。ファイフ准将との食事のあとで戻ってきて、ライダー大佐の事務室で三、四分一人きりになれれば、それだけでいい。結果をみればわかりきったことですが、やってやれない行動ではなかった。そのあとで、なにかの約束に出かけたのでしょう。あれだけの著名人なら、いつも約束があるものですから。夕食の前、クロス大尉もシャタックが殺したのかとお尋ねでしたな。憶測ですが、そうなのでしょう。その点に関する記録を完成させるつもりなら、先週の水曜の夜にシャタック氏がニューヨークにいたかどうかを突きとめ、裁判の経緯を見守るんですな」ウルフは肩をすくめた。「死んだのですから」

カーペンターは頷いた。ウルフを見つめるその顔には、ある表情が浮かんでいた。同じ椅子に座ってウルフを見つめた人々の顔に、何度も見た覚えのある表情だ。それを見ると、よそ者がニューヨークを評した言葉が頭に浮かぶ。訪れるなら最高だが、住むのは金をもらっても無理な町。ぼくはそこに住んでいる。

カーペンターが言った。「なぜあの男に疑いを?」

「既に話したとおりです。ここでの反応ですな、グッドウィン少佐が引き出しを開け、スーツケースを開こうとしたときの。それまでは、わかりませんでした。ファイフ准将かもしれなかったし、ティンカム大佐、いや、ローソン中尉の可能性すらあった。ところで」ウルフはちらりと時計を確認した。「三人はあと二十分でここに来ます。そちらでは彼女の正体を明かしたくないでしょうから。ただ、シャタック氏についての説明は、そちらからの正式な指令にしていただくべきですな。わたしは事故扱いになると約束しました。警察にもその説明で押しきっています。もっとも、クレイマー警視には通用しませんがね。警視はちゃんとわかっています……何年も、わたしと付き合いがありますので。今日ここでの話し合い……わたしがシャタック氏に話した内容は、公開記録や一般的な対話には厳秘で」

「そのように取りはからう」カーペンターは承知した。「もちろん、今後の捜査の支障にならない範囲内でという了解つきだ。加担者は一人も捕まえられないだろうが、汚職はやめさせるし、連中も止める。せめてな。一つ、引っかかっていることが……もし、シャタックに負けを認めさせていたら、あるいは……もし、今もやつを捕まえていたら、の話だが」

「くだらん」ウルフはとりあわなかった。「シャタック氏に性根が据わっていたら、最後まであきらめずに戦い抜いていたとしたら、こちらはお手上げだったでしょう。殺人で有罪判決を受けさせる？意味がわからん。その他の件についても、あの男には資産家や法律の専門家、政治的権力者の大部隊が後ろ盾として控えていたんですよ。わたしたちのことなど、鼻で笑い飛ばすこともできた」ウルフはため息をついた。「ただし、シャタック氏はわたしの神経を逆なでした。挑戦したのです。こともあろうに、昨晩ここに来て、だれかの罠にかからないよう気をつけろと警告したんです。そのまま見過ごすことなど絶対にできないとわかっていました、自分自身のことはわきまえていますのでね。かといって、かかずらっている余裕はない。ご承知のとおり、わたしはこの政府関連の仕事で報酬は受けとっていませんし、私立探偵としての仕事をする時間もほとんどありません。この先三年、いや、五年、十年とシャタック氏にかかずらっている余裕はないし、そうするつもりもなかった。それだけのことです」

　カーペンターはパイプを吹かしながら、ウルフを見つめた。六回ほど吸って、ようやく火が消えていることに気づき、ポケットのマッチを探った。

　その隙に、ぼくは会話に飛びこんだ。

「グッドウィン少佐より、カーペンター中将にお話があります」

　カーペンターはこちらを見て、眉をひそめた。「きみは絶対に本物の軍人にはなれないな。いたずらっけが多すぎる。話とは？」

「提案であります。ファイフ准将及びティンカム大佐には、ブルース軍曹の真の身分、軍情報部《G2》の要となる人物であることを秘匿しておくべきだと、自分は理解しました。従って、軍曹がここにいると両人は驚き、彼女がただの陸軍婦人部隊員ではないとの疑いを抱く可能性があると判断します。そのため、軍曹にこっそりダンスは好きかと尋ねたところ、こっそり好きだとの答えがありました。僭越ながら――」

「わかった、わかった。ここから出ていけ。二人ともだ。名案じゃないか、なあ、ドロシー？」

ブルースは頷いた。「そう思いましたので、ダンスが好きだと答えた次第です」

その場では聞き流した。が、家を出て、道路の角でタクシーを停め、ブルースが乗りこむと、ぼくは開いたドアから話しかけた。

「最初からやり直そう。この車で十一丁目に帰ってもいいし、一緒にアップタウンに行くこともできる。ダンスは好きなのかい、嫌いなのかい？」

「好きよ」ブルースは答えた。

「じゃあ、ダンスが好きだと答えたのは、あそこを離れるのが祖国のためであり勝利への一助になるからと中将に答えたのは、嘘だったのかい？」

「そうね」

「結構だ。次はあのなれなれしさについてだ。中尉を『ケン』と呼んだり、上官から『ドロシー』と呼ばれていたね。二人の膝の上に乗ったのは、赤ん坊の頃の話かい、それとも最近できた習慣なのかな？」

ブルースはくすくす笑いと喉を鳴らす音が混じりあったような、ともかく、例の音をたてた。「そんなの」と続ける。「気心が知れた仲間同士の、ただの友情表現みたいなものでしょ。それにあの二人については、どことなく守ってあげたいような気分になって。たいていの男の人には、多かれ少なかれ、そんな感じになるの。つまり、嫌いじゃない相手にはね。呆れるくらいお人好しなんだから」

ぼくはにやりと笑いかけた。「そう言ったことを、今から五十年後にぼくが思い出させてあげるよ。そうしたら、きみは絶対にそんなことは言ってないって頑張るんだろうな」ぼくはタクシーに乗った。「個人的には気にならないけど、ぼくは同胞、十億という男性の期待を背負ってるわけだから」

ぼくはタクシーの運転手に声をかけた。「フラミンゴ・クラブ」

急募、身代《ターゲット》わり

第一章

ぼくらを訪ねたその日、やつは銃弾の的になった。

ベン・イェンセンは出版業者であり、政治家であり、ぼくの補足意見ではけちなやつだった。わが身に火の粉が降りかかる危険を完全に排除してうまくやれる方法を思いついていたら、ピーター・ルート大尉が売ろうとした軍の秘密情報をやつは進んで買っていただろう、と密かにぼくは睨んでいた。が、イェンセンはわが身大事と、よい子ぶってネロ・ウルフに協力した。それが、二ヶ月前の出来事だった。

今回、火曜日の朝早くにイェンセンはウルフに会いたいと電話をかけてきた。ウルフは例によって十一時までは蘭の世話で手が空かないと答えると、イェンセンは多少ごねてから、十一時きっかりの約束をした。そして、五分前にはやってきた。ぼくはやつを事務所に通し、大きな骨張った体を赤革の椅子に収めるよう勧めた。

腰をおろすと、イェンセンは言った。「人違いかな？　きみはグッドウィン少佐じゃないのか？」

「そうですよ」

「軍服を着ていないな」

「今、気づきましたが」ぼくは言った。「あなたは散髪する必要がありますね。あなたのような年齢では白髪が交じってますし、きちんと整えたほうがいいですよ。貫禄がついてみえますから。さて、まだ差し出口の言い合いを続けますか?」

廊下でウルフの個人用エレベーターの大きな音がした。直後にウルフが事務所に現れ、客と挨拶を交わして、二百六十数ポンドの体重すべてを机の奥にある専用の椅子に預けた。

ベン・イェンセンが口を開いた。「見せたいものがある。今朝の郵便で届いた」ポケットから封筒をとり出し、立ちあがってウルフに手渡す。ウルフは封筒をちらりと眺め、紙を一枚引っ張り出してちらりと眺めた。そして、両方ともぼくに回した。封筒の宛名はベン・イェンセン、インクで丁寧に手書きされていた。紙は、四辺を鋏かよく切れるナイフでなにかから切り抜いたものだった。手書きではなく、大きな黒い文字で、こう印刷されていた。

おまえはじきに死ぬ。
この目でその死を見届けてやる。

ウルフはぼそりと言った。「それで?」

「ぼくなら」とぼくは割りこんだ。「これの出所を教えられますよ。ただで」

イェンセンは噛みついた。「送り主がだれかってことか?」

「いやいや。それなら料金をいただきますよ。これは『夜明けの出会い』という映画の広告から切り抜かれたものです。世紀の大作ですね。先週、『アメリカン・マガジン』で見ました。どの雑誌にも掲載されていると思いますよ。もし見つけ——」

ウルフがぼくに警告するような声を出し、またイェンセンに向かって呟いた。「それで?」

「どう対処したらよいだろう?」イェンセンが訊いた。

「はっきり言わせていただきますが、わかりませんな。送り主に心あたりは?」

「ない。まったくない」なんだか泣き言のようだった。「くそ、こいつは気に入らない。これは匿名のおかしなやつが出した、よくあるくだらない手紙なんかじゃない。見てみろ! そのものずばりだ。だれかがわたしを殺そうとしているんだ。だれが、なぜ、いつ、どんなふうに殺すつもりなのか、さっぱりわからない。手紙を追跡するのは不可能だろうが、なにか防衛策がほしい。それをあんたから買いたいんだ」

ぼくは手をあてて、あくびを隠した。どうにもならないことを知っていたのだ。事件にはならない、報酬にもならない、刺激にもならない。西三十五丁目のウルフの家で、興奮剤、突き棒、梃子、刺激薬、そして探偵業の一番の助手として暮らしてきたこの年月に、最低でも五十人、さまざまな状況や年齢の怯えきった人々に向かって、だれかが人を殺そうと決意して断固やり抜くつもりならば概ね成功すると、ウルフが言うのを聞いてきたのだ。たまに銀行の預金残高が急降下しているときには、オリー・キャザーかフレッド・ダーキン、もしくはソール・パンザーかジョニー・キームズを百パーセントの割増料金で護衛につけることもあったが、今は全員がドイツ兵か日本兵を相手に一戦交えている。そもそも、ある依頼人から受けとった額面五桁の小切手を、銀行に預け入れたばかりだった。

当然イェンセンは腹を立てた。それでもウルフは、うまく警察が関心を持つように仕向けられるかもしれないし、生きている限りは六十ドルで二十四時間の付き添いを派遣しそうな、信頼できる探偵社の一覧を喜んで進呈すると、ぼそぼそ答えるだけだった。イェンセンはそれではだめだ、ウルフの頭脳を雇いたい、と言い張った。ウルフは顔をしかめただけで、首を振った。するとイェンセンは、グッドウィンならどうだ、と言い出した。ウルフは告げた。グッドウィン少佐はアメリカ陸軍の将校です。

「軍服を着てないじゃないか」イェンセンが声を荒らげた。

ウルフは辛抱した。「特別任務に就いている軍情報部《G2》の将校は」と説明する。「自由裁量が認められているのです。グッドウィン少佐の特別任務は、軍からわたしに委任されたさまざまな事案でわたしを補助することです。そういった仕事では、わたしは報酬を受けとっていません。今、個人的な仕事をする時間はほとんどないのです。イェンセンさん。ある程度の期間は、移動や行動に適度な警戒をするべきだと思いますな。例えば封筒の折り返しを舐める、といった類いのことです。のりが塗られている部分を確認なさい。封筒の折り返しからのりをはがして致死性の毒物を混ぜたものを塗りなおしておくことなど、いともたやすいことです。ドアを開けるときは、どこでも必ず脇に立って、入る前に勢いよく押すか引くかして、一気に大きく開けるんです。そういったところですかな」

「なんてことだ！」イェンセンが呟いた。

ウルフは頷いた。「そういう状況なのです。ですが、この相手が嘘つきでない限り、自らかなりの制限をかけていることを心に留めておくといい。あなたが死ぬのを見届けると言っていますからな。そうなると、方法と技術が相当制限されます。彼もしくは彼女は、犯行の際に現場にいなければならない。ですから思慮分別を働かせて、しかるべき警戒をするといいでしょう。頭を使うのです。ただし、わたしのを借りだそうとする考えはあきらめなさい。慌てふためく必要はありません。アーチー、この十年間でわたしの命を奪うと脅した人の数は？」

ぼくは唇を突き出した。「さあ、二十二人でしょうか」

「くだらん」ウルフは渋面になった。「最低でも百人だ。結局わたしはまだ死んでいませんよ、イェンセンさん」

イェンセンは切り抜きと封筒をポケットに入れて、腰をあげた。ここまで足を運んだ収穫といえば、封筒を舐めたりドアを開けるときのありがたい助言だけだ。ぼくはちょっと気の毒になって、玄関から通りへと見送りに出たときは、幸運を祈ってやった。おまけに息も消費して、探偵社を試してみる決心がついたら、コーンウォール・アンド・メイヤー社に腕利きがいると教えた。事務所に戻り、ぼくはウルフの机の真正面に立つと、肩を引いて、胸を張った。そんなことをしたのは、ウルフに宣言したいことがあって、できるだけ軍の将校らしい態度をとれば役に立つかもしれないと思ったからだ。

「自分は」ぼくは切り出した。「木曜午前九時に、ワシントンでカーペンター中将と面会の予定があります」

ウルフの両眉が一ミリあがった。「ほほう」

「イエス・サー。自分が願い出ました。海外派遣を希望します。ドイツ人を直接見たいのです。それほど危険がないのであれば、一人捕まえ、つねってやり、一言浴びせてやりたいと思います。ドイツ兵をへこます言葉を思いつきましたので、使ってみたいのであります」

「意味がわからん」ウルフは平然としていた。「きみは海外への派遣を三度願い出たが、却下されているではないか」

「はい、わかっております」ぼくはまだ胸を張っていた。「ですが、相手はただの大佐やファイフ准将でした。カーペンター中将なら、自分の真意をくみ取ってくれるでしょう。あなたが偉大な探偵であり、ニューヨーク一の蘭の栽培家であり、大食いとビールの消費のチャンピオンであり、天才であることは認めます。ですが、自分はあなたのために百年も――ともかく、長い期間です――働いてきました。戦争にふさわしい方法ではありません。自分はカーペンター中将に会って、詳しく事情を説明するつもりです。もちろん、中将はあなたに電話をかけてくるでしょう。あなたの愛国心、虚栄心、よりよき天分――持ち合わせがあるぶんに――そして、ドイツ人への嫌悪感に訴えます。ぼく抜きでやっていくのが不可能だとカーペンター中将に伝えたら、あなた用の蟹肉に軟骨を塗り、ビールに砂糖を入れます」

ウルフは目を開けてぼくを睨んだ。ビールに砂糖を入れるとほのめかしただけで、声も出ないのだ。ぼくは腰をおろし、打ち解けた口調で愛想よく続けた。「イェンセンにはコーンウォール・アンド・メイヤー社が一番いいと話しておきました」

ウルフは唸った。「金の無駄だろうな。イェンセン氏に差し迫った危険があるとは思えない。殺人を計画している人物は、映画の広告からの切り抜きに力を注いだりはしない」

それが火曜日だった。翌日、水曜の朝には、ベン・イェンセン殺害の見出しが新聞各紙の一面を飾っていた。ぼくはいつものようにフリッツと一緒に厨房で朝食を食べていたが、『タイムズ』の記事を半分しか読みすすまないうちに、玄関のベルが鳴った。出ていくと、旧友、殺人課のクレイマー警視がポーチに立っていた。

第二章

ネロ・ウルフは言った。「関知なし、関係なし、関心もない」

いつものことだが、朝食の盆を前に、ベッドで体を起こしているウルフは見物だ。決まりでは、八時ちょうどに二階のウルフの寝室までフリッツが盆を届けにくることになっている。今は八時十五分。既に桃とクリーム、非配給のベーコンほとんど、卵の三分の二は食道を通過していた。コーヒーとグリーン・トマトのジャムは言うまでもない。黒い絹の上掛けは折り返され、どこまでが黄色い上等な綿布のシーツで、どこからが黄色いパジャマなのか、よく見極める必要があった。フリッツとぼくを除けば、そんなウルフを見られる人間はほぼいないのだが、ウルフはクレイマー警視に特別扱いを認めた。九時から十一時まで、ウルフは蘭の世話のため植物室にいて面会謝絶だと、警視は承知している。

「この十数年間で」クレイマーは怒鳴るように言ったが、いつものことで、特に気が立っているわけではない。「おれの勘定じゃ、あんたはざっと、一千万回ぐらい、おれに嘘をついた」

読点は、クレイマーが火のついていない葉巻を嚙んだところだ。徹夜明けの、いつもどおりの様子にみえた。不機嫌で疲れてはいるが、ちゃんと自分の管理はできている。ただし、髪だけは別で、分け目がどこにあったか、わからなくなっていた。

朝食中にはなかなか気持ちを乱されないウルフは、無礼な発言は無視して、トーストとジャムを食べ、コーヒーを飲んだ。

クレイマーは続けた。「昨日の朝、やつはあんたに会いにきた、殺される十二時間前だ。あんたもそれは否定しない」

「どんな用件だったかも話しましたよ」ウルフは丁寧に答えた。「あの脅迫状を受けとって、わたしの頭脳を雇いたいと言ったのです。断ったら、帰りました。それだけです」

「なぜ依頼を断った？　やつはなにをしたんだ？」

「なにも」ウルフはコーヒーを注いだ。「そういう類いの仕事は引き受けない。正体不明の相手から殺すと脅迫された人間は、まったく危険がないか、重大な危険にいつ何時見舞われるかわからないので助かりようがないかの、いずれかです。これ以前、わたしとイェンセン氏の唯一の接点は、ピーター・ルートという陸軍の大尉がイェンセン氏に政治的な目的で陸軍の内部情報を売ろうとした事件でした。わたしたちは一緒に必要な証拠を入手し、ルート大尉は軍法会議にかけられた。イェンセン氏の話では、その事件を手がけたときのわたしの手腕に感銘したそうで。だから助けが必要になったとき、わたしのところへ来たんでしょう」

「その脅迫状を出したのはルート大尉に関わりのある人物だと、イェンセンは考えていたのか？」

「いや。ルート大尉の名前は出ませんでした。だれが自分を殺すつもりなのか、見当もつかないと言っていましたな」

クレイマーはフンと鼻を鳴らした。「ティム・コーンウォールにもそう話したそうだ。この事件はやばすぎるとわかっていたか、そう睨んでいたから、あんたは手を引いた。そうコーンウォールは思ってる。当然、恨めしがってるぞ。一番の腕利きを失ったんだから」

「ほほう」ウルフは穏やかに受け流した。「もしその人物が一番の腕利きなら——」

「そうコーンウォールは言っている」クレイマーは引かなかった。「それに、もう死んだ人間だ。名前はドイル、この仕事について二十年、立派に勤めてきた。警察が把握した状況じゃ、必ずしもやつに非があったわけじゃない。イェンセンは昨日の昼頃コーンウォール・アンド・メイヤー社の事務所に行って、コーンウォールがドイルをボディガードにつけることにした。二人の行動はすべて洗ったが、特別なことはない。その夜、ドイルはミッドタウンにあるクラブでの会合に付き添っていった。二人は十一時二十分にクラブを出て、地下鉄かバスでまっすぐ家に向かったようだ。イェンセンはマディソン・アベニューに近い七十三丁目のマンションに住んでいた。十一時四十五分、そのマンションの入口付近の歩道で二人が死んでいるのが発見された。二人とも三八口径で心臓を撃たれていた。ドイルは背後から、イェンセンは正面からだ。弾は保管してある。火薬痕はなし。なにもない」

ウルフはコーヒーカップをおろした。ぼくが目の前にいるので、盆を片づけてもらうつもりらしい。

「コーンウォール氏の一番の腕利き」と皮肉っぽく呟く。

「やめとけ」クレイマーはウルフの皮肉に反論した。「ドイルは背中を撃たれた。十歩ほど離れたところに、犯人が身を隠せる小路があった。弾は通過する車から発射されたのかもしれないし、道路の向こう側からかも……もっとも、射撃の腕がいるがな。二人とも心臓をきれいに撃ち抜かれてる。銃声を聞いたものは見つかっていない。ドアマンは地下で給湯装置の火をたいていた。人手不足だっていう理由でな、どこも同じだ。エレベーター係は住人を一人乗せて、十階に向かっているところだった。死体を見つけたのは、映画帰りの女二人だ。犯行は二人が通りかかるせいぜい一分前だったはずだが、二人は通りの角で、マディソン・アベニューのバスを降りたばかりだった」

ウルフはベッドから出たが、これは一見の価値がある大移動だ。そうして、ナイトテーブルの上の時計にちらりと目をやった。八時三十五分だ。

「わかってる、わかってる」クレイマーは不機嫌そうに言った。「着替えて、あのろくでもない花がある屋上に行かなきゃならないんだろ。エレベーターで上階に向かっていた住人だが、有名な医師でろくにイェンセンの顔も知らない。死体を発見した女二人は、七番街のモデルで、イェンセンの名前を聞いたことはない。エレベーター係はといえば、文句一つ言わずに二十年以上そこで働いていた。イェンセンはチップをはずむんで、連中には人気があってな。ドアマンはデブのぼんくらで、単に人手不足だからと二週間前に雇われたばかりだから、住人の名前は知らない。そいつら以外の容疑者は、ニューヨークの全市民と、日夜出入りする旅行客だけってわけだ。だからこそ、あんたのところへ来たんだ。あんたがつかんでるネタを、ぜひとも知りたい。必要なのはわかるだろう」

「クレイマー警視」黄色いパジャマの山が動いた。「もう一度言うが、わたしは関知していないし、関係もないし、関心もない」ウルフは浴室へ向かった。

二分後、送り出そうとぼくが一階で玄関のドアを開けたとき、クレイマーはこちらを向いた。口の端にくわえた葉巻が一時十五分前の方向を指していた。「あの黒い絹のベッドカバーだが、お迎えが来たら埋葬用の布に使えるな。そのときは知らせてくれ、縫うのを手伝ってやるから」

ぼくは冷たい目でクレイマーを見た。「ぼくらが嘘をつくと文句を言うし、本当のことをしゃべると文句を言う。結局、市はなんのためにあなたに給料を払ってるんです？」

事務所に戻ると、朝の郵便が置きっぱなしになっていた。朝早く来た客に邪魔されたおかげで、放置されていたのだ。ぼくは忙しくペーパーナイフを使った。いつもどおり、広告、カタログ、寄付の要請、小切手の同封なしの助言の求めなど、戦争前に充分匹敵する量だった。びっくりするような手紙も、役に立ちそうな手紙もないまま、山と積まれた郵便も終わりが見えてきた。そして、新たな封筒を開封したとき、それは出てきた。

ぼくは穴のあくほど見つめた。封筒をとりあげ、そちらもじっと見つめた。あまり独り言を言わないたちなのだが、自分自身でもはっきり聞こえるほど大きな声で、「大変だ」と言っていた。残りの手紙は後回しにして事務所を出ると、階段をのぼって三階上の屋上の植物室へ行った。最初の三部屋、発芽用のフラスコの列から咲き乱れるカトレアの交配種まで、すべてを無視した。ウルフは鉢植え室にいた。蘭の世話係のセオドア・ホルストマンと一緒に、届いたばかりのミズゴケの木箱を点検しているところだった。

「なんだ?」ウルフは温かみのかけらもない口調で問いただした。ウルフが屋上にいるときは、ぼくは自分で責任をとる覚悟で邪魔をすることになる、という考えかただ。

「ぼくとしては」気にせずに話をはじめた。「お邪魔をしてはいけないと思っているのですが、たまたま郵便物のなかにあなたが興味を持ちそうな手紙を見つけたので」ぼくは郵便物をウルフの目の前の花台に並べた。インクでウルフの名前と住所が手書きされた封筒。鋏か鋭いナイフで切りとられた紙片。こちらには手書きではなく、大きな黒い字が印刷されていた。

おまえはじきに死ぬ。
この目でその死を見届けてやる。

「いやあ、偶然ですね」ぼくはウルフににやりと笑いかけた。

さすがにウルフも、「ほほう」とは呟くだろうと思っていたのだが、ちがった。陳列品には手を触れずにちらっと見やっただけで、鋭い視線をぼくに向けてきた。一瞬、ぼくが糸を引いているんじゃないかと、疑いを持ったようだ。ぼくの聞いた限りでは声を震わせることもなく、ウルフは言った。

「郵便物はいつもどおり十一時に目を通す」

いかにも形式張った口調だった。ウルフが受けつけないとわかったので、ぼくはなにも言わずに陳列品を回収し、事務所へ引き下がって、日常業務を忙しくこなした。手紙を書き、蘭の動態統計をカードに記入するなど、男らしい仕事だ。ウルフは時間をごまかしたりもしなかった。おりてきたのは十一時きっかりで、机の奥の特大の椅子に身を沈め、お決まりの日課をこなしはじめた。ぼくが捨てなかった郵便物に目を通し、小切手にサインし、預金残高を確認し、手紙や覚書を口述し、日めくりカレンダーをちらっと確認し、ビールのブザーを鳴らす。フリッツがビールを持ってきて、体内に水分を補給してからようやく、ウルフは椅子にもたれ、目を半分閉じて、意見を言った。

「アーチー、きみなら例の文章を雑誌から切りとり、封筒を一つ買って、わたしの名前と住所を書き、切手を貼って投函することは簡単だったな。これ以上単純な話はないだろう」

ぼくはにやりと笑って、首を振った。「ぼくの流儀じゃありませんね。だいたい、目的はなんです？　ぼくは目的もなしにわざわざ苦労したりはしませんよ。それにもう一つ。カーペンター中将が電話をかけてきてあなたの意見を求めるとわかっているこのときに、あなたを怒らせて機嫌を損ねたりするでしょうかね？」

「きみはもちろん、ワシントンへの出張を延期するのだろうな？」

ぼくは裏表のない、真っ正直な顔に驚きの色を浮かべてみせた。「無理です。中将との約束ですから。だいたい、なぜそんなことを？」ぼくは机の上の封筒と切り抜きを指さした。「そのくだらない手紙のせいですか？　慌てふためく必要はありませんよ。あなたに差し迫った危険があるとは思えません。殺人を計画している人物は、映画の広告からの切り抜きに力を注いだりは――」

「きみはワシントンに行くつもりなんだな？」

「はい。約束がありますから。もちろん、中将に電話して、匿名の手紙のせいであなたが少々びくついていると説明して――」

「出発は何時だ？」

「六時の列車を予約してあります。ですが、もっと遅い――」

「結構だ。では、昼間は問題ないな。ノートを」

ウルフは身を乗り出してビールを注ぎ、飲んでから、また椅子にもたれた。「きみの悪ふざけに対して、一つ意見を述べさせてもらおう。昨日イェンセン氏がここへ来て、例の手紙を見せたときには、差出人の人間性に関する手がかりがまったくなかった。イェンセン氏に消化不良を起こさせようという、臆病者の企てにすぎない可能性もあった。われわれはもはや、そんな無知を享受するわけにはいかない。今回の犯人はすぐにイェンセン氏を殺害した。のみならず、その強い意志に匹敵する機転をもって、あらかじめ存在を把握できなかった第三者、ドイル氏も殺害した。今やこの犯人は、冷酷無情で決断力と行動力に優れ、自分本位な異常者だと判明したわけだ」

「はい、そのとおりだと思います。ぼくがワシントンから戻ってくるまで、あなたがベッドに潜りこんだまま閉じこもって、フリッツ以外はだれも部屋に入れなかったとしたら、あなたと二人のときには口を慎めないかもしれませんが、それでもまあ、気持ちはわかりますし、だれにもばらしたりはしませんよ。どのみち、あなたには休息が必要です。そうそう、封筒を舐めちゃだめですよ」

「ばかな」ウルフはぼくに向かって、指を一本、軽く動かした。「あの手紙はきみ宛に送られたものではない。おそらく、きみは殺害予定には入っていないだろう」

「はい」

「この差出人は危険人物で、注意が必要だ」

「ぼくもそう思います」

「結構」ウルフは目を閉じた。「必要に応じてノートをとってくれ。この手紙の差出人がイェンセン氏のときと同じく、わたしに対しても本気であるのなら、今回の一件はピーター・ルート大尉の事件と関わりがあると考えていいだろう。イェンセン氏とはそれ以外にいかなる形でも関わりを持ったことはない。ルート大尉の所在の確認を」

「軍法会議で、三年間食らいこむことになりましたよ」

「わかっている。大尉は収監されているのか？　それに、あの若い女性はどうだ？　大尉の婚約者で、あの件で大騒ぎをして、わたしを雑種の探偵《ブラッドハウンド》呼ばわりしたな。ブラッドハウンドは純血種だ、言葉遣いに矛盾がある。うまい形容ではない。名前はジェーン・ギーア」ウルフの目が一瞬、半ばまで開いた。「きみは容姿端麗な若い女性を、直ちに探しあてる方法をいつも心得ているな。最近あの女と会ったか?」

「はあ」ぼくはさらりと答えた。「ジェーンとは、友人のような関係になりましたので。連絡はつくと思います。ただ、ぼくとしてはべつに――」

「ぜひ連絡を。ミス・ギーアに会いたい。話を遮ってすまないが、きみには乗る予定の列車がある。それから、クレイマー警視にもこの展開を知らせて、ルート大尉の背後関係を調べるように促してくれ。親戚や友人関係。ミス・ギーア以外で大尉のこうむった汚名に復讐を熱望する可能性のある人物。ミス・ギーアはわたしが調べよう。ルート大尉が収監中ならここへ連れてくるように、ファイフ准将に交渉してくれ。大尉と話がしたい。昨日イェンセン氏が受けとった切り抜きはどこにある? コーンウォール氏とクレイマー警視に確認しろ。これは昨日の切り抜きに似ているわけではなく、同一の可能性がある」

ぼくは首を振った。「いえ。この切り抜きは右上がもっと活字の近くを切られています」

「それはわかっているが、ともかく訊いてみるように。玄関のチェーンをよく確認して、きみの部屋の夜間警報装置の点検を。今夜はフリッツをきみの部屋で休ませる。フリッツとセオドアには、わたしから事情を話しておこう。ミス・ギーア以外はすべて電話で簡単に手配できる。彼女については、きみの担当だ。ミス・ギーアのことは、今のところクレイマー警視には話さないでおくように。警視より先に会いたい。ワシントンからは、いつ戻る?」

「正午の列車には乗って、戻ってこられるはずなんですが……約束は九時ですから。ここに着くのは五時頃ですね」ぼくはここぞと付け加えた。「海外派遣の件についてカーペンターと話がまとまったら、もちろん、この広告切り抜き犯が片づいてしまうまで出立を猶予してもらうよう手配するつもりです。ぼくとしても、本意ではないですから――」

「わたしのために急いで戻る必要はない。計画の変更もだ。きみは政府から給料をもらっている身なのだから」ウルフの口調は氷のように冷たく、尖っていて、ぼくの生命維持に必要な器官をまとめて刺し貫くつもりだとしか思えなかった。ウルフはそのままの口調で続けた。「ファイフ准将を電話に呼び出してくれ、ルート大尉についての確認からはじめよう」

ジェーン・ギーアを除いて、計画はすべて順調に進んだ。ジェーン抜きなら、六時の列車に乗る前に、何時間も余裕があっただろう。ファイフは折り返し三十分でルートについて報告をしてきた。ルートはメリーランド州で政府の所有する別荘に入っているが、ウルフとの面談のため、すぐにニューヨークに移送されるだろうとの話だった。民主主義政治はいつだって恩知らずだと言われるが、今回はそうではなかったようだ。コーンウォールに話を聞くと、イェンセンが受けとった切り抜きと封筒はクレイマー警視に渡したとのことだった。警視もそのとおり自分が持っていると言ったものの、電話で長話をする時間はない様子だった。その理由がわかったのは昼食を食べおえた直後で、クレイマー自身がぼくらの家に乗りこんできた。赤革の椅子に腰をおろし、目を細めてウルフを見ると、耳障りなかすれ声で含み笑いをして、当てつけがましくこう言った。

「関知あり、関係あり、関心もある」

当然ウルフは言い返した。が、三分ほど丁々発止の激しい舌戦をしたあとは、両者ひとまず矛を収めて、あれこれ話し合った。クレイマーはイェンセンの切り抜きを持ってきていて、二人はその二枚を比べて、同じ雑誌の広告だということを発見した。ぼくとしては五セントでも買い得とは思わないような情報だ。ぼくらはジェーン・ギーアの話を除いて、ルート大尉の一件を、すべてクレイマーにぶちまけた。クレイマーはルートの経歴、人間関係を洗ってみると言った。イェンセン殺害事件の公式な捜査については、まだ首都圏の全人口にしか容疑者を絞りこめておらず、つまり、周囲から入ってくる余地もたっぷりあるわけだった。クレイマーの話で捜査が行き詰まっていることが明らかになると、ウルフはきつい二、三発を食らわせるのがふさわしいと判断し、クレイマーも返礼をしたため、話し合いははじまりと同じように賑やかに終わった。

ジェーン・ギーアについては、あまりツキがなかった。昼前に勤め先の広告会社に電話したら、ジェーンは広告を作成する予定の顧客の製品をすばらしいと評価するために、ロングアイランドのどこかにいると言われた。四時過ぎにようやく本人をつかまえたら、ぼくに対してわがままを言った。きっと一日に五回も電話したのを、ぼくのもっとも重要な衝動が目を覚まし、居ても立ってもいられなくなりはじめた証拠だと受けとったんだろう。先にぼくがジェーンを迎えて、カクテルを一杯おごってからでなくては、ネロ・ウルフの家には来ないと言う。結局、ぼくは五時少し過ぎに〈ホテル・チャーチル〉のキャリコ・ルームでジェーンと落ち合い、一杯おごってやった。

ジェーンは丸一日仕事をこなしたあとだったが、顔を見れば、昼寝をして、風呂でくつろいでからまっすぐここへ来たと思ったかもしれない。

ぼくは今のところ、神が男性のためにと再考して贈ってくれた、この特別な一品が冷酷な予謀殺人の罪を犯したとは考えていなかった。人間性に関心があるぼくはもう、ジェーンと出会ってからのわずかな期間で、彼女が広範囲にわたる分野でひどく感情的になりかねないこと、その際の表現は射るような目を向ける程度に控えておくべきだと考えていないことを見抜く機会をつかんでいた。ジェーンが爪を立てたり、髪を引っ張ったりする場面を見たことは一度もないが、知り合ってまだわずか二ヶ月程度だし、そういう潜在能力を持っているのはたしかだ。とはいえ、イェンセンとドイルの殺害事件に関しては、一人は赤の他人であり、ジェーンの能力の範囲外だろう。それに、ウルフを雑種の探偵《ブラッドハウンド》呼ばわりしたあの日以降、ルート大尉の事件についてはちがった見かたをするようになったことを、ぼくは知っていた。

ジェーンはぼくに射るような茶色の目を向けた。さっき言ったのは、ジェーンは決して射るような目を向けない、という意味ではない。それだけでは終わらないという意味だ。「ねえ」ジェーンは言った。「右手の人差し指を見せて」

ぼくが突き出した指を、ジェーンは自分の指先で優しくさすった。「たこができてるんじゃないかと思って。五時間足らずの間に、五回もわたしの番号を回したでしょ。なにか賭をして、勝とうとでもしてるの？　それとも、夢にわたしが出てきた？」ジェーンは顔をうつむけ、ストローへ唇を寄せてトム・コリンズを飲んだ。髪が一房、片側の目と頬にかかった。ぼくは手を伸ばして、問題の指で髪を直してやった。

「失礼」ぼくは声をかけた。「きみのかわいい顔をすっかり見えるようにしておきたかったんだ。きみが顔色か目の表情を変えたら、見たいんでね」

「あなたがこんなに近くにいるからって、動揺したところを？」

「いや。そういう反応ならわかってるさ……そんなときは、たしなめるよ。だいたい、今のぼくはそれほど魅力的じゃないと思う。きみのせいで列車に乗り遅れて、怒ってるんだ」

「今回はわたしが電話したんじゃないわよ。あなたがかけてきたんだし」

「そうだな」ぼくはグラスを傾けた。「きみは電話で言ってたね。まだネロ・ウルフに好意を持っていないし、目的がわからないと会いにはいかない、わかったとしても行かないかもって。だから、目的を説明するよ。きみが自分でウルフさんを殺すつもりか、イェンセンとドイルを殺させたのと同じ悪党を雇うつもりかって質問したいんだ。わかれば、心構えができるだろ」

「はあ？」ジェーンはぼくの顔を見直した。「あなたの冗談はダイエットさせたほうがいいわね。話が大きくなりすぎ」

ぼくは首を振った。「知ってのとおり、普通ならきみと会話のキャッチボールをするのは好きだけど、全部の列車に乗り遅れるわけにはいかない。おもしろいことを言おうとしてるわけでもないし、ましてや笑いをとれるかなんて、どうでもいいんだ。必要ならきみにある程度説明しろって、指示をされてる。ウルフさんの命を狙うって脅迫があってね、イェンセンと同じやり口だった。だから、イェンセンはルート大尉への行為に復讐するために殺されたと考えられる。ルートが罠にかかったときのきみの痛烈な発言や全体的な態度から、最近きみがどんな行動をとっていたかを知っておきたいって流れになってね。ウルフさんがきみに質問したがっている次第さ。まず昨晩十一時から十二時の間きみがどこにいたかを調べあげて名探偵ぶりを示さないのか、と思うなら言っておくけど、だれかを雇ったとしたらなんの役にも――」

「もういい」ジェーンは遮った。「わたし、夢を見てるのね」

「ぼくは見てない」

「幻想的よ」

「たしかに。そういうことはたくさんあるよ」

「ネロ・ウルフは、本気でわたしが……やったと思ってるの？　それとも、やらせたと？」

「そうは言ってない。ウルフさんはこの件について、きみと話し合いたがってるんだ」

ジェーンの目が光った。声が尖る。「そうだとしたって、ばかばかしいにもほどがあるわ。その上で警察？　あなたはご親切にウルフとの話し合いが終わったら、わたしを警察本部へ移す手配をしてくださった？　朝になったらわたしの上司に電話をして、居場所を伝えていただけるの？　なんとお礼を申し上げたら――」

「聞けよ、そんなに怖い目をしないで」ぼくが口を挟むと、予想外だがジェーンは素直に黙った。ありがたい。「ぼくがきみの後ろからこっそり飛びかかろうとしているところを見つけたのかい？　だったら、具体的に指摘してくれよ。状況は説明しただろ。警察は事情を訊きにきたけど、きみの名前は出してない。きみはピヨピヨ鳴くひよこみたいに無邪気だってことにしておこう。きみはひよこっぽくないけどね、外見上は」

「まあ、ありがとう」ますます口調が尖ってきた。

「どういたしまして。ただ、警察がルート絡みの線をあたってる以上、ぼくらが黙っていてもきみに矛先が向くんじゃないかな。それより先に、きみが蝿一匹殺せない人間だってことをウルフさんにわからせておいたら、損はしないと思う」

「どうやってわからせるのよ？」ジェーンは鼻で笑った。「殺人を犯したことがあるかとウルフが質問したら、わたしはにっこり笑って、ないって答える。そうしたらウルフがすまなかったと言って、蘭をくれるってわけね」

「そこまではいかないけど。ウルフさんは天才なんだ。釣りにいったとき釣り針に自分で餌をつけるか、みたいな質問をしたら、きみは自分では気づかないうちに正体を現すのさ」

「へえ、おもしろそう」ジェーンの目つきが突然変わり、口元の線が変化した。なにか考えていたようだ。「わからないことがあるの」と切り出す。

「なんだい？　これでおあいこになるな」

「たしかに」目の表情がさらに変わっていた。「まさか、これがあなたの目指していた決定的な山場じゃないわよね？　若い娘や女の人が千人もくっついていて、大量の時間を分刻みで割り当てて配給切符を発行しなきゃならないくせに、わたしのためにこんなに長い時間を割く？　理由は神のみぞ知るってわけでしょうけど、わたしはそのわけを知るために天国へ行きたくはないし、このばかばかしい罠へ誘いこもうっていうのは――」

「そんなふうに考えるのはよせって」ぼくは遮った。「じゃないと、ぼくも怪しみはじめるぞ。ぼくが時間を割いた理由はよくわかってるだろう、きみはちゃんと鏡を持ってるんだからね。ぼくは姿形、色、感触、さまざまな香水に対する自分の情緒的な反応を検証している。で、きみの協力に深く感謝してる。今やっている実験を、殺人罪に陥れるための下準備だときみが考えようとするなら、ぼくの知性と情緒的誠実さ双方に対する侮辱だ」

「あはは」ジェーンは立ちあがったが、目つきは柔らかくなっていなかったし、口調もやわらぎはしなかった。「会いにいくわ。ネロ・ウルフに本性をさらけだす機会なら、望むところよ。自分で行ったらいいの？　それとも、連れてってくれるの？」

連れていくことになった。ぼくは支払いを済ませ、外に出て、タクシーを拾った。

ダウンタウンへ向かい、そして町を横切った短いドライブの間に、ジェーンはもう少し冷静になってきた。特に、こんなことを口にした。「わたし、ピーター・ルートにだまされたのよ。彼は無実で、生け贄にされているんだと思った。だから、そのつもりで自分の思ったとおりのことを言ったけど、どこかいけない？　でも、もうすっかり立ち直ってるの。無節操な猿人でもない限り、あなたもわかってるはずでしょ。イェンセンて人が殺されたことは朝刊で読んだけど、こんな話ばかばかしいにもほどがある。わたしは勤め人よ。あのたまらないほどすてきなピーターとの一件があってからは、ウィンストン・チャーチルと俳優のヴィクター・マチュアを足して二で割ったような相手でも、結婚するつもりはないの。あなたでもよ。わたしには将来がある。アメリカ最大の広告代理店で、初の女性副社長を目指してるの。もし、殺人事件の容疑者としてわたしの名前が世間に取りざたされたりしたら、おしまい。じゃなくても、当面は無理。ピーター・ルートの事件でわたしのことが公表されたときも、なんの足しにもならなかったけど、今度はほぼ致命的ね」

「いいかい」ぼくは忠告した。「ネロ・ウルフ相手にその線で攻めちゃだめだ。女性はもちろん、会社役員の女性に対するウルフさんの態度は、ちょっと特殊だから」

「わたしなら、ネロ・ウルフをうまく扱うわよ」

「そりゃすごい。前人未踏の偉業だ」

ジェーンが挑戦するところは見られなかった。ウルフに会えなかったからだ。

チェーンをかけろという命令が実行されていたので、ぼくが鍵を開けても家には入れず、玄関のベルを鳴らしてフリッツを呼ばなければならなかった。ボタンを押したちょうどそのとき、階段をあがってポーチのぼくらに仲間入りしたのは、陸軍の将校だった。男性美が戦争に勝利をもたらすという考えを伝える写真を撮りたいなら、モデルに選ばれそうな男だった。男前だったのは認めている。はじめて見てすぐ、内心そう認めた。なにか考えごとがあるようで上の空だったが、それでもジェーンにちらっと目を向ける余裕はあった。実のところ、彼の失点だったわけではない。なにしろ、ジェーンもその将校をちらっと見る余裕はあったのだから。

そのときドアが開いて、ぼくはフリッツに声をかけた。「やあ、ありがとう。ウルフさんは事務所かい？」

「いや、二階の自分の部屋にいるよ」

「わかった。あとはぼくがやるから」フリッツはさがり、ぼくは戸口で外へと向き直り、うまくその場を取り仕切る格好をとった。そして、モデルのような男に話しかけた。

「なんでしょうか、少佐？　ここはネロ・ウルフの家ですが」

「わかってます」外見にぴったりのバリトンの声だった。「ウルフさんに会いたい。ぼくはエミール・イェンセン。昨夜殺されたベン・イェンセンの息子です」

「はあ」あまり似ていないが、それは自然の仕事だ。ぼくにはぼくの仕事が山ほどある。「ウルフさんには先約がありまして。ぼくからご用件を伝えられると話が早いんですが」

「ウルフさんに……相談したいことがある。差し支えなければ、直接話したいんだが」角が立たないように、にっこり笑う。こいつ、神経戦担当なんだろうな。

「確認します。どうぞ」ぼくはジェーンを通し、イェンセンもあとに続いた。鍵をかけてから二人を事務所に案内して椅子を勧め、自分の机の電話を使ってウルフの部屋の内線電話にかけた。

「はい？」ウルフの声がした。

「アーチーです。ミス・ギーアが来ました。エミール・イェンセン少佐もちょうど着いたところです。

ベン・イェンセンの息子で、あなたへの相談の内容は直接話したいそうです」

「二人にお断りを伝えてくれ。わたしは多用で、だれにも会えない」

「いつまで多用なんです?」

「無期限だ。今週は面会の約束は一切できない」

「ですけど、忘れたんですか――」

「アーチー! そう伝えるんだ、頼んだぞ」電話は切れた。

で、ぼくは二人にそう伝えた。二人は喜ばなかった。見知らぬ人間の存在で歯止めがかかっていなかったら、ジェーンがどんな行動に出ていたか見当もつかない。が、イェンセンがいたことで、ジェーンは辛辣な言葉を探し回る必要はなかった。イェンセンは怒りはしなかったが、かなり強情だったのだ。その後も堂々巡りの会話を続けているうち、気づけば二人が同情のこもった目を相手に向ける回数がだんだん増えてきた。同じ人物に対して同じ理由でむかむかしているのだから、無理もない。それが事態を動かす、つまり、二人を手っ取り早く帰らせるのに役立つんじゃないだろうかと、ぼくは思った。話題を変えれば。そこで、「ミス・ギーア、こちらはイェンセン少佐です」と有無を言わせず紹介した。

イェンセンは立ちあがり、ジェーンに頭をさげた。お辞儀のしかたを心得ているらしい。「はじめまして。ぼくたち二人ともお手上げのようですね、少なくとも今夜のところは。タクシーをつかまえなければなりませんが、お送りできれば光栄で……」

というわけで、二人は連れだって帰った。階段をおりるとき、たしかにそこそこ急ではあるが、イェンセンは押しつけがましくない程度に片腕があることを示し、ジェーンもその肘に軽く指をかけて、体を支えた。ほとんど時間が経っていないのに、びっくりするほどの進展ぶりだ。ジェーンは人にぶらさがって歩くような性分の女性とはちがう。

まあいいさ、やつも少佐だからな。ぼくはどうでもいいと肩をすくめ、ドアを閉めた。そして階段に向かい、一階あがってウルフのドアをノックし、入れと言われた。

浴室の戸口に立ってこちらを向いたウルフは、昔風のカミソリを手に、顔を泡だらけにして、無愛想にこう言った。「今、何時だ？」

「六時半です」

「次の列車は？」

「七時です。でも、どうでもいいじゃないですか、やらなきゃならない仕事がありそうですから。来週に延期できます」

「だめだ。きみが心に決めていたことだ。その列車に乗れ」

「ぼくの心にはゆとりがあって――」

「だめだ」

ぼくはもう一押ししてみた。「そうしたいのは、こっちの都合なんです。明朝カーペンターと座って話し合いをしている最中に、あなたが殺された、いや、一時的に仕事ができない状態になったと連絡が入りでもしたら、中将はぼくのせいだと腹を立てるでしょうから、こっちの希望が通る可能性はなくなります。ですから、完全にぼくの勝手な都合で――」

「いい加減にしろ！」ウルフは怒鳴った。「列車に乗り遅れるぞ！　わたしは殺されるつもりはない。ここから出ていけ！」

ぼくは引き下がり、一階上の自分の部屋にあがって軍服に着替え、鞄に少しばかりものを放りこんだ。参ったな、わが英雄は戦闘旗を高々と掲げてるよ。ぼくは二分前になんとか列車に滑りこんだ。

第四章

戦争が終わったら、ぼくは国会議員に立候補して、将官たちに関する法律を成立させるつもりだ。ぼくには計画がある。将官たちは皮を柔らかくするために油でごしごし磨いて、処刑場へ引き出して撃つべきなんだ。ただし、あの朝のカーペンター中将の場合には、自分の思いどおりにできたなら、わざわざ油を塗る手間はかけなかっただろう。

ぼくは少佐だった。だから、腰かけて、イエス・サーを繰り返すだけだった。カーペンターは、重要な用件で話し合いたいのだろうと思ったからこそ約束をしてやったのだと言い、今いる場所にそのままいろと言い、海外派遣の問題についてはとっくに結論が出ていると言い、つべこべ言うなと言った。ウルフがカーペンターに電話したかどうかは、まったくわからなかった。ともかく、カーペンターはウルフに電話をかけなかった。ぼくの頭をなでて、ほらほらいい兵士でいるんだよとさえ言わなかった。実際には、ばかか、の一言で片づけたのだ。その上で、せっかくワシントンにいるんだから、けりがついたのもつかないのも含めて、いろいろな事件について担当者と話し合ったらいいだろう、すぐにディッキー大佐に報告してくれ、とのたまった。

そのときの気分を考えると、ぼくはいい印象を持たれなかっただろう。連中はぼくを手近において、木曜日まるまる一日と金曜日のほとんど一日を会議漬けにした。ぼくはウルフに電話して、引き留められていると話した。西三十五丁目の状況を説明すれば、すぐさまニューヨークに帰る許可が出たのかもしれないが、あのがちがちの石頭集団に、ぼくがそばにいて面倒をみてやらなければネロ・ウルフは自分の家で呼吸を保つ知恵さえないと、あちこちで忍び笑いをする口実を与える気はなかった。おまけに、用件があるのはもちろん、礼儀上からもカーペンターがウルフに電話することはわかっていた。帰ったときのウルフの反応は、ぼくにとって不愉快なものになりそうだった。

とはいえ、木曜の夜遅く、『スター』紙の広告を見たときは、飛行機に飛び乗りたくなった。一日中忙しかったし、夕食も例の連中と一緒で、その後もニューヨークの新聞を見る暇がなかったのだ。ホテルの部屋で一人きりになると、小さくても目立つように載せられた囲み記事が目にとまった。

> 急募、男性
> 体重一六〇～七〇ポンド。身長五フィート十一インチほど。四十五～五十五歳。白人。ウェスト四十八インチ以下。簡単な日常動作要。短期。危険職種。日給百ドル。写真添付の上書類送。
> 『スター』新聞私書箱二九二

ぼくは四回読みなおし、さらに二分間きな臭い気分で見つめていた。それから電話に手を伸ばし、ニューヨークへの通話を申しこんだ。真夜中近かったが、ウルフが早い時間に就寝することはない。が、電話がつながり、少し間があって聞こえてきたのは、ウルフの声ではなかった。フリッツ・ブレンナーだった。

「ネロ・ウルフ宅でございます」

フリッツはこのぼくよりも長くウルフと一緒にいて、細かい点にいくつか自分なりの好みを持っている。日中、九時から五時まで電話に出るときは、「ネロ・ウルフ探偵事務所でございます」と言う。それ以外の時間には、「ネロ・ウルフ宅でございます」と答えるのだ。

「もしもし、フリッツ。アーチーだ。ワシントンからかけてる。ウルフさんはどこだい？」

「休んでるよ。大変な一日だったんだ。夜も」

「なにをしてたんだ？」

「電話にかかりきりだったよ。お客も何人か来た。クレイマーさんも。いつものところから、いつもの速記タイピストも呼んだし」

「ああ、そうか。ぼくのタイプライターを使ったんだな。今日ウルフさんが『スター』を見たかどうか、知ってるかい？」

「『スター』？」一瞬間があった。「さあねえ。一度も読んだことはないよ。あるのはわたし用だけで厨房に置いてあるけれど」

「持ってきて、広告を見てくれ。小さな囲み記事で、十一ページの右下、隅のあたりだ。読んでみてくれ、待ってるから」

ぼくは座って待った。ほどなく、フリッツは電話口に戻ってきた。

「読んだよ」戸惑っているようだ。「おふざけで、わざわざワシントンから電話をかけてるのかい？」

「そうじゃない。ふざけてる気分じゃないよ。軍はぼくをどこにも派遣しようとしない。転属希望は却下されたんだ。その広告を読んで、だれを思い浮かべる？」

「そりゃあ……ウルフさんの風体にまさにぴったりって気がしたよ」

「ああ、ぼくもそんな気がしたんだ。それを書いたやつがだれにしろ、ネロ・ウルフを思い浮かべていなかったなら、ぼくはその記事を食べてやる。朝一番に、ウルフさんにそいつを見せてくれ。ぼくの見かたをウルフさんに伝えてもらいたい……いや、見せるだけでいい。ぼくの見かたを伝えると、苛つくだろうから。どのみち、ウルフさんも同じ見かたをするだろうし。そっちの調子はどうだい？」

「大丈夫だよ」

「戸締まりや、警報装置とかは？」

「ちゃんとしてる。きみがいないから——」

「明日には戻る……と思う。たぶん夕方くらいに」

寝支度をしながら、自分がネロ・ウルフを殺す準備をしていて、肉体的にウルフそっくりの人物を一日百ドルで手伝いとして短期雇用したら、どんなふうに利用できるかを考えようとした。二とおり考えた計画は、あまり上出来ではなかった。枕に頭を載せたあと思いついた計画は、さらに出来が悪かった。そこでぼくは神経系統のスイッチを切り、筋肉の動作を止めることにした。

朝、米国国防省《ペンタゴン》に行き、また会議がはじまったが、くだらない話ばかりだった。本当にぼくが必要な問題は一つもなく、ぼくもお義理にも連中が必要なふりはしなかった。それでも、会議は続いた。まず午後三時には、ぼくがその部屋の付属品みたいに、いるのが当たり前になってきたようだった。まずいなという気持ちがじわじわとわいてきた。国防省はぼくをくわえこんでしまって、絶対に放さないつもりなんだ。今はぼくを飲み下すところで、腹に収めてしまったら最後、臓器がぼくをかき回し、消化液をぶっかけはじめる……。

五時になり、ぼくは予備の力をかき集めて、大佐に言った。「失礼ですが、自分がここでできることは全部片づいたのでは？　自分はニューヨークの持ち場へ戻ったほうがよいのではありませんか？」

「そうだな」大佐は顎を突き出し、考えこんだ。「ザブレスキー少佐に申請しよう。むろん、少佐はショーン大佐に確認をとらねばならないだろうな。承認を得る必要があるだろう……いつ、ここへ着いた？」

「昨日の朝です」

「到着して、最初に会ったのは？」

「カーペンター中将です」

「ああ、そりゃ大変だ」大佐は顔を曇らせた。「なら、むろん中将にも確認せねばなるまい。今、中将は手一杯の状態でな。望ましい対処を教えてやろう」

大佐は望ましい対処とやらを教えてくれた。ぼくはおとなしく耳を傾けたが、頭では聞いていなかった。まずい、どころじゃない。戦争が終わるまで、ぼくは囚われの身だ。ひょっとしたら、一生逃げられないかもしれない。そこで大佐に、それほど急ぐ話ではないので朝になってからで結構です、ザブレスキー少佐には自分で申請します、と答えた。そして、振り切るように大佐から逃れた。廊下に出て、知力を振り絞って一階にたどり着き、なんとか戸外への脱出に成功した。これまでに培った才覚と探偵としての長年の経験で、ぼくは正しいバスに乗りこんだ。ホテルで荷物を回収して支払いを済ませるのには、五分で充分だった。それから空港行きのタクシーに相乗りして、ニューヨーク行きの航空券を買う。食事は後回しでいい。

食事は後回しにならなかった。後回しになったのは、ぼくだった。六時半、七時半の飛行機は、どちらも空席がなかったのだ。で、食欲と時間を持てあまし、四種類のサンドイッチを試して、どれも食べられることを発見した。ようやく八時半の飛行機に席を確保し、一時間半後にラガーディア・フィールド空港へ着陸したときは、もう大丈夫だという気になってきた。あの巨大首都の群衆のなかで、連中をまけたにちがいない。ぼくがいたことなんて国防省の全員が朝には忘れているだろう、十対一の掛け率でぼくは本気でそう考えていた。

三十五丁目のウルフの家には十一時少し前に着いたが、鍵は出さなかった。ドアにはチェーンがかけられているだろうから、開けてもらう必要があるとわかっていたのだ。いつものように短く三度ベルを鳴らすと、すぐに足音がして、小窓のカーテンが引かれ、フリッツがこちらを見た。確認が済み、フリッツはぼくを入れて、嬉しそうな声と表情でお帰りと言ってくれた。事務所のドアが開いていて、そこから明かりが漏れていたので、ウルフがいるのだなと思い、ぼくは颯爽と廊下を進んで、なかに入った。

「ぼくは脱走兵……」言いかけて、やめた。机の奥のウルフの椅子は、どんな場合でもウルフ専用で他人の椅子にはならない。が、そこを占拠しているのは比較的人間に近い形の正しい大きさの物体、つまりデブの大男だったものの、ネロ・ウルフではなかった。見たこともない男だった。

第五章

戸締まりをしていたフリッツがあとからやってきて、しゃべっていた。椅子の主は動かず、口もきかずに、ぼくを横目で睨んだだけだった。つまり、ぼくの見かたでは、横目で睨んでいた。ウルフさんは二階の自分の部屋にいるというフリッツの説明が、ようやく耳に入ってきた。

椅子に座っている妙なやつは、耳障りなかすれ声でこう言った。「あんたがグッドウィンだな。アーチーか。道中なんともなかったか？」

ぼくは目を見張った。国防省に帰りたいような、もっと早く戻ってきたかったような、そんな気分だった。

そいつは言った。「フリッツ、ハイボールのお代わりをくれ」

フリッツは答えた。「承知しました」

そいつは言った。「アーチー、道中はなんともなかったか？」

もうたくさんだった。ぼくはとっとと廊下に出て、階段をのぼり、ウルフのドアをノックし、「アーチーです」と声をかけた。入れというウルフの声がして、ぼくは入った。

ウルフは二番目にお気に入りの椅子に座り、明かりの下で本を読んでいた。きちんと服を着ていて、外見上では、頭がおかしくなった様子は一つもない。

そこに座ったまま、ぼくの大爆発を見て、にんまりと悦に入る。ウルフにそんないい思いをさせるつもりはなかった。「さて」ぼくは何事もなかったように切り出した。「ただいま戻りました。眠いようでしたら、話は明日の朝でかまいませんが」

「眠くはない」ウルフは読みかけのページに指を挟んで、本を閉じた。「これからヨーロッパか？」

「そうじゃないって、知ってるくせに」ぼくは腰をおろした。「その件は、いつか除隊したときに話し合いましょう。あなたはぴんぴんしているし、家にも異常がなくて、ほっとしました。いやあ、ワシントンは刺激的でしたね。だれもかれもやる気満々で」

「だろうな。一階の事務所には寄ってみたか？」

「寄りました。なんのことはない、あなたは自分で『スター』紙にあの広告を出したんですね。どうやって払うつもりなんです？　毎日現金で？　所得税と社会保障費の控除額は計算できましたか？　ぼくは自分の席について報告をはじめたんですよ、あなただと思ったもので。あいつがフリッツにハイボールを持ってこいと言うまでね。あなたがハイボール嫌いなのは、承知してますから。計算ですね。あなたの娘さんがユーゴスラビアから出てきて、ぼくらが大混乱になったとき（『我が屍を乗り越えよ』参照）のことを思い出します。今度は双子の弟ですか。一日につき百ドルだと、三万六千五百ドルにな――」

「アーチー。うるさい」

「わかりました。下に行って、あの男とおしゃべりしましょうか？」

ウルフは本を置いて、いつものように唸りながら椅子のなかで体を動かした。そして、再度体勢が安定すると、こう言った。「あの人物に関する詳細は、きみの机の引き出しに入っている書類でわかるだろう。H・H・ハケットという名の元建築技師で、金に困っていた。いぼイノシシのような行儀作法で、この上ない間抜けだ。広告の応募者から選んだ。外見や体つきが一番望ましかったし、かつ、一日百ドルで喜んで自分の命を危険にさらすほどの大馬鹿者だからな」

「あいつがぼくをアーチーと呼び続けるなら、その危険はきっと――」

「失礼」ウルフはぼくに向かって指を軽く動かした。「あの男が事務所でわたしの椅子に座っている。そう考えて、わたしが愉快だとでも？　ハケットさんは明日か明後日には死ぬかもしれない。そのことは、ちゃんと話した。今日の午後、ハケットさんは蘭を観賞するためにタクシーに乗ってディットソン氏の家に行き、これ見よがしに二つの花の鉢を抱えて戻ってきた。明日の午後はきみが運転してどこかへ連れていき、戻って来てくれ。夜にも、もう一度だ。外出用の服装、つまり、わたしの帽子、薄手のコートを身につけ、ステッキを持っていれば、きみ以外の人間はみなだまされるだろう」

ぼくは大まじめな顔で助力を申し出た。「知り合いの若い女性に女優が一人いるんですよ。あの男にすばらしいメーキャップをしてくれるでしょう、もし――」

「アーチー」鋭い声だった。「この愚にもつかない騒動を、わたしが楽しんでいると思っているのか？」

「いいえ。でもなぜ、ただ家にこもっていられないんですか？　いつものことでしょうに。一ヶ月間、鼻も外に出さなかったこともありましたよね。そうして、入ってくる人物に気をつけていればいいんです。期間は――」

「いつまでだ？」

「イェンセンを殺したやつが捕まるまで」

「ばかな」ウルフはぼくを睨みつけた。「だれが捕まえる？　クレイマー警視か？　今、警視がなにをしているると思っている？　くだらん。イェンセン氏の息子、イェンセン少佐は賜暇で五日前にヨーロッパから帰国していて、留守中に父親が母親に対して離婚訴訟を起こしたことを知った。父親と息子は喧嘩をした。珍しいことではない。が、クレイマー警視は百人の部下を使って、イェンセン少佐の父親殺しの証拠を集めようとしているんだぞ！　的はずれもいいところだ。イェンセン少佐にわたしを殺す、もしくはそう脅迫するどんな動機があるというんだ？」

「まあ、そうは言っても」ぼくは両眉をあげた。「ぼくならその線をあっさりゴミ箱行きにはしませんね。父親に送ったのと同じ内容の脅迫状をあなたに送れば、みんな今のあなたみたいな反応をすると考えたとしたら、どうです？」

ウルフは首を振った。「そんなまねはしなかった。少佐が生まれつきの大馬鹿者でない限りはな。あんな脅迫状を送るだけでは不十分なこと、脅しの実行でだめ押しする必要があることくらいは承知していただろう。そして、少佐はわたしを殺してはいないし、そのつもりがあるとは考えにくい。ファイフ准将がイェンセン少佐の経歴を調べてくれた。クレイマー警視は自分の時間、部下の労力、ニューヨーク市民の金を無駄にしているのだ。わたしは不利な立場にある。わたしの手駒であり、信頼のおける人間は、出征中だ。きみはわたしを見捨てて、自分のことばかり考えて跳ね回っている。血に飢え、悪意に満ちた殺人鬼が凶行の機会を狙っているそのただ中で、わたしはこの部屋に閉じこもって自分自身で対策を練るしかないのだ。しかも、犯人を特定するわずかな手がかりも、臭跡もない」

まったく、大げさな。とはいえ、ウルフがこういうロマンチックな気分でいるときは、不信感の〝フ〟の字も口にしちゃいけないことくらいは心得ている。一度それをやって、解雇されたことがあるのだ。それに、ウルフが今の状況を過大評価しているという宣誓供述書にサインをするつもりもなかった。で、こう訊くだけにした。「ピーター・ルート大尉はどうなりました？　ここへ連れてこられたんですか？」

「ああ。今日ここに来て、話をした。刑務所に一ヶ月以上入っていて、今回の事件が自分もしくは自分の関係者に結びつく可能性はないと断言した。ミス・ギーアは六週間、もしくは、それ以上連絡をしてきていないそうだ。母親はオハイオ州のダンフォースで教鞭をとっている。そこにいたことは、クレイマー警視が確認済だ。父親は、昔ダンフォースでガソリンスタンドを経営していたが、十年前に妻子を捨て、オクラホマの軍需工場で働いているらしいとのことだった。母親も大尉も父親については口にしたがらない。兄弟姉妹はいない。ルート大尉によれば、自分の仇を討つために地下鉄サーフィンをやりそうな人間は世界に一人もいないそうだ。ましてや、複数の人間を殺すなどは考えられないと」

「もしかしたら、大尉の言うとおりかもしれないじゃないですか」

「意味がわからん。他にイェンセン氏とわたしの間にどんな小さなつながりもない。ファイフ准将には、ルート大尉をニューヨークにとどめておくこと、刑務所の責任者に大尉の荷物があれば調査を要請することを、頼んでおいた」

「勝手な思いこみをするときには――」

「思いこみを抱いたことは、一度もない。きみの言う意味ではな。わたしは刺激に反応するのだ。今回は自分に選択可能な唯一の方法で反応している。イェンセン氏とドイル氏を射殺した犯人は大胆を通りこして無鉄砲だ。おそらく、計画を進めたくてうずうずしていることだろう。きみがハケットさんを車であちこち連れ回し、乗り降りに付き添い、昼夜を問わず歩道を歩いていれば、巻き添えで死ぬ可能性があるのは承知している。そういった事態は、わたしがきみを雇って給料を払っているときには、了解事項だった。だが、今のきみは政府から俸給を受けとっている身だ。おそらく、クレイマー警視の部下に、きみに似ていてこの役目にあてられる人物がいるだろう。優秀な人材でなければならない。油断なく、臨機応変の人物だ。ハケットさんの命を狙う試みでなんの収穫も得られず、今と同じ状況ならば、この作戦の意味がなくなるからな。午前中にどうするか決めて、教えてくれ」

ぼくは、仮にも口をきけたことが今でも不思議だ。もちろん、ウルフは百万回もぼくを侮辱してきたし、ぼくだって同じだ。が、これは侮辱どころではすまない、適当な言葉さえない。ワシントンで申請を却下され、ぼくの度量は記録的に小さくなっていた。そこへこの扱いだ。腹が立って腹が立って、部屋を出ていったほうがいいのはわかっていた。それでも、ウルフを英雄気どりの気分で寝かせてやるつもりはなかったので、にやりと笑い、強いて落ち着いた声を出した。

「わかりました」ぼくは言った。「考えてみます。たしかに、クレイマーは優秀な部下を大勢抱えていますからね。朝には知らせますよ。警報のスイッチは忘れずに入れておきますので」

ぼくは三階の自分の部屋へ向かった。

その警報は、ぼくのベッドの下にとりつけられた装置だ。ぼくが夜、休むときにスイッチを入れておく習慣だった。だれかがウルフの寝室のドアから十フィート以内の廊下に足を踏み入れると、警報が鳴る。数年前のある出来事がきっかけで設置されたのだが、そのときウルフはナイフで刺された。警報は試してみたとき以来一度も鳴ったことはなく、ぼくは二度と鳴らないだろうと思いつつも、必ずスイッチは入れることにしていた。ウルフがいつか夜に廊下へ出て、警報装置が鳴らなければ、採めるだろうから。

その晩は家に赤の他人がいるので、警報装置の存在がありがたかった。フリッツから聞いた説明では、H・H・ハケットはぼくと同じ階の南の部屋で寝るようだ。さっきの短いやりとりと、一目見たときの印象を踏まえれば、やつが夜にウルフの部屋へ忍びこんで殺害し、死体を暖房炉で始末して、フリッツとぼくに自分をウルフだと思わせて気づかれずに済むだろうと思っていたところで、ちっとも不思議じゃない。ぼくのことをアーチーと呼ぶのは、適当な年齢と容姿の女性と娘さんなら気にならないし、嬉しいくらいだ。ただ、残りの同性の仲間に対しては、ぼくにはぼくなりの基準がある。あのハケットというやつがその特権を手に入れるには、七年間ぼくと付き合う必要があるだろう。ただ、ぼくはやつと七週間でも付き合いたくなかったし、付き合うつもりもなかった。

朝になり、家中で食事になった。ウルフは自分の部屋、ハケットは食堂、ぼくはフリッツと一緒に厨房だ。食事が終わると、ぼくは植物室へあがり、現在進行中の問題の意見と併せていつもは事務所で片づける仕事を、ウルフと一時間かけて対応した。ウルフは、ハケットの運転手を殺人課から借りるかどうかを決めたかと尋ねた。

ぼくはしかつめらしい顔をした。「考えてみました、あらゆる角度から。クレイマーはぼくより優秀な人物を提供できるにちがいありません、勇気と知恵と誠実さと反射時間と高潔さにかけては。それでも、問題が。ぼくほどの美男がいるはずはありません。万に一つも。ですから、自分でやります」

ウルフはわかっていると言わんばかりに、ぼくを睨んだ。「悪気はなかった。わたしの意図は――」

「気にしないでください。あなたは極度の緊張状態なんです。ハケットさんの命が危険にさらされていて、気が立っているんですよ」

ぼくらは細かい打ち合わせをした。ジェーン・ギーアは厄介の種だった。今となれば、ウルフが水曜の夜にジェーンに会うのを拒否した理由は、もちろんわかっていた。彼女を連れてこいとぼくを送り出したあとで、ウルフは身代わりを雇う計略を考え出し、本物のネロ・ウルフをジェーンに見せたくなかったのだ。見られたら、偽物に引っかかって手を出す可能性は少なくなる。つまり、ウルフの容疑者リストにジェーンはしっかり載っているのだ。それでも、ジェーンを除外してかまわないというぼくの意見を、わざわざウルフに話したりはしなかった。どうせ唸られるだけだ。ジェーンはウルフに会いたいと何度か電話を寄こし、金曜日の朝には直接乗りこんできて、チェーンがかけられていて最大三インチしか開かないドアの隙間越しに五分間フリッツと押し問答をした。そして今、ウルフは念入りに考え抜かれた謎かけ遊びに、一つの策を思いついていた。ぼくがジェーンに電話をして、その日の午後六時にウルフに会いにくるよう伝えるのだ。ジェーンが来たら、ハケットに会わせる。面談については、ウルフがハケットをしこんでおく。

ぼくはうさんくさそうな顔をした。ウルフが言った。「ミス・ギーアにハケットさんを殺すチャンスができる」

ぼくは鼻を鳴らした。「ぼくがその場に立ち会って、ジェーンに『撃ち方やめ』の声かけをするわけですか」

「可能性が低いのは認めるが、ハケットさんをわたしだと念押しする機会になるだろう」

「そうだとしても、やつの人生が短くなったり、あなたの人生が長くなるわけじゃないでしょう」

「おそらくな。しかし、ミス・ギーアをこの目で見て、話を聞く機会にもなる。覗き穴を使うつもりだ」

　つまり、本当に思いついた策はそれなのだ。ウルフは廊下、一階の廊下と厨房の突きあたりにあるアルコーブのような場所に入り、壁の四角い穴から事務所を覗くつもりなのだ。事務所側では、マジックミラーの絵で穴はごまかしてある。その穴を使う口実があればウルフは大喜びするのだ。実際、役に立つこともあった。

「それなら話はちがいますね」ぼくは言った。「ジェーンを見て、その言い分を聞けば、プラチナのように美しい心の持ち主だってわかるでしょう」

　イェンセン少佐は一度電話してきて、ウルフは手が離せないと言われた。どうやら、ジェーンほどしつこくないらしい。水曜日にウルフに会いにきた経緯を、少佐はクレイマーにこう説明した。火曜日の朝、父親は郵便で受けとった脅迫状を見せ、ネロ・ウルフに相談するつもりだと言っていた。父親を殺した犯人が逮捕されて処罰を受けることを望んでいて、ウルフと話し合いたかった。ぼくはウルフに、イェンセン少佐も呼んで、ハケットではなくウルフ自身が対応したらどうかと提案してみたが、拒否された。これでウルフが陥っている状態がわかる。普通であれば、ぼくに提案される必要などない。今の状況なら、少佐はがっぽり報酬をせしめるのにうってつけの相手なのだから。

　事務所におりていくと、ハケットはウルフの椅子に収まって、クッキーを食べながら机にかけらをまき散らしていた。朝の挨拶は済ませたあとなので、他に言うことはなく、ぼくはハケットを無視した。自分の机から、会社にいるジェーン・ギーアに電話をかける。

「アーチーだけど」ぼくは言った。

　ジェーンは嚙みつくように言い返した。「どこのアーチー？」

「まあまあ、そう言うなって。ぼくらはきみに警察をけしかけたりしなかっただろ？　ちょっとおしゃべりしよう」

「切るわよ」

「じゃあ、ぼくも切るよ、もうちょっとでね。ネロ・ウルフがきみに会いたがっている」

「ウルフが？　あはは。そんなことする人じゃないでしょ」

「心を入れ替えたんだよ。ぼくはきみの髪の毛の束を見せたんだ。で、ゴシップコラムニストのエルサ・マクスウェルの写真を見せて、きみだと教えたわけさ。今回はお誘いに出かけるのを許してもらえなくてね」

「わたしも許さないけど」

「わかった。六時にここに来れば、きみはなかに入れてもらえる。今日の午後六時だ。来るかい？」

ジェーンは行くつもりだと渋々認めた。ぼくはもう二件電話をかけ、少し雑用を片づけた。が、だんだんきつく歯を食いしばっていくのに気がついた。不愉快な音がするせいだ。ついに、ぼくはウルフの椅子の占領者にこう言った。「それはなんのクッキーだ？」

「生姜入りの薄焼きクッキーだよ」耳障りなかすれ声は、地声らしい。

「そんなものが家にあったとはね」

「なかった。フリッツに注文したんだけどな。知らないみたいだったから、自分で九番街まで歩いていって、買ってきた」

「いつ？　今朝か？」

「ちょっと前だ」

ぼくは電話に向き直り、植物室にかけてウルフを呼び出した。「ハケットさんがあなたの椅子に座って、生姜入り薄焼きクッキーを食べてます。ちょっと前に九番街まで歩いていって、買ってきたんです。ハケットさんがいつでも好き勝手にこの家を出入りするなら、ぼくらの百ドルはなんの足しになるんです？」

ウルフは簡潔に指示をした。ぼくは電話を切り、ハケットに向かって簡潔に指示をした。ウルフかぼくの指示がない限り、この家を離れてはいけない。ハケットはけろりとして聞き流していたが、愛想よく頷いた。

「わかったよ」ハケットは言った。「そういう契約なら、守るさ。ただな、契約にはお互い相手がいるだろ。毎日前金て話だったのに、今日のぶんはまだだぞ。百ドルきっかりな」

ウルフにも同じことを言われていたので、ぼくは経費用の財布から二十ドル札を五枚抜いて、渋々手渡した。

「こいつはどう考えても」ハケットは紙幣をきちんと畳んで、腰のポケットに突っこんだ。「濡れ手で粟ってもんだろ。わかってるんだよ、おいしい話にありつけるなって……その、たまたま突然にだ」そして、こっちに身を乗り出す。「ここだけの話だけどな、アーチー、おれはなにも起こらないと思う。生まれつき楽観的でさ」

「ああ」と相づちを打つ。「ぼくもだ」ぼくは机の右側、武器を保管してある真ん中の引き出しを開けた。ショルダーホルスターをとり出して装着し、自分の銃を選んだ。他の二丁はウルフのものだ。弾薬は三つしか入っていなかったので、引き出しを奥まで出して、弾薬入れから弾倉が一杯になるまで補充した。

銃をホルスターに突っこんで、たまたまハケットのほうを見たら、別人のような顔になっていた。口元の線が緊張し、驚きと警戒心で目は据わっていた。

「今までうっかりしてたが」声まで変わっていた。「ウルフさんてのは、油断できないやつだし、あんたはその部下だ。だれかがおれをウルフさんと間違えて殺そうとするかもしれないってのは了解してこの仕事をやってるが、それが本当だってのは、あの人の言い分でしかない。実はもっと裏があって、あんたが自分でおれを撃つのが狙いなら、はっきり言わせてもらう。そりゃ汚いぞ」

ぼくは自分のへまをとり繕おうと、宥めるようににやっと笑った。こいつの目の前でいざというときの支度をするべきじゃなかった。銃、しかも本物の銃と弾薬を見て、ハケットは心底怯えてしまった。今こいつに逃げられたら、新しい身代わりを見つけるためにまた広告を出さなきゃならなくなる。しまった、やつには百ドル渡したばっかりじゃないか。

「聞けよ」ぼくは真剣に言い聞かせた。「一分前には、なにも起こらないと思うって自分で言ってただろ。あんたの言うとおりかもしれない。ぼくもどっちかといえば、あんたに賛成だ。ただ、だれかが本気でやろうとした場合に備えて、こいつを持ち歩く」ぼくは腕の下の銃をなでた。「目的は二つ。その一、あんたがけがをしないようにするため。その二、万一あんたがけがをしたら、相手にもっと重傷を負わせるためだ」

それで納得したらしく、据わった目が若干落ち着いたが、ハケットはもう生姜クッキーを口にしようとはしなかった。ま、それだけは収穫になったわけだ。ぼくは安心させてやろうと事務的な口調で、十一時半に午後の外出も含めて指示を受けにウルフの部屋へ行くことになっている、と告げた。

白状すると、午後が終わって五時半過ぎにハケットを家に連れ帰った頃には、生姜クッキーだの、ぼくをアーチー呼ばわりするだの、細かいことを忘れないように頑張っていなければ、やつに感心してしまうところだった。長い遠征の間、ぼくらは〈ブルックス・ブラザーズ〉、〈ラスターマン〉、〈ホテル・チャーチル〉、メトロポリタン美術館、ニューヨーク植物園、その他三、四ヶ所に立ち寄った。ウルフがいつもそうしているので、当然ハケットも後部座席にいた。バックミラーを見ると、ハケットはゆったりくつろいで座り、景色を眺めていた。動くものが嫌いで、車が揺れるのに我慢できず、他の車はすべてぼくらに衝突したいがためにわざわざ外へ出てきていると信じて疑わないウルフよりも、よっぽど落ち着いていた。

停車したとき一度、ハケットは車を降りて歩道を横切ったが、問題なかった。急いだり、こそこそしたり、びくついたり、うろうろしたりもせず、普通に歩いた。ウルフの帽子、コートを身につけ、ステッキを持っていると、ぼくでさえだませるんじゃないかという気がした。実際のところ、ぼくとしては、ウルフがこれまで仕組んだなかでこのお芝居全体が一番の大失敗だと思っていたのだが、ハケットには舌を巻くしかなかった。夜になればまたちがうかもしれないが、この真っ昼間にだれかが付け狙っているたしかな証拠もなく、ばかばかしくて時間を無駄にしている気がした。が、それでも周囲にくまなく目を配り、銃を持った手を車の座席に置いたまま、警戒し続けなければならなかった。

なにも起こらなかった。なに一つ起こらなかった。

家に戻り、ぼくはハケットを事務所に残して厨房へ向かった。ウルフは大きなテーブルについてビールを飲みながら、フリッツがトマトジュースを作るのを見ていた。もちろん、ウルフの日課はめちゃめちゃになっている。

ぼくは報告した。「敵はパリセーズ峡谷の絶壁から榴弾砲で仕留めようとしてきたんですが、はずれました。ハケットは〈ラスターマン〉の回転ドアで左の肘に小さなあざを作りましたが、それ以外は無傷です」

ウルフは唸った。「ハケットさんの立ち居ふるまいは？」

「問題ないです」

ウルフはまた唸った。「暗くなってからのほうが、もっと結果を期待できると考えていいだろう。昼にした注意の繰り返しになるが、ミス・ギーアとの面談ではきみが積極的に仕切ってくれ。ただし、やりすぎないように。あえて突拍子もないことをすれば、ハケットさんにどんな影響が及ぶか見当もつかない。わかっていると思うが、指示は綿密にしているものの、ハケットさんの身の律しかたは疑わしい。ミス・ギーアには大きな声でしゃべらせろ、わたしに聞こえるようにな。わたしの机の角、きみから一番遠い席に座らせるんだ。そうすれば、こちらからよく見える。穴からの視界は限られているからな」

「わかりました」

だが、結局はウルフの命令に従うことができなかった。このときはもう六時近くで、数分後に玄関のベルが鳴り、ぼくは応対に出ていった。廊下の途中で事務所内をちらっと覗いて、ハケットが机の上に足を載せていないかを確認する。玄関のドアを開けた。そして、わかった。ジェーンはこの巨大都市の通りを一人で危険を冒してやってきたりはしなかったのだ。エミール・イェンセン少佐が一緒に立っていた。

第六章

　ぼくはドアを開けてしまっていた。そのドアをまたぴしゃりと閉めて、ぼくがあれこれ考えている間、二人をポーチにほったらかしにしておくのは、礼儀上まずいだろう。で、ぼくは敷居の上に立ちふさがった。

「おや」と明るく声をかける。「一石二鳥かな？」

　イェンセンがこんばんはと挨拶した。ジェーンは言った。「いくらあなたでも、予想外だったでしょ。イェンセン少佐はその場の思いつきで来ることにしたんだから。二人でカクテルを飲んでたときにね」ジェーンはぼくを見あげ、見おろした。たしかに、ぼくは進路をふさいでどきそうにない構えだった。「入っていい？」

　もちろん、予備の椅子が一脚しかないからとイェンセンに散歩を勧めることもできた。が、この二人のどちらかにハケットがウルフだと思いこませて、なにか収穫を得られるとしたら、ぼくならその実験対象にジェーンよりイェンセンを選んだだろう。とはいえ、ハケットにはジェーンへの対応しか教えていないから、二人と対決させるのは大ばくちだ。どのみち、自分の責任でこんな危険な賭をすることはできない。本部の指示が必要だ。そこで、二人を表の応接室に案内して待たせ、ウルフに相談しにいくことに決めた。

「もちろんだよ」ぼくは愛想よく答え、「入って」と道をあけた。二人が入り、ぼくは玄関のドアを閉め、応接室のドアを開けた。「こちらへどうぞ。お好きな席へ。悪いけど、ちょっと待っててもらえるかな……」

廊下へ戻りかけて、不都合に気づいた。応接室と事務所の間のドアが、開けっ放しになっている。ぼくの不注意だが、面倒が起こるとは思っていなかったのだ。もし、いや当然だが、二人が部屋を横切れば、事務所で座っているハケットの姿は丸見えになる。だが、それがどうした？　そのために、やつはあそこにいるんじゃないか。結局ぼくはそのまま廊下に出て、突きあたりを曲がってアルコーブに入った。ウルフは覗き穴を見られるように配置につく準備をしていたので、小声で報告した。

「ジェーンがお供を連れてきました。イェンセン少佐です。表の応接室に通しました。事務所に通じるドアは開いてます。どうしたもんでしょう？」

ウルフは顔をしかめた。そして囁く。「いい加減にしないか。事務所を通って応接室に戻れ。そのとき、ドアを閉めるんだ。イェンセン少佐には、わたしがミス・ギーアと二人で話したがっているから待ってくれと言え。ミス・ギーアは廊下から事務所へ案内して、きみが――」

銃声がした。

少なくとも銃声に聞こえた。おまけに外じゃない。壁、空気が振動した。自分で撃ったとしてもおかしくないほどの音だった。が、ぼくは撃っていない。ぼくは飛び出した。三歩飛んで事務所のドアへ。ハケットは座ったまま、びっくりして声も出ないようだ。そのまま応接室へ駆けこんだ。イェンセンもジェーンも立っていた。ジェーンは右側、イェンセンは左側。二人ともやっぱり驚いて声も出せないまま、顔を見合わせていた。手は空だ。ただし、ジェーンはバッグを持っていた。個人的には、ハケットが生姜クッキーを噛んだ音として片づけてもいいかなと思わなくもなかったが、臭いがする。なんの臭いかはわかっていた。

ぼくはイェンセンに噛みついた。「どうした?」

「そっちこそどうした?」イェンセンは視線をぼくに移していた。「さっきの音はなんだ?」

「銃を撃ったのか?」

「いや。おまえのほうか?」

ぼくはすばやくジェーンのほうを向いた。「きみがやったのか?」

「この……このばか」ジェーンはどもった。震えださないようにしている。「なんでわたしが銃を撃つのよ?」

「おまえが持ってるものを見せろ」イェンセンが要求した。

ぼくは自分の手を見て、驚いた。銃を握っている。途中で無意識にホルスターから引っこ抜いたにちがいない。「これじゃない」ぼくはイェンセンの鼻先、一インチ足らずのところに銃口を突きつけた。「どうだ?」

イェンセンは臭いを確かめた。「ちがうな」銃身を触って冷たいのを確認して、首を振る。

ぼくは言った。「それでも、この家のなかで銃が発射された。臭いでわかるだろう?」

「もちろん、わかるさ」

「結構だ。ウルフさんのところへ行って、話し合おう。ここからどうぞ」ぼくは銃を見せつけるようにしながら、事務所へのドアを指した。

ジェーンがごちゃごちゃ言いはじめたが、ぼくは耳を貸さなかった。でっちあげだのなんだのと、怒ってご託を並べているだけだ。事務所に入るのは気が進まないようだったが、イェンセンが入ると、その後に続いた。ぼくがしんがりだった。

「こちらがネロ・ウルフさん」とハケットを紹介する。「座って」ぼくは慎重に考えたが、本物のウルフが姿を現さないから、今の対応で問題はないのだろう。銃、できれば銃弾も発見するまでの間、この二人をどう扱うかを決めなければならない。ジェーンはまだご託を並べようとしていたが、イェンセンの突然の大声がその口を封じた。「ウルフの頭に血がついているぞ!」

ぼくはハケットを見つめた。ハケットは机の奥に立ち、片手を机について身を乗り出していた。ぼくら三人を見ているその表情は、呆然としているのか、怯えているのか、怒っているのか。あるいはその三つ全部だろうか。イェンセンの言葉は聞こえなかったらしい。聞こえたぼくが顔を向けると、ハケットの左耳から血が出て、首の脇へと垂れているのが見えた。

ぼくは息を呑み、大声で呼んだ。「フリッツ!」

フリッツはすぐに現れた。きっと、ウルフの指示で廊下に待機していたんだろう。ぼくはこっちへ来てくれと声をかけ、近づいてきたフリッツに銃を手渡した。「もしだれかがハンカチを探そうとしたら、撃つんだ」

「今の指図は」イェンセンが鋭く切りこんできた。「危険だ。もしこの人が――」

「フリッツは大丈夫だ」

「身体検査をしてもらいたい」イェンセンは天井に向けて両手をあげた。

「望むところだ」ぼくはイェンセンに近づき、首から足首まで調べ、椅子に座って休むように言うと、ジェーンに向き直った。ジェーンは純度百パーセントの軽蔑と嫌悪の視線をぼくに投げつけ、毒ガスから逃げるみたいに後じさった。

　ぼくは言った。「きみが検査を受けるのを拒んだ上に妙な動きをして、フリッツにかわいいおなかを撃たれたとしても、ぼくのせいにするなよ」

　ジェーンはさらに視線を投げつけてきたものの、検査を受け入れた。イェンセンのときほど徹底的にとはいかないが、身体検査をして、バッグをとって中身をざっと確認して返した。それから、ウルフの机を回って、ハケットの出血の具合を確認しにいった。ハケットはわめいたりうめいたりはしていなかったが、顔つきはちょっとした見物だった。血が出ているとイェンセンに注意されたあと、片手で触っていたのだが、今は大きな顎をがっくり落として指についた赤い液体を見つめている。

「頭か?」しわがれた声で泣き言を言う。「頭に命中したのか?」

　このぶざまな様子では、ネロ・ウルフの勇名にはなんの足しにもなるまい。手早く調べて、ぼくははっきり言ってやった。「いえ。耳の外側、上端にちょっと傷があるだけです」ハンカチで拭いてやった。「手洗いに行って、タオルで拭いたらいいでしょう」

「けがは……ないのか?」

　殺してやるところだったが、代わりに銃を持って立っているフリッツに、不必要な動きの禁止令はまだ有効だと念を押して、事務所の奥の隅にある手洗いにハケットを連れていき、ドアを閉めた。鏡で耳を見せてやり、ヨードチンキをちょっとつけて、絆創膏を貼った。その間に、落ち着くまでここにいてから戻って来ること、堂々と偉そうにふるまうこと、話はぼくに任せることを注意した。ハケットはそうすると答えた。が、そのときのぼくは、やつを湿ったたばこ一本とでも交換したい気分だった。

事務所に戻ると、ジェーンがぼくに嫌味を言った。「あの人の身体検査はした？」ぼくはジェーンを無視してウルフの机の奥に回り、椅子の背を調べた。頭受けは茶色の革張りで、天辺から八インチ、横の端から約一フィート、ハケットが座ったとき左耳の後ろにあたるはずの位置に、穴があいていた。裏を見るとそこにも穴があった。椅子の後ろの壁を確認したら、さらに漆喰に穴があった。自分の机の一番下の引き出しからドライバーと金槌を出し、掘りにかかった。間柱にぶつかったので、ナイフの切っ先で作業を続ける。ようやく壁に背を向けたとき、ぼくは親指と人差し指で、小さなものをつまんでいた。そのとき、少しは落ち着いた様子のハケットが手洗いから現れた。

「弾だ」ぼくは説明した。「三八口径。ウルフさんの耳と椅子の背にあたって、壁に穴をあけた。部分的に塗りなおした漆喰っていうのは、みっともないよな」

ジェーンはごちゃごちゃとまくしたてた。イェンセンは座ったまま、目を細めてぼくを鋭く見た。自分では堂々とした偉そうな口調のつもりなのだろう、ハケットが口を出した。「わたしが改めて調べよう」ぼくは睨みつけるのを我慢しようとした。

「いえ」と丁寧に答える。「間違いありません。ですが――」

「もう一つ」イェンセンが割りこんだ。「ウルフが自分で撃ったかもしれないぞ」

「はあ？」ぼくはやつの視線を跳ね返した。「顔に火薬痕があるかどうか調べたらいい、ウルフさんは喜んで協力するぞ」

「手洗いで洗い落としたでしょ」ジェーンが切り捨てる。

「火薬痕は洗い落とせない」ぼくはイェンセンに話し続けた。「拡大鏡を貸すよ。椅子の革も調べればいい」

こう言ってやったら、イェンセンは本当に応じやがった。頷いて、立ちあがったのだ。ぼくはウルフの机から大型の拡大鏡を出してやった。イェンセンはまず椅子に近づいて弾孔の近辺を、次にハケットのそばに移動して顔と耳を調べた。ハケットは唇を結んで、目を前に向けたまま、じっと立っていた。イェンセンはぼくに拡大鏡を返し、席に戻った。

ぼくは尋ねた。「ウルフさんは自分で耳を撃ったのかい？」

「ちがうな」イェンセンは認めた。「銃におおいをかけていたのでなかったら」

「そうとも」その案の難点を一つずつ切り捨てていった。「銃にぐるりと枕を縛りつけて、腕を一杯に伸ばした上で耳に狙いを定め、引き金を引く。自分で実演してみたらどうだ？　前頭葉から一インチも離れていない位置だぞ？」

イェンセンの目はぼくをとらえたままだった。「ぼくは」と言い切る。「完全に客観的な立場だ。難しいことは難しいな。たしかに、およそ考えにくい」

「なにが起こったのか、わたしが推理するとしたら――」ハケットが口を挟んだが、役に立つことは言いそうに思えなかったので、ぼくは遮った。

「失礼します、ウルフさん。弾は手がかりになりますが、銃はもっと有効でしょう。こちらも客観的に考えましょう。おそらくその銃は、応接室で見つかると思います」ぼくはハケットの肘に触れて促した。「フリッツ、この二人が動かないように見張っててくれ」

「こちらも」イェンセンが立ちあがった。「立ち会いたい――」

「どの口が言うんだ？」ぼくはイェンセンに向き直った。きっと声がうわずっていただろう。「座れよ。これでも、かっとしないようにしてるんだ。手荒いまねはしたくない。ここはだれの家だ、弾がばんばん飛んでるんだぞ？　断っとくが、フリッツは膝をぶち抜くからな」

イェンセンはまだ助言してくれたし、ジェーンも同じだったが、ぼくは二人を無視して、ハケットを先にして応接室に入れ、防音のドアを閉めた。ハケットがなにか言いかけたが、言わせなかった。どうしても言う必要があると譲らないので、ぼくはとっととぶちまけろと答えてやった。

「ありえないと思うんだ」ぼくの目を見て、言葉を選びながらもハケットは言い切った。「あの二人のどちらかが、この部屋の内側から開いたドア越しにおれを撃つなんて。こっちに見られもしなかったんだぞ」

「さっきも同じことを言ってたな、手洗いで。銃声が聞こえたとき、自分の目が開いてたか閉じてたか、どっちを見てたかもわからない、そうも言ってたよな」ぼくはやつから十四インチの位置まで顔を近づけた。「いいか。ぼくが、もしくはウルフさんが撃ったんじゃないかって疑ってるなら、あんたの頭のなかではノミかなんかが鬼ごっこしてるんだろうから、駆除してもらえよ。一つだけ教えてやる。弾道、弾はまっすぐあんたの耳をかすめて椅子の背を撃ち抜いた。つまり、真正面から飛んできたとしか考えられない。だいたいこの部屋、あそこの扉の方向だ。廊下の扉や他の場所からのはずがないんだ、カーブする弾を発射できる銃はないんだから。あんたの目がそっぽを向いてても、閉じてても、一時的に見えなくなっていたとしても、こっちにはどうしようもない。頼むからあの壁際の椅子に座って、うろちょろしたり、ごちゃごちゃ言ったりしないでくれ」

ハケットはぶつぶつ言ったが、指示には従った。ぼくは現場を検分した。銃がこの部屋で発射されたとの仮定に基づいて理論を採用すれば、銃はまだここにあるか、持ち出されたか、外へ投棄されたかの三択だ。持ち出しについては、ぼくは銃声からせいぜい五秒で駆けつけたが、ここで二人は顔を見合わせていた。投棄については、窓が閉まっていたし、ブラインドもおりていた。ぼくは最初の選択肢が有望と判断し、捜索を開始した。

手のこんだ隠し場所のはずはなかった。床板をはがしたり、テーブルの脚に穴をあけるには、五秒じゃ足りない。そこで、もっと手軽な場所、家具やクッションの下などを探してみた。こういう状況なのだから、絶対に見つかるはずだと信じていたと思われるかもしれないが、なぜかぼくはどんなに徹底的に捜索しても見つからないだろうという気がしていた。どうしてかは、わからない。勘だとしたら、その日の勘は冴えていなかった。窓の間にあるテーブル上の大きな花瓶を調べることにして、覗きこんだら白いものが見えた。手を突っこんで触ってみたら、銃だった。トリガーガードをつまんで、とり出した。臭いから判断すると、最近発射されている。が、もちろん時間の経過で冷めていた。古いグランヴィルの三八口径で、骨董品に近い。さっき見えた白いものは、ごく普通の木綿のハンカチで男物、裂け目があってそこから銃把が突き出ていた。手を触れる際には充分注意しつつ、弾倉を開けてみた。弾薬が五つ、薬莢が一つ。

ハケットが隣に来て、なにやら言おうとしていた。ぼくはけんもほろろにあしらった。

「ああ、たしかに銃だ。最近発射されている。ぼくのでも、ウルフさんのでもない。あんたのか？　ちがう？　そうか。わかったから、おとなしくしてろって。これから事務所に戻る。あんたのお節介がなくても、ぼくの頭はやらなきゃならないことで一杯だろうから、手助けしようなんて思わないでくれ。どれぐらい口をつぐんでいられるか、試してみるんだ。すべてお見通しみたいな顔で澄ましているだけでいい。予定どおりに片づいたら、もう百ドル出す。いいな？」

もちろん、やつはこう出た。「二百。撃たれたんだぞ。殺される寸前だったんだ」

さらに追加の百ドルについてはウルフを説得しろと言って、事務所に通じるドアを開け、ハケットを先にして出ていった。ハケットはジェーン・ギーアを迂回して、ぎりぎりで死体になるのを免れたばかりの椅子に座った。ぼくはそちらを向くように自分の椅子を回し、やっぱり腰をおろした。

イェンセンが鋭く追及した。「あの部屋で、どんな収穫があったんだ?」

「これだ」ぼくは元気よく応じた。「年季の入った回転式拳銃《リボルバー》が一丁。グランヴィルの三八口径で、発射されてからそれほど時間は経ってない」ぼくは銃をそっと机に置いた。「フリッツ、銃を返してくれ」フリッツが銃を持ってくる。ぼくは受けとり、手に持ったままにした。「ありがとう。このもう一つの銃は、応接室のテーブルに置いてあった花瓶のなかで見つけた。ハンカチがかぶせてあった。未使用の弾薬が五つ、一発は発射されてる。この家にはなかった銃だ。一度も見たことがない。どうやら重大局面の仕上げになりそうだな」

ジェーンが怒りを爆発させた。ぼくを、口にするのも汚らわしいねずみ呼ばわりした。弁護士が必要だ、今すぐ雇ってくるつもりだ。そして、ハケットに三つ、四つ、名称を与えた。史上最悪の汚い罠だと言う。「これで」ジェーンはハケットに言い放った。「よくわかったわ、あんたはピーター・ルートを嵌めたのよ。わたしはうかうかと、この鼻持ちならないグッドウィンにたぶらかされたわけね!」椅子から立ちあがり、攻撃を続ける。なかなかの迫力だ。「今度は逃げられないわよ。最低最悪のくず!」

ハケットは言い返そうと、次第に大声になっていった。ジェーンが息継ぎをしたとき、その声が聞こえた。

「……聞き流すつもりはないからな! あんたはここへ来て、おれを殺そうとしたんだろうが! もう少しで殺すところだったんだぞ！　おまけにピーター・ルートがどうのこうのと言いたいことを言ってくれるが、こっちはそんな名前聞いたこともない！」実感がこもっていた。自分がネロ・ウルフだと思われていることを忘れたか、興奮しすぎて本気で自分をウルフだと思いこんでしまったんだろう。まだしゃべり続ける。「お嬢さん、ちゃんと聞け！　おれは……」

ジェーンは背を向けてドアに向かった。ぼくはすばやく立ちあがって、追いかけた。が、部屋の真ん中で、足を止めた。突然戸口が自走式の巨大な物体でふさがれ、ジェーンは出ていけなくなったのだ。ジェーンは立ちどまり、目を丸くして、二歩さがった。巨大な物体は事務所に入ってきて、停止し、口を使用した。

「ご機嫌いかがかな？　ネロ・ウルフです」

第七章

文句なし。最高の出来で、効果は絶大だった。

だれ一人、声もあげなかった。ウルフが前に出ると、ジェーンはまたさがった。周りを確かめずに後退したので、イェンセンの足につまずくところだった。ウルフは机の角で足を止め、ハケットに向かって指を一本動かした。

「失礼。他の椅子へどうぞ」

ハケットはなにも言わずにすっと席を立ち、赤革の椅子へ移った。ウルフは身を屈めて自分の椅子の背にあいた穴を覗きこみ、次に漆喰の穴に目をやった。ぼくが掘ったので、直径四インチほどになっている。ウルフは唸って、腰をおろした。

「つまり」イェンセンが口を開いた。「茶番だな」

ジェーンは吐き捨てるように言った。「失礼します」そしてドアに向かう。だが、ぼくの想定内だったので、二歩踏み出しただけで、ジェーンの腕をしっかりつかみ、たてつくようならねじあげる構えをとった。イェンセンが飛びあがる。両手をぐっと握りしめていた。四十八時間という短い時間の枠のなかで、他の男がジェーンの腕に手をかけるのを見ると、イェンセンのアドレナリンが噴出しはじめるほど二人の仲は進展したらしい。仮に空いている手で殴る必要を感じるまでイェンセンが近寄ってきたら、やつも耳から出血していたかもしれない。ぼくはそっちの手に銃を持っていたのだ。

「やめろ！」ウルフの声は鞭のようで、ぼくらは石像と化してしまった。「ミス・ギーア。もう少ししたら、お帰りになれるでしょう。わたしの話を聞いたあとでも、帰りたいのであればですが。イェンセンさん、お座りなさい。グッドウィン君は銃を持っていますし、頭に血がのぼっているようですから、あなたにけがをさせるかもしれません。アーチー、机に戻れ。ただし、銃はいつでも使えるようにしておけ。この二人のどちらかが、殺人犯だ」

「嘘だ！」イェンセンの呼吸が荒い。「だいたい、おまえはだれなんだ？」

「もう自己紹介はしましたよ。そちらの紳士は、わたしの臨時の雇い人です。殺害を予告された際、わたしの身代わりとして雇いました。せいぜい耳にかすり傷程度だとわかっていたら、出費を抑えられた上に、多大な苛立ちを味わわずに済んだのですが」

ジェーンは吐き捨てるように言った。「このデブの臆病者！」

ウルフは首を振った。「ちがいますな、ミス・ギーア。臆病でなくともたいした栄誉ではありませんが、自分は臆病者ではないと断言できます。動機は臆病ではなく、うぬぼれですよ。わたしは手に負えないほどのうぬぼれ屋なのです。イェンセン氏を殺害した人物は、わたしを相手にしても同じように大胆でずるがしこく、臨機応変だと、充分承知していました。万一このわたしが殺されるようなことがあれば、犯人はまず捕まらないでしょう。が、身代わりが殺害されたのであれば、わたしは生き延びて、事件解決に自ら全力であたれるという次第です。正当な根拠のあるうぬぼれではありますが、うぬぼれにはちがいない」ウルフは突然ぼくに顔を向けた。「アーチー、クレイマー警視を電話に呼び出してくれ」

二人は血相を変えて、同時にしゃべりはじめた。それを横目で見ながら、電話をかけた。ウルフが二人を黙らせた。

「失礼。まもなく選択肢を二つ提示します。警察か、わたしか。その間に、クレイマー警視が手助けになってくれます。言うまでもなく、これはすべて、あなたがたどちらかの仕業なのです。もうお一方には、同様に席で多少の不便と不快を堪え忍んでいただきたいのですが」ウルフはハケットにちらっと目を向けた。「この騒ぎから逃れたいのなら、二階の自室に――」

「ここにいたい」ハケットはきっぱりと答えた。「ちょっと興味がわいてきた。なにしろ、殺されるところだったんだからな」

「クレイマーが出ました」ぼくはウルフに声をかけた。

ウルフは受話器をとりあげた。「ご機嫌いかがですかな、警視。いや。いや、頼みがあるんです。今すぐここへ使いを寄こしてくれれば、リボルバー一丁と銃弾を一つ引き渡します。第一に、そのリボルバーの指紋を調べて、写しを届けてもらいたい。第二に、拳銃の出所を突きとめてほしい。可能な範囲で。第三に、その銃から一発試射して、あなたに預ける弾丸とイェンセン氏とドイル氏殺害に使われた弾丸の両方と比較検査してください。結果を知る必要があります。これで全部です。だめです。いい加減にしないか、だめだ！　もしあなたが自分で来たら、戸口で荷物を渡されて、家に入ることは認められない。現在とりこみ中だ」

ウルフが電話を切ると、ぼくは注意した。「銃の番号はやすりで削り落とされています」

「では、出所はわからないな」

「はい。クレイマーにハンカチも渡すんですか？」

「見せてくれ」

ぼくは、ハンカチの裂け目から銃把が突き出たままの拳銃を手渡した。ウルフは顔をしかめた。クリーニング店やその他の印はついていないし、ニューヨーク市内だけで少なくとも千軒の店で買えそうな品だ。州外まで考えると、途方もない。

「ハンカチはこちらで保管しておく」ウルフは決めた。

イェンセンが問い詰めた。「なんの話だ？」

ウルフは目を閉じた。もちろん、イェンセンの表情、口調、精神的緯度経度を吟味し、他意のない好奇心なのか、罪をごまかそうとしているのかを見極めようとしているのだ。吟味の際は、必ず目を閉じる。ほどなく、ウルフの目が半ばまで開いた。

「銃を撃ってからまもなければ」ウルフは口を開いた。「かつ、洗い流す機会がなければ、その人物の手を調べれば、確たる証拠が手に入る。あなたは、おそらくご存じでしたでしょうな。あなたがたのどちらか、銃を発射した人物もちゃんと知っていた。それで、ハンカチを手のカバーにしたのですよ。顕微鏡で調べれば、発射残渣などの細かい粒子が多数発見されるでしょう。男物のハンカチであるという事実は、なんの手がかりにもならない。イェンセン少佐は当然男物のハンカチを持っているでしょう。ミス・ギーアが先ほど述べた目的でハンカチの使用を決めたなら、当然女物のハンカチは使わないでしょう。いずれにしても大きさが足りませんし」

「話があるからここにいろって言ってたけど」ジェーンが嚙みついた。ジェーンもイェンセンも椅子に戻っていた。「まだなんの話も聞かせてもらってない。銃声がしたとき、そっちこそどこにいたのよ？」

「くだらん」ウルフはため息をついた。「フリッツ。この銃と弾丸を箱に入れなさい、薄葉紙を使って丁寧にな。受けとりにきたら渡してくれ。まずはビールだ。ビールを飲みたいかたは?」

だれもほしくないようだった。

「結構。ミス・ギーア。ここの家人によって手のこんだペテンがしかけられたとみなす、もしくは、みなすふりをするなど、愚にもつかない。銃が発射された瞬間、わたしは厨房のそばでグッドウィン君と話をしていた。それ以降は、事務所の一部が見えて、声が聞きとれる場所にいた」

ウルフはイェンセンに目を向け、ジェーンに戻した。「あなたがた二人のうちの一人は間違った方向に進む傾向がありますな。できれば、それは阻止したい。わたしはまだ、銃が発射された瞬間に、あなたがたがどこで、なにをしていたかを質問していません。その質問をする前に、お断りしておきたい。今つかんでいる情報でも、銃弾が応接室に通じるドアの方向から飛んできたことは明らかにできます。ドアは開いたままだった。ハケットさんに自分を撃てたはずはない。イェンセンさん、その点は納得されましたね。ブレンナー君は厨房にいました。グッドウィン君とわたしは一緒にいました。さて、あなたに、あなたがたのいずれかに警告します。今の点は疑問の余地なく立証でき、殺人の裁判の陪審員を納得させるでしょう。あなたがた二人が銃声を聞いた瞬間は一緒にいた、ことによると、すぐ近くにいて見つめあっていたと言い張ったとしたら、どうなるか? 実際に銃を撃った人物にとってはまさに天の恵みでしょうな。もう一人にとっては、最終的に破滅を招くことになりかねない。真実が暴かれたとき、きっと暴かれますが、共謀関係の有無の問題が持ちあがるでしょうから。あなたがたは知り合ってから、どれくらい経つのですか?」

知っているくせに。ぼくは説明しておいた。ただ、当の二人は忘れてしまっているらしい。どちらも答えなかった。

「答えは？」ウルフは追い打ちをかけた。「ミス・ギーア。イェンセンさんと知り合ってから、どれくらい経ちますか？　秘密ではないのでしょう？」

ジェーンは下唇を噛んでいた。その唇が開いた。「一昨日、知り合いました。ここで」

「ほほう。間違いありませんか、イェンセンさん？」

「ああ」

ウルフの眉があがった。「より損失の大きな犠牲を保証する愛情を培うのに充分な時間とは、とても言えませんな。感情の火花がまれに見る激しさでない限り、自らを殺人の共犯におとしめるほどの時間ではない。ミス・ギーア、わかっていただきたいが、ここで必要なのは真実だけです。銃声を聞いたとき、あなたはどこでなにをしていましたか？」

「ピアノのそばに立ってました。バッグをピアノの上に置いて、開けていたところ」

「どちらを向いていましたか？」

「窓のほう」

「イェンセンさんを見ていましたか？」

「発射の瞬間は見ていません」

「ありがとう」ウルフの視線が移動した。「イェンセンさん？」

「やはり言わせてもらうが」イェンセンはしつこく言った。「つまらない茶番だ」

「たとえそうでも、あなたは出演者の一人です。わたしに話したとしても、まず危険はないでしょう、どこでなにを――」

「廊下への戸口に立って、廊下を見ていました。グッドウィンはどこに行ったんだろうと思ってね。特別な理由はなかった。銃声がしたその瞬間は、ミス・ギーアを見ていなかった。だが、ぼくの見たところでは——」

「なんの手がかりにもならない、あなたがどう見たかはね。あなた自身の救済策になるとも思えない」ウルフはフリッツの運んできたビールを注いだ。「さて、これでなにがしかの結論を出す準備が整いました」ウルフは二人を見た。「ミス・ギーア。先ほど弁護士のところに行きたいと言いましたな、お気の毒です。それでも、あなたがた両名をこの家から出し、自分の意思と判断による移動と行動を認めるのは、適切ではないでしょう。銃弾はわたしを狙って発射されたのですから、その意向は却下させてもらいます。とはいえ、クレイマー警視からの報告が手に入るまでは、理性的な進展は望めません。時間を潰す必要があります。あなたたちは——」

ジェーンが立ちあがった。「わたしは帰るから」

「失礼。あなたたちはここで待つこともできます。グッドウィン君と銃の監督下でね。あるいは、クレイマー警視に電話し、この状況の概略を説明して、身柄を拘束するために警官を派遣してもらうこともできます。どちらがいいですか?」

ジェーンはドアに向かって、のろのろと動きかけていた。はっきり足を踏み出したわけではない。どちらかといえば、ジェーン本人はなにもしていないのに、なにかがドアのほうへ引っ張っているみたいだった。ぼくは椅子に座ったままで、声をかけた。「待てよ、ジェーン。きみを撃って、五年の刑を食らうつもりはないけど、きみが玄関から出る前につかまえるのは朝飯前だ。今回は身動きできないように、しっかりとね」

ジェーンは吐き出すように言った。「このげす！」

イェンセンはぼくらになんの注意も払わなかった。両目がウルフをじっと見つめている。問いかけた口調に悪意は感じられず、単なる質問のようだった。「そっちこそ、どっちがいいんだ？」どうやら自制心の模範を見せるつもりらしい。

ウルフはイェンセンを見返した。「わたしとしては」素っ気なく答える。「ここにいたほうがいいと思います。もうわかっているでしょうが、クレイマー警視はあなたに好意を持っていませんし、いささか荒っぽい人なのでね。いつまでも蚊帳の外に置いておけるわけではありませんが、喫緊《きっきん》の問題は銃と弾丸についての報告が出るまでどこで待ちたいか、です。ここか、警察本部か？　数時間はかかるでしょう。ここにいたほうが、より快適だと思いますが」ウルフは時計にちらりと目をやった。七時二十分前。「もちろん、食事も用意しますし」

イェンセンが言った。「電話を使いたい」

ウルフは首を振った。「だめです。クレイマー警視を呼びますか？」

「いや」

「よろしい。それが分別のある対応です。あなたは、ミス・ギーア？」

ジェーンは会話に応じようとしない。ウルフは四秒間じっと待った。

「警察に連絡しますか、ミス・ギーア？」

ジェーンの頭が左右に動き、ウルフの言葉を打ち消した。ドアに向かっていたときと同じで、だれか、もしくはなにかに動かされているみたいだった。

ウルフはため息をついた。「アーチー。二人を応接室へ連れていって、呼ばれるまでそこにいるように。玄関の応対は、フリッツがする。退屈だろうが、やむを得ないな」

第八章

そう、たしかに退屈だった。で、その状態がたっぷり二時間続いた。

最初は、ジェーンとイェンセンがソファーに並んで座って手をとりあうそぶりをいっこうにみせないのを、多少の気晴らしにした。あのソファーとベルベットのクッションを、ウルフがいったいどこで見つけたのか、見当もつかない。ぼくがはじめてこの家に来たときには、ここにあった。そのソファーに一人、もしくはもう一人が落ち着きなく移動する合間に座ることはあったが、二人同時はなかった。ウルフの毒が、効いてきているのだ。なかなかの見物だった。銃を撃っていないほうは、相手を疑っている。そして、もう一人はそれを知っている。自分たちが殺人犯なんてありえないよね、なんて適当な根拠でおためごかしを言おうとすれば、それこそ自滅行為だとわかっているにちがいない。相手はこう考えるだろうからだ。自分が疑心暗鬼になっているのに、なぜおまえは平気なんだ？

当然ぼくは、どっちが犯人でどっちが無実かの判断材料になる徴候を、種類を問わずに探した。が、こっちだろうと思いかけると、もう一方の気がして、結論は出なかった。

七時半にぼくら全員が食堂に呼ばれたが、二人は動こうとしなかった。そこでフリッツが盆を持ってきたが、ぼくは自分のぶんのメロン、ブロイルド・ポーク・ロイン・ウェイファース（豚の腰肉のグリルにハーブ入りソースをかけた料理）、ウルフ特製ドレッシングをかけたサラダ、ブルーベリーパイ、コーヒーを平らげるのに、なんの支障もなかった。イェンセンも同じだったが、ジェーンは自分の盆に目もくれなかった。

正直言って、ぼくは勝負に出られる状態ではなかった。賭けるのが、ちぎれた靴紐程度でもだ。ぼくが問題にけりをつけられる方法は、目隠しをして、どっちでも最初に触った相手を犯人にすることしかなかった。いずれにしても、賭をする前から負けは決まっていた。ウルフの言葉を借りれば犯人は大胆不敵だが、そんな表現ではまだまだ生ぬるい。犯人はもちろん、この家にやってきたときは銃を用意していて、ハンカチをかぶせ、ポケットかバッグに入れていたのだ。ただし、銃をいかに使うかは、運頼みでしかない。起こったとおりのことを、計画できたはずがないのだから。電光石火の決断と行動、あんな早業は見たことがない。部屋に入る。開いたドア越しに、ウルフ（と思われる人物）が机に向かっているのに気づく。ハンカチを覆いにして、銃を持つ。機会を窺う。一分ほどで、一瞬の隙が生まれた。ウルフの目が閉じるか、視線が逸れる。同時に、どっちが犯人かによるが、室内の連れが廊下を覗くか、ピアノのそばで背を向ける。狙いをつけて、発射。もう一人がきょろきょろしている隙に、銃を花瓶に隠す。

一番の難題は、そのあたりをはっきりさせようとすることだ。動機なり、銃の所持なり、準備工作での手がかりなりで白黒つかない限り、どうやって二人のうちの一人を陪審に有罪と決定させる？　わざわざ注意の必要もない細かい問題だが、本当に必要なのはハケットの命を狙って襲った罪ではなく、イェンセンとドイルを殺した罪で有罪を決定づけることなのだ。

この二時間で、ぼくはかなり間隔をあけて三度ジェーンに話しかけた。以下のとおりだ。

一．「水はいるかい？　飲みものとか？」

二．「この部屋からも手洗いに通じるドアがあるよ。あそこだ。手洗いから事務所に行くドアには、今鍵がかかってる」
三．「失礼」これはあくびをしたとき。

ジェーンは答えようとも、目を向けようともしなかった。イェンセンも同じような態度だった。これまでの人生で、こんなに明るさのない二時間は他に記憶がない。

だから、九時少し前に玄関のベルが鳴り、この単調さが破られたときはありがたかった。応接室から廊下へのドアも防音仕様なので、聞こえたのはかすかに響く足音と、もっとかすかな人の声だけだった。が、三分くらいで、廊下へのドアが開き、フリッツが入ってきた。フリッツはドアを閉めて、さほど大きくない声で言った。

「アーチー、事務所でウルフさんが呼んでるよ。クレイマー警視がそこにいて、ステビンズ巡査部長も一緒だ。わたしがここに残ることになってる」

フリッツが片手を差し出した。ぼくは銃を渡し、部屋を出た。

応接室が暗い雰囲気なら、事務所は真っ暗闇だった。ウルフを一目見ただけで、怒り狂っているのがわかった。机の上で人差し指が何度も同じ円を描いていたからだ。パーリー・ステビンズ巡査部長は壁際に立ち、いかめしい顔をしている。クレイマー警視は赤革の椅子に座っていたが、椅子に負けないほど顔が赤い。だれもぼくに目もくれようとしなかった。

ウルフが噛みつくように命じた。「ノートを」

ぼくは自分の机に行って、ノートと鉛筆をとり出し、腰をおろした。そして、発言する。「ぼくが玄関のベルに応対しないと、こんなことになるんですね。お客を迎えたくないなら――」

「くだらん」ウルフは机の上の書類を叩いた。「これを見ろ」

ぼくは席を立って、見た。捜索令状だった。「家屋……上述のネロ・ウルフが所有し、居住する……所在地……」

すげえ。クレイマーがまだ息をしているなんて、驚きだ。いや、ウルフもか。

クレイマーが感情を抑えながらも、嚙みついた。「ウルフ、今あんたが言ったことは、水に流すようにする。完全な言いがかりだぞ。なめるなよ、その場しのぎのでたらめは聞き飽きた。いいか、こっちにはあの銃がある。発射した弾は、あんたが送ってきた弾、そしてイェンセンとドイルを殺った弾と一致した。あれが凶器なんだ。で、あんたが送ってきたんじゃないか。わかってるとも、あんたは依頼人をつかまえたんだな。依頼人をつかまえたら、あんたは自分のポケットに隠しちまう。ここに来て頼みこんだところで、ばかをみるだけだろうが。前に一度試してみたんだしな」

ウルフはまた円を描きはじめていた。「もう一度言うが」ウルフはぼそりと吐き捨てた。「あなたが給料を受けとっているのは、ニューヨーク市民に対する詐欺に等しく、名誉ある職業に泥を塗るふるまいだ」

クレイマーの顔は椅子と同じ赤さになっていたが、さらに赤くなりそうな気配になった。「そういうことなら」クレイマーは言った。「水に流すのはやめだ。家宅捜索する」そして、席を立とうとした。

「そんなことをしたら、あなたはイェンセン氏とドイル氏を殺害した犯人を絶対に捕まえられない」

クレイマーは椅子にどかりと腰をおろした。「捕まえられない？」

「そのとおり」

「邪魔するつもりか？」

「ばかな」ウルフはむっとした。「次には、嵩《かさ》にかかって司法妨害は犯罪だと警告するのでしょうな。殺人犯が捕まらないと言ったのではない。あなたには捕まえられないと言ったのだ。もうわたしが捕まえたのだから」

パーリー・ステビンズの口から唸り声が漏れた。が、他に気づいた人はいなかった。ぼくはにやりと笑ってやった。

クレイマーが言った。「捕まえただと？」

「そうです。銃と弾丸に関するそちらの報告書で、疑問の余地はなくなった。ただし、事態が少々紛糾していることはたしかだ。そこで、一つ正式に警告しておきます。あなたにこの事件をさばく力はない。わたしにはある」ウルフは机の令状を押しやった。「この書類を破りなさい」

クレイマーはゆっくりと首を振った。「いいか、ウルフ。あんたのことはわかってる。わかってないとでも思うのか！　とはいえ、執行前に話し合う余地はある」

「だめだ」ウルフはまたぼそりと吐き捨てた。「脅迫には屈しない。スキナー地方検事と協力することも辞さない。破りなさい、さもなければ、執行しなさい」

あくどい脅しだった。スキナーに対するクレイマーの評価は、政府の民主制度における傷の一つだったからだ。クレイマーは令状、ウルフ、ぼくと順繰りに見て、また令状に視線を戻した。そして、手にとって破った。ぼくは紙片を受けとり、ゴミ箱に捨てた。

ウルフに満足した様子はなかった。まだ機嫌が悪すぎて、他の感情を受け入れる余地がないのだ。

が、ぼそぼそ言うのはやめて、普通にしゃべる決意をしたようだ。「いい加減にしないか」ウルフは言った。「もう二度とこんなふうに自分の時間を無駄にしないでもらいたい。わたしの時間も。銃の追跡は可能でしたかな？」

「だめだ。番号が消えていた。一九一〇年頃のものだろう。参考になるような指紋は一切なし。染みだけだ」

ウルフは頷いた。「当然だ。きれいに拭いたり、手袋をはめたままでいるより、よほど単純な技術だ」そして、ステビンズに目を向けた。「座ってください。立っていられると、気になるので」クレイマーに視線を戻す。「殺人犯はこの家にいます」

「そうだろうと思っていた。依頼人か？」

ウルフはその質問にとりあわず、手を振りさえしなかった。椅子にもたれて、伴奏の唸り声とともに位置を調節し、腹の赤道の本初子午線上で指を組み合わせる。ウルフは捜索令状のことを水に流して、仕事にとりかかる気になったのだ。ぼくはステビンズにウィンクしてみせたが、気づかないふりをされた。ステビンズもノートを構えていたが、まだなに一つ記入していなかった。

「一番紛糾している点だが」ウルフは意地の悪い口調で告げた。「表の応接室に男女がいる。二人のうちどちらかが殺人犯だと仮定します。さて、どちらでしょう？」

クレイマーは眉をひそめた。「仮定の話なんて、聞いてないぞ。殺人犯を捕まえたと言っただろうが」

「たしかに言いました。彼もしくは彼女は監視つきで、その部屋にいる。なにがあったのか、説明しなければならないでしょうな、警官軍団を調査にとりかからせようと思うのなら。打開策はそれしかないようだ。当方に軍団はないのでね。はじめに、脅迫状を受けとって、わたしはある男性を雇いました。身体的特徴がわたしに似た――表面的ですが――人物をね。この家のなかでも戸外でも、身代わりにするために。そして、自分は部屋にこもったのです。なにも起こらな――」

「関知なし、関心な――」

「口を出さないでもらいたい」ウルフがぴしゃりと言った。「事の次第を話しているのだから」

ウルフは話した。一連の出来事の報告にかけては、ぼくは自分を高く評価しているが、一専門家としてウルフの報告を聞いていると、あの出来をさらに上回るのは無理だっただろうと認めるしかなかった。ウルフは一つの単語も無駄にせず、しかも、すべてを説明した。ステビンズはすべてをノートに書きとめようとして、舌の先をかみ切るところだったが、ぼくは苦にならなかった。

ウルフの話が終わった。クレイマーはしかめ面で座っている。ウルフは意地悪そうに続けた。「さて警視、ここで問題です。今の手持ちの手がかり、もしくはこの家でつかめる手がかりで決着がつくとは思えませんな。あなたは部下たちに有望そうな線を調べさせなければならないでしょう。わたしも相談には応じます」

「こっちとしちゃ」クレイマーは怒鳴った。何度も見ては取り組んできたものの、解けたことのない難問を見るような目で、ウルフを睨んでいる。「あんたがどれくらい今の話を手直ししたかってことを知りたいんだがな」

「一つも。わたしはこの事件に一つしか関心はない。依頼人はいない。警察には一切隠し事をしていないし、付け足しもしていない」

「かもな」クレイマーは行動の人にふさわしく、体を起こした。「いいだろう、今の話に基づいて捜査を進めて、事件を解明する。まずは二人に質問をしたい」

「そうだろうと思いました」他の人間が質問するのを座って聞いているのが、特に自分の事務所でやられるのが、ウルフは大嫌いだった。「ミス・ギーアがへそを曲げるでしょうな。弁護士を雇いたがっています。むろん、公的立場上、あなたは分が悪いですな。どちらを最初に呼びますか？」

クレイマーは立ちあがった。「そいつらと話す前に、部屋を見なきゃならん。ものの配置を確認したい。とりわけ、花瓶をな」

ぼくはウルフも腰をあげたのを見て、仰天した。不要な活動すべてに対するウルフの態度を、よく知っていたからだ。が、二人のために応接室のドアを開けにいったとき、クレイマーの尋問を聞くのは大嫌いなウルフだが、状況が状況だけに、質疑応答が応接室ではじまって話を聞けないほうがもっと気に食わないのだと思い当たった。ステビンズが二人のすぐあとに従い、ぼくがしんがりだった。

ジェーンはピアノの椅子に座っていた。イェンセンはソファーにいたが、ぼくらが入っていくと、腰をあげた。フリッツは窓際に立っていたが、イェンセンの動きに合わせて銃を持っている手があがった。

ウルフは言った。「ミス・ギーア、こちらはクレイマー警視です」

ジェーンは声も出さず、身動き一つしなかった。

また、ウルフが言う。「イェンセンさん、あなたは警視に会ったことがおありですね」

「ああ、ある」イェンセンの声は長い間使われないままだったので、調子が狂った。咳払いをする。

「じゃあ、警察を呼ばないという合意も茶番だったんだな」怒りがにじむ声だった。

「そんな合意はない。クレイマー警視をいつまでも蚊帳の外に置いてはおけない、とわたしは言いましたよ。わたし――ハケットさん――を狙った弾丸は、その花瓶のなかで発見された銃から発射されました」ウルフが花瓶を指さす。「あなたのお父さんとドイル氏を殺害した銃弾もです。従って、容疑者は……範囲を絞られる」

「わたしは」割りこんだジェーンの声は、今までぼくが耳にしてきた声とはまるでちがっていた。「弁護士を雇う権利を要求します」

「ちょっと待った」クレイマーが口を出した。自分では相手を宥めているつもりの口調だった。「その件について話し合いの用意はあるが、少しここを見て回るまで待て」クレイマーは捜査をはじめ、ステビンズ巡査部長も上司にならった。二人は距離やさまざまな品の位置を検討した。その上で、次の項目に入った。この部屋のどの部分からなら、開いたドアを通過して事務所へ、さらにウルフの椅子の穴から壁の穴へと銃弾を撃ちこめるだろうか?

警官二人がその問題に取り組んでいるとき、ウルフがフリッツのほうを向いて、尋ねた。「もう一つのクッションをどうした?」

フリッツは面食らった。「もう一つのクッション、ですか?」

「あのソファーにはベルベットのクッションが六個置いてあった。五個しかないぞ。どこかへ片づけたのか?」

「いえ」フリッツはソファーに目を向け、数えた。「おっしゃるとおりです。隙間を埋めるように並べ替えられています。わたしにはわかりません。昨日この部屋を掃除したときは、全部ありました」

「間違いないか?」

「ありません。絶対です」

「探せ。アーチー、フリッツを手伝え。あのクッションがこの部屋にあるかどうかを知りたい」

ソファーのクッションに非常警報を発する場合じゃないような気がしたが、とりあえず他にすることがなかったので、言われたとおりにした。クレイマーとステビンズは殺人事件の捜査を進め、フリッツとぼくはクッション探しを進めた。イェンセンは両方の作業を見守っていた。ウルフは一つだけ、フリッツとぼくの作業だけに注目していた。ジェーンは部屋に自分しかいないような顔をしていた。

最終的に、ぼくはウルフに告げた。「なくなりました。ここにはありません」

ウルフはぼそぼそと答えた。「ないのはわかった」

ぼくは目を見張った。ウルフの顔には、ぼくがよく知っている表情が浮かんでいた。勇み立っているのとはちょっとちがうが、その表情にぼくは決まって勇み立つ。ウルフの首は緊張していて、脳の働きを邪魔しないように頭を完全に固定しているみたいだった。目は半ば閉じていて、なにも見ていない。そして、唇が動いている。突き出しては戻し、また突き出す。そんな効果がある以上、ベルベットのクッションが一つ消えただけの問題ではないのだ。ぼくはウルフを見つめた。

突然、ウルフは振り返ってこう言った。「クレイマー警視！　ミス・ギーアとイェンセンさんと一緒に、ステビンズ巡査部長をここに残してください。あなたも残ってもいいし、わたしと一緒に来てもかまわない。お好きなほうで。フリッツとアーチーは来なさい」そして、事務所に向かう。

ぼくと同じくらいウルフの声の調子を熟知しているクレイマーは、ステビンズに一声かけて、ウルフのあとに続いた。フリッツとぼくも続いた。ジェーンの声も。

「こんなの、あんまりよ！　わたしは……」

ぼくはドアを閉めた。

ウルフは椅子に座ってから、口を開いた。「あのクッションがこの家にあるかどうかを知りたい。地下室から上まで探せ。ただし、南の部屋は除く。その部屋でハケットさんが休息しているからな。ここから、はじめてくれ」

クレイマーが怒鳴った。「おい、いったいなんなんだ？」

「あとで説明します」ウルフは答えた。「説明できる状態になったら。わたしはここに座って、仕事をするつもりなので、邪魔は厳禁です。十分かかるかもしれないし、十時間かもしれない。向こうへ行くなり、ここにいるなり、お好きにどうぞ。どこに行ってもかまわないが、横槍は入れないように」

ウルフは椅子にもたれ、目を閉じた。唇が動きはじめる。クレイマーは椅子にさらに深く座り、足を組んで、とり出した葉巻を噛んだ。

事務所の捜索は、表の応接室の捜索とはまるで話がちがった。そもそも、事務所のほうがずっと広い。おまけに、クッションを隠せる場所が圧倒的に多い。ファイル、引き出し、本棚、雑誌や新聞を入れる整理棚、物入れ、その他もろもろ。天井が高いので、棚やファイルや物入れの上の部分には、すべてはしごを使う必要があった。戸棚類は奥行きがあって、どれも対象外にはできない。全部の本を抜き出して、元どおり収めるのは、生半可な仕事ではなかった。フリッツはいつものように慎重かつ徹底的に作業していた。ぼくも怒濤の勢いで働いたとは言いがたい。それというのも、両手と一緒に頭脳も使用して、クッションがなくなったという事実が一つの世界を粉々にする彗星みたいに、なぜ、どんなふうに事件の組み立てに突っこんでくるのかを解明しようとしていたのだ。時折様子を窺ったが、ウルフはまだ仕事中で、唇が動き、目は閉じていた。

三十分、もうちょっとかかったかもしれないが、ウルフが一声唸るのが聞こえた。ウルフを見ようと振り返ったはずみで、ぼくははしごから転げ落ちそうになった。ウルフは活動していた。机の向こう側の角に置かれていたゴミ箱をとりあげ、内側に光が直接あたるように持って、中身を点検する。そして首を振り、ゴミ箱を戻すと、今度は机の引き出しを開けはじめた。右側の一番上から、すっかり引っ張り出して内部を確認する。最初の二つ、上段と真ん中の引き出しは空振りだったようだ。が、高さが二倍ある一番下の引き出しを出せるだけ引っ張ったときだった。なかを覗き、もっとよく見えるようにと身を屈め、片手を突っこんで手探りしている。そして引き出しを閉めて、体を起こし、告げた。

「あった」

このわずか三音節の言葉に、最低でも二トンの自己満足とご満悦が詰まっていた。

みんなが目を見張ってウルフを見た。

ウルフはぼくに目を向けた。「アーチー。そこからおりろ。落ちないようにな。机のなかを確認して、わたしの銃の一丁が発射されていないか、調べてくれ」

ぼくははしごをおりて、武器をしまっている机の引き出しを開けた。最初にとり出した銃はシロだった。次の銃の臭いを確認し、点検して、報告した。「当たりです。六つあった弾薬が、今は五つになっています。クッションと同じですね。薬莢は残ってます」

「不覚だ！　けしからん馬鹿者だ。ミス・ギーアとイェンセンさんに、なにが起こったのかを聞きたかったらここに来てかまわないと言いなさい。家でも、どこでも、好きに行ってかまわない。あの二人に用はない。ステビンズ巡査部長と一緒に三階へ行って、ハケット氏を連れてきてくれ。油断するな、細心の注意を払って身体検査をするように。ハケット氏はきわめて危険な人物、かつ、とんでもない馬鹿者だ」

第九章

ファイフ准将――正しくはヴォス大佐。あとで知ったが、その夜ダウンタウンにある軍情報部《G2》の本部詰め当直だったから――に電話をする暇はなかった。雑用で手一杯だったのだ。まずは、ジェーンとイェンセンについて。よく言葉を選んで簡単にウルフの伝言を話したところ、二人はきょとんとして目をぱちぱちした。無理もない。次に、二人とも口を開いたが、みるみるすごい勢いになった。ぼくは人徳だけで二人を黙らせた。

イェンセンにはこう言った。「きみは父親を殺した犯人を捕まえるのに力を貸してもらうつもりで、ウルフさんに会いにきたんだよな。ウルフさんは力を貸しただけじゃない。一人でやってのけたよ。ベッドから出ないのも同然の状態でね。やれやれ、この上なにが望みなんだ？」

ジェーンにはこう言った。「きみは殺人事件の容疑者として公に名前が出ることを防ぎたかったんだろ、副社長になれるように。ウルフさんが防いでくれたよ。ぼくの功績としては、きみをこの立派な少佐に引き合わせたじゃないか。それで不平を言うのかい？」

もちろん、二人は事務所の集まりに加わることに賛成票を投じた。投票までの二人の態勢は意味深長だった。向かい合って立ち、イェンセンの右手がジェーンの左肩に置かれ、ジェーンの右手、指先だけのようだったが、イェンセンの左の前腕にかけられていた。ぼくは事務所への入口を見つけるのは二人に勝手にやらせることにして、パーリー・ステビンズに役目を説明して、一緒に南の部屋へあがっていった。

およそ十分後、ぼくらは荷物を事務所に配達した。ぼくが身体検査をするために手をかけた瞬間から、ハケット氏は協力を渋り、これまでにぼくが経験したことがないほど派手な意思表示をした。とはいえ、事務所に行くよりもさらに悪いことがあるという説得には、十分間のうち六分しか費やされなかった。残りの四分間、ぼくはやつに馬乗りになったまま、蹴られたすねの皮膚に傷がないか、手首を捻挫していないかと確認していた。同じくステビンズは手洗いに行って、頬と首の血を洗い流し、絆創膏を貼っていた。ハケットは蹴ったり引っかいたりだけに攻撃を抑制していたわけじゃなく、なんでもありの無制限状態だった。で、ステビンズとぼくが制限してやったのだ。

ぼくらは無傷でやつを事務所に連れていった。実際、ちょっとあざができただけのやつを椅子に座らせる。ステビンズはその後ろに立ち、監視する気満々だったので、ぼくは自分の机に向かった。ジェーンとイェンセンは、奥の大型地球儀のそばに、椅子を並べて座っていた。クレイマーはさっきと同じだった。

ぼくは報告した。「気が進まないようでした」

ウルフのために一つ断っておくと、ぼくの知る限りウルフはこれから捕まえようという相手を見て、してやったりと笑みを浮かべたことは一度もない。ウルフはハケットをじっと見たが、研究に値する非凡な対象物を眺めているみたいだった。

ぼくはもう一言付け加えた。「パーリーは、こいつに見覚えがあるようです」

四角四面なステビンズは、律儀に上官へ報告した。「間違いありません、警視。たしかにどこかで見たのですが、思い出せません」

　ウルフは頷いた。「制服姿だと印象は変わる。きっと制服を着ていたんでしょう」

「制服？」ステビンズは顔をしかめた。「軍服か？」

　ウルフは首を振った。「水曜の朝、クレイマー警視から聞いた話では、イェンセン氏とドイル氏が殺害された時間にマンションで勤務中だったドアマンは、二週間前に雇われたばかりの太った役立たずで、住人の名前を知らず、おまけに犯行時刻には地下で温水器のボイラーをたいていたと主張したそうですな。電話を一本かければ、まだそこで働いているかどうかがわかるでしょう」

「働いていない」クレイマーが荒っぽく答えた。「水曜の午後に辞めてる。人が殺された場所は気味が悪いと言ってな。おれは見たことがない。部下には会ったやつもいるが」

「本当だ」ステビンズはハケットの顔をじっと見つめた。「やられたな、あいつだ。シャベルのどっち側を持てばいいのかも知らないばかだと思ったんだが」

「ハケットさんは」ウルフは断言した。「暗愚と天才を兼ね備えた希有《けう》な人物です。イェンセン氏とわたしを殺害することを決心し、ニューヨークへ来たのです。ところでハケットさん。少々ぼうっとしているようですな。わたしの言っていることが、聞こえますか？」

　ハケットは声一つ出さなかったし、瞬き一つしなかった。

「聞こえているようだ」ウルフは続けた。「これなら興味が持てるでしょう。わたしは軍情報部《G2》に依頼して、メリーランドの刑務所に収監されているピーター・ルート大尉の所持品検査をしてもらったのです。数分前に電話したところ、報告が聞けました。ルート大尉は嘘をついていたのです。父親とは連絡をとっていないし、何年も音信不通だとね。父親からの手紙が何通か手回り品から発見され、日付はここ二ヶ月以内でした。その内容から、トーマス・ルートという名の父親は大尉を偏愛していたことが明らかになったのです。そう、常軌を逸するほどにまで」ウルフはハケットに向かって、指を一本軽く動かした。「この推測が正しいか否かを、あなたは判断できる立場にあると思いますが。そうなのですか？」

「あと一日」ハケットは耳障りなかすれ声で言った。両手が痙攣している。「あと一日あれば」と繰り返す。

ウルフは頷いた。「わかっている。あと一日あれば、あなたはわたしを殺していたでしょう。今日の午後、この家での小芝居のせいで、疑いはミス・ギーアかイェンセンさん、もしくはそのお二人に集中していましたから。そして、あなたは姿を消す。おそらく、人が殺された家は気味が悪いとか、またぼやいた上で」

イェンセンが急に立ちあがった。「その小芝居の件を、説明してもらってない」

「しますよ、イェンセンさん」ウルフはより楽な姿勢をとった。「ですが、まずは火曜日の夜の犯行についてです」視線はハケットに向けたままだ。「鮮やかな犯行だった。わたしにとっては幸運なことに、あなたは最初にイェンセン氏を殺害することに決めた。マンションの管理職員はどこも人手不足で、なんなく現場でドアマンの職に就いた。あとは、通行人や目撃者のいない機会を待つだけでいい。脅迫状を郵送した翌日に、その機会は訪れた。イェンセン氏の雇ったボディガードの存在を除けば、どこから見ても理想的な状況だった。マンションの入口に到着しても、もちろん二人は制服を着たドアマンに疑いは持たない。イェンセン氏は軽く頭をさげ、声の一つもかけたでしょう。他にはだれもいない。エレベーター係は住人を乗せて上階へ向かっている。絶好の機会、見逃すには惜しい。

あなたは布きれでリボルバーを包み、ドイル氏の背中を撃った。銃声に振り向いたイェンセン氏は真正面から撃つ。そして、地下室に通じる階段へ急いで逃げこみ、温水器に火をつける。真っ先に銃を包んだ布をボイラーに放りこんだでしょうな」

ウルフは視線を移した。「辻褄の合わないところはありますか、クレイマー警視？」

「聞いた限りじゃ、うまく合っているようだが」クレイマーは認めた。

「それは結構。ハケットさん――ルートさんと呼ぶべきでしょうな――は、二人を殺害した事件で有罪を宣告されなければならない。自分の耳にちょっと傷をつけたからと、電気椅子に座らせることはできないのだから」ウルフの目がまた移動して、ぼくを見つめた。「アーチー。ハケットさんのポケットから道具の類いを見つけたか？」

「ボーイスカウトの憧れの品だけですね」ぼくは答えた。「よくある万能ナイフです、鋏や錐、爪やすりとかがついて――」

「警察に提出して、血痕が残っていないか調べてもらえ。そういうことにかけては、クレイマー警視の右に出るものはいない」

「ふざけるのは、あとにしろ」クレイマーが怒鳴った。「火曜の夜は今の話どおりとして、その線で捜査する。今日の話はどうなった？」

ウルフはため息をついた。「あなたはもっとも興味深い点を大慌てで片づけるのですな。ハケットさんはわたしの求人広告に応じてきたのですよ。広告の細目がわたしの外見と概ね一致すると気づき、広告主がわたしではと勘ぐって、接触のため利用する。それほどの切れ者なのだろうか？　それとも、単に資金が尽きて、金に釣られただけなのだろうか？　わたしとしては後者のような気がしますが、正直言って答えが知りたい。疑念を晴らしてくれる気はないのでしょうな、ルートさん？」

その日のルート氏は、晴れ晴れした気分ではなかった。

「しかたがない。わたしとしては取引材料を提示できないのでね。ともかく、広告に応募して、わたしからの手紙を受けとり、当然あなたは喜んだ。雇われたときは、さらに喜んだ」ウルフの視線が弧を描き、集まっている全員の顔を見ていった。「皮肉から嘲笑まで、なんでも言ってください。自分を殺そうとしている男に一日百ドル払い、自分の家に住まわせ、食事を出してやり、自分の椅子に座らせたのは事実ですからな。なにを言われても我慢できる理由は一つだけ、圧倒的に不利な立場だったにもかかわらず、わたしは生き延び、犯人はそうではないからだ」

だれも皮肉もしくは嘲笑を用意していなかったらしいが、イェンセンが口を出した。「まださっきの小芝居の説明を受けていないが」

ウルフは頷いた。「今、はじめるところです。この家に入りこんだ瞬間から、当然ルートさんは計画を練っていた。却下、考案、修正。その状況を大いに楽しんだはずです。ハンカチを使って発射の際に手を保護しようとする工夫は、そういった計画のなかの一部だったにちがいない。が、最後に採用した計画で、見事に図にあたった。ミス・ギーアが午後六時にわたしを訪ねてくることを、今朝ルートさんは知った。自分が身代わりを務めることも。昼食後、この部屋で一人になったとき、向こうの応接室のソファーからクッションを一つ失敬してリボルバーをくるみ、弾丸が椅子の背を貫通して壁にあたるように一発撃った。なんなら椅子の背にあてて構えてもいいので、きっとそうしたのでしょう。クッションはこの机の右側、一番下の引き出しの奥に突っこんだ。あらかじめ引き出しの手前側の中身を確認して、あまり開けられていないと察しをつけていたのです。銃はポケットに入れた。

椅子は壁際まで引いたままにして、漆喰の穴を隠す。椅子の革にあいた穴は目立たないし、見つかる危険は覚悟の上だったが、椅子に座っているときには、自分の頭で穴を隠した」

「穴が見つかっていたら、弾も発見されてしまっただろうに」クレイマーがぼそりと言った。

「さっきも言ったでしょう」ウルフは苛ついて言い返す。「ルートさんはとんでもない馬鹿者だと。そういう恐れがあったとしても、続く午後はアーチーが一緒に外出すること、わたしが自室にこもることは、知っていた。だいたい、はっきり告げてしまっていたのです、ルートさんが座る必要が永久になくなるまで、わたしは再びその椅子に座るつもりはないと。六時にミス・ギーアが到着した。思いがけなく、イェンセン少佐も一緒だった。二人は表の応接室に案内され、事務所へのドアは開いていた。ルートさんの頭脳はすばやく働いた。脳以外の場所も。アーチーの机からわたしの拳銃のうち一丁をとり出し、この椅子に戻って、クッションを入れた引き出しを開ける。そのクッションに向かって一発撃ち、銃を放りこんで引き出しを閉める」

ウルフはまた、ため息をついた。「アーチーが飛びこんでくる。ここに座っているルートさんをちらっと確認して、応接室に向かう。それで、ルートさんは二つのことをする機会を手に入れた。わたしの銃をアーチーの机の引き出しに戻す。ナイフの刃、わたしは錐だと思うが、それを使って、耳の端をちょっと裂く。これでもちろん、ルートさんにより有利な状況となる。しかし、はるかに状況を有利にしたのは、直後に訪れた機会、アーチーに手洗いへ案内されて、一人にされたときだった。機会はそれきりではなかったかもしれないが、まさに文句なしの好機だった。ルートさんは手洗いから応接室に入り、ハンカチをつけたままの状態で自分の銃を花瓶のなかに置いた。そして、手洗いに戻り、後ほど一同のいる事務所へ戻ったのだ」

「呆れたやつだ！」信じられないと言わんばかりに、ステビンズが声をあげた。「エンパイア・ステート・ビルから飛びおりて、飛行機の尾翼につかまろうって度胸だな！」

「たしかに」ウルフは同意した。「わたしはこの人を馬鹿者呼ばわりしました。とはいえ、決して完全な愚策だったわけではない。わたしがクッションがなくなったことに気づかなければね。この机は床に直置きされていますから、引き出しを引っ張り出さない限り、一番下の引き出しの弾痕は見えないでしょう。そもそも、引っ張り出す理由があるとでも？　自分の机にある銃の一丁が発射されていると、アーチーが気づく機会もありそうにない。だいたい、気づいたところでどうだというのです？　ルートさんは指紋を残さずに銃を扱う方法を心得ていた、簡単なことですからな。いい加減にしないか、そうではない。わたしを殺す機会をルートさんが待つことは大いにありえた、今日の午後でも、夜でも、明日の朝でも。疑いはすべてミス・ギーアとイェンセン少佐にかけて……姿を消す」

クレイマーはのろのろと頷いた。「否定してるわけじゃない。あんたの意見は買うよ。ただな、証明できないことが説明に山ほど入ってる。それは認めなきゃならんだろ」

「証明する必要はない。あなたもだ。さっきも言ったとおり、ルートさんはイェンセン氏とドイル氏殺害の罪で裁判にかけられるでしょう。この家での愚行に関してではない。さて、そろそろルートさんを連れていってくれるとありがたいのだが。もう充分すぎるほど同席したのでね」

「そりゃそうだろうな」クレイマーはにやりと笑った。珍しい。そして立ちあがる。「行くぞ、ルートさん」

三人を送り出し、クレイマーとステビンズがハケット＝ルートを階段から歩道へおろし、パトカーへと連行していくのを確認したあと、ぼくは玄関のドアを閉め、チェーンをかける手間を省いて、事務所へ戻った。ジェーンとイェンセンは、かろうじて手をつなぐのを遠慮して、ウルフの机の前に並んで立ち、にっこり笑いかけていた。

「……鮮やかなんてものじゃない」イェンセンがしゃべっている。「すばらしい、最高だ」

「まだ信じられないわ」ジェーンが宣言した。「魔法みたい」

「単なる仕事です」ウルフはぼそぼそと答えた。謙遜って言葉を知ってるみたいに。

だれ一人、ぼくに目もくれない。ぼくは腰をおろして、あくびをした。イェンセンは言いたいことを口に出しかねているようだったが、いきなり実行に移した。

「ぼくは報酬を支払いたいのです。水曜日にここへ来たのは、あなたを雇って父が殺害された事件を調査してもらうためでした。そのあとで、ぼくが事件に関わっていたなんて信じられない考えを警察が抱いて、なおいっそうあなたを雇いたかったが、会ってもらえなかったわけです。もちろん、今は事情を理解していますよ。法的には支払いの義務はないかもしれませんが、道義的にはそうはいかない。ぜひ報酬を受けとっていただきたいのです。今日は小切手帳がないので、後日郵送する形になりますが……五千ドルでどうでしょう？」

ウルフは首を振った。「わたしは依頼人からしか報酬を受けとりません、前もって決めた金額をね。小切手が送られてきたら、送り返さなければならないでしょうな。安眠のためにぜひとも送りたいのであれば、全米軍用資金へどうぞ」

ぼくはなんとか、まじめな顔をとり繕った。ウルフが金の受けとりを放棄したのは、五千ドルの追加収入があったところで、もう五分の一程度しか手元に残せない水準に年収が達していたからだ。イエンセンの気前のよさについては、ある年頃の男の子が女の子の前で木に登って月面宙返りをしても許されるなら、他の年頃の男の子は小切手帳を振り回しても許されるんじゃないか、ということで。ジェーンがイェンセンを見ている目は、昔オハイオで十四回懸垂をしたぼくを見ていた五年生の女の子の目を思い出させた。

そういうわけで、お互いの気高い心映えに基づいて問題はけりがつき、恋人たちは帰ろうと出口に向かった。お節介になるのは気にせず、ぼくは二人のために玄関のドアを開けにいった。戸口を通るとき、ジェーンは突然ぼくの存在に気づいて立ちどまり、急に片手を差し出した。

「取り消すわ、アーチー。あなたは汚らわしいねずみじゃない。仲直りの握手をしましょ。そうよね、エミール？」

「もちろん、ちがうさ」エミール・イェンセンはバリトンの声で力強く請け合った。

「参ったな」ぼくは目を潤ませ、口ごもった。「今日は人生最高の日だ。これでぼくは立派なねずみに生まれ変われるよ」そして、ドアを閉めた。

事務所に戻ると、ウルフは自分の椅子に座っていた。穴は一ヶ所だけで、すぐに修理できるだろう。目の前には三本のビール瓶が載った盆。両手を肘掛けに置き、背もたれに体を預け、糸のように目を細めている。絵に描いたような、安らぎに満ちた姿だ。

ウルフはぼそぼそと言った。「アーチー。明日の朝、例のタラゴンの件でヴィスカルディ氏に電話することを、忘れずに注意してくれ」

「はい」ぼくは腰をおろした。「よろしければ、一つ提案をしたいのですが」

「なんだ？」

「単なる提案です。体重約二百六十ポンド、簡単な日常動作ができる人食い虎急募の広告を出しましょう。そいつを大きな戸棚の陰に待機させておくんです、あなたが入ってきたら背後から襲いかかるでしょう」

ウルフは眉一つ動かさなかった。自分の椅子の座り心地を楽しんでいて、ぼくの言葉など耳にも入らなかったのだろう。

この世を去る前に

第一章

その十月の月曜の午後、屋内での生活は、ぼくが好ましいと思える限界を超えてきていた。屋内とは、つまりネロ・ウルフの事務所だ。ノース・リバーからそれほど離れていない西三十五丁目にウルフの所有する家があり、その一階でぼくは働いている。もう少しで一息つくことはできた。毎日午後の二時間、四時から六時までは、ウルフは屋上の植物室で蘭と一緒に過ごすからだ。ただ、四時までまだ三十分あるのに、しばらくは顔も見たくない状態になっていた。

ウルフが悪いわけじゃない。ぼくが、うんざりしてしまっただけだった。ときは大規模肉不足のまっただ中。畜産業者や解体業者にとってはきわめて残念なことに、何百万頭もの豚や牛が高値をつけられるためにこっそり隠れてしまっていたのだ。ネロ・ウルフにとって、肉のない食事は侮辱だった。ウルフの機嫌があまりにも悪いので、ぼくを食べてくれと自ら志願してみた。ウルフの八つあたりをやめさせるにはそれが一番の薬だっただろう。その月曜日の午後には、ウルフはすっかりやけくそになり、長距離を歩きはじめていた。そう、自分の椅子と本棚を往復したり、なんと三十五丁目に面した応接室に通じるドアまでも何度か通過したくらいだ。

そういうわけで、三時三十分、ぼくは用足しにちょっとそこまで出かけてくると告げた。ウルフは惨めで険悪な気分のどん底に落ちこんでいたので、用とはなんだと訊きもしなかった。そして、ぼくが廊下の棚に置いてある自分の帽子に手を伸ばしたそのとき、玄関のベルが鳴った。帽子は棚上げにして、玄関まで行って、ドアを開けた。相手を見たとたん、ウルフの苛々にがんじがらめになっていた心が一瞬で呪縛を解かれた。ポーチに立っていたのは、今まで見たなかで一番〝いかにも〟なやつだったのだ。朝から太陽が照っていて、今も晴れているのに、そいつはレインコート姿でベルトをきっちり締めていた。サイズの小さすぎる帽子はつやのある黒いフェルト製で、明るい灰色の瞳のまぶたを開けさせておくという本来の機能は必要ないように思えた。そもそも、顔が死んでいたからだ……いや、少なくとも息を引きとって、防腐処理を施したら、やつの顔は今とそっくり同じにみえるだろう。

「おまえの名前は、グッドウィンだな」男は最小限の筋肉しか動かさずに、ずけずけと尋ねた。

「わざわざ、ご指摘どうも」ぼくは礼を言った。「さて、体重は何ポンドでしょう？」

が、男はにこりともしなかった。「出ろ」そして、親指で後ろを指し示した。「あそこの車に、おまえに会いたいって人がいる」

ぼくは性格判断のために間をおいた。死に顔をした見知らぬ男がたばこを探してポケットに手を入れるたびに、自分が恐怖で悲鳴をあげたり、銃の引き金を引いたりしないとの確認をしておきたかったのだ。とはいえ、私立探偵として長くやってきた以上、ネロ・ウルフは大勢の人間に多くの煮えたぎる感情を引き起こしてきている。なかには執念深いやつもいるだろう。ウルフに雇われて十年以上になるのだから、ウルフと一緒にぼくの名前も候補に挙げられている可能性もありとみて間違いない。そこで、ぼくは『死に顔』にちょっと待ってくれと言って家に入り、ドアを閉めて、事務所に戻った。自分の机の引き出しを開けて銃をとり出し、上着の脇ポケットに入れる。手も入れたままだ。

廊下に戻ろうとしたところで、ウルフが不機嫌な声で尋ねた。「何事だ？　ねずみが出たのか？」

「ちがいます」ぼくは冷たく答えた。「歩道におりて、車に乗っている男のそばへ行けと言われまして。車は歩道際に駐まっています。そのなかにいるのが、デイジー・ペリットだとわかったんですよ。一番有名な市民の一人ですからね、あなただって名前くらいは聞いたことがあるでしょう。最新の称号は〈闇市の王〉です。あなたとはちがって、やつはぼくを焼き肉にぴったりと考えてるかもしれませんから」

ぼくは事務所を離れた。ポーチに出て、ドアを閉めて鍵のかかる音を確認してから、ポケットから手を出して、『死に顔』になにを持っているのか見せて戻し、階段をおりて歩道を渡って車に近づいた。大型の黒いセダンだった。なかにいる男はレバーを動かして窓をさげた。

右肩の後ろから声がした。「こいつはポケットのなかで銃を握ってます」

「だとしたら、呆れたばかだ」車の男は、窓越しに言った。「おまえに後ろをとらせるなんてな」

「ははあ」ぼくはデイジー・ペリットを覗きこんだ。すべてはこの会話にかかっている。「あなたがここにいることを、ウルフさんは知ってますので。どのようなご用件です？」

「ウルフに会いたい」

ぼくは首を振った。「だめです」手下には目もくれなかった。デイジー・ペリットにこんなに近づいたのは、はじめてだった。たいていの人にはペリットが大柄で太っているようにみえただろうが、ぼくはネロ・ウルフの大きさに慣れているので、ぽっちゃりしている程度にしか思えなかった。きれいにひげをあたったなめらかな顔は、鼻と口のサイズの割には大きすぎたが、目のおかげで問題にならない。ペリットが今までやってきたこと、これからやりそうなことは、すべてその黒い目に表れていた。

「だめです」ぼくは答えた。「今朝お電話で話したとおり、ウルフさんは多忙でお会いできません。今でもさばききれないほどの仕事を抱えているんです」

「会う。家に戻って、伝えろ」

「いいですか、ペリットさん」ぼくは窓枠に肘をかけ、身を乗り出した。「笑ってごまかそうとしてるなんて、思わないでください。あなたを笑ってごまかすやつは、すぐに葬式に出るようですからね、主役として。承知してますよ。ですが、ぼくはあなたになんの頼みごともしていません。あなたがなにを考えていても、その考えについては一歩も譲らない心構えでも、ウルフさんは関わりたくないんです。それで、あなたの機嫌を損ねるかもしれません。残念なことですし、避けたいのは山々です。でも、ウルフさんに問題を洗いざらいぶちまけて内情を教えたあげく、気乗りしないと答えが返ってきたら、倍も機嫌を損ねるでしょう。そうなったら大事です、ウルフさんにとっても、あなたにとっても。それに、あまり過信――」

「アーチー！」

右後方から怒鳴り声がした。ぼくは体を起こして振り返った。自ら開けた窓でできた空間をウルフの上半身がふさいでいる。表の応接室の奥側の窓だった。

ウルフはまた怒鳴った。「ペリットさんの用件はなんだ？」

「なんでもありません」ぼくは大声で答えた。「ちょっと立ち寄っただけで――」

「あんたに会いたがってる」『死に顔』が割りこんだ。

「そういうことであれば、いい加減にしないか、アーチー。ここにお連れしろ！」

「でも、ぼくは――」

「お連れしろ！」

窓は音をたてて閉まり、ウルフは行ってしまった。『死に顔』は通りの左右、向こう側と用心深く確認した上で、ぼくの横に手を伸ばして車のドアを開けた。デイジー・ペリットは車を降りた。

第二章

裏社会の王権について、ぼくは自分で思ったほどわかっていないと判断した。手下にとって、不穏な気配はないかと周囲にくまなく目を配りながら、ボスに同行してくるのが大切にちがいないと思っていたのだが、デイジー・ペリットは『死に顔』に車のそばに残れと言って、一人でぼくと一緒に家に入った。事務所に二歩入った時点でペリットは立ちどまり、検閲をした。たぶん、単なる習慣の力だろう。歴戦の将軍がはじめてのコースでゴルフをするとき、無意識に砲兵部隊を配置したり、戦車を隠すのに最適な場所を選ぶようなものだ。ぼくは、自分より六インチ背が低いという理由だけで、ペリットの潜在能力を過小評価しないように肝に銘じながら、ペリットの横を抜けて、自分の机についた。あんまり腹が立っていて、ウルフにはなにも言わなかった。

「おかけください」ウルフは愛想がよかった。

ペリットは建物内の検閲を終え、ウルフを検閲していた。五秒後、少し苛立ったようにこう言った。「ここは気に入らないな。あんたと差しで話したいことがある。外に出て、車に乗れ」

ぼくは本当に背筋が寒くなった。ウルフはにべもなく断るにちがいない。デイジー・ペリット相手ににべもなく断ったところで、なんの得にもならない。が、ウルフは、「ペリットさん」と親しみをこめて軽く笑った。「わたしはめったなことでは家を出ません。ここで話したいですな。この椅子を離れるなどばかげた行為でしょう、せっかくわたしの体に合うように作られて――」

「わかった、わかった」ペリットは苛立った。その黒い目をぼくに向ける。「おまえが外に出て、車に乗れ」

「だめです」ウルフはきっぱり告げた。「おかけなさい。その赤革の椅子が一番よろしい。グッドウィン君抜きでは、わたしはなにもしないのです。あなたがわたしに内密の話をしたら、どのような内容であれ、あなたが帰り次第、洗いざらいグッドウィン君にしゃべってしまうでしょうな。秘密にするとの約束があったとしても」

「特例を作ったほうがいい。おれは手始めにもってこいだ」

「だめです」ウルフは丁寧に、だが、はっきりと断った。「座りなさい、ペリットさん。グッドウィン君とわたしに秘密を打ち明けるのをやめにしたとしても、わたしはあなたに少々相談したいことがある」

ペリットはしのごの言わずに、三歩でウルフの机の端に近い赤革の椅子へ移動して腰をおろし、こう訊いた。「相談ってのは、なんだ？」

「そうですな」ウルフの目が半分閉じた。「自分の専門分野では、わたしは一流のプロです。プロの情報、助言、対処を売ります。あなたがたの活動に関しては詳しく知りませんが、あなたもまた一流のプロだと承知しています……なんというか、ちがった分野で。あなたはおそらく、ある品物の在り処と入手方法をご存じでしょう。わたしは総じて実直で善良な市民ですが、みなと同じく、わたしなりの裏の顔もあるのです。肉はどこにあるのですか？」

「ほう」ペリットの声は氷のように冷たかった。「どうやらあんたを誤解してたようだな。肉の密売に一口乗りたいってのか?」

「ちがいます。わたしがほしいのは何口分もの牛肉や豚肉です。食べるための肉がほしいのです。ラム肉、子牛肉」

つまり、そういうことだったのだ。ぼくはむかむかしながらボスを睨みつけた。ウルフはすっかり正気を失ってしまっていたのだ。リブロースを手に入れたい一心で、椅子から離れ、表の応接室まではるばる歩いていき、窓を開け、マンハッタン南端のバッテリー公園からヨンカーズ市までの一帯で最悪最凶なやつを家に招き入れたのだ。

「ほう」ペリットは言った。それほど冷たい声ではなかった。「腹が減ってるだけか」

「そのとおり」

「あいにくだったな。おれは肉の業者でもなけりゃ、肉屋でもない。正直なところ、肉には一切関わりがないんだよ。いや、ちょっと待て……」ペリットは言葉を切り、まるで執事を見るような目でぼくを見た。「リンカーンの六の三三三二番に朝七時から十時の間に電話をかけろ。トムを呼び出して、おれの名前を使え」

「ありがとうございます」ウルフは棒型キャンディーみたいに甘ったるい声で言った。「いや、心から感謝いたします。さて、次はあなたのご用件です。今朝グッドウィン君は電話であなたに、わたしは多忙で面会はできないと言いました。もちろん、でたらめです。探偵業では職業上の危険が比較的高いとはいえ、あなたの商売――つまり、あなたに関わるすべての活動――においてはさらに飛躍的に高く、この二つの合併事業は望ましくないだろう、こうグッドウィン君は考えたのですな。残念ですが、わたしもグッドウィン君に賛成せざるをえません。お引き受けできないという答えしかもらえないのに秘密を打ち明けるのは、あなたにとって時間の無駄でしょう。ですから、先にお答えしておきます。残念です」

「助けが必要だ」ペリットは言った。

「明白ですな。さもなければ、あなたはここに――」

「おれが助けを必要とすることは、そうない。必要となったときは、最高の助けを借りる。なんでも最高が好きなんでね。今回必要な助けは、あんたが一番だと選んだ。礼はする」ペリットは胸ポケットから手頃な厚みでぱりぱりの札束をとり出した。畳まずに輪ゴムで留めてある。それをウルフの机に投げ出した。「百ドル札五十枚。五千ドルだ。手付けはそれでいいだろう。おれは恐喝されてる。あんたの仕事はそれをやめさせることだ」

ぼくは目を剥いた。デイジー・ペリットが脅迫者に悩まされてるなんて考えは、福音伝道者のビリー・サンデイが改宗を迫る福音伝道者に悩まされてるみたいなものだ。

「さっきも言いましたが、ペリ――」

「娘に恐喝されてる。この世でおれ以外にだれも知らない話だ。今はあんたと、あんたの部下のこいつも知ってるがな。話はそれだけじゃない。こいつにはもっと特別な裏があるんだ。とんでもなく特別な裏がな。まだ生きてたとしても、母親にも打ち明けやしないだろうよ。だがな、助けがいる。娘は――」

「待った！」

デイジー・ペリットはそう簡単に止められる相手ではないが、ぼくは断固とした口調で止めた。椅子を離れて、ペリットの前に立つ。「警告しておきたいんですが」ペリットの目に語りかける。「ウルフさんはあなたに引けをとらない頑固者なんです。これは関係者全員にとって、抜き差しならない危険な状態ですよ。さっきウルフさんは言いましたよね、聞きたくないと。ぼくも同じです！」ぼくは噛みつきそうな勢いでウルフを振り返った。「いい加減にしてください、スパゲティーとチーズのなにが悪いんです？」そして札束を拾いあげ、ペリットに突き出した。

ペリットは無視した。ぼくには目もくれていなかった。ウルフに話し続ける。「特別な裏ってのは、おれの娘が本当のおれの娘じゃないってことだ……つまり、恐喝してる女はな。そのことも耳に入れちまったな、あんたとこいつは。本当のところを知っているのは他にだれもいないとさっき言ったが、女は知ってる。おれには娘がいるんだよ。一九二五年、二十一年前に生まれた。来月、十一月八日に二十一歳になる。娘のためにも一仕事してもらいたい。どうした？」

「失礼させていただかなければなりません、ペリットさん」ウルフは壁の時計をちらりと確認して、机の椅子を引き、巨体をまっすぐに立たせたのだ。机の奥から離れたが、足を止める。ペリットも立ちあがって、ウルフの進路に立ちふさがっていたのだ。

「どこに行く？」ペリットは訊いた。どんな答えをひねり出したとしても受けつけないだろうと思わせる口調だった。

ぼくも立ちあがった。ポケットから手を出した。なかには銃があった……つまり、手のなかに握っていたわけだ。少し芝居がかっているように思えるかもしれないが、直感的な行動で、直感はたしかだった。町をちょっとぶらついたとき、嫌と言うほど聞かされたが、ぼくの知っている限りではデイジー・ペリット相手の深刻な議論は銃以外の手段で決着がついたためしがない。このときまでペリットは、単独、もしくは手下と一緒になって、すべてに決着をつけていた。もうぶちまけられた話の内容からして、とんでもない厄介が待ち構えてるとしか思えなかったし、芝居がかっていようがいまいが、ペリットがウルフの腹部に指一本でも突き出そうものなら、ぼくはやつを撃ち殺していただろうと今でも思う。

が、ウルフは動じなかった。「わたしはいつも四時から六時まで屋上で花と一緒に過ごします。いつもです。もしどうしてもあなたの問題をわたしに打ち明けたいのなら、グッドウィン君に話してください。今夜か、明日の午前中に電話します」

その点は決着がついた。言葉ではなく、目で。ウルフの目が勝った。ペリットは右へ一歩動いた。ウルフはその横を通って出ていき、少ししてウルフ用のエレベーターのドアが閉まる音がした。

ペリットは腰をおろし、ぼくに言った。「おまえらはどうかしてる。二人ともな。なんのためにそんなものを持ってる？　完全にどうかしてるぞ」

ぼくは銃を机に置き、ため息をついた。「わかりました。話してください」

そのとき、デイジー・ペリットは感極まって涙をこぼすのではないかと思った。娘、実の娘がコロンビア大学でクラストップの成績だと話しているときだった。晴れがましさのあまり、感情があふれ出す寸前だったのだ。

実のところ、それほど複雑な話ではなかった。若い頃、ペリットはミズーリ州のセントルイスで結婚し、娘を一人授かった。その後、一週間のうちに三つのことが同時に起こった。娘が二歳の誕生日を迎え、母親が亡くなり、ペリットはピストル強盗の罪で三年の刑を食らった。そこについてはおおまかな説明だけだったし、その先は一九四五年までほぼなにも聞かされていない。話してくれたのは、途中ひとかどの地位ができてきたとき娘が気がかりになって、ミズーリのどこかから掘り出してきた、ということだけだ。どこで、どんなふうに娘を引きとってきたかも言わなかった。ただ、ペリットが父親だと娘は知らないことを、ぼくらに事情を飲みこませるために渋々説明した。娘はペリットのことを、ただの父親の代理人だと思っていた。父親なる人物はきわめて裕福で、アメリカ合衆国大統領に選ばれるつもりかなにかで、正体を明かせないとなっていた。

「それはいい」デイジー・ペリットは不機嫌そうに言った。「そっちはうまくいってる。娘にはだいたい三ヶ月おきに会って、金を渡してるよ。たっぷりとな。あの子がこのニューヨークにある大学を選んでくれて、ついてた。それを、サムズ・ミーカーがぶちこわしやがって。若いのを寄こして、娘になにかしてやれることがあったら、いつでも知らせてくれとよ」

もちろん、ぼくの立場からすれば、これで事態はますます結構になったわけだ。ミーカー氏は、素直じゃない人々から情報を手に入れる際、両手の親指《サムズ》を使うお気に入りの方法があり、そのせいでサムズと呼ばれている。お山の反対側にいる荒っぽい男だ。どんなことであれデイジー・ペリットと組むのがありがたくない栄誉なら、ペリットとサムズ・ミーカーの間に引っ張りこまれるのは、潰瘍を発症させること請け合いだ。

ぼくはペリットの話を聞いていた。他にはやつを撃つ以外に手がなかったからだが、射殺に踏み切る心理的な瞬間を、ぼくは逃してしまっていた。ペリットの話によれば、その後の成り行きから判断して、ミーカーは実際に娘を特定したわけではなく、どこかに隠していることを嗅ぎつけただけらしい。が、この世で唯一怖いのは、だれかが娘を見つけて真実をぶちまけてしまうことだ、とペリットは言った。娘を持つこと、それが自分の人生をだめにしたのだと。

「そのせいで、おれはだめになった」ペリットは続けた。「そのせいで、おれの度胸は水を差されたんだよ。娘が関わってくると、まともに考えられないし、まともに動けない。おれがタフだって噂は聞いたか？　そう聞いただろ？」

「はあ、聞いたことがあります」

「そうだ、おれはタフだ。ただ、タフなやつなら腐るほどいる。大事なのは、頭が切れることだ。今まで会っただれよりも、おれは頭が切れる。人生をやり直せたとしたら、おまえが指定したもの、なんにだってなれるだろうよ。なのに、娘が絡むと、おれの頭は働かねえ。ここに来て、こんな話を打ち明けてるざまだ。もっとまずいのは、去年の四月にしでかしたことなんだよ。おれは五番街のはずれにペントハウスを借りて、若い女を娘として住まわせた。しょぼい小細工だってわかってたんだが、頭が働こうとしないから、やっちまった」

サムズ・ミーカーや、自分の家族に興味を持ちそうな他の連中の目を逸らすためだったと、ペリットは説明した。ペントハウスに自分と一緒に娘が住んでいたら、もちろん他の場所、特に大学を探し続けるやつはいないだろう。文句なしのいい手だった。秘密はすべて保たれた。

「そうしたらよ」ペリットの口調、目の光が突然変わった。やつがぼくに向かって話しているのではなく、ぼくについて話していたのなら、絶対に嬉しいとは思わなかっただろう。「あのあま、おれを食い物にしやがった」

その点については詳しく説明された。ペリットは覚書も見ずに、数字を説明した。恐喝はクリスマスの一週間前、毎週百ドルの手当とは別に、現金で千ドル寄こせと言われたのがはじまりだった。それから女は、金を要求しては手に入れてきた。

一月下旬　千五百ドル
二月中旬　千ドル
四月末　五千ドル
六月初め　三千ドル
七月末　五千ドル
八月末　八千ドル

「おもしろいですね」ぼくは言った。「金額はさがって、またあがり、それからさがって、またあがってる。心理学的におもしろい」

「笑える話に聞こえるわけか?」

「笑えるなんて言いませんでした、おもしろいと言ったんですよ。ところで、ごくわずかですが、噂話をそのまま信じる人たちがいます。大勢ではありませんし、ぼくが多数派ではないとも言ってませんよ。問題の女性はあなたから二万五千ドル近く巻きあげている。なぜ彼女はたまたま事故に遭ったりしなかったんでしょう? つまり、三回目の脅迫ぐらいで、金属片かなにかの飛行経路に入ってしまうとか?」

「大げさなんだよ」期待はずれの質問だと言わんばかりの口調だった。「噂ってのは広まりだすと、どいつもこいつも信じこんじまう」

「だめだめ」ぼくはにやりと笑った。「今はオフレコですよ。オフレコのままにしておけることを願ってますから。なぜあなたは彼女を処置しなかったんです? あるいは処置させなかったんですか?」

「娘相手にか? 自分の娘をか?」

「娘さんじゃなかった。今でもそうじゃない」

「みんなが知ってる限りじゃ、あの女は娘さ。やるなら自分でやるしかなかっただろうが、それでも危険がでかい。女はその辺をすべて計算していた。女が消えたら、どうなる? サムズ・ミーカーや他の連中はそれをどう考える? 振り出しに戻って、連中はまた嗅ぎまわりはじめるだろうよ。あらゆる角度から考えたが、お手上げだ」

　ぼくは肩をすくめた。「で、あなたは金のかかる娘にくっつかれている」

「とんでもなくばかなヒルにくっつかれてるんだ。昨日の夜、五万ドル要求してきやがった。それで決まった。おれは助けを手に入れなきゃならない」

　ぼくは口笛を吹いた。「心理学を云々してる場合じゃありませんね。でも、彼女が消える必要がどこにあるんです？　人生の幕引きまでいかない方法を試してみては？」

「やったさ。おれがにっこり笑って金を出したとでも思うのか？」

「いえ」

「頭がいいな。そのとおりだ。ただ、それも限界はある。あの女を娘として住まわせてるからには。だから助けが必要だ。おれは大勢の連中を知ってる。もっといろんな物事もたっぷり知ってる。弁護士なら、四、五十人は知り合いのはずだが、今回の話をちょっとだけでも打ち明けられそうなやつは一人もいない。ネロ・ウルフを選んだのは、おれの知ってる限りじゃ頭が切れるからだ。今回自分のは使いものにならないんでな。女を従わせる方法を見つけるのはウルフの仕事だぞ」ペリットは札束を指さした。「そいつはただの手付けだ。値打ちがあるものになら、金は出す。たっぷりとな」

「ウルフさんは手も触れないでしょうね」

　ペリットはぼくの発言を完全に無視した。ペリットの成功の秘訣は、聞きたくない音をすべて遮断する鼓膜の仕掛けのおかげじゃないか、という気がしてきた。

「おまえらは」ペリットは続けた。「あの女を従わせるつもりなら、もう手に入れた以上の情報が必要になるだろうよ。全部がな。おれの娘としての名前は、ヴァイオレット・ペリット。本名はアンジエリーナ・マーフィー。女をどうやって見つけたかはどうでもいいが、きっちり素性は隠してある。あの女はサリー・スミスって名前を使って、枕探しの罪でソルトレークシティを逃げ回ってたんだ。おれがそこへ出向いて、自分でつかまえた。人あたりがよくて、不体裁なところはない。さっきおれの頭が働こうとしないって言ったな。例えば、おれはあの女を操れるって思ったんだよ。妙なまねをしたらソルトレークシティで喜んで引きとるだろうし。が、追い出せないことを、あいつはすぐに見抜きやがった」

ぼくが知りたくない話を、ペリットはさらにたくさんしゃべった。が、もちろん、ライオンはもう放されてしまったのだから、増えたところでどうってことはない。ヴァイオレット・アンジェリーナ・サリーの場が済むと、ペリットは舞台を変え、コロンビア大学の幕をあげた。ペリットの実の娘の名前はビューラ・ペイジで、娘の話をはじめたときの口調の変わりようから、てっきりペリットは財布を引っ張り出して写真を見せるだろうと思ったが、それはなかった。ペリットの言い分では、他の学生たちはビューラの後塵を拝し、青息吐息らしい。ぼくには不必要でとるに足らないと思えることまでしゃべったが、気持ちはわからなくはない。ネロ・ウルフを除けば、ペリットが娘の話をできる相手はこの世に一人もいないのだから。で、そのウルフは蘭と屋上にいて、聞き役としてぼくに給料を払っている……まだまだ不十分だが。もし、この一件が、ぼくの怖れているとおりに終わるのなら、とてもじゃないが足りない。

「さっきウルフに言ったとおり」ペリットは続けた。「娘についても、やってもらいたい仕事がある。別の危険があってな。娘の身元がばれかねない。あの子はひどく母親似なんだ」

「勘弁してくださいよ」ぼくは文句を言った。「ウルフさんがなんであれ、形成外科医なんかじゃありません。『レッド・ブック』（米国の女性向け雑誌。実用的な情報中心に掲載）を読んでみてください」

「今回は笑える。なあ？」ペリットが言った。

言葉数は多くなかったが、ペリットのその口調がはじめてぼくの背筋を凍りつかせたのは間違いない。その言葉は、ペリットをもっとやばいレベルに引き下げると同時に、ぐっときわどさと粗暴さを増した。やつの部下や下っ端はもっと頻繁にこんな口調をするんだろうが、なにしろペリットはボスだ。それは殺人者の声だった。たいていの冗談は面倒もなく聞き流されるのかもしれないが、ビューラに関しては一切許されないようだ。

「それほどでも」ぼくはかしこまって答えた。「次は頑張ります。ただ、娘さんが母親に似てくるのを止めるために、ウルフさんに手を打たせるつもりなら――」

「そんなつもりはない。おまえ、口が達者すぎるぞ。娘は母親似だ。だが、それがとりわけ目立つ、ある癖があるんだ。肩を落として、前屈み気味に座っているとき、独特のやりかたで体を起こす。はっと跳ね起きるみたいな。母親がそっくり同じことをしてた。一年くらい前に、ビューラがやったのをはじめて見たとき、こりゃあ絶対にばれると思ったよ。母親を知ってるやつが、たまたま娘のあの癖を見たりしたら、気づかれる可能性は高い。娘に思わせてる立場ってのも考えながら、できるだけやめさせようとしたんだが、うまくいかなかった。うるさく言うのも変だしな。あんなふうに体を起こすのを、ウルフにやめさせてもらいたい」

もちろん、こっちの言い分が五つ、冗談が三つ四つ、舌の先まで出かかったが、思いとどまった。ただ一つの望みは、娘に数学の個人指導をしろとペリットが言いつける前に、できるだけ早くお引きとり願うことなのだ。ペリットの話では、唯一ビューラが百点満点といかないものが数学らしい。ただ、もう一時間近くいるのに、帰る気配はなかった。アンジェリーナ・ヴァイオレット・サリーについて役に立ちそうな情報、娘に接触するのに最適な方法についての提案、すぐに有効な行動を起こす必要性についての意見、そのほかにも細かい話をあれこれ追加した。やつが成りあがったもう一つの秘訣は、きっちり抜かりがないせいなんだろう。

ついに、ペリットが帰ろうと立ちあがった。「ヴァイオレットは、まだおれに命じられたことはやるだろう。こっちを丸裸にする気だ。ウルフは家から出ないって話だったな。女をここに呼びたいんなら、おれに電話をかけろ。来るように手配する。さっき、おまえが電話番号を一揃い書きとめたな」

ぼくはペリットの言葉にではなく、口調に応じた。「金庫に入れたのを見ましたね」

「そこに保管しとけ。先に行って、ドアを開けて、アーチーを呼べ」

ぼくは目を見張った。「だれを呼べですって?」

「アーチーって言ったろ」

これで、この日は申し分のない日になった。あの防腐処理された『死に顔』の名前は、アーチーなのだ。ぼくはペリットを廊下へ通し、帽子と上着を着せかけてから、ドアを開けた。首を突き出して偵察し、肩越しに大声で告げる。「異常なし。自分で呼んでください」

その必要はなかった。ぼくと同じ名前のやつは、黒いセダンの後ろの角で、警戒怠りなく立っていて、ドアの開く音を聞きつけていた。早速階段の下までやってきて、雇い主を見あげる。「どうぞ」デイジー・ペリットは階段をおり、車の後部座席に乗りこんだ。『死に顔』は運転席に乗りこみ、エンジンをかけ、車は走り去った。

ぼくは厨房へ行って、コップにミルクを注いだ。シェフでウルフの王宮宮内官のフリッツ・ブレンナーが、チャイブをみじん切りにしていた。ぼくに笑いかける。

「はかどってるかい《サヴァ》?」

「やれやれ、たしかにはかどってるよ」ぼくはミルクをぐっと飲んだ。「残った問題は、死に装束の色はなににしたいか、ってことだな」

ウルフが六時に植物室から事務所へおりてきたとき、ぼくは包み隠さず、すべてを報告した。毒を食らわば皿まで。それだけのことだった。もうウルフに手を引くよう説得するのに気が進まないどころか、手を引くんじゃないかと心配していたほどだ。ぼくがデイジー・ペリットの非公開かつ親ばかな秘密を腹一杯聞かされてしまった以上、依頼を断ったところで、なんの足しにもならない。本当のことを聞きたいなら白状するが、ぼくはびびっていた。だから、ウルフにはっぱをかけて変な意地を張るように仕向けるなんて、一番願い下げだったのだ。

七時には、ぼくはウルフに言っていた。「ところで、ペリットが教えていったリンカーンの電話番号ですが、きっと本当ですよ。ティーボーン・ステーキ。フリッツに言わせれば、シャトーブリアンですか。豚のレバー。生の豚のヒレ肉。もちろん、ペリットと良好な関係のままでなければ、明朝トムに電話したところで無駄でしょうけど。だいたい、金庫にはやつの五千ドルが入ってますし」

ウルフはぼそりと指示をした。「ペリット氏に連絡を」

それから問題がいくつか持ちあがった。一覧表の三番目の番号でようやくペリットをつかまえると、今夜九時にヴァイオレットが事務所に来るだろうとの返事があった。会話終了までに二十語と使わず、お互い慎重に言葉を選んで、人名は出さなかった。ペリットが共同加入回線の電話に出ていたとしても、差し支えはなかった。が、十分後、ペリットは電話をかけなおしてきて、さっきの約束は都合が悪くなり、客は十一時半まで来られないと言った。ぼくは、かなり遅い時間なので明日ではどうかと訊いてみた。ペリットは、だめだ、今夜の十一時半から十二時になる、と答えた。

ウルフは自分の机で電話を聞いていたが、唸ってから、ぼくに命じた。「娘を連れてこい」

「ヴァイオレットですか？　それとも、ビューラ？」

「娘だ。ミス・ペイジ」

「そんな、いいじゃないですか。ビューラにはっと体を起こすのをやめさせるのは、べつに急ぐ話じゃないんですよ。そっちはただの――」

「わたしたちは、娘がいるかどうかすら、把握していない。把握しているのは、ペリット氏が説明した内容だけだ。わたしは娘に会いたい。最低でも、きみに会ってもらいたい」

「あなたがぼくを紹介してくださるんですか？」

「くだらん。相手は二十一歳だ。たぶらかせ」

これは、ウルフがよくぼくにやらせるある種の仕事に比べれば、それほど面倒ではなかった。ペリットがこれならと目星をつけた糸口を教えてくれていたからだ。ぼくは電話番号の一覧表を確認して、そのうちの一つにかけた。三度目の呼び出し音で、声が聞こえてきた。

「もしもし、もしもし、もしもしい？」

ファイ・ベータ・カッパ・クラブ（米国で成績優秀な大学生の伝統ある友愛会の一つ）の会員とはとても思えない応答のしかただ。ただ、結論を出すのは後回しにして、話を進めることにした。

「ミス・ビューラ・ペイジをお願いしたいのですが」

「いいわよ。わたしですけど。あなたは牧師さん?」

「いいえ。ちがいます、ミス・ペイジ。スティーブンスと申します。オハイオ州デイトン市のハロルド・スティーブンスです。少し、お時間をよろしいですか?」

「いいわよ。あなたが牧師さんじゃなくて、すごく残念なだけ」

「牧師に用があるのでしたら、そうでしょうね。今回、お願いがありまして。ぜひお目にかかって話をしたいのですよ。できましたら、今夜。こちらには、短期間しか滞在しませんので。話とは、デイトン地域健康センターについてで、実は少しばかりご協力を願えるのではないかと思いましてね。地域の健康管理業務の問題において、あなたは大変協力的だともっぱらの評判ですから。わたしたちの活動や今後の予定について、話をさせてもらえればと。そんなにお時間はとらせません。今からお邪魔してもよろしいですか? 二十分で伺えると思います」

「でも……」間があった。「健康管理業務については、とりわけ興味があるんですけど」

「存じてますよ」ぼくは優しく相づちを打った。

「さっき、牧師の話をしたのは、結婚するつもりだったからなんです。今決まったばかりで、電話が鳴る直前に」

「そうですか! それはおめでとう。そちらには二十分で到着できますので。もちろん、お邪魔をするべきではないのでしょうが、ニューヨークに滞在する期間が――」

「かまいません。どうぞ、いらしてください」

「いや、本当にありがとうございます」

ぼくは電話を押しやり、ウルフに言った。「酔ってます。べろんべろんじゃありませんが、酔ってますね」

ウルフはちょうど、フリッツが持ってきたビールを注いでいるところで、一声低く唸っただけだった。机の上に置いたままだった銃を上着の脇ポケットに戻し、もう一丁の小型の銃を引き出しから出して、ぼく自身がデザインしたショルダーホルスターに収めるのを見ても、ウルフはなにも言わなかった。

家から十月初頭の暗闇へ足を踏み出したときも、本気で待ち伏せとか不慮の死の可能性があると思っていたわけではない。それでも、デイジー・ペリットにとって興味の対象となった通りや二足歩行動物が、以前とまったく同じ通りや動物のままだと思いこもうとしたりはしなかった。ぼくの神経系統にはなに一つ異常はなかったが、角を回ってガレージに行き、コンバーチブルに乗りこんで、アップタウンに向かう際、周囲がちがって見え、ちがって感じられた。

第五章

　ある意味、ペリットは娘に対する間違った印象をぼくに抱かせた。ペリットが娘に与えた金はほとんどすべて、教科書や健康管理業務のようなご立派な物事に惜しみなく費やされていると、ぼくは考えていたのだが、百十二丁目のアパートは明らかに余った小銭で整えられるしつらえではなかった。広い部屋で、しかもベッドの類いは見あたらないから、他にも部屋があるわけだ。室内には快適な生活に必要な品物が充分に、いや、充分以上に備わっていた。ただ、たしかに部屋で一番大きな家具は、二つの窓の間にあるアメリカスズカケ材の机だったし、蔵書の量も間違いなしだった。

　それ以外では、ペリットの娘の説明は正しかった。電話での応対を聞くぶんには、デイジー・ペリットもただの親ばかな父親の一人なんじゃないか、と勘ぐっていたのだが、ビューラをちゃんと一目見れば納得がいった。バーのお姉さんなんかではなかった。ぼくは父親ではないので、少々背が低くてぽっちゃりしている現実を直視できたが、父親とはまったく似ていないきれいに整った顔だちや薄い茶色の瞳をはじめ、二十一歳の娘に必要なものはすべて、適切な場所に備わっていた。

　電話が鳴ったときにちょうど結婚を決めたと話していたから、その幸運な男も絶対にいるだろうと思っていたら、いた。

「こちらはシェインさん」ビューラの紹介で、その男は握手のため進みでてきた。ビューラが続けた。

「わたしのこと、怒ってたんです。電話で牧師の話を持ち出すなんて、酔っ払いだって。そうかもしれませんけど、だったら飲ませなきゃよかったのに」

「ちょっと待てよ」抗議しながらシェインはぼく、そして婚約者に笑顔を向けた。「カクテルを作ったのは、だれだっけ？」

「わたし」ビューラは認めた。いつのまにか二人は隣同士になって、身を寄せ合っている。お互いわざとやったわけではないのだが、どうやら二つの有機体がふらふらっと自然にくっついてしまう過程にあるらしい。ビューラはぼくに矛先を向けた。「女の子はカクテルを作る権利もないのかしら？だって、婚約したんですよ？　そういえば、少し残ってたけど。一杯いかがですか？」そして、テーブルに行き、シェイカーを手にとった。「グラスを持ってきます」

「もっといい考えがありますよ」ぼくはきっぱりビューラを遮った。「お二人のお祝いの場に割りこむなんて、あんまり厚かましすぎました。しかも、ちょうど夕飯時じゃないですか。よければお祝いの続きのお手伝いをさせてもらえませんか、ささやかだけれど。婚約祝いのディナーはいかがです？」ぼくはとっておきの笑顔を二人に向けた。「ホテルに空室がなかったもので、ぼくは三十五丁目の友人宅に泊めてもらっているんです。その人はたまたま有名人で、おまけにお客のもてなしが大好きときてる。電話して、今から行くと伝えますから。いいですよね？」

二人は顔を見合わせた。「いや、でも」シェインは尻込みした。「ぼくらは赤の他人ですから。そのかたにも、あなたにとっても」

「有名人って、どんな？」ビューラが訊いた。「その人、どなた？」

「探偵のネロ・ウルフです。何年も前からの知り合いなんですよ。一度命を救われたことが……その、殺人容疑でね。ぼくは無実だったんですが、それを証明してくれたんです」

「すごい、モートン。行きましょう！」ビューラは両手をシェインの腕にかけ、顔を見あげた。「未来の花嫁の最初のお願いよ。ネロ・ウルフの家に行って、一緒に食事をするの！　最初のお願いは断れないでしょ？」そして、ぼくに顔を向けた。「二人でこの人を承知させましょう。礼儀作法には、とてもやかましくて。モートンはロー・スクールの最高学年で、弁護士は社会慣習から道徳的正当性まで、一式全部の守護者だと考えているんです」

「正当性じゃない」シェインは断固として訂正した。「正義だよ」

いかにもそんな感じだった。シェインはぼくと同じくらいの背で、なにかへの防護壁みたいに立っていた。がっちりした立派な顎、骨張った顔。極めつきは、太い黒縁眼鏡の奥からまっすぐこちらを見る、黒っぽい目だった。家に帰って、間近に迫った小難しい試験に備えて勉強するつもりだったと言う。ビューラはシェインの腕をつかんだまま、婚約記念の夜はだめだと却下した。お決まりどおりに片がつき、ぼくは電話をかけてもいいと言われ、そっちへ移動した。

フリッツの声がした。「ネロ・ウルフ宅でございます」

「フリッツかい。ハロルド・スティーブンスだが……いやいや、ウルフさんのお客の、ハロルド・スティーブンスだよ。ウルフさんと話せるかな？」

第六章

ぼくたちが矯正する予定のビューラの癖、前屈みになって座っているときにはっと体を起こす癖をはじめて確認する機会がきたのは、夕食の席でフリッツがチキンの炙り焼きとサツマイモの網焼きを出したあとだった。特に目立つとは思えなかったが、もとよりぼくはデイジー・ペリットと同じ人生経験を積んできたわけじゃない。からかい交じりに指摘してやめさせるのくらい楽勝だと思っていたが、あいにくビューラは婚約したばかりだった。婚約者をつかまえたばかりの女の子は、自分になにか矯正の必要があると、簡単に説き伏せられる心理状態ではないのだ。

ビューラの獲物は、ぼくに言わせれば、うっとうしい男だった。もう既に結婚しているような感じ、積もり積もった重荷を抱えているみたいな感じだった。料理は牛肉や羊の肉でこそなかったが、フリッツが責任者である以上一度たりとも問題はないのだから、やはりなんの問題もなく、ワインもウルフの貯蔵室のとっておきを出したのに、シェインは一度も気持ちがほぐれた様子をみせなかった。法学生というものは山ほど心配事を持っているつもりなのかもしれないが、自分の幸せな約束が整ったお祝いの席じゃないか。ぼくはその場を楽しく盛りあげようと全力を尽くした。まじめな話題になれば、ビューラがデイトン地域健康センターの活動や今後の予定について詳しい説明を求めてくるんじゃないかと心配だったのだ。そうなれば、きっとビューラの専門用語にお手上げだろう。だが、意外にも、ウルフが八面六臂の活躍でぼくに助け船を出してくれた。ビューラには教育課程と興味を持っていることについて尋ね、自分自身や過去に手がけた事件について話し、さらにシェインにも父親のような口調でモートンとまで呼びかけ、人生観や将来の夢について会話に引っ張りこもうとしてくれた。

「ぼくは本当に物事に疎くて」フリッツがサラダの皿を配っている間に、モートンはウルフに答えた。「つまり、法律以外のことには。専門教育の一番の問題点はそこですね。専門以外の分野すべてにおいて、相対的に無知な状態になるわけです。実に残念なことです」

「まさにそのとおり」ウルフはドレッシングのボウルへ手を伸ばした。「とはいえ、自分の専門分野に無知なほど残念なわけではない。モートン、弁護士に好意的な人間がきわめて少ない事実に直面する覚悟をしておいたほうがいい。わたしも好意を持っていない。弁護士というのは、いつまで経ってもどっちつかずの態度をとる。何事にも二面性があると考えているのだが、意味がわからん。それに、耐えがたい長広舌を振るう。以前、弁護士に私犯を起草してもらったことがあるが、単なる譲渡証書なのに、なんと十一ページになった。二ページで充分だったろうに。私犯の起草についてはどこで教わったかね？」

モートンは行儀がよろしいので、夕食のホスト役に腹を立てたりはしなかった。「もちろんです。カリキュラムにありますので。ぼくとしては、必要最低限の言葉しか使用しないようにしています」

「それは結構。ぜひ、短くしてください。ハロルド、もう少しドレッシングはどうだ？」

こう呼びかけられて、ぼくは危うくしくじるところだった。他のことを考えていたのだ。デイジー・ペリットにちょっと情報提供しても悪くないんじゃないか。ぼくの判断では、提供すべき情報がある。自分の娘が婚約したことはまず知らないだろう、決まったばかりなのだから。教えれば、ペリットはありがたがるはずだ。ぼくは心を決め、食事が終わるとすぐ、断りを言って二階上の自分の部屋へ行き、内線電話を使ってウルフの了承をとりつけた。次にペリットに電話をかけた。

ここまではうまくいったが、ちょっとした問題が起こった。ペリットがつかまらなかったのだ。教えられた電話番号五つすべてにかけ、指示どおりにグッドイヤーと名乗ったが、いないという答えしか返ってこなかった。ぼくは毎回グッドイヤーに電話するようペリットへの伝言を頼み、三人がコーヒーを飲んでいる事務所へと階段をおりた。

ウルフとビューラは歌を歌っていた。少なくとも現場を押さえたうちで、ウルフは一番歌っているのに近い状態だった。ビューラは実際に、ぼくの知り合いじゃない言葉で調子よく歌っていた。夕食のときに話題にした、エクアドル出身の同級生に教わったとかいう歌だろう。ウルフは指を一本動かしてリズムをとりながら、間違いなく鼻歌を歌っていた。ウルフにしてみれば、酔っ払いのどんちゃん騒ぎだ。ぼくとしては、気がかりがなければ、そのまま座って楽しんでいただろう。が、十時を過ぎたし、状況的にぼくが二人を車で家へ送っていかなければならない。とはいえ、ヴァイオレットに会う機会は逃したくなかった。予定を早めて十一時半より前にここへ来るかもしれない。だから、ぼくは立ったままでいた。

二人を連れ出すのは、難しくなかった。そもそも、モートンは帰る気でいたからだ。ウルフは紳士らしくふるまい、おやすみと言うためにわざわざ椅子から腰をあげたほどだった。ワインも歌もモートンには目に見えるような効果はなく、家に帰って勉強したい一心でそわそわしているのだろうとぼくは思っていた。が、とんでもない間違いだった。歩道際まで行って、ぼくがコンバーチブルのドアを開けたとき、モートンは急にぼくの肩に手を置いた。よもや一年以内に、そんな親しげな態度がとれるとは思わなかった。モートンは、こう切り出した。

「その、あなたはいい人ですね、スティーブンスさん。あなたの思いつきはすばらしかった。今度はぼくが思いついたんですけど。あながち飲んだワインのせいじゃないと思うんです。いや、そうだとしたって、かまわないでしょう？　これはどなたの車ですか？」

「ウルフさんのだよ。使わせてもらってるんだ」

「でも、もちろん、あなたは運転免許証を持ってるんですよね？」

まったく、弁護士ってのは。「当然だよ」ぼくは答えた。「ちゃんと自分の免許証を持ってる」

「ぼくたちのお祝いの手伝いをしたいって、言ってましたよね。だったら、どうでしょう？　ぼくたちを車でメリーランド州まで連れてってくれませんか。たった四時間だし、そうすれば結婚できます！」モートンは自分に身を寄せているビューラに顔を向けた。「どうだい、この思いつきは？」

ビューラは即座に、「最低」と言い切った。

「はあ？」モートンは驚いた。「どうしてさ？」

「だって、最低だもの。わたしには父も母も、それこそ伯母や叔父やいとこもいないかもしれないけど、だからって、結婚するのに真夜中にこそこそメリーランド州まで行く必要はないわ。花や白い服を用意するつもりなの、運がよければきらきらの日光も。だいたい、あなたは勉強しなきゃいけないんでしょ。例の試験はどうしたのよ？」

「ごもっとも。たしかに勉強はしなきゃならないさ」

「孤児と一緒に通りを車で走っているのを見られて、未来の最高裁判所判事の立場を傷つけるといけないから言うけど、わたしも思いついたことがあるの」ビューラは大きく踏みこんできた。「地下鉄で帰ったら？　勉強できる家まで同じくらいの時間で帰れるし、スティーブンスさんとわたしはどこかで話をするから。ダンスでもいいかな」ビューラはぼくの腕に手をかけた。「申し訳ないと思ってたのよ、スティーブンスさん。あなたの地域健康管理センターについて、一言も話し合ってないでしょ。その話とダンスを一緒にできないかしら？」

一瞬、追い詰められてこそこそと逃げ出さなければならない羽目になるかと思ったが、愛が抜け道を切り開いた。法学生は不服申し立て、裁定申請をし、異議、抗議を提出した。親のいない少女はジュリアス・シーザーの直系の子孫とみなされるという条件をビューラが要求すれば、きっと受け入れられただろう。結局、全員がコンバーチブルにぞろぞろ乗りこみ、アップタウンへ向かうことになった。七十丁目あたりで、ビューラが健康センターの話題を持ち出してきたが、その気があれば小切手を送れるように住所の記載されたパンフレットを送ると言ってごまかした。二人は車を降り、ぼくはなにか飲まないかとの誘いを断って、ブロードウェイに向かって車を西に走らせた。二人は車を降り、ぼくはなにか飲

事務所に入ると、ウルフは奥の書類の入った戸棚のそばに腰をおろし、引き出しを一つ開けて、蘭の発芽記録を見ていた。ぼくは自分の席につき、声をかけた。「依頼人からグッドイヤー宛の電話はありましたか？」

「いや」

「機会がないんですかね。それでなくても、もう一歩のところで義理の息子を持つ機会を逃してますし。モートンは結婚するために、車でメリーランド州まで送ってもらいたがってました。今夜ですよ。

ビューラは別のやりかたがいいなんてふりをしてましたが、本当の理由は、ぼくに会ってモートンが完全にいらなくなってしまったんです。モートンを地下鉄で帰らせて、ぼくにどこかへ連れていってもらうなんて言ってましたから。なんとか切り抜けなきゃなりませんね。デイジー・ペリットを義理の父親にしたくないってことを、あまり上手に説明できそうにないので」

「くだらん。ミス・ペイジはぽっちゃりしてるぞ」

「それほどでもありませんよ。矯正できないほどのことじゃないです」ぼくはあくびをしながら、腕時計に目をやった。十一時十四分。そして壁掛け時計を見る。何年も前からやめようとしている、二重確認の癖だ。時間は同じだった。

「ペリットが電話をかけてくれるといいんですが」ぼくは続けた。「役に立つ情報を少しばかり提供できれば、今回の一件を生きて切り抜けられるかもしれません。ビューラが婚約したって知らせはペリットには嬉しくもなんともないでしょうけど、少なくとも耳新しいですから」

「それよりいい情報がある」ウルフが言い切った。

ほくそ笑んでいるような口調に、ぼくは鋭い視線を向けた。「おや、そうなんですか?」

「ああ、間違いない」

「ぼくの外出中になにか?」

「いや。きみがいたときだ。ちゃんと立ち会っていたぞ。どうやら見逃したらしいな」

こういうウルフは、我慢がならない。こんな態度に出たときは、ぼくは絶対に無理に聞き出そうとしないことにしている。理由は次のとおり。

a．ウルフの虚栄心をあおりたくないから。

b．内緒にしておくと決めたことがわかっているから。


だから話は終わりだと判断して、ぼくは机に向き直り、タイプライターを引っ張り出し、日常業務の手紙をタイプしはじめた。五通目の途中で、玄関のベルが鳴った。

ウルフは戸棚の引き出しを閉めて立ちあがり、心から気に入っている唯一の椅子、机の奥の椅子に向かった。

「アンジェリーナって呼ぶといいですよ」廊下に向かいながら、ぼくは言った。「動揺するでしょうからね」

第七章

ヴァイオレット・アンジェリーナ・サリーは膝を重ねて足を組み、赤革の椅子に座っていた。半分閉じたウルフの目は、まっすぐ客へと向けられていた。ヴァイオレットもその視線を受けとめる。二人はたっぷり三十秒間、そのままだった。どちらもまだ一言も口をきいていなかった。

「気に入った?」ヴァイオレットは甲高い声で笑った。

「判断を下そうとしていたのですよ」ウルフはぶつぶつと答えた。「あなたがペリット氏からせしめた二万四千五百ドルをそのままにしておくか、あなたからもせしめることにするか。最低でも大半をね」

ヴァイオレットは一言、吐き捨てた。普通なら、ぼくは会話を編集せずに報告しようとするのだが、その発言はこのままにしておこう。ウルフは顔をしかめた。ウルフは下品な言葉を決して好まないが、女よりは男が口にしたほうがまだ耐えられる。

その発言から考えると、ヴァイオレットは見た目より下品な言葉遣いをするようだ。見た目はビューラとはまるでちがい、きれいな長い髪が体へなだらかに波うち、顔の難点は後天性のものだけ。農場で二ヶ月間暮らして、新鮮な卵と牛乳を食べ、早めにベッドへ入れば、すぐにすてきな女性になれるだろう。だが、ヴァイオレットが農場で暮らしていなかったのは、一目瞭然だった。

「わたしとしては」ウルフはもうぶつぶつ言うのはやめて、けんか腰に宣言した。「この話を長引かせるつもりはない。状況はこうです。あなたはペリット氏から金を搾りとっている。既に先ほどあげた金額を手にした、娘の存在をばらすと脅してね。当然、その行為は脅迫で――」

「黙ってるからって認めたと思ってるなら」ヴァイオレットが口を出した。「おめでたいわね」最初の言葉から想像したよりも、穏やかで抑制のきいた声だった。

「あなたが沈黙で承認を示していなくとも、話は進めます」ウルフはすげなかった。「今言いかけたとおり、その行為は脅迫ですが、合法性や犯罪性はどうでもいいのです。あなたの立場は少々異常ですな、脅迫者にはよくあることですが。ペリット氏があなたに持ち札をさらせと言い、あなたが切り札を切った際は、現在の仕事と収入源が失われる。また、ペリット氏が報復に出るのは確実だから、あなたの災難は最低でもユタ州での入獄となる。従って、あなたにはペリット氏が最終コールをかけない自信があるにちがいない。きわめて可能性が低いのは認めますよ。実際、ペリット氏は助けを求めて、ここへ来たのです。依頼の内容は、あなたの金の要求をやめさせてほしいとのことでね。引き受けました」

「あたしがここへ来たのは」ヴァイオレットが口を開いた。「父さんに行けって言われたからよ。全然信じられない！　父さんがそんな嘘を吹きこんだって言うの？　冗談でしょ、デイジー・ペリットがあたしのことを娘じゃないって言うなんて。そんな話を信じるとでも思った？」

「たしかに信じがたいでしょうな、ミス・マーフィー。当然のことです。ペリット氏は娘の身元を隠すのに必死で、あなたが偽物だとは口が裂けても口外しないはずだと計算していたでしょうからね。ですが、あなたはペリット氏の人柄を見誤った。あなたは知らなかった、もしくは考慮に入れなかったのです。ペリット氏の一番強い感情、娘への愛情すらしのぐ感情は、自尊心です。むしろ、娘に対する愛情も自尊心の一面にすぎないのかもしれませんな。いや、要点から逸れました。ペリット氏はだれかに支配されることを容認することができないし、するつもりもない。あなたに食い物にされているのに耐えられないのです」

ウルフは楽になるように体を動かした。「だが、ペリット氏はあなたと同じ間違いを犯した。人柄を見誤ったのです、このわたしの。あなたはペリット氏に五万ドル要求しましたね。本日以降、週給の百ドル以外の金をペリット氏からせしめた場合、その九十パーセント、つまり十分の九、百ドルにつき九十ドルを、必ず受けとってから二十四時間以内にわたしに支払うのです。従わない場合はソルトレークシティの当局者があなたを逮捕しにくるでしょう」

ヴァイオレットはウルフをじっと見つめた。息をつき、さらにウルフを見つめるとあえぐように言った。「でも、あんたは……」ヴァイオレットは言葉を切り、またウルフを見つめた。そして、急に怒鳴りだした。「ばかじゃないの！　デイジー相手にそんなまね、できっこないでしょ。あたしとちがって、あんたに好き勝手をさせる必要なんてないんだから。あたしが一言チクったら……」

言葉が途切れ、ヴァイオレットはまたしてもウルフをじろじろと見はじめた。不意にその目つきが変わった。顔全体が変わった。「ふん、なめないでよ」嘲るような口調だった。「あたしをそこまで間抜けだと思ってたわけ？　デイジーはあたしのこと、そこまでばかだと思ってたの？　あたしがあんたに金を渡す、あんたはデイジーにその金を戻す。で、安く済む。うまい話じゃないの。そんな話に引っかかると思ってたわけ？」

ヴァイオレットは組んでいた足をおろし、身を乗り出した。「覚えといて」強い口調だった。「それなりにやり手なのよ、あたし。わかる？　デイジー・ペリットと直接やり合って金を出させるのに、度胸がいらないと思ってんの？　今、証拠を見せたげる」そして、ドレスの留め具をはずしはじめる。「今夜は劇場に行ってたんだけど、見てのとおり袖つきの服でしょ。理由を教えてあげる」

ドレスの留め具をはずしたヴァイオレットは、肩から袖を引きおろした。袖がさがるとピンク色のレースが見え、むき出しの腕も出てきた。ヴァイオレットは腕を突き出し、「ご感想は？」と言った。

たしかに一見の価値はあった。肘の数インチ下から黒と紫のあざが見え、それが丸みを帯びた肩まで続いている。デイジーがなにを使ってこんなふうにしたのか気になり、ぼくは立ちあがって、よく観察できるように近づいた。ヴァイオレットはぼくのためにわざわざ腕を突き出したままでいてくれた。が、わからなかった。指か拳か、あるいは道具を使ったのかもしれない。

「これだけじゃない」ヴァイオレットの口調には、自慢と悲しみが入り交じっていた。「他の場所にもあるけど、そっちを見るなら金を払ってもらわなきゃ。あたしは負けなかった。デイジーに言ってやったんだ。いいだけ痛めつければ、いい子になるなんて思うなってさ。あたしを閉じこめられやしない、自分の娘を閉じこめておけやしないだろって。痛めつけたら、一番効きそうな場所で全部ぶちまけて消えてやる。あんたでもだれでも、勝手に探せばいい。だから、やめときなってね」

ヴァイオレットはドレスを肩に戻し、留め具を直しはじめた。「デイジーはおとなしくなったよ。あいつを骨抜きにしてやったんだ。そんなまねをして、生きて自分の口でぶっちゃけられたのは、今まであたしだけさ。で、あいつときたら、今度はあんたを使って、こんな汚いごまかしで金をあらかた取り戻せる気でいるなんてね！」そして、はじめに自分の立場を表明するときに使った例の言葉をまた口にした。

ウルフはまた顔をしかめた。「ですが、ミス・マーフィー」ウルフの口調は乱れなかった。「あなたは今の話をじっくり考えなくてはならなくなる。ペリット氏と組んでこの計画をでっちあげたのではないとわたしが保証したところで、あなたにはなんの意味もないでしょうが、再度保証します。問題は、ペリット氏がこの作戦をとるようにわたしに手を回したという九十九パーセントの確信があったとしても、あなたに残り一パーセントの危険を冒す覚悟があるか、とのことなのです。わたしが勝手に動いていたとしたら、どうなります？　そうとわかったときは、手遅れでしょうな。わたしにとってのあなたは、ペリット氏から金を巻きあげてその大部分を寄こすのでない限り、なんの価値もない。なんの利害関係もない。あなたがどうなろうと、わたしに関心はない。ペリット氏から金を巻きあげて、わたしの要求分を渡さなかった場合、あなたはいつどこで肩に手を置かれるかわからなくなる」

「ずらかれば、いいじゃん」ヴァイオレットは乱暴に言い返した。

ウルフはため息をついた「あなたは正常な思考力を働かせていませんな。逃げるはずがない。ペリット氏にたかり続けるつもりなら、ここにいなくてはならない。ついでながら、ペリット氏に今の話を教えたところでなんの役にも立ちませんよ。当然、根回しはしておきますので、ペリット氏は一言も信じないでしょう」

「そりゃ信じないでしょ。あいつの差し金なんだから」

「いや、そうではない」ウルフは机から椅子を引いた。「ミス・マーフィー。わたしのことをもっとよく知っていたら、これは完全にわたし一人の思いつきだと言った際、その言葉を信じていたでしょうな。これはわたし自身による計画であり、考えたのも実行するのもわたし一人です。そして、利益を期待しています。あなたも同じでしょう。わたしはあなたを排除しようとしているわけではない。

ペリット氏は大金を稼ぐ。あなたは十万ドルせしめるごとに、一万ドルを手に入れられるのですから」

ウルフは立ちあがり、ヴァイオレットの横を通ってドアに向かった。そこで振り向く。「一言注意しておきますよ、ミス・マーフィー。当然、あなたはかき集められるだけ金を集めて姿を消そうという衝動に駆られるでしょうな。ご承知のとおりの理由から、ペリット氏はあなたを追う決心をしかねるかもしれない。わたしはちがいますよ。あなたを見つけます。わたしはペリット氏に負けず劣らず自尊心が強いので。出し抜かれたりはしません」

ウルフは出ていった。

ヴァイオレットは出ていくウルフのほうを見てはいなかった。席から動かず、まだウルフが座っているみたいに空の椅子をじっと見つめていた。唇の片端がねじれ、あがった。狼狽するどころか、正常な思考力を働かせているだけのように思える。最終的に、ヴァイオレットはぼくに目を向け、こう言った。敵意は感じられなかった。

「何様？　あいつ、デブね」

ぼくは感心して頷いた。「きみは勇敢だな、すごいよ。降参するか、賭け金をつりあげるか、きみは今この場で決める必要はない、ついてるね。一晩寝て考える時間がある。そうするのが一番だ。家まで送って、寝かしつけてあげようか？」

ヴァイオレットはにっこり笑い、ぼくはにやりと笑い返した。

「あんたは悪い人にはみえないわね」ヴァイオレットが言う。「まっとうな男前じゃないの」

「中身は」ぼくは答えた。「きれいだけど、小心者でね」そして、立ちあがる。「車で送ろうか、とは言わないよ、きみが自分の車で来たのを見たからね。ただ、お供はできる、外の空気を吸いたいだけだけど」

ヴァイオレットは椅子から離れて、近づいてきた。ぼくの額の生え際にきちんと丁寧に四本の指を置き、頭に沿って後ろに滑らせ、髪をすいた。

「外の空気」ヴァイオレットは言った。「ねえ、空気が吸いたいわ」

「分けあおう」ぼくは提案した。「きみに九十パーセント、ぼくに十パーセントで」

ぼくは廊下から帽子と上着をとってきて、ヴァイオレットに付き添って外に出ると、クーペのドアを開けてやった。そして、助手席側に回って乗りこんだ。ぼくの本当のお目当ては外の空気ではなく、もちろんまた髪をすいてもらうことでもなく、身体上の危害に対する予防措置だった。ヴァイオレットを計略にかける前にデイジー・ペリットに知らせておかなかったからと、ウルフを責めているわけじゃない。思いついたのは、彼女が来る直前、いや、来てからだったかもしれないからだ。それでもやっぱり、ぼくは今のままではウルフの筋書きが気に入らなかった。ヴァイオレットがマンションのペントハウスに飛んで帰って、ペリットにあれこれ口走ったとする。ヴァイオレットなら、実際やりかねない。その場合にペリットがどう反応するかは、見当もつかないのだ。常識的な判断力があれば、ウルフが九割を取り戻すことを狙っているとわかるだろうが、問題はペリットのようなやつに常識的なところなど一つもないことだ。判断力すらないかもしれない。この世に正直な人間がいるなんて、信じちゃいないだろう。というわけで、ぼくはヴァイオレットと一緒にクーペに乗りこんだのだった。

ヴァイオレットはすばらしい運転手で、ぼくの半分くらいの腕前は充分にあった。四十丁目の赤信号で車のスピードが落ちたとき、ぼくは言った。「ミス・マーフィー。きみの負けだよ」

「マーフィーなんて、やめて」ヴァイオレットは噛みついた。そして、手を伸ばし、ぼくの膝をなでる。「天使の食べ物《エンジェル・フード》（シフォンケーキの祖先といわれる、軽いスポンジケーキ）って呼んでよ」

　時間があまりなかった。マンションは七十八丁目だから、夜のこの時間ならほんの数分しかかからない。それに、本気で部屋まで送って寝かしつけてやるつもりはなかった。

「エンジェル・フードは好みじゃないんだ」ぼくは言った。「楓糖蜜のお菓子《メープル・デライト》って呼ぶよ。ともかく、力尽くで問題を解決しようとするなら、きみには万に一つも勝ち目はない。きみにはいろんな意味で感心してるし、ぼくは人生を楽しんでいて今この世から退場するのはごめんだから、率直に言うよ。きみがペリットから金をむしりとるのをやめず、ウルフさんに十分の九の取り分も渡さないなら、きみは終わりだ。ウルフさんはハイエナみたいに裏切り者で、ハゲワシみたいに金に汚くて、ジャッカルみたいにあくどいんだよ。ただ、きみがウルフさんに十分の九の取り分を渡せば、遅かれ早かれペリットは気づくだろう。そうなれば、大災害かどうかはともかく、ウルフさんはしっぺ返しを食う。それだけじゃなく、ぼくも巻き添えを食う。今はきみが思ったようなまっとうな男前でなかったとしても、さっきの一瞬はそうだったわけだし、面《つら》の皮はきちんとしてるから、そのままにしておきたい」

「続けて」ヴァイオレットは運転で前を見たままだった。「まだたいしたことは言ってないけど、声が体を突き抜けていく感じ。一杯やる必要もないくらいよ」

　五十一丁目だった。ぼくは続けた。「だから、ぼくがどれだけ自分本位かを教えるために、一つ提案があるんだ。きみに大勝利のチャンスはない、百万に一つも。きみはデイジー・ペリットとネロ・ウルフとの板挟みだ。シャーマン戦車だって楽に抜け出せる状況じゃない。ましてや、女一人なんだ。

大もうけは金輪際ない。その事実に直面して、度胸だけじゃなく頭脳もあるところを見せたほうがいい」

ぼくはヴァイオレットのももをなでた。「なあ、頭を使うんだよ、メープル・デライトさん。第一に、ペリットから金を搾りとり続け、そのほとんどをウルフさんに払うことはできる。だけど、そんなことをしたら、ばかもいいところだ。きみのわずかな取り分じゃ引き合わないよ。第二に、こっそり姿を消すこともできる。ぼくのみたところ、それもろくな結果にならないな。生活資金を手に入れるのがどれぐらい難しくなるか、わからないからね。もちろん、高飛びが必須条件だし、ニューヨークが好きならマイナス要素だ。第三が、ぼくの提案だ。きみからペリットに言う……なんならぼくが言ってもいいけど、たかりは終わりだって話すんだ。きみは単に愛らしくて従順な娘だが、週ごとのお小遣いを百ドルから三百ドルにあげてくれたらありがたいってね」

ヴァイオレットはぼくを鋭い目でちらりと見やり、また運転のため視線を戻した。どうやら、うまくいっているようだ。

「ウルフさんに被害はない」ぼくは断言した。「ウルフさんがその手まで予想していたかどうかは怪しいけど、どっちみち、ぼくに任せておけばいい。ぼくには……圧力をかける方法があるんだ。まず間違いなく、ペリットもそれで納得して、後腐れもないよ。きみについては、そんなに欲張る必要はないだろ。一年に一万五千六百ドル、所得税はなし。おまけに、この車みたいな日用品を含めて、生活費までペリットまかせなんだろう？　アメリカ合衆国の上院議員がもらってる額より、六百ドルも多いってのに！　ニューヨークにも残れる。ユタ州だの、その他の砂漠を気にかける必要もない、もちろん『個室』もね。友達付き合いを楽しみ、好きなだけ寝坊をして、博物館や美術館巡りをする。

二百ドルがペリットの値上げ分だとして、それがなんだっていうんだ？　配管工の給料の倍額じゃないか。いつもなら女に運転させるのは嫌いなんだけど、きみはうまいな。きっとそうだろうと思ったんだ。文句なしだよ」

「まあ、角を曲がったり、バックはできるけど」ヴァイオレットは言った。「美術館ねえ。あんた、ふざけてんの？」

ぼくらは町を横断し、五番街を北に向かっていた。六十丁目あたりだ。「いつか」ぼくは続けた。「ペリットがウェストチェスターでやってる、噂のナイトクラブに、ぜひ車で連れてってくれよ。美術館はただの言葉の綾だから、忘れてくれ。ぼくの提案が少しでも気にかかって、考えてみるつもりがあるなら、一つ頼みがある。ウルフさんのいかさまをペリットにばらさないでくれ。きみがどうしたいのか、決めるまでは。ばらせば、一騒動起こって、だれにも止められなくなるだろうから」

「そう？」ヴァイオレットは鼻で笑った。「なにも起こらないでしょ」

「まだペリットとウルフさんが組んでるって思ってるなら、きみはどうかしてるよ。ウルフさんを知らないんだ」

「デイジー・ペリットは知ってるわよ」車は七十八丁目で東に折れた。

「けど、ウルフさんは知らない」ぼくは譲らなかった。「機会がありしだい、説明するよ。ウルフさんの本性を見抜くのを邪魔してるのは、分厚い脂肪だけじゃない。ペリットは二回難問を抱えたんだ。最初がきみで、今度はウルフさんだ」

ヴァイオレットは右の歩道際、日よけのそばで車を駐めた。ぼくは降りて、ドアを開けたままにして待ったが、ヴァイオレットは運転席側のドアから降りて、ぐるっと回ってきた。

そして、ぼくの腕に手をかける。「車はここに駐めておきましょ。あとで家まで送ってあげる」
こそこそ逃げ出さなくてはならない羽目に追いこまれたのは今夜二度目だが、今度は助け船を出してくれるモートンはいない。ぼくは腕を引っ張る力に優しく逆らい、言葉を準備しはじめたが、出てこずじまいになった。その瞬間に問題となったのは、準備した言葉が出てくるかどうかではなく、この先言葉が出せるかどうかだった……ぼくの口から。一台の車が五番街から曲がってきて、セカンドギアで勢いよく進んできた。そして、スピードを緩め、ヴァイオレットのクーペのすぐ後ろで停まりそうになった。ぼくは背中を向けていたので、その音を耳にしていただけだった。と、ヴァイオレットがぼくの腕をつかむ手に力をこめて顔を強張らせ、左側へ飛びのいてぼくに身を寄せた。ぼくはすばやく振り返った。勢いで、ぼくの腕をしっかりつかんだままだったヴァイオレットが引っ張られる。そのときにはもう弾が飛んできていた。開いた窓から銃が突き出ている。車内の男からの距離は、二十フィートもない。

　ヴァイオレットは最初の弾にやられたんだと思う。続けざまに飛んできたので、どうでもいいことだが。ヴァイオレットが倒れ、ぼくも一緒に倒れた。腕にしがみついているヴァイオレットに引っ張られたのと、この状況で突っ立っているのはまずいと反射的に考えたせいだ。もう一つ反射的な考えで、ぼくは縁石に向かって転がり、ヴァイオレットのクーペの陰で膝をついた。手には上着のポケットから抜いた銃を持っていた。再び動きだした車を狙う。マディソン・アベニューへ三十ヤード、加速していく。弾がなくなるまで撃った。車はさらにスピードをあげながら、マディソン・アベニューを渡っていった。

　そのときには、立ちあがっていた。ヴァイオレットを見やると、四つん這いになって起きあがろうとしている。そばに行ったところ、崩れるように倒れてしまった。膝をついて確認したら、一発が頬に裂き傷をつけていたが、それだけじゃないに決まってる。

ぼくは声をかけた。「じっとしてるんだ、いい子だから。動かないで」そして付け加えた。信じられないだろう、自分でも信じられない。「エンジェル・フードさん」

ヴァイオレットは動くのをやめた、早すぎるほどに。「あ……あ……」とあえぐ。あえぐ合間に、ヒューヒューと音をたてて息を吸う。なにか言おうとしているのだ。「あれは……あ……あ……私怨」やっとの事で言葉が出た。顎があがり、叫ぶ。「私怨！」そして力尽き、ぐったりとなった。

ぼくは顔をあげて、周囲をざっと確認した。窓が開き、人の声がしている。だれかが五番街から、歩道をこちらに向かって走ってきた。日よけの奥のマンションのドアが開き、制服姿の男が出てきて近づいてきた。ドアマンか、エレベーター係だろう。歩道を走ってくるのは、警官だった。ぼくは立ちあがって、「医者だ！」と大声で言うなり、マンションへ飛びこんだ。ロビーにも、ドアの開いたままのエレベーターにも人気はない。電話の交換台が見つかった。プラグを差し、ボタンを押す。ウルフの部屋の内線へと切り替えておいたかどうかを思い出そうとしながら、番号にかけた。切り替えたはずだ。習慣の力で。

ちゃんとやってあった。ついにウルフの声が聞こえた。「ネロ・ウルフですが」

「アーチーです。ヴァイオレットを家に送っていきました。二人で七十八丁目のマンション前の歩道に立っていたんです。男が車に乗って近づいてきて、銃を何発もぶっ放して逃げました。ヴァイオレットは殺《や》られました。フリッツに――」

「きみは傷を負ったのか？」

「たしかに、傷は負いました。ただし、弾が原因じゃありません。あのペリットの野郎が、ヴァイオレットを始末しようとして、なにかの証拠にぼくたちを使うと決めたんですよ。それがなんなのか、あなたには突きとめられるでしょう、ぼくがどんな質問にでも答えられる天才として一晩過ごしてる間にね。フリッツに――」

背後で声がした。「電話を切れ！　すぐにだ！」

第八章

殺人課のロークリッフ警部補は、世界が四海同胞の境地にまで到底達しないだろうとぼくが思う理由の一つだ。ロークリッフに対するぼくのような意見が自由に表明できる限り、実現が可能だとは思えない。

午前二時五十分、ロークリッフが緊急本部を立ちあげた東六十七丁目の第十九分署の拷問部屋で、こう言われた。「結構だ」ロークリッフはオーケーなんて下品な言葉は絶対に使わない。「結構だ。おまえの身柄を確保する」

ぼくはあくびの最中だったので、それが済むまで答えるのを待たなければならなかった。済ませて、言った。「同じ台詞を四回も言ってるよ。その考えは気に入らないな。ウルフさんや弁護士も気に入らないだろうね。でも、また聞かされるよりは、逮捕のほうがいいか。やってくれ」

ロークリッフは座ったまま、しかめ面をしているだけだった。ただ、下品なしかめ面じゃない、ロークリッフふうのしかめ面だ。

「要点をまとめようか」ぼくは申し出た。「デイジー・ペリットは、ウルフさんに相談しにきた。その点について、ぼくから警察に話せる情報はないけれど、あったとしても、伝聞にしかならない。話を仕入れるなら、ウルフさんからだよ」

「さっき言ったとおり」ロークリッフの声は尖っていた。「ウルフのところへは部下を行かせた。二回、二人だ。が、家に入れなかった。ドアにはチェーンがかけられていた、いつものことだ。ブレンナーという男が隙間から、ウルフは就寝中で起こせないと言った。予想どおりの不謹慎かつ傲慢な態度だ」

「朝食後に行くといい」ぼくは勧めた。「そうだな、十一時に」ぼくが言葉にしきれなかったフリッツへの伝言が、無用の心配だったとわかって、ありがたかった。「もちろん、拘置所内にいたら、ぼくは出迎えられないけどね。さっきの続きだけど、十一時四十分、零時二十分前にペリットの娘がやってきた。父親と同じ問題をウルフさんと話し合うためだろう。その点についても、ウルフさんから説明を聞けるよ。話が終わったので、ぼくはミス・ペリットを家まで送ることになり、彼女が自分の車を運転した。着いたのが十二時半頃。コロンバス・サークルで腕時計とダッシュボードの時計を確認したときは、十二時二十六分だった。ぼくらが立っていた――」

「全部記録してある」

「オーケー、なら、これもだ。車に乗っていた男は、ハンカチを巻いていて――」

「どうしてハンカチだったとわかる?」

「しまった。また意見の衝突だな。じゃあ、白いものってことで。シャツの裾を破った布きれかもしれない。そのせいで、どこのだれかはわからなかった。顔の大部分が隠れていたからね。やつの狙いがミス・ペリットだったのか、ぼくだったのか、両方だったのかは知らない。まあ、たしかに撃たれたのは彼女だったけど。車にはナンバープレートがあったが、ぼくには読めなかった、もしくは読まなかった。その点はどうでもいい。盗難車で、一時間ほど前に一マイルも離れていないところで盗まれていたんだから。で、六ブロックも離れていない場所、地下鉄八十六丁目駅の近くで見つかった。確認したいんだが、ぼくの弾丸は一つでも――」

「デイジー・ペリットはどこにいる?」

「今?」

「そうだ」

「さっぱり、わからない」

「ウルフの家に立てこもっているのか?」

「そんなはずないでしょう。考えただけで、歯の根が合わなくなる」

「昨日、ペリットがウルフと手はずを整えに来たときも、歯の根が合わなくなったのか?」

「いいかい、警部補」ぼくは無愛想に答えた。「もうすぐ夜明けだ。何度も何度も話した。知ってることを全部。もう、黙ることにする。昔の知り合いに、散弾銃で鴨撃ちをすると言い張っては、引き金を引くたびに反動で尻餅をつくやつがいたよ。それが気に入ってたんだろうな。あんたはどことなく、そいつを連想させるね。ペリットと娘の依頼がどんな内容だったのか、教えられる相手はウルフさんだってことは、百も承知のはずだ。ぼくには教えられないことを、ちゃんと知ってる。それに、ぼくの身柄を押さえれば、ウルフさんが腹を立てるから、供述が信用できなくなるってこともわかってるんだ。あんたの望みはなんだ? 個人的な恨みでまた小競り合いをはじめたいのかい、殺人を解決したいのかい? 断っておくが、ぼくは一眠りするよ。椅子、簡易寝台、家のベッドのどれかでね」

「出ていけ」ロークリッフは命じた。「さっさと出ていけ」

そしてボタンを押し、指示を出した。一分後には、ぼくは歩道の上に立っていた。ロークリッフを思いとどまらせたのは、ぼくの言葉じゃない。そんなことは、ちゃんと承知していた。上官のクレイマー警視が、どの程度ウルフの協力を望んでいるか、はっきりわからなかったせいなのだ。

どっちにしても、タクシーをつかまえるのはやめて地下鉄の駅に向かっているとき、ぼくの頭を占めていたのはロークリッフではなく、デイジー・ペリットだった。ロークリッフ相手に、警察への格好の手がかりを与える話を漏らしてしまいかけたが、ウルフに会う前に話すのはまずいとわかっていた。ウルフの家へと帰る途中、ぼくは考えてもしかたがないことも考えた。例えば、あのアーチーという名前の『死に顔』の仕業なんだろうか、とか。

ただ、ぼくはもっぱら事件を解明しようとしていた。そして、とっかかりさえつかめなかった。ペリットはヴァイオレットを即刻消すことに決めた、これが出発点だ。それだけは確実だ。しかし、ぼくはもちろん、ウルフを巻きこんだ狙いはなんだ？ 相手が警察にしろ、だれにしろ、ヴァイオレットが偽の娘だとばらさずに、ウルフの関与をどう目隠しに使えるのか？ ばれることこそ、ペリットが怖れていたことじゃなかったのか？ あれやこれやの疑問にぜひ答えがほしかったのは、ある計画があったからだ。ぼくは単独で社会に害悪をまき散らす人間じゃない。人を撃ったのは完全に偶発的で、不測の緊急事態に対応するために限られていた。それでも、ぼくはデイジー・ペリットを撃ち殺す必要があると覚悟を決めていたのだ。ぼくの腕をつかむヴァイオレットと一緒に立っていたとき、こっちに向かって火を噴く銃を見たショックの余波ばかりじゃない。ウルフとぼくが立たされている状況、この先も続く状況を思い知ったからだ。手がけている事件で危ない橋を渡るのは、問題ない。ただの事件の一部だ。だが、ペリット一家とミーカー一家の内輪もめに巻きこまれるのは、危ない橋とはちがう。死に出の旅でしかない。まだ旅立ちの日が未決定なだけだ。

というわけで、地下鉄をグランドセントラル駅で乗り換えたときは、機会があり次第、ペリットを撃ち殺すつもりだった。四分後、タイムズスクエア駅でまた乗り換えたときは、ペリットを撃つのは、ぼくに打てる最悪の手に間違いなしだと思った。さらに四分後、下車して三十四丁目に出たときは、どんな手を打っても、打てるだけの手を打っても最悪だという気分だった。そのとき、思った。ぼくが本当に撃ち殺してやりたいのはウルフだ。骨付きの豚肉をひっつかもうと死にものぐるいになって、窓を開け、ペリットを家に入れろとぼくにわめくなんて。九番街で三十五丁目に曲がり、さらに西へ曲がって歩きながら、ぼくは思考をさまようがままにした。散々ショックを受け、続く二時間は分署で警察相手に気を張っていたので、ベッドまでもう少しとなって気が抜けてきたのだ。

玄関前の階段に近づいていきながら、ぼくは寝る前のお話をしにウルフの部屋に行く予定を考えなおした。朝でいい。そう考えて少し満足を感じ、玄関に向かって一段目に足をかけた。とたんに満足感は消えた。消したのは、二人の男だった。階段側面の石壁の陰、暗がりから出てきて、もう触るほど近くにいた。

右にいるのは、アーチーという名前の『死に顔』だった。もう少し後ろの左側にいるのが、デイジー・ペリットだった。『死に顔』はこれ見よがしに銃を握っている。ペリットの両手は上着のポケットのなかだった。ぼくの銃は、許可証を持っていたため没収はされていなかったが、ポケットに入っているのには弾が残っていなかった。ショルダーホルスターの銃はコートのボタンがかけてあって、ヨンカー市にあるのも同然だ。

「今夜の一件について、訊きたいことがある」ペリットは言った。「十一番街の角に車がある。先に進め。こっちはあとからだ」

「ここで話せますよ」ぼくは答えた。「ここでよく人と話すんです」ペリットを撃つなら今だ。自己防衛のための理想的な状況。が、延期することにした。「なにを訊きたいんです？」

「とっとと行け」ペリットの口調が少し変わった。

妙な状況だった。その場を離れることを拒否しても撃ち殺されることはない、とぼくは思った。辻褄が合わないからだ。向こうがそのつもりなら、会話をはじめたりはしなかっただろう。ぼくが階段をあがって鍵穴に鍵を差したとしても、やっぱり撃ち殺しはしなかっただろうが、二つ難点があった。第一に、連中は撃ち殺す以外の軍事行動をはじめるかもしれない。一つのことは、別のことへとつながるものだ。第二に、ドアには内側からチェーンがかかっているので、フリッツを起こさなければならない。さらに、言うまでもないことだが、フリッツを起こしてドアが開いたら、連中もお邪魔しようという気になるだろう。

ぼくは自分の立場を守ることに決めた。「ぼくの好みとしては……」言いかけたものの、車が近づいてくる音で言葉を切った。首を回して確認する。先ほどの経験で車の近づく音には、神経過敏になっていたのだ。それに、ロークリッフがウルフへの再挑戦を午前十一時まで待たないと決めた場合、パトカーの可能性もあった。が、ただのタクシーだった。夜遅く、このあたりをよく通る。角を曲がったところにあるねぐら、会社の車庫へ向かう途中なのだ。

ぼくは二人に向き直った。「ぼくの好みとしては、ここがいい。なにも企んではいませんが、企んでいたとしても、銃の弾倉は空ですから、安心してください。空にしたのは――」

屈んだり、飛びのいたりはしなかった。ぼくはただ体を宙に投げ出し、歩道に倒れて転がった。石の階段に頭をぶつけてはだめだと考えながら。今回は、タクシーに乗った男の姿はまったく目に入らなかった。顔に白い布を巻いているかどうかを確認する一瞬さえもなかった。ものすごい勢いで転がっていたのだ。そのまま階段の角を回りこむ。覚えている限りでは、銃に手を伸ばそうとは考えつきもしなかった。なにか考えていたとしたら、タクシーの男の望みがペリットと『死に顔』に風穴を開けることなら、ぼくには問題ないということだった。二人がなにをしていたのか、見当もつかなかったし、今でもさっぱりわからない。ただ、あとで調べたところ、ぼくが耳にした音には、二人が自分の武器を使っていた音も混じっていたらしい。

音はやんだ。現場からタクシーの走り去る音が、次第に小さくなっていく。ぼくは階段の角から頭を突き出し、さっきまでのぼくと同じようにうつぶせの人影を見つけた。が、ずっと静かだ。ぼくは急いで立ちあがった。人影は二つあった。一つは階段を反対側に回りこんだところにあった。少しぴくぴくと動いている。その手がまだ銃を握ったままなのを見て、ぼくは近づいて、蹴り飛ばした。そして膝をつく。一人目、次に二人目。簡単に調べたが、この二人に背を向けると危険だとは、もうだれも思いそうにないとわかった。ぼくは階段をあがって、フリッツを呼ぶために玄関のベルを専用のやりかたで鳴らした。が、鳴らすまでもなかった。指がボタンから離れないうちにチェーンのかかったドアが開き、二インチの隙間から声がした。

「アーチー?」

「ぼくだよ、フリッツ。開けて――」

「助けがいるかい?」

「家に入る助けが必要だ。開けてくれ」

フリッツはチェーンをはずし、ぼくはドアを押し開けて玄関へ入った。

「だれか、殺したのかい？」フリッツが訊いた。

ウルフの怒鳴り声が一階上の廊下から聞こえてきた。「アーチー！　今何時だと思ってる？」遅く帰って睡眠の邪魔をしたことを、ぼくが謝るべきだと思っているようだ。

「家の前の歩道に死体が転がってます。ぼくだったかもしれないんですよ！」ぼくは怒鳴り、事務所に入ってラインランダーの四の一四四五番、第十九分署の番号へかけた。

第九章

そういうわけで、結局、ロークリッフはウルフへの再挑戦を朝十一時まで待つ必要はなかった。ウルフの筋金入りの傲岸不遜をしのぐ騒ぎなど、ないに等しいのだが、デイジー・ペリットと手下の男が自宅の真ん前で、ぼくと話している最中に撃ち殺されて、面会謝絶を貫きとおすのは実際いくらなんでも無理だった。

午前四時五分、ウルフはロークリッフと巡査部長を一人、自分の寝室に通した。ぼくはちょうど警察の要請で捜査班の一団と事務所にいて、その事情聴取は聞きそこねた。あとで聞いたことだが、ウルフは秘密の蓋を絶対に開放はしなかったものの、ちらりと覗かせてやったそうだ。ペリットから、娘に脅迫されていて、それをやめさせる手段を講じてほしいと依頼されたこと。その依頼を引き受けることになり、ペリットの言いつけで娘が事務所にきたこと。娘はソルトレークシティで手配中の身だったため、お行儀をよくしないと警察に通報すると脅したこと。他の件は、しまいこんだままだった。例えば、ヴァイオレットが替え玉だったことや、父親から金を巻きあげるのに使っていた強力な道具がどんなものだったかなどだ。ビューラには一切触れなかった。こういった事情を、ぼくはあとで知ったわけで、そのときはウルフがどこまで踏みこんだかわからず、班員たちと一緒に事務所にいたときは、屋外で発生した事実以外をすべて敬遠した。ぼくの好感度にはなんの足しにもならなかったが、本当の意味で自分の健康に悪影響を与えることもなかった。

ウルフやぼくへの事情聴取のため、特定の人間は家に入れるとの了解事項はあったが、家を作戦司令本部に使うことは認められず、投光器まで担ぎ出した家の前の騒ぎは敷居を越えることを許されなかった。フリッツが張り番をしていた。ぼくは二度外へ連れ出されたが、一度目は実況見分のためで、二度目はぼくの証言の食い違いを見つけようとしたときだった。それでも、ぼくを本部へのドライブに連れ出すべきだと言い出すやつさえいなかった。連中のふるまいを見れば、理由を察するのは難しくなかった。ぼくを哀れんでいたのだ。そのときのぼくには状況分析の時間がなくて、連中の見たてが恐ろしいほど正しいとは気づけなかった。

朝の光が見えてからだいぶん経ち、ウルフの机の向こう側の窓に太陽が顔を出すまで捜査は続いた。ウルフの寝室にいたロークリッフと巡査部長も含めて警官が全員引きあげるとすぐ、フリッツは厨房に入って朝食作りにとりかかった。ぼくは二階にあがって、ドアをノックした。入れと言われたので、入った。ウルフは黄色い絹のパジャマに、つま先が反り返った黄色いスリッパという格好で、洗面所から出てきたところだった。

「それで」ぼくは口を開いた。「心から思うんですが――」

電話が鳴った。事務所を離れるときは、ぼくはいつも電話を切り替えておく。ウルフの電話はベッド脇のテーブルの上にあり、派手な黄色で、ぼくの好みではなかった。近づいて、受話器を口にあてる。「ネロ・ウルフ探偵事務所です」

「アーチーか？　ソールだ。ウルフさんを頼む」

ぼくはウルフに声をかけた。「ソール・パンザーです」

ウルフは頷き、こっちへ来た。「結構だ。きみは部屋に行って、自分の顔を確認しろ。洗顔の必要がある」

「一晩、歩道の上を転がっていたら、あなただってそうなりますって。つまり、ソールと内密の話があるってことですか？　ソールになにか仕事を頼んだとか？」

「もちろんだ。ペリット氏の件で」

「いつ？」

「きみが昨夜ミス・ペイジを家へ送っていったときに、電話をした。顔を洗いにいけ」

ぼくは部屋を出た。ウルフがお抱え探偵のだれかを使う作戦からつまはじきにされると、たいていぼくはむかっ腹を立てるのだが、今回は疲れて苛つく気力もなかった。それに、ソールなら話は別だ。ソール・パンザーのように優秀なやつに腹を立てるのは難しい。自分の部屋の洗面所にある鏡で確認したが、顔には問題がなかったので、洗面をし、ひげ剃りは朝食後にすることにして、一階下のウルフの部屋に戻った。ソールとの内緒話は終わっていて、ウルフは下着姿で腰をおろし、靴下を履いているところだった。

「なにか打ち合わせたいことは？」ぼくは尋ねた。

「ない」

ぼくはむっとしてウルフを睨んだ。「へえ、それはそれは」

ウルフは唸った。「今のところ、打ち合わせることはない。きみには関係がない。ロークリッフ警部補には、娘がペリット氏を脅迫するのをやめさせるために雇われたこと、警察に密告すると娘を脅したことを話した。それだけだ。あの男は愚か者だな。娘を脅迫しようとしたかどで告発されるべきだと、ほのめかした」ウルフは体を起こした。「ところで、ペリット氏が亡くなったのだから、例の番号、リンカーンの六の三二三二番に電話しても無駄だろうな?」

「ぼくには関係ありません」歯を食いしばりながら答え、朝食を食べに厨房へ向かった。関係ないだって! ロークリッフを愚か者呼ばわりする、その当人はどうなんだ? ぼくはパンケーキを食べたが、最初の三枚は味わうのを忘れてしまったほどだった。

朝食は電話で四回中断された。もちろん、一日中この調子だろう。四回のうちの一回、最後の電話だけはウルフに報告する必要があった。ぼくにとっては、ちょうどよかった。必要最低限しかウルフと話をしたくなかったのだ。その時間にはもう、ウルフは朝食を済ませて植物室に行っていたので、内線電話をかけた。

「男性から電話がありました」ぼくは告げた。「名前はL・A・シュワルツで、デイジー・ペリットの弁護士だそうです。すぐ来訪したいとのことでした。十一時にしてくれと伝えました。電話番号は控えてあります。そいつも関係ないと思うのなら、電話をして、約束は取り消します」

「十一時で結構だ」ウルフは言った。「リンカーンの番号にかけてみたか? ペリット氏は七時から十時の間と言っていたぞ」

「かけてません」ぼくは電話を切った。

それからの一時間四十五分は、電話がかかってこなければ、まぶたをこじ開けておくのがぼくの仕事の中心になっていただろう。何年もの間に、記者たちを適当にあしらうのは、ぼくの日常業務の一つになっている。ただ、対処に時間はかかるので、連中から苦情を言われる筋合いはない。そのうちの一本の電話は、これから命の続く限り人生こんなことがあるかもしれないという見本の一つだった。

がらがら声の男からで、あまりひどい声なので、一息入れて、きちんと咳払いをしてくれればいいのに、と思ったほどだ。男はデイジー・ペリットの友人だと言い、少し尋ねたいことがあるから、今日の午後セブンイレブン・クラブで会えないか、と訊いてきた。ぼくは、事務所から離れられない状態だが名前と電話番号を教えてくれれば都合がつきそうなら連絡する、と答えた。男は、どこにいるかわからないから気にするな、また連絡する、と言った。そして、付け加えた。「昨日の夜は、事務所を離れられない状態じゃなくて残念だったな」電話は切れた。

ソール・パンザーから二回目の電話がかかってきたのは、十一時になる直前だった。ぼくが電話をウルフに回したところ、聞かなくていい、と指示された。言われなくてもわかってる、関係ないのだから。二人の通話が終わる前に、玄関のベルがまた鳴った。警察が引きあげてから、もうこれで十回目くらいだ。今回は門前払いを食らう不正入場者ではなく、席の予約のあるお客だった。ぼくはL・A・シュワルツを招き入れ、ウルフさんはまもなく来ますと説明した上で、事務所の椅子へと案内した。

ぼくなら、デイジー・ペリットの弁護士にこの男を選んだりはしなかっただろう。一つ理由を挙げると、古くさい鼻眼鏡をかけていて、似合っているとは思えなかった。六十がらみで瘦せていて、口数が少ない。ぼくは話をして、もう五分起きていようと思ったのだが、せいぜい十語しか引き出せなかった。シュワルツは膝に書類鞄を載せたまま、三十秒ごとに右の耳たぶを引っ張っている。ウルフのエレベーターがおりてくる音がしたときにはもう、ぼくはシュワルツを投げ出していた。

ウルフは机に向かう途中で、関係のないぼくからの紹介を足を止めて聞いた。完全に、体裁のためだ。それから椅子に移動して、座った位置を調整し、背もたれに体重を預けて、半ば閉じた目で客を見た。

「さて、ご用件は？」ウルフは尋ねた。

シュワルツは窓からの光に目をしばたたいた。「まずはお詫びを」と切り出す。「今回のお約束にあたり、ご無理を申しました。ですが、一刻を争う事案と思われましたので」堅苦しい言いかただった。「昨晩ペリット氏から伺った限りでは、あなたは明白な同意を与えなかったようですし、その場合――」

「失礼、なんの同意です？」

「指名に対する同意ですよ。ペリット氏の遺言で、遺言執行者及び令嬢の実質的後見人とされていま す。同意されましたか？」

「まったく」ウルフは指を一本動かした。「寝耳に水の話です」

「そうではないかと懸念していました」シュワルツはやりきれない様子だった。「であれば、事態は複雑になります。責任の一端はわたしにあるのではないかと思います。なにしろ大至急で文書を作成したものですから。遺言執行人があなたではなく、裁判所が指名した人物である場合、報酬として用意された五万ドルが執行人に渡るかどうかの問題があります」

ウルフは唸った。いったん見開いた目をまた半ばまで閉じ、「説明してください」と促した。

第十章

シュワルツは書類鞄の蓋を引きあげ、またおろした。まだ膝の上に載せたままだ。

「以前」と切り出す。「ペリット氏のために何度か、純粋に法律的な性質の細かな問題を扱ったことがありまして。わたしは法律を心得てはいますが、商売べたのせいか、引く手あまたの弁護士ではありません。昨晩、ペリット氏はわたしの家、ペリー・ストリートにあるこぢんまりしたマンションに来て――事務所には絶対に来ないのです――すぐに、自分の目の前で文書をいくつか作成しろと言いました。幸い、自宅にタイプライターがありましたが、あまり立派なものではないので、文書の字面に行き届かない点があってもご容赦願います。作成には結構な時間がかかりました。タイプライターを打つのが速いわけではありませんし、特別な条件も含めなければならなかったのです。難しい、きわめて厄介な内容だったのですよ。遺言により資産を令嬢へ譲るのですが、名前を挙げるどころか一切だれと特定できないのですから」

シュワルツは瞬きした。「この場でお断りしておくべきでしょうが、遺産管理につきましては、問題はありません。財産は国債と銀行預金のみで、百万ドル少々となっています。そちらに関しては、面倒なことは一つもないのです。ペリット氏が所有していた他の財産は、各種事業における権利を含め、すべてが別の文書により他の人物、共同事業者に譲渡されます。あなたの役割は令嬢に対する遺産だけに限定されています。今問題となっている遺書には、他に二つの条項しかありません。遺言執行者としてのあなたに五万ドル、そして、わたしに同額です。遺書の証人はデリカテッセンの店主の男性と、貸本屋を営む若い女性で、両名ともわたしの知り合いです。遺書の原本はわたしが保管し、ペリット氏は写しを一部持っていきました」

ウルフは片手を出した。「拝見しましょう」

シュワルツは、また瞬きをした。「ええ、もうじき。ご説明しておくべきと思いますが、わたしに遺贈された大金は、数通の文書を作成した対価ではありません。文書では一切触れずに口頭のみの指示でわたしに行動を履行させる、そのためのペリット氏なりの方法でしょう。わたしはもう一通、写しのない文書を作成したのです。それと一緒に、内容は知りませんが、ペリット氏が書いた別の数枚の文書も封筒に入れ、蠟で封印しました。ペリット氏が亡くなった場合には、わたしはできるだけ早い機会に、今お伝えした遺書に関する情報と合わせて、その封筒を直接届ける役割と責任を負ったわけです。わたしはこのように考えています。わたしに遺贈された五万ドルのうち、百ドルが文書の作成料、もう百ドルがあなたへ文書を送達する料金。ここまでは妥当な金額です。そして、残りは封筒を開けて中身を見ない代償でしょう。ペリット氏は完全にわたしを見誤りましたね。その金額の十分の一、いや、五十分の一でも大丈夫だったでしょうに」

シュワルツは鞄を開け、畳んだ書類をウルフの机に置いた。「これが遺言書です。検認のため、持ち帰らなければなりません」続いて、赤い封蠟のついた分厚い封筒をとり出し、遺言書の横に置いた。「これが問題の封筒です」

シュワルツは椅子にもたれ、耳を引っ張った。

ウルフは封筒と遺書に手を伸ばした。最初に遺書を丁寧に読み通す。もともと、決して読むのは速くない。読みおえるとぼくに渡し、封筒をペーパーナイフで開封した。封筒の中身を一枚読むと、ぼくのほうへ滑らせてくる。どうやらぼくはまた関係者になったようだ。ぼくはウルフより読むのが速く、全部読みおえたときには、ウルフに二分遅れただけだった。

遺書はたしかに複雑だった。ぼくには、現金と債券がネロ・ウルフに遺されたのか、名前も身元もわからない『わが娘』に遺されたのか、判断が難しかった。が、ぼくは弁護士ではないし、法的にはビューラのものなのだろうと思う。ただし、ウルフがその気になれば、ごまかしを働く余地はかなりあるんじゃないかという気がした。封筒内のシュワルツが作成したもう一つの書類は、ものすごく専門的だった。債券や銀行の預金残高の長い一覧もあったが、要は仮にウルフが金を横取りする気になれば、取り放題にさせるようだった。あるところでは法定代理人の権限、別のところではウルフの行動のいかんを問わず祝福と免罪が示されているみたいに思えた。シュワルツがこの書類をすべて考えてタイプで打っている間、デイジー・ペリットがぼんやり座っていたのなら、警察が調べている問題の一つ、死ぬ前の数時間にペリットがどこでなにをしていたかについては、確実に答えが出た。

が、ペリットはただ座っていただけじゃなかった。やっぱり、文書を作成していたのだ。つまり、自分自身で書きあげ、封筒に入れたこの書類だ。ぼくはそれを、最後に一番時間をかけて読んだ。書き出しはこうだ。文法には問題があるようだ。

一九四六年十月七日　午後九時四十二分

ニューヨーク市ペリー・ストリート三九一番地にて

ニューヨーク市西三十五丁目九〇九番地
　ネロ・ウルフさま殿

　ウルフへ、もしこれが間違っているなら、おれは一生で一番でかい間違いをしてることになるが、今日あんたに会って、あんたを確認したあとじゃ、頼りにできると思う。死ぬつもりはないが、死んだら、問題は娘を守ってやらなきゃならないってことだ。早い話が、娘が自分のものを受けとれるようにしてやらなきゃならないってことで、そいつが問題なんだ。


　このあと一行半消した部分があって、続きが書かれていた。今、実物が目の前にあるが、全部で七ページにもなって、付き合いきれない。要するに、こういう内容だ。ビューラが現金と債券を受けとれるようにすること、事情は秘密にしておくこと、ビューラにどこまで話すかとその時期については判断に最善を尽くすこと、この三点の報酬として、ウルフに五万ドル支払われる。それから、母親がだれだとか、日付など大量の事実。最後の二枚については人生観に分類されるだろう。デイジー・ペリットの哲学だ。封筒に入っていた別の二枚の書類は、一つ目が一九二四年九月四日付、セントルイスでの結婚証明書、もう一つが一九二五年七月二十六日付の出生証明書だった。

　ぼくは書類を畳みなおし、封筒に戻した。

「金庫に入れておけ」ウルフが言った。

　ぼくは言われたとおりにした。

シュワルツは耳を引っ張るのをやめ、しゃべりだした。「ペリット氏の用いた方法で集められた金を扱うことについては、気が進まないところもあるかもしれません。とはいえ、責任はきわめて大きいと言えるでしょう、若い女性からとりあげる……」

シュワルツは言葉を切った。ウルフが指を一本動かして、却下の意志を示していたのだ。「ばかな」ウルフは言った。「石油の略奪者や鉄鋼の武装強盗が自分の戦利品の処分に関して希望を尊重されるのであれば、ペリット氏に認められない理由はどこに？」

「では、あなたは……その……責務を引き受けると？」

「承ります」

肩の荷がおりて一息ついた顔を見せるどころか、シュワルツは眉をひそめた。「その場合、質問が一つあります。ご息女が死亡したのに、どうやって責務を果たせると考えているのですか？」

「それはわたしの問題ですよ、先生。わたしとしては……」ウルフは言葉を切り、じろりと相手を見やった。「いや、間違いですな。ペリット氏はあなたを信用していたのですから、納得させるだけの情報提供は想定内だったでしょう。ペリット氏のお嬢さんは亡くなっていません。それ以上は、ペリット氏がわたしに任せたのですから、先生も同様に願います」

「わかりました」シュワルツは瞬きをした。「もう一つ、細かいことですが、お許しください。わたしの個人的な利害も絡んでいますのでね。わたしにとって、五万ドルの金はびっくりするほどの大金です。あなたを介して受けとるのでなければ、一セントも受けとれなくなる可能性があります。あなたの助手、こちらにいる男性は、ミス・ペリットが殺害されたとき現場にいたそうで。ペリット氏と用心棒が殺害されたときも居合わせていて、そして当人、あなたの助手は無事だった。そこから引き出される推論と、当然予想されるその結果について、ちゃんと理解していらっしゃるのかどうか。今言及した推論はぐっと真実みを増すわけです、この遺書が……」シュワルツは鞄を指で軽く叩いた。遺書はそこに戻してあったのだ。「法律の規定どおりに検認されて、内容が公開された場合には。百万ドル以上の金があなたの手にゆだねられ、だれに報告する義務もない。ペリット氏の共同事業者はむろんさっきの推論を引き出すわけです、彼らにとっては自明の理でしょうから、その場合——」

電話が鳴り、ぼくが受話器をとった。先ほどぼくをセブンイレブン・クラブへ招待した、がらがら声の男からだった。まだ咳払いをする時間がないようだ。今回はウルフと話したいと言ったので、受話器をふさいで先ほどの電話の件を説明したあとで、ウルフにつないだ。ぼくも聞くなと言われない限りいつもそうしているように、通話を聞いた。ただし、今回はウルフの言葉だけを書きとめることにする。

「ネロ・ウルフですが……お名前をどうぞ……申し訳ありませんが、名乗らない人物とは話をしないことにしていますので。どうしても教えていただかなければ……フェイ・ビ・ア・ン？……ありがとうございます。少々お待ちください」

ウルフはシュワルツに尋ねた。「フェイビアンという男性の名前に聞き覚えは？」

「あります」シュワルツは眉を寄せ、両手の指でしっかりと書類鞄の端を握りしめていた。

「ぼくもあります」はっきりとぼくも言った。

「失礼、フェイビアンさん。ご用件は……。そうですか。わたしは自宅外で人と会う約束は絶対にいたしませんので……いやいや、とんでもない。怯えてなどいませんよ……はい、それはわかっていますが、ほとんど外出しないもので……結構、一つ提案があります。わたしの事務所にご足労願えませんか。今日の二時では？……結構です……そのとおり。住所はおわかりですか？……結構」

ウルフは電話を切った。ぼくもわざと乱暴に受話器を置いてやった。

シュワルツが今までとはまるでちがう口調で切り出した。「電話が鳴りだしたとき言いかけていたのですが、ペリット氏の共同事業者たちは武闘派です。思い切って言わせていただくと、機会があり次第、あなたとあなたの助手を殺害するでしょう。警戒の方法を提案するつもりでした。さっきも言いましたが、正直なところ、わたしの利害も絡んでいますので。最善の方法は――」

「フェイビアン氏は訊きたいことがあると言っていましたが」

「そんな、まさか！」シュワルツは真っ青になった。「あの男はきわめて悪名高い……ここへ招いて……なかに入れてやるなど――」

「本当に危険人物なら」ウルフは言い張った。「かつ、あなたが心配しているような推論を引き出しているのなら、自分自身のこの事務所が、唯一面会しても安全な場所です。この問題は解決されなければならない、遅かれ早かれ――」

また電話が鳴った。ぼくは手を伸ばして応答した。「ネロ・ウルフ探偵事務所、アーチー・グッドウィンです」そうしたら、耳にものすごい衝撃が飛びこんできた。厨房まで充分届くほどの、興奮した叫び声だった。「言ったじゃないの、ハロルド・スティーブンスって！」

ぼくはきっぱりと答えた。「ちょっと待った。切らないで」そしてウルフに向き直り、うんざりした口調で説明した。「例の法学生の友人からですよ。一時間しゃべりまくるかもしれません。三階に行って、話しましょうか？」

「そうだな。その問題も片づけてもいいだろう。いつ来てもらってもいい。うまく調整してくれ」

ぼくはわざわざエレベーターに乗ることはない。どのみち、二段飛ばしでのぼったほうが速い。三階の自分の部屋に入ってドアを閉め、椅子にゆったり腰をおろす時間を惜しんで受話器をとり、こう言った。「待たせて悪かったね、近くに人がいたんで、上階に来たんだ。どうしたんだい？」

「名前はスティーブンスって言ったじゃない！」

「言った。世界には些細な事柄がごまんとあるけど、今一番どうでもいいことの一つがぼくの名前だ。ぼくの名前なんて、つまらないことさ。スティーブンスだろうとグッドウィンだろうと」

「わたしには、大事なことなの」

「それはどうも。それが言いたくて電話してきたのかい？」

「ちがいます。殺された男の人について知りたいの、それに、あなたがどうして――」

「ちょっと待った。頭を整理して、最初からはじめるんだ。なにを見て、聞いて、どうしたんだい？」

「写真を見たのよ。たった今、『ガゼット』で。一枚はデイジー・ペリットっていう人の写真で、知り合いなの……本当はそれほどよく知ってるわけじゃないけど、あることで関わりがあるのよ。あの人、殺されたのよね。ちょっとわけがあって、わたしには悲しい知らせなの。もう一枚の写真があなたの、とにかく、とってもよく似てる写真で、名前はアーチー・グッドウィン、ネロ・ウルフの助手だって――新聞には情報収集係って――書いてあった。それに、デイジー・ペリットさんが殺されたとき、あなたが一緒にいたって。で、訊きたいことが――」

「失礼」ぼくは遮った。「ただ、きみが知りたがっていることは、電話では話しにくいことなんだ。そっちへ行って説明したいけれど、仕事がある。地下鉄に乗って、ここまで来ないかい？　都合はいいかな?」

「もちろん、行きます! そっちには——」

「失礼、何回も悪いね。ぼくらの家の前の歩道は、二人が殺された現場なんで、今は人目につきやすい。こうしてくれないかな。十一番街三十四丁目駅から三十四丁目を東に向かって歩く。ぼくなら九十二歩だから、きみなら百二十歩くらいかな。そこまで来ると二つの建物の間に狭い小路がある。左側が荷下ろし場で、右側が製紙卸売業者だ。小路に入ったら、ぼくが突きあたりで待っていて、裏口からきみを入れる。わかったかい?」

「大丈夫です。三十分くらいかかるはずだけど」

「わかった、待ってるよ。ただし、ぼくがいなかったら、そこにいてくれ」

「はい。でも一つだけ、デイジー・ペリットの娘って——」

なにを言ってもだめだと宣言して、ぼくは電話を切った。大急ぎで階段に向かう途中で腕時計を確認したら、十一時五十二分だった。階段をおりきったところで、ぼくは足取りを普段どおりにして、なんでもないような顔で事務所に入っていったが、無駄な努力だった。L・A・シュワルツはいなくなっていた。ウルフは机に向かったまま、ビールを注いでいた。

「ビューラは『ガゼット』でペリットとぼくの写真を見たんです」と報告する。「裏口からここへ、三十分で来る予定です」

「見事だ」ウルフはビール瓶をおろした。「そのまま三階の南の部屋へ連れていくように。だれにも見られてはいけない」ぼくに向かって顔をしかめる。「けしからんな、ミス・ペイジを昼食に招待しなければならないようだ。座って、昨晩の出来事をすべて話してくれ」

「ぼくは関係ないんだと思いましたが。いつまた、関係したんです？」

「くだらん。報告を」

複雑な出来事を十年以上もウルフに報告してきたおかげで、ぼくは報告の達人になっていた。ただ、今回は時間が限られていたので、より集中する必要があった。ぼくはすべてを漏らさずにうまく片づけようとしたが、例によってウルフが質問を挟み、まだそれが終わらないうちに時計が十二時二十分を指し、ぼくは席をはずさなければならなくなった。厨房と裏口を抜けて、フリッツがチャイブやタラゴンやその他の野菜たちを育てている小さな専用の庭に出た。頑丈な板塀の扉を通ったが、視界からはずれることはないので、鍵はかけなかった。南隣の家のがらくたの山を避け、二十歩ほど進むと小路の入口に出た。だれもいない。が、それほど待ちはしなかった。二分も経たずに反対側に人影が現れて、小路を覗きこみ、こっちへ向かってきた。ただ、ビューラではなかった。例の法学生だったのだ。ビューラはそのすぐ後ろにいて、近づきながら前に出てきて、真っ先に口を開いた。

「モートンが一緒に来たけど、いいわよね？　一人では来させてくれなくて」

「いいもなにも、いるじゃないか」ぼくは不機嫌になった。「やあ」家に帰って勉強しろと口から出かかった。ただでさえ、充分ややこしい状況なのに。それでも、昨晩は熱烈に歓迎したのだし、家族の一員同然なのだから、うるさいことを言うのはやめておいた。

「足下に気をつけて」二人に声をかけ、ぼくは先に立ってがらくたの山を避け、戻りはじめた。板塀の扉を通過して鍵をかけ、地下から厨房へ、さらに二階上の南の部屋へ入った。同じ階、廊下を挟んだ向かいがぼくの部屋だ。南の部屋はしょっちゅう使われるわけではないが、決して無駄なわけではない。さまざまな機会に、米国国務長官から、三人の夫を毒殺して四人目を重体にした女まで、実にいろいろな人がその部屋で眠った。

ウルフは南の部屋の窓際に立っていた。ここには、座ればウルフと椅子の双方から苦情があがるような椅子しかないのだ。ウルフはウルフなりの会釈、十六分の十一インチ、頭を前に傾けた。

「ご機嫌いかがですか、ミス・ペイジ。モートンも。同行してきたのですか？」

「ええ、そうです」モートンは動じなかった。「これがどういうことなのか、知りたいんです。グッドウィンは自分の名前をスティーブンスと――」

「なるほど。違法ではないし、重大な犯罪でもない。まあ、たしかに異例ではありますが。ミス・ペイジは説明を求めて当然ですし、説明を受けます。あなたも説明を聞くことになるでしょう、あとでミス・ペイジから。グッドウィン君とわたしはミス・ペイジを屋上の植物室へ連れていき、わたしの蘭を見せて、話をします」ウルフは片手を振った。「この部屋には本や雑誌がありますし、事務所のほうがよければそちらへ行ってもかまいません」

モートンの顎の筋肉が緊張した。「ぼくとしては絶対に――」

「いや、議論は無用です」ウルフは冷たく断った。「この件はミス・ペイジにとって重要な関わりがあります。ですから、自分の判断の代わりに、ミス・ペイジの判断を採用するつもりはありません。三十分程度で戻ります。アーチー、フリッツに昼食のお客様が二人いると伝えてくれ、時間は一時ちょうどだ」

第十一章

ウルフは見栄っ張りであることを否定しようとしたことは一度もない。ただ、緊張状態の人を植物室へ連れていくとき、見栄を満足させているいると認めることはないいんじゃないかと思う。何気ないふりをしても、ウルフがわくわくしているときは見ればわかる。ビューラは期待に応えた。輝くようなカトレアの温室では見とれているだけのようだったが、デンドロビウムと胡蝶蘭にはすっかり心を奪われてしまった。棒立ちになり、口を開けたまま、ただただ目を見張っている。

「いつか」ウルフはいつものように感情を抑え、嬉しさを声に出さないようにしていた。「ぜひ、ここで一時間ほど過ごしてください。二時間でもかまいません。残念ながら、今は時間がないので」

ウルフはビューラを軽く押すようにして鉢植え室に案内し、蘭の世話係のセオドアには外で換気装置の点検をするようにと声をかけた。セオドアが出ていくと、ウルフは自分の椅子に座り、ビューラとぼくは腰掛けに座った。ウルフは前触れもなく切り出した。「あなたは子供ではありませんな、ミス・ペイジ。十九歳だ」

ビューラは頷いた。「ジョージア州なら、投票権があります」

「そのとおり。では、子供だましの言いかたをする必要はありませんな。枝葉末節は無視することにします。あとで、時間に余裕のあるときに話し合えばいい。例えば、グッドウィン君が昨日あなたをここへ誘い出すためにハロルド・スティーブンスという名前を使った理由などです。さて、仮定上の質問のなんたるかを知っていますかな?」

「もちろんです」

「では、そのような質問を一つ。次のことを想定してください。わたしを仲介人として、あなたのお父さんが大金をあなたに渡すよう手配した。お父さんはあなたに名乗りでられる状況になく、そうできる見こみもない。あなたの父親、及び母親の名前を教えるかどうかについては、完全にわたしの自由裁量とされた。状況的に、あなたが父親の名前を推測して正しい答えを導き出すのをやめさせるのは、非常に困難となるでしょう。今言ったことをすべて踏まえた上で、あなたに考えてもらうべきことがあります」


ウルフはビューラに指を向けた。「名前を教えてもらいたいですか、もらいたくないですか?」

「考えてみる必要はないです。教えてください」

「それは一時的な衝動だ」

「そうじゃない。なに言ってるの、一時的な衝動? わかってさえいたら、わたしがどんなに……何年間も……」ビューラは軽く体を震わせた。「教えてください」

「仮にあなたの父親が……有罪判決を受けたスリだったら?」

「どんな人でもかまわない! 知りたいの!」

「では、知るべきですな。あなたの父親、ペリット氏は昨晩亡くなりました」ウルフは頭を窓のほうへ傾けた。「そこの外、歩道上で」

「わかってたわ」ビューラの声は落ち着いていた。

「わかってた、ですと！」

が、実際のビューラは口ほどには落ち着いていなかった。両手をしっかり握り合わせ、息を急に呑みこみはじめて、何度も繰り返している。会話を再開しようともしなかった。ただ座っている。そして、すべての徴候が同じ結末を示していた。その結末は一分ほどで訪れた。細かく震えながら肩が上下したのがはじまりだった。次に頭を垂れ、両手で顔を覆い、お決まりの音が聞こえはじめた。

「なんということだ」ウルフはぞっとしたように呟き、立ちあがって出ていった。ビューラの泣き声が漏れるなか、すぐにエレベーターのドアが閉まる音がはっきり聞こえた。ぼくはただ座って待っていた。若い女性が泣きだしたときに、最適かつ一番効果的な行動なら、もちろんウルフよりよく承知している。それもそうか、とぼくは思った。ウルフよりずっと多く女性を見る機会があるのだから。

時間が過ぎていった。肩に優しく手を置いてやる頃合いかなと思ったとき、ビューラが顔をあげて堪えきれなくなったように言った。「一緒に出ていく礼儀くらい、心得てないの？」

ぼくは言い負かされたりしなかった。「心得てるさ」と礼儀正しく答える。「ただ、ぼくの話が聞ける程度に声が落ち着くのを待ってたんだよ。今の状態でモートンのいる部屋へ戻りたくないなら、同じ階の表側にぼくの部屋がある。鍵はかかっていないし、洗面所には鏡があるよ」

そう言い残して、ぼくは部屋を出た。植物室を出ていく途中で、セオドアに鉢植え室の有様を説明し、仕事をするなら他の場所でやったほうがいいと忠告しておいた。三階におりて、自分の部屋に寄り、洗面所の清潔なタオルや全体の様子などを確かめた。廊下に戻ったところ、南の部屋のドアが開いて、モートンが姿を現した。

「ミス・ペイジはどこだ？」モートンが追及する。「なにが起こってるんですか？」

「屋上で蘭を見てるよ」ぼくは歩きながら説明した。「落ち着けって。あと十分で昼食だ」

事務所におりていくと、机に向かったウルフはげんなりした顔をしていた。

ぼくは自分の机に近づいて、腰をおろした。「女性っていうのは、泣きながらすがる肩がほしいんですよ。ただ、婚約者が一つ屋根の下にいるわけですから、不適当だと思いまして。モートンは歩き回って――」

電話が鳴った。受話器をとると、一日中かかってくるんじゃないかと思っていた相手の声が聞こえた。クレイマー警視が話したがっていると伝えると、ウルフは自分の受話器をとった。ぼくもそのまま聞いていた。

「ネロ・ウルフです、クレイマー警視。調子はいかがですか?」

「結構だ。あんたは?」

「昼食直前のいつもの調子です。腹が減っている」

「そうか、楽しんでくれ。友人のよしみで、かけただけなんだよ。あんたは例によって正しかったって、言っておきたくてな。なにもかも自分一人で抱えこんで、ロークリッフにはどうでもいい情報、ペリットの娘がソルトレークシティで指名手配されてるってことを一つ教えただけだ。ワシントンの指紋ファイルであの女の記録を見つけた、まあ、とっくにお見通しだろうがね。あの女はペリットの娘なんかじゃなさそうだな。名前はアンジェリーナ・マーフィー。もちろん、別の名前も複数使ってた。言い渡されてた刑は十年ってとこだ。それを伝えたかっただけだが、あんたのほうでなにか付け加えることがあるかと訊いても悪くないと思ってな」

「いや。ないようだ」

「なにもない？　ペリットの依頼の内容もか？」

「なにもない」

「そうか、期待はしていなかったよ。昼食を楽しんでくれ」

ぼくは受話器を戻した。ウルフに向き直り、思い入れたっぷりにこう言った。「せめてもの慰めですよ、この世を去る前にあの台詞を聞けてね。警察の役に立つ情報をあなたが握ってることを知っていながら、クレイマーが昼食を楽しんでくれと言うだけなんて！　圧力もなし、悪態もなし、なんにもなし！　ここに顔を出そうともしないんですよ！　理由をわかってますか？　警視は信心深いんで、訪問は不適当だと思ってるんです！　今ここにいるべきなのは、臨終の人に最後の秘跡を施す司祭だけだと考えてるんですよ！」

「まさに、そのとおりだな」ウルフは認めた。「あれは事実上の弔辞だった。もし、わたしが感傷的な人間だったなら、ほろりとしていただろう。わたしが食事を楽しむかどうかに、クレイマー警視は今まで一度も、これっぽっちも興味を示したことはない。わたしはもう先が長くないと思っているのだ」

「ぼくも含めて」

「そう。もちろん、きみもだ」

「で、あなたの意見は？」

「わたしはまだ――」

また電話が鳴った。おおかた感傷的になりすぎたと考えたクレイマーだろうと思いながら、ぼくは応答した。電話の声はクレイマーと同じくらい聞き慣れていたが、クレイマーではなかった。「ソール・パンザーです」とウルフに声をかける。聞くなという合図がなかったので、そのまま通話に耳を傾けた。が、話は短くて、なんの足しにもならなかった。

「ソールか?」

「はい」

「昼食は済ませたか?」

「まだです」

「どれぐらいで、ここまで来られる?」

「八分から十分で」

「計画に一つ、二つ変更がある。状況によるものだが。思ったより早く、この家できみが必要になりそうだ。こっちで全員一緒に食事をとろう……ミス・ビューラ・ペイジ、モートン・シェイン君、アーチー、それにわたしだ」

「わかりました。たぶん、八分で」

第十二章

ウルフが昼食を楽しんだかどうかはともかく、ぼくは楽しまなかった。

もともと、かなり控えめに物事を考えるたちなのだが、あの日のぼくは人生で一番ひどい懐疑主義者になっていた。ウルフになにか計画があるなんて思えなかった。ソールが必要で、目的はちゃんとあるとかのさっきの通話は、完全なはったりだと思った。クレイマーがぼくらから手を引いたのは、密告者たちから必要なものを全部手に入れてしまったからなんだ。警察はいつだってそういう連中をどこで見つけられるか、ちゃんと把握している。警視にとってさえ、ウルフとぼくは悪い交際相手だと判断されたんだ。ウルフが昼食に来るようにソールに命じたのは、なにか楽しいお題を話す相手がほしかっただけにちがいない。ぼくはそう思っていた。

最後の考えは当たりだと判明した。賑やかな食卓ではなかった。モートンはよそよそしく、親しみのかけらさえ示さなかった。ビューラはさっき頬を濡らした痕跡はきれいにして、上の空ではないふりをしていたが、それほどうまくいっていなかった。ぼくはといえば、そのときは人間にとって座って飲み食いするのは苦行だと痛感していて、椅子に座っているために歯を食いしばらなければならなかった。歯を食いしばっていれば、食べ物を嚙むのもしゃべるのもあまりうまくできない。その結果、会話はもっぱらウルフとソールまかせになった。ソールは体に合わないスーツ姿で、例によってひげ剃りが必要な状態だったが、ぼくの知り合いのだれよりも、たいがいのことはうまくこなす。おしゃべりさえもだ。二人は蘭の発芽、肉不足、ルーズベルト関連の本、ワールドシリーズについて意見を交わしていた。

一時五十五分になると、ウルフは椅子を引いて、食事を急に終わらせなければならないのは申し訳ないが、来客の予定があると告げた。そして、ビューラとモートンは来たときと同じ方法で帰るのが一番いいだろう、と言った。

ビューラは帰るつもりはない、訊きたいことがある、と納得しなかった。客が帰るまで待つと言う。それならばと、ウルフはビューラに植物室に戻って待つように言い、残りたいのならモートンも一緒にと勧めた。

「そうします」ビューラは同意した。席を立って、食堂のドアへと向かう。「行きましょ、モートン」

しかし、法学生は動こうとしなかった。光の加減で黒縁眼鏡の奥の瞳が見えたが、一歩も譲りそうにない。声にも同じ頑固さがあった。「ここでの様子が気に入らないんです。昨晩の事件について、ミス・ペイジにどのような説明がなされたのか、わからない。その後、この家の前で起こった出来事についても。その上、ミス・ペイジに裏口からこっそり入ってくるように言うなんて。予定の来客とは、だれなんです?」

驚いたことに、ウルフは質問に答えてやった。「二人は」と説明する。「フェイビアンという男性です。もう一人はシュワルツという名前です。L・A・シュワルツ弁護士。法曹界の一員ですな」

ぼくにも初耳の情報だ。ぼくが事務所を出たあとで、シュワルツを招いたにちがいない。

「その二人は今回の件……ミス・ペイジの件に関係があるのですか?」モートンが追及する。

「ミス・ペイジには関係ありません。ミス・ペイジの件には関係があります」

「その二人に会いたい。立ち会わせてもらいます」

ビューラは賛成せず、はっきり反対意見を口にした。対してウルフは、ビューラの名前は話に出てこないだろうが、立ち会いたいのなら悪いという理由はない、と応じた。それで、決まった。ビューラは植物室へと階段をあがっていき、婚約者は残ったぼくらと一緒に事務所へ向かった。廊下を横切っているときにベルが鳴り、ぼくは応対に出た。

ガラスの覗き窓にかかっているカーテンの端を指でよけると、シュワルツだった。ぼくはドアを開けた。書類鞄を持ち、同じスーツに鼻眼鏡のシュワルツだったが、それでも別人のように変わっていた。朝には青ざめて血の気がなかったのに、今は赤らんでいる。さっきは気にならなかったが、今は嫌でも臭いが鼻につく。五万ドルのうちのいくらかを先払いで飲み屋に使ってきたようだ。臭いからして、ジンとラム、ライ・ウィスキー、ウォッカ、そしてテレビン油をちゃんぽんにしたらしい。が、シュワルツの調査は強制終了となった。コートをかけてやっているときにまたベルが鳴り、今回はもっと綿密でもっと長く調査が必要な相手が登場したのだ。

フェイビアンだった。

ボクシングの試合のリングサイドなどで、何度も見かけたことはあるが、一度も顔を合わせたことはない。顔を合わせたいと思ったことも一度もない。フェイビアンの身体的特徴で一番有名なのは、鼻がないとの情報だが、事実ではなかった。ちゃんと見れば、鼻は大きさも形もほぼ人並みだ。要するに、他の三つの顔のパーツ——口、耳、目——が注目を集め、鼻はないのも同然なのだった。

シュワルツは書類鞄を握りしめながら、コート掛けの前で凍りついたように突っ立ったままだった。

ぼくは丁寧に切り出した。「あなたがたお二人は――」

「シュワルツだな、おまえは」フェイビアンの声は相変わらずかすれていた。

「はい、フェイビアンさん」弁護士が慌てて答える。まともにしゃべれないほど、飲んではいないようだ。「覚えていらっしゃるかもしれませんが――」

「ああ」フェイビアンの頭がくるりとこちらを向いた。「おい、どっちだ?」

ぼくは前に出たが、また立ちどまった。廊下と表の応接室の境のドアが開き、ウルフが現れたのだ。丁重そのものの挨拶をする。「こんにちは、シュワルツ先生。事務所に行っておくつろぎください。すぐに参りますので」ウルフは言葉を切った。それを合図にシュワルツは、さっさと廊下を進んで事務所のドアへと向かった。ウルフは向きを変えた。「フェイビアンさんですか? はじめまして、ネロ・ウルフです」そして、片手を差し出した。フェイビアンは近づいて、握手をした。ウルフは続けた。「個人的なお話があるので、ちょっとこちらにお寄りいただけますか?」そして、応接室のドアへ戻る。

フェイビアンは動かず、ぼくへ目を向けた。この状況ではばかげた用心に思えたが、あえて指摘するのは遠慮して、ぼくはウルフに続いた。フェイビアンはぼくの後ろだ。フェイビアンが応接室に入り、ぼくはドアを閉めて事務所との境のドアにちらっと目をやり、閉まっていることを確認した。ドアはどちらも防音仕様になっている。

重さを計算すれば、ウルフはフェイビアンの二人分以上になるだろう。生き残るための能力を計算すれば、まったくの未知数だ。ウルフはどちらの計算にも関心がないようで、こう言っただけだった。

「フェイビアンさん、あなたにまつわる伝説の一部ですが、どこに行くにも肌身離さず武器を持っているそうで。今もお持ちですか?」

ぼくの見た限りでは、フェイビアンの目の表情は少しも変わらなかった。ただ、眉間に少ししわが刻まれた。聞き間違いじゃないかと思ったらしい。が、間違いないと判断したらしく、しわは消えた。

「ああ」フェイビアンは答えた。「文句あるのか?」

「いや、まったく。ただ、あなたを嘘つき呼ばわりするわけではないのですが、証拠を見せてもらえれば、より納得できるのですが。武器はどこに? すぐ手の届くところですか?」

「ああ」

「見せていただけませんか?」

「猿芝居か?」フェイビアンは言った。また、しわが現れている。「その気になりゃ、二十回も出し入れできたんだぞ。おれがここへ来たのは、あんたから保証を手に入れるためだ。あんたと、このグッドウィンは――」

「失礼」ウルフの口調は冷たく、きっぱりしていた。「事務所に行って、腰をおろしましょう。そちらの部屋にいるのは、弁護士のシュワルツ先生、法学生のシェイン君、わたしの仕事を手伝っているパンザー君です」ウルフは事務所へのドアに近づいて、開けていた。「こちらへどうぞ」

ぼくはウルフに続いた。裏社会のエチケットに従って、フェイビアンの前を歩いたわけだ。ウルフは事務所の中程で立ちどまり、それぞれの名前を紹介したが、握手はなかった。フェイビアンは右から左へ首を巡らせ、事務所内をじっくり観察して状況を確認し、本棚の一画を背にする椅子を選んだ。シュワルツは赤革の椅子。モートン・シェインはぼくの右手、事務所内にある手洗いの壁際、隅のほうにある長椅子に座っている。ソール・パンザーはシュワルツから六フィート向こう側、壁に背を向けた椅子だった。

ウルフは机の奥からぼくらを見渡し、フェイビアンに狙いを定めた。そして、ざっくばらんに話しはじめる。「まずはお詫び申し上げねばなりません。フェイビアンさん、あなたの時間を少々わたしのために割いていただくことになります。ここへ来ると約束をしてある以上、あなたの時間であることは承知しておりますし、先にあなたに話してもらうべきでした。しかし、これはわずかな――」

やかましい玄関のベルが鳴った。ウルフは話を続けていたが、ぼくが動こうとしないのに気づいて、ちらりと視線を送ってきた。ぼくは知らん顔でその視線を受けとめた。ウルフには相談せずに、ベルが鳴ったら応対するようフリッツに頼んであったのだ。状況が状況なので、ばたばた行ったり来たりするのはごめんだった。ドアにはチェーンをかけておくように言っておくべきだったと思う。ぼくが家にいる限り、指示がなければフリッツは決してチェーンをかけないのだ。が、フェイビアンが室内にいる以上、他にだれが来ようがたいしたことじゃないと潜在意識下で考えていたにちがいない。その結果、廊下からは物騒な音が聞こえてきた。人の声もする。フリッツがぼくを呼ぶ叫び声もした。

「アーチー！　アーチー！」

ぼくは立ちあがり、駆けつけようとしたが、門破りはフリッツをあっと言う間に突破したにちがいない。ぼくがまだ廊下に出るドアの十フィート手前の時点で、そいつは事務所に入ってきた。一目見て、ぼくは足を止め、息を詰めた。ぼくの心をよぎったのは、考えなんてものじゃなく、二つの事実、ただそれだけだった。一つはフェイビアン。もう一つが、サムズ・ミーカーだった。あんまり慌ててさがったので、ウルフの机の角にぶつかってしまった。そのまま寄りかかって、ぼくはまじろぎもせずに様子を窺った。フェイビアンは立ちあがり、さっきウルフが求めた証拠を提示していた。手のなかにあり、フェイビアンは肘を腰にあてて、前腕を伸ばしている。シュワルツは赤革の椅子からおりて、その陰で床に膝をついていた。

ミーカーとフェイビアンに関する限り、その場には二人きりしか存在しなかった。鋭い視線が合い、動かなくなる。フェイビアンの銃はしっかり固定されて狙いを定めてあった。目と同じだ。が、銃撃はなかった。ミーカーは両手を横におろしたままだった。

「手をあげたほうがいいな」フェイビアンの声のかすれ具合は、よくも悪くもなっていなかった。先に銃を構えている上に、的の大小でも有利だった。ミーカーは六フィートを余裕で超えているし、体重もたっぷり二百二十ポンドはありそうだ。

「今、ここで、どうこうするつもりはない」ミーカーの声は小さかった。

「どいつの差し金だ?」

「どいつでもない。用があって来た」

「両手をあげろ」

「やくたいもない!」ウルフは癇癪を起こしたが、四つの目はまるで動かない。ウルフは続けて言った。「不合理ではないか。あなたがた以外に、ここには五人の人間がいる。フェイビアンさん、あなたがこの男性を撃ったとして、それからどうするつもりなんです? わたしたち全員を撃ち殺す? 意味がわからん。同じ理屈が、お相手にもあてはまる」ウルフはそのお相手に声をかけた。「いったい、あなたはだれなんだ? どういうつもりだ、わたしの家にこんなふうに飛びこんでくるなんて」

それでぼくは緊張が解けた。そして、内心思った。いいさ、仮に終わりだとしたら……今日か明日か。少なくともこの世を去る前に、これだけは耳にした。この世を去る前に、フェイビアンが銃を構えている部屋に乱入してきたからと、ウルフがサムズ・ミーカーをこっぴどく叱りとばすのを聞くことができたんだ。ぼくはお返しをするべきだと感じた。で、教えた。「この人はミーカーさんです、ウルフさん。ミーカーさん、こちらがネロ・ウルフです」

「聞いただろ」ミーカーは独特の小さな声でフェイビアンに言った。「今ここで、やり合うつもりはない。こいつの言うとおりだ。おれは用があって、ここに来た」

フェイビアンはなにも言わなかった。腕を垂らしこそしなかったが、手は肘のあった位置までさがった。その手と銃がコートの脇ポケットに入り、そのままになった。

ウルフは問いただした。「ここへ用があって来た？　なんの用です？」

ミーカーは振り返り、フェイビアンから視線をはずした。その目がウルフを見据える。「こいつらはなんなんだ？」

「やはり用があってここにいるのです。あなたのご用件は？」

「やれやれ」ミーカーは笑みを浮かべた。その笑みはよく知れ渡っている。評判どおりだなと、ぼくは思った。「おおっぴらにできる話じゃなさそうだ。フェイビアンがいるしな。おれが引き下がったと思ってるかもしれないが、そうじゃねえ」ミーカーはまた向きを変えた。動作はさほど速くなかった。「引き下がりはしねえぞ、フェイビアン」

フェイビアンはなにも言わなかった。まだ立ったままだ。

「いい加減にしないか」ウルフは腹を立てていた。「用件は？」

ミーカーは再度振り返り、再度笑みを浮かべた。「おまえの子分がおれのためにペリットと娘を始末したとか、おまえが警察にたれこんだって話だが、本当かどうか知りたくてな」

「ちがう」

「連中はそう思ってるみたいだぞ」

「事実ではない」

ミーカーはまた笑みを浮かべた。浮かんだと思ったら、消える。「ほう」と付け加えた。「おれは嘘つきなのか」

「あなたが嘘つきかどうかは知らない。ただし、警察がそのような発言もしくはほのめかしをしたのなら、警察は嘘つきだ。あなたなら警察のやり口はちゃんと心得ていて、そんなくだらないことでここに駆けこんだりはしないと思っていたのですがね」

「たれこんじゃいないのか?」

「もちろんです」

ミーカーはぼくに目を向けた。ぼくは自分の机に戻っていた。「おまえがグッドウィンだな。どうなんだ?」

「言ってません」ぼくは答えた。「ぼくが無茶な鉄砲玉にみえますか?」

「ミーカーさん」ウルフは冷たく言葉を継いだ。「もう、ここにいるのですから、このまま残ったらいいでしょう。座ってください。わたしが話さなければならない内容に、きっと興味を持つでしょうから。あなたが入ってきたとき、わたしはこちらの人たちに、ペリット氏と娘を殺したのはだれか、その手口と理由を話すところだったのです。いやがうえにも興味がわくでしょうな、犯人はこの場にいるので」

ゴキブリの足音も聞こえたにちがいない。シュワルツは赤革の椅子に戻っていたが、もう二度と止まらないんじゃないかという勢いで瞬きをしている。モートンはソファーの端に座ったまま、両手を膝に置いている。ソール・パンザーは、ウルフとぼくがフェイビアンを迎え入れてから、指一本動かしていなかった。

フェイビアンはやはり立ったまま、しゃがれ声で言った。「そりゃ、聞き逃したくないな」

「おれもこの場にいるが」ミーカーが言った。

「そうですな。ですが、あなたではなかった。座りなさい。ちがう高さにある顔に向かって話をするのは好きではないので。あなたもです、フェイビアンさん」

サムズ・ミーカーは、ばつが悪くなったようだ。事務所には、フェイビアンのぶんを除いて、空いた椅子が三脚あった。ミーカーはその椅子を順繰りに眺め、戦略的に有利な席につこうとためらっていたが、全員の目が自分に向けられているのに気づいて癇に障ったらしく、一番手近な椅子に腰をおろした。その結果、フェイビアンには背を向ける格好になった。それで一件落着と、フェイビアンも腰をおろしたが、手はポケットから出てこなかった。

ウルフは椅子にもたれ、巨大な腹部の頂上で指先を合わせた。「第一に」と切り出す。「ペリット氏の娘について。警察は、昨晩殺害された若い女性がペリット氏の娘ではないことを把握しています。ただし、ペリット氏に実際娘がいたことは把握していない。わたしは知っています。娘がどこのだれかを知っています。ペリット氏が昨日、娘についてこの部屋で打ち明けてくれたからです。今この瞬間、お嬢さんは――」

「口に気をつけろよ」フェイビアンが言った。フェイビアンが口をきくたび必ず、咳払いをしてほしいと思ってしまう。

「失礼」ウルフは切り返した。「フェイビアンさん。この地球上のどんな力も、あなたが恃《たの》みとする原始的な力の類いであっても、このわたしがしかるべく話をするのを止められはしないでしょうな。あなたはわたしを撃ち殺すことができたが、その気はない。でしたら、口を挟まないでもらいましょう。ペリット氏の娘はまさに今、この家の屋上でわたしの蘭を眺めています。ペリット氏は――」

「嘘だ！」モートン・シェインが顎をあげ、きっぱり否定した。

「本人はそう思っていないようです」ウルフはモートンに目を向けた。「邪魔をするのはやめなさい。ペリット氏は彼女の権利をわたしにゆだねました、わたしはそれを守るつもりなのです。既にご存じのことを話して、時間を無駄にするつもりはありません。ペリット氏には娘がいて、その身元を敵にも身内にも隠し続けていたことは知っていますね。一年半前、ミーカーさんがその存在を知って、見つけだそうとしていることに、ペリット氏は気づいた。そこで、一計を案じたのです。ペリット氏はソルトレークシティに行き、マーフィーという名の若い女性、逃亡犯をニューヨークに呼び寄せ、娘として一緒に暮らすよう手を回した」

「口に気をつけろ」フェイビアンが言った。

「ばかなことを言わないでいただきたい、フェイビアンさん。こうした事情を、警察はすべて把握しているのです。手配は整い、ミス・マーフィーはニューヨークに来て、ミス・ヴァイオレット・ペリットとなった。が、ほどなくして、ミス・マーフィーは契約を破った。金を要求するようになったのです。払わなければ、事情を暴露すると脅し、金額は増えていきました。ペリット氏は支払った。そして、一昨日の日曜の夜、要求額は五万ドルになった。我慢の限界を超えたペリット氏は、助けを求めてここへ来た。そして、わたしに、いや、わたしとグッドウィン君に事情を説明したわけだが、それ自体は嘘偽りのない内容だったと思われます。ただし、ペリット氏はすべてを話したわけではなかった。ミス・マーフィーがなんらかの方法で、本当の娘の身元や境遇、所在を突きとめたことは話さなかった。ペリット氏は把握していたはずです。いずれにしても、わたしは論理的に推理した結果、そのことを把握しています」

ウルフはいったん言葉を切って、息を継ぎ、続けた。「ペリット氏は娘に関することすべてに特別な関心があり、もう一点、ほぼ確実に知っていたと思われるのですが、わたしに話さなかったことがある。ミス・マーフィーは西部のはずれにいたとき、若い男性に入れこんでいた。もしくは男性が、あるいは相思相愛だったのかもしれません。その男がニューヨークに来た。時期はわかりませんが、おそらくミス・マーフィーがペリット氏に金を要求しはじめた頃でしょう。たぶん、その直前。そして、その男とミス・マーフィーは……交際を再開した。その若い男は、ミス・マーフィーからペリット氏の娘の身元を聞き、自分で一仕事やってみることにした。ミス・マーフィーには内緒で、彼はペリット氏の娘と知り合いになり、友情を深め、結婚を申しこみ、まんまと受け入れさせた。彼は法学生のふりをする教養と度胸を持ち合わせていた。いや、それどころか、彼の度胸は際限がなかった。わざわざ偽名を使うこともなかったのです。当初は二つの世界はかけ離れていて、結びつけられることはないと踏んでいたのでしょう。あとになって悔やんだとしても、名前を変えるには手遅れだった。いずれにしろ、彼はペリット氏の娘と婚約した。本名、モートン・シェインとして」

「嘘だ」モートンがもう一度言った。さっきほど大きな声ではないが、すごみは増した。

「いずれ反論の機会はあります、シェインさん」ウルフは視線を巡らせた。「先ほども言ったとおり、ペリット氏がシェインさんの動きを把握していなかったとは思えないが、わたしには一言も話さなかった。わたしの考えでは、シェインさんは一番多額の遺産を手に入れるには、長い目で見れば偽の娘ではなく実の娘のほうがいいと計算したのでしょう。また、ペリット氏はシェインさんの行動を知っていたが、ミス・マーフィーは知らなかったのだと思います。さもなければ、一騒ぎ起きていたでしょうから。さらに、わたしの推測では、ペリット氏がシェインさんの尻尾をつかんだのはごく最近なのでしょう。シェインさんは邪魔されることなく、計画を進めていたのでね。もう一つ、わたしの推測では、ペリット氏がシェインさんの一件をおくびにも出さなかった理由は、自分で対応できるとの確信があったからでしょう。そう、ペリット氏なりの方法で」

「そっちの推測では」モートンは鼻で笑った。

ウルフは頷いた。「たしかに。今話した仮定や推測は単なる枝葉であり、本当に必要なのではない」ウルフはモートンに目を向けたままだった。「これまでの話の唯一の目的は、質問に答えを出すためです。なぜなのか？　なぜ、あなたはミス・マーフィーとペリット氏を射殺したのか？　娘との婚約が成立し、障害物を取り除くため、二人を排除するため、それだけのことか？　可能性はあるが、わたしはそうは思わない。なにかが起こっていた可能性が、より高い。あなたはなんらかのきわめて危険な脅威に気づいた。さらにもう一つの推測だが――」

モートンが立ちあがった。「全部取り消すことになるぞ、デブの嘘つき野郎め。ぼくは帰る」

フェイビアンが立ちあがった。

ミーカーが立ちあがった。

モートン・シェインは一歩も動かなかった。

フェイビアンが訊いた。「他にもあるのか？」

「証拠にすぎませんが」ウルフは答えながらも、目はモートンをとらえたままだった。「昨晩、ペリット氏の娘とこちらの若者はわたしたちと一緒に食事をしました。一度か二度、妙だなと思うような発言がありましてね。ほんの些細な、微妙な違和感のようなものでしたが、試してみるのは簡単でした。シェインさんは最終学年の法学生という話だった。そこで、私犯の起草について学んだかと尋ねたのです。すると、既習だと答えました。私犯は行為であり、文書ではない。法学生ならだれでも知っていることです。強盗を起草することができないのと同様に、私犯を起草することなどできない。それで決着がついた。わたしは自分の料理人にシェインさんのワイングラスを保存させ、帰ったあとで、パンザー君に連絡し、いろいろ手配をしました。そのうちの一つの収穫として、ＦＢＩとその指紋記録により、シェインさんの素性と前歴が明らかになりました。別の手配により、昨夜、パンザー君はペリット氏の娘の居住するアパートの前でシェイン氏を発見し、尾行を……」

モートンはやはり、たいした度胸だった。片手が蠅を狙う蛙のように尻ポケットに伸びた。実際に銃も出した。フェイビアンの一発目がはずれたせいだ。さらにモートンは引き金まで引いたが、弾は漆喰にあたっただけだった。もう一度引き金を引いたときには、ソファーへとはね飛ばされた。そのときは、ミーカーも撃っていたんだと思うが、ぼくには理由はわからない。ただ、あとにも先にも一度きりということが起こった。フェイビアンとサムズ・ミーカーが同じ標的に向かって、銃を撃っていたのだ。モートンがソファーから床へとずり落ちた。それきりだった。

第十三章

六日後のまた月曜日、ウルフは六時に植物室からおりてきて、なんとか体を机の奥の椅子に収め、ブザーを鳴らしてビールを頼んだ。

ぼくはタイプライターから顔をあげて、話しかけた。「夕刊によれば、地方検事はミーカーとフェイビアンを不起訴にしたそうです。人には正当防衛の権利があるし、目撃者は全員シェインが先に撃ったと証言しているので」

「きわめて妥当だ」ウルフはぼそぼそと言った。

「たしかに。ただ、それで思い出したことがあるんです。これまで、あなたは説明を拒否してきましたね。はっきり言っておきますが、あの晩ソールがシェインを尾行していたなんて話、ぼくは信じてません。七十八丁目までは絶対に尾行していなかったし、もっとあと、やつが盗んだタクシーに乗ってこの家の前を通ったときもです。シェインに間違いなく銃に手をかけさせるには、それしかないと知っていたから、話を付け足したんでしょう」

「きわめて不当だ。ただの推測にすぎない」

「ぼくはその推測がお気に入りなんです。もう一つ。今思えば、あなたにはたしかに計画があったんです。二時にシュワルツをこの家へ呼んだのは、あなたがフェイビアンになにを言ったかを、部下であるぼく以外に証明する人間が必要だったからだ。シェインについてたっぷり話すつもりだったんでしょう、フェイビアンには。全部かもしれませんね。だけど、そんな程度じゃ、殺人教唆で起訴されることはない。あなたならやりかねません。ぼくらに嫌疑をかけさせない、それだけのためにね。シェインが二件の殺人を犯したという証拠は持っていなかった。そのときは、シェインが凶器の銃を持ち歩くほどのばかだなんて、知らなかったんだ。あなたにはフェイビアンがシェインを始末するとわかってた。そうなれば、あなたの被後見人は、あなたの承認しない相手と結婚しない。ビューラがシェインに夢中で、過去を知っても受け入れるんじゃないかと危機感を持ったんだ。殺人罪を証明できませんでしたから。実際のところは、ぼくと会ったあと、ビューラにとってシェインはすっかり影が薄くなっていたんですが」

「うるさい。わたしは読書がしたい」

「わかりました。では、あと一時間程度で。ビューラと一緒にシェインがここへ乗りこんできて、事務所の話し合いに参加すると言い張ったので、あなたはすぐに即興で行動しはじめた。フェイビアンとソールとぼくが揃っていれば、あなたが撃ち殺される前にだれかがやつを撃ち殺すはずだと計算したんです。ところで、騒ぎに気をとられて、ソールが撃つところを全然見ていなかったんですが、シェインの心臓のど真ん中を撃ち抜いて背骨にあたった弾は、ソールのでしたね。ミーカーまで現れたときも、あなたはさほど問題はないと考えたんでしょう。そんな考えは、あなたの計算のたしかさより、楽観主義をはっきり示していますよ。そういう筋書きを描いていたと知ってたら、五対十二で、シェインが息の根を止められる前にあなたが撃たれるほうに賭けていたでしょうね。最低でも体のどこかにあたったと思います。ぼくはやつが実際に人を撃つところを見ていましたから。薄暗い街灯のもと、車の窓からだったのに」

ウルフはため息をついた。「どうやら、きみは言いたいことをすべて吐き出してしまわなければならないようだな」

「そうです。で、今日こそ、その日なんですよ。肉の流通統制も昨夜解除されたし、なにを心配することがあるんです？　そうは言っても、ぼくもいたぶられる覚悟はできてますよ。こんなことになった原因の一つは、ぼくにあるんですから。ヴァイオレットは息を引きとる直前、ぼくが横で膝をついていたときに、『私怨よ、私怨！』と言ったと説明しましたよね。もちろん、そうじゃなかった。ヴァイオレットが言ったのは、『シェインよ、シェイン！』だったんです。ぼくのへまです。今後はもっと丁寧に耳を洗うようにします。さあ、話してくれるでしょうね、あなたは知っていたと――」

電話が鳴った。ぼくがとって、営業用の応答をすると、声が聞こえた。

「ハロルド・スティーブンスさんをお願いしたいんですけど」

「席をはずしております」ぼくは丁寧に答えた。「自分の健康のため、セントラル・パークに行ってしまいました。他のものでは？」

「忙しくなければ、あなたでも大丈夫かも。金曜日、書類にサインするために出向いたとき、あなたは忙しくて車で送るとも言わなかったわよね。ハロルド・スティーブンスはいつも車で送ってくれたんだけど」

「そりゃそうだよ。ハロルドは金儲けに夢中だったんだ。金目当てだったんだよ。ぼくは金持ちの女性は遠慮したいね、財産狙いじゃないもんで。特に問題があったかな？」

「いえ、なにも。ただ、どこで夕食をとろうかと迷ってて。このあたりのレストランはどこもうんざりだし、それに――」

「もういいよ。きみの気持ちはよくわかる。きみは一人で食事をする羽目にならないといいなと思ってたんだろう。ぼくは一緒に食事をする予定の相手と食事をする羽目にならないといいなと思ってたんだよ。〈リベイロズ〉で七時に待ち合わせ。五十二丁目、レキシントン・アベニューの東、ダウンタウン側だよ。わかった？」

「わかったけど、そんなつもりじゃ――」

「もちろん、そのつもりだったさ。ぼくもそうだ。バーにいるよ。きみがちゃんとダンスに行けるようになるには、あと二、三年はかかりそうだけど、他にいろいろやってみよう。どこかで、座って健康の話をしても……ああ、いや、それはハロルドだったな。七時でいいね？」

「大丈夫」

ぼくは電話を切って、ウルフに言った。「いいですよ。どうぞ、読書をしてください。ぼくは三階に行って、シャツを替えてきます。あなたの新しい被後見人と食事をするので。ただし、ぼくが彼女との結婚を考えてるなんて、早合点しないでくださいよ。自分のせいで、またフェイビアンとサムズ・ミーカーをここに引っ張りこむのはごめんですからね」

ウルフとアーチーの肖像

ネロ・ウルフの人物像

身長五フィート十一インチ。体重二百七十二ポンド。年齢五十六歳。濃い茶色の豊かな髪で、白髪はほとんどなく、分けずに右向きになでつけている。右手でブラシをかけるせいだ。濃い茶色の目はごく普通の大きさだが、たいがい半分閉じているので、小さくみえる。話している相手をいつもまっすぐに見つめる。額が広い。頭と顔は大きいが、体全体のバランスをみると、それほど大きくはみえない。耳は小さめ。少し鷲鼻で、長くて細い。口はよく動き、次々と形を変える。突き出したときは唇が厚いが、緊張しているときは薄く引きのばされて長い線になる。頬は豊かだが、ふくらんでいるわけではない。頬骨の高い部分が真正面からみえる。食事のあとは血色がいいが、だれかと渡り合って六時間も緊張した時間を過ごすと、夜遅くには象牙のように顔が白くなる。食事のとき以外の呼吸は、音をたてず穏やかだ。食事中は大量の空気を吸って、大きく吐き出す。がっちりした肩は決してさがっていることがない。立っているときがあれば、まっすぐに立つ。毎日ひげを剃る。右の顎の骨のすぐ上、顎と耳との中間点に、小さな茶色のほくろがある。

アーチー・グッドウィンの人物像

身長六フィート。体重百八十ポンド。年齢三十二歳。髪の色は濃くはなく、明るめだが、赤毛とまではいかない。二週間ごとに短めに散髪し、全体を後ろにまっすぐ流すが、いつも立ちあがり気味だ。

ひげ剃りは週に四回だが、なにかと口実を見つけては週三回しか剃らない。顔だちは整っていて、パーツも申し分なく端麗だが、鼻だけが例外。映画俳優になるような災いを、鼻のせいでかろうじて逃れている。獅子っ鼻とはいえず、おかしな格好をしているわけではないが、幾分短く、小鼻が張っていて、先端が骨の先まで勝手に伸びている。かなり目につくし、それだけではっきりした存在感がある。瞳は灰色で、好奇心にあふれ、すばやく動く。体つきも動きもスポーツマンタイプ。姿勢はいいが、ウルフに出しゃばりだと繰り返し批判されている結果、無意識のうちに肩が若干丸くなっている。

一九四九年九月十五日　レックス・スタウトのメモより

訳者あとがき

わたしがネロ・ウルフと出会った最初の作品は、父の本棚に並んでいた『世界短編傑作集5』（江戸川乱歩編、創元推理文庫）の田中小実昌訳「証拠のかわりに」（1946）でした。父親の影響で、シャーロック・ホームズやエルキュール・ポアロ、ファイロ・ヴァンスものはひととおり読み、名探偵に少々食傷気味だった時期に読んだ思い出の一作です。古い本独特の埃っぽいにおいを気にしながら、さほど期待せずに読みだしたのですが、まあまあ、このウルフという探偵のかっこわるいことときたら。それに引き替え、他の作家の作品ではポンコツ扱いの助手のかっこいいことときたら。とはいえ、あくまでも名探偵と名探偵の頭脳に振り回される助手の立場は崩さない意外性と、田中小実昌のすばらしい翻訳に、わたしはすっかり夢中になってしまいました。そこで、他の名探偵同様、短編集を読もうと張り切って探したのですが、これが見つからない。早川書房から長編が数冊出ていましたが、『ソーンダイク博士』や『隅の老人』のような短編集は存在せず、別々の傑作集に単品として収録されているだけだったのです。ないとわかると余計に読みたくなるのが人情で、いつかは思い切りウルフの短編に浸ってみたいと夢みていました。

翻訳という仕事に携わってからは、スタウトの原書を少しずつ集めては読んで楽しんでいましたが（ウルフものの原型となるような短編とも出会いました）、ウルフの短編集を出せたらとの思いがいつも頭にありました。あるとき思い切って田中小実昌ファンという元・論創社編集部の今井佑氏に訳した短編を読んでみてもらえないかと持ちかけたところ、オーケーの返事をもらって、さらに短編集出版の案も実現する幸運に恵まれました。あのネロ・ウルフと思う存分付き合えると思うと、嬉しさと同時にプレッシャーを感じたものです。

はじめて読んだ「証拠のかわりに」の印象が強かったせいか、その後他の訳者による既訳作品を読んでも、わたしの頭のなかでウルフの名前は田中訳の〝ニーロ・ウルフ〟に変換され、クレイマー警視は〝クレイマー警部〟でした（クレイマー警視は原書ではInspector Cramerなのですが、調べたところ、ニューヨーク市警でのInspectorは日本の警視にあたるようなので、今回は思い切って変更しました）。ウルフの名前のNeroはネロ表記が一般的だったので、この本でもしかたなく（？）ネロにしました。が、悩んだのが、アーチーの一人称です。ファンにも訳者にも「ぼく」派と「わたし」派がいます。最初の田中小実昌訳では「ぼく」だったのですが、ここは一から考えようと、日本人の男性俳優がどのような一人称を使うのか、気をつけて聞いてみることにしました。特に、アーチーをやるのにふさわしい年代の俳優さんのインタビューなどをよく見ました。結果は「ぼく」が圧倒的に多かったのです。かなり年配の俳優さんまでほぼ「ぼく」だったので、アーチーも「ぼく」が自然だろうと決めました。読者の皆さんは「ぼく」派でしょうか、「わたし」派でしょうか？　余談ですが、そう決めたあとで、アーチー役をやってもらうならこの人がいいな、と自分では考えていた俳優さんがインタビューで「わたし」の一人称を使っていて、ちょっとショックでした。

スタウトは文章の作法には口うるさい作家だったようですが、必ずしもネロ・ウルフをシリーズものと考えていなかったらしく、細かい数字や場所などにはかなり適当なところもありました。今回収録した話にも残念ながら細かい矛盾点が散見されます。まずウルフの自宅の住所ですが、西三十五丁目までは変更ありませんが、番地は作品によって異なります。ときどき出てくる電話番号はもちろん一定しません。クレイマー警視の所属も西署だったり南署だったり（転勤したのかもしれませんが、どちらも実在しない部署のようです）。ただ、一番気になるのはウルフの城、西三十五丁目の自宅の描写です。時代の流れによってラジオがテレビになったりなどの変化があるのは当然なのですが（名探偵コナンも登場したての頃は公衆電話を使っていましたが、今ではスマホですね）、変えようがないはずの階段の段数がちがったり、家の間取りの描写に矛盾があったりします。その他、事務所内の絵が変わったり、玄関の覗き窓がマジックミラーになったり、いろいろ細かい変更点もあります。今回三巻通じて載せたウルフの家の間取り図ですが、すべての矛盾点を解決する完璧な図は絶対にできないものの、やはり図があるとわかりやすいとのことで、できるだけ多くの話に矛盾なく、なおかつ読者の参考になるような形でと掲載したのですが、ご了解いただければ幸いです。

家のなかの細かい変更などは、本来作品を時系列で紹介していくと読者の皆様にもご理解いただきやすかったのかもしれませんが、今回はわりと初期に属する『グッドウィン少佐編』が三冊目となってしまいました。スタウトによるウルフの中短編は全部で四十一作品あり、そのうち、今回の傑作集には全部で十作品が選ばれていますが、その理由について少しご説明させていただきます。また「証拠のかわりに」に戻りますが、そのなかにアーチーのある台詞がありました。「ぼくだって少佐にまではなったのに」。この作品のアーチーは退役したばかりでしたが、いつもどおりに自由で無鉄砲でどこか悪戯小僧の雰囲気が感じられます。そんなアーチーが少佐だったとは！　わたしにとってはちょっとした驚きで、どういう軍人だったのだろうかと、不思議でしかたがありませんでしたが、なんと軍隊時代を描いた短編があったではありませんか。実際に読んでみると、軍人とはいえ、やはりアーチーはアーチーで、やんちゃぶりは健在で一安心でした。これはぜひ一冊にまとめたいと思ったのが、傑作集のそもそものきっかけです。ですから、まず、『アーチー・グッドウィン少佐編』が一冊出るはずだったのです。それが、ウルフファンのためにもう二冊との嬉しい話になり、選定作業というこれまた嬉しい仕事が増えました。いや、いろいろ考えました。例えば、『ネロ・ウルフの災難：外出編』、『アーチー女難編』、『～が多すぎる編』（長編には代表作「料理長が多すぎる」（1938）はじめ『～が多すぎる』という作品が複数あります）など。ただ、最初の短編集でもあり、はじめてウルフの作品を読む読者にも楽しんでもらえるように、ウルフの基本を知らなければ楽しみが減ってしまう『外出編』と『女難編』は今回見合わせ、また、「探偵が多すぎる」（1956）のような、ぜひ入れたかったものの翻訳権の関係で断念となった作品も除いて、あまり番外編的な要素を持つ話ではなく基本中の基本を入れようという方向になりました。そこで選ばれたのが短編「黒い蘭」（1942）です。これを読めば、ウルフとアーチーの人となり、ウルフの奇癖、警察のレギュラー陣など、ひととおり定番がわかります。ということで、文句なしに一巻目の第一作に採用となりました。また、ウルフといえば〈蘭〉、〈美食〉、〈美女〉は欠かせないと、一集につき三作品の収録との条件のもとで、選んでいきました。そのうち

1942年に刊行された『黒い蘭』の原書初刊本。

美女はほぼ登場するので、実際には一集目の大テーマが蘭、二集目の大テーマが美食となりました。ただし、ページ数の都合とテーマの都合で、本来カップリング作品の「黒い蘭」と「ようこそ、死のパーティーへ」（1942）が分かれて収録となったことが、今でも少し心残りです。一巻の「献花無用」（1948）は美食もの、「ニセモノは殺人のはじまり」（1961）は既訳なしの美女もの（個人的にハッティー・アニスが大好きで、たとえぼさぼさの白髪頭でも彼女は美しいと思います）、二巻の「翼の生えた銃」（1949）は本格もの、「ダズル・ダン殺人事件」（1951）はまた美女もの、として収録が決定しましたが、おかげで年代的には順不同となってしまいました。ウルフの短編はどれもそれなりの出来なのですが、なかには同じ話の焼き直しがあったり（例えば「ニセモノは殺人のはじまり」ですが、ほぼ同じ内容の作品があり、そちらではハッティー・アニスが殺され、タミー・バクスターが事件解決に一役買っています）、後出しじゃんけんのようなトリックや訳者泣かせの話もあります。皆さんにウルフとひととおりお知り合いになっていただいた今回、いつか『外出編』や『女難編』、その他秀作もご紹介できればと願っています。

ウルフは改めて考えてみると八十年近く前の作品です。ただ、ウルフやアーチーなど登場人物の個性が作品の大きな魅力となっているせいか、思ったほど古くささは感じないと思います。それでも、ニューヨーク市に路面電車が走っていたり、地名がちがっていたり、ニュースが映画館で放映されていたりする描写を見つけると、改めて時代を感じます。

今回のおまけはスタウト自身によるネロ・ウルフとアーチー・グッドウィンのラフスケッチです。

読者には自分自身のウルフとアーチー像を造っていただきたいと思い、あえて最終巻での掲載としました。実際には合わない描写（アーチーの鼻は本人の自慢だったりします）もありますが、いかがでしょうか？　西三十五丁目の家同様、アーチーもたばこをやめたり、お酒からミルクに好みが変わったり、時の流れで変化しているようです。漫画などで頭のなかで声ができてしまい、アニメ化のとき戸惑うことがありますが、二人は二巻にイラストも出ていますし、それほど違和感はないのではないかと思います。

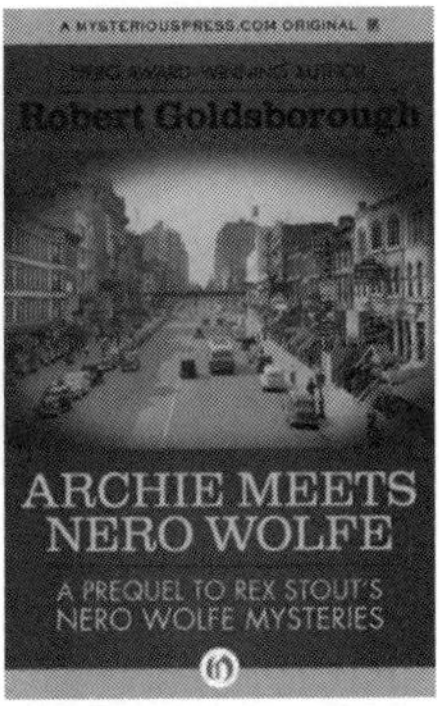

2012年に刊行されたRobert Goldsboroughの“Archie Meets Nero Wolf”（右）。1934年に刊行された『毒蛇』の原書初刊本（左）。

アーチーとウルフの名コンビはたまに首にされたり、辞職したりなどの出来事こそあれ、結局はいつもなんとなく仲直りをして、ずっと名探偵とその助手という関係が続いています。大変残念なのですが、スタウト自身はウルフとアーチーの出会いの場面を描いていません。最初の長編「毒蛇」（1934）に、出会ったときのことがちょっと触れられていますが、具体的なエピソードはないのです。ただし、贋作ウルフものを書いているRobert Goldsboroughに〝Archie Meets Nero Wolfe〟という作品があり、そこではオハイオからニューヨークへ出てきたばかりの十九歳のアーチーが、誘拐事件絡みでニューヨーク一の名探偵ネロ・ウルフと出会い、やがて雇われることになっています。最初に会ったとき、ウルフが「手を動かさずにぼくの首を切りとれただろうというような気がした」（「毒蛇」より）とのアーチーの台詞から想像したエピソードよりあっさりでしたが、このGoldsboroughはネロ賞を受けた作家だけあって、十九歳のアーチーが難解な〝ウルフ語〟を理解できずに困るエピソードなど、スタウト作品の雰囲気を壊さず、なかなかの出来映えでした。

その他のレギュラーメンバーについても少し紹介しておきましょう。

ウルフの家の住人はウルフとアーチー以外に、フリッツ・ブレンナーとセオドア・ホルストマンがいます。フリッツはフランス語圏のスイス出身、言わずと知れた天才シェフで、各所から引き抜きの声がかかりますが、ずっとウルフに忠実で、アーチーよりも長くウルフと一緒に住んでいます。フリッツは家政監督も兼ねているので、インフルエンザにかかって寝込んだときは、ウルフたちは大変な苦労を味わっていました。気むずかしい老ホルストマンは、屋上に住み込んだり通いだったりしますが、蘭を愛することとウルフ以上で、ウルフさえ叱りとばすことがあるようです。それでも、アーチーからみれば、ウルフを甘やかしているそうです。

クレイマー警視（ファースト・ネームははっきりしません）は、赤ら顔でいつも怒鳴っていますが、誠実でまじめな警察官です。ウルフとは長い付き合いで、ときには対立したり、ときには協力しあったり、お互いにそれなりの敬意を抱きつつ、信頼関係を築いています。パーリー・ステビンズ巡査部長は、アーチーにいつもからかわれている強面警官です。たしかに頭の回転が早いわけではありませんが、職務に忠実で力仕事をよく担当します。ロークリッフ警部補は（ファースト・ネームはジョージのようですが、はっきりしません）アーチーと本当に犬猿の仲の警官です。アーチーは天国か地獄に行くかを決めるとき、「ロークリッフと反対に行き先を決める」と公言しています。

アーチーの仲間たち、フリーランスの探偵の代表は、ソール・パンザーです。鼻が大きいとよく紹介されますが、小柄でいつもだらしのない格好をしていて、本人は人の記憶には残りづらい人物の一方、一度ちらりとでも見かけた人の顔は決して忘れない特技を持ち、臨機応変で頼りがいがあり、アーチーも認めるすばらしい探偵です。フレッド・ダーキンは、太って気のいい探偵で、イタリア人の奥さんの尻に敷かれています。オリー・キャザーは、おしゃれで小才が利くタイプです。

今回の傑作選では、あまり登場しませんでしたが、マルコ・ヴクチッチはウルフの子供時代からの親友で、今のウルフからは信じられませんが、故郷のモンテネグロでは山で一緒にトンボを追いかけ、マルコ、ネロと呼びあう仲です（ウルフをファーストネームで呼ぶ人はほとんどいません）。ウルフにとって幸いなことに、マルコも世界で指折りのシェフで、ニューヨークに〈ラスターマン〉という高級レストランを所有しており、味にうるさいウルフの数少ない外食先です。女癖がちょっと悪く、おかげで面倒に巻きこまれたりもしますが、ウルフの信頼は篤く、三十五丁目の家が長期間空き家になった際には管理を任されていました。その後、マルコは長編「黒い山」（1954）で殺されてしまうのですが、ウルフは見事に仇を討っています。

ロン・コーエンは『ガゼット』新聞の記者で、アーチーの情報収集元です。最初の頃は名前が出ず、『クーリエ』のビル・プラットだったりします。そういえば、やがてナサニエル・パーカーで定着するウルフのお抱え弁護士も、最初はどういうわけかヘンリー・ジョージ・パーカーになっています。スタウトの勘違いでしょうか。別人（親子とか）かもしれませんが、はっきりしません。

ここでぜひ触れておきたいのが、傑作選の登場人物一覧で名前は出ていたものの、この『アーチー・グッドウィン少佐編』で初登場となったリリー・ローワンです。「死にそこねた死体」（1942）で

シリーズ第6長編「シーザーの埋葬」に描かれたリリー・ローワン。“The American Magazine”1938年12月号より（画：Ronald McLeod）

ちょっと言及されていましたが、このリリー・ローワンは長編「シーザーの埋葬」（1939）ではじめて登場します。ウルフとアーチーは共進会に蘭を出品するため外出するのですが、アーチーの運転する車が立木に衝突し、助けを求めに入ったところが運悪く牛の放牧場でした。巨大な雄牛に追いかけられて命からがら柵の外へ逃げたアーチーを皮肉で迎えたのが、リリー・ローワンです（その見事な逃げっぷりから、リリーは闘牛士エスカミーリョというあだ名をアーチーにつけました）。アーチーはたいていの事件で若い女性と知り合いになり、デートに出かけることも珍しくないのですが、ほぼそのとき限りです。例外がこのリリー・ローワンで、「シーザーの埋葬」の他にも何度か登場したり、名前が出たりします。また、アーチーがある女性と結婚宣言をして（嘘でしたが）、ウルフが右往左往する「クリスマス・パーティー」（1957）という楽しい短編では、アーチーを思いとどまらせようとするウルフが、「ミス・ローワンはどうするんだ？」と問い詰めているところからして、ウルフ公認のアーチーの本命のようです。リリーは父親の遺産を受け継いで〈リッツ・ホテル〉に住むほどの大金持ちで、ダンスの上手なすばらしい金髪美人です。当然ものすごくもてるのですが、なかなかのおてんばで無鉄砲、遊び上手で結婚願望はなく、昔気質のお上品な人々からは魔性の女と敵視されています。無一文から成りあがった父親がいたせいか、世間を斜めからみるところがあり、頭のいい皮肉やなのです。こういうふうに書くとアーチーとは好一対のようですが、これまた結婚する気のないアーチーは女性には例外なく愛想がいいくせに、リリーだけは自分の感情を計りかねているのか、距離を保とうとしています。とはいえ、事件でへこんだりすると、リリーに会いにいったりするのですが。ただし、この二人が実際にどういう仲なのかははっきりせず、これまた読者の想像まかせのようです。

死にそこねた死体（Not Quite Dead Enough）

第二次世界大戦勃発によりアーチーは入隊し、合衆国陸軍情報部で少佐として日々精力的に活動していました。ところが、ウルフに軍の仕事をさせろとの命令を受け、アーチーが二ヶ月ぶりに家に帰ってみると、なんとウルフは歩兵となるためダイエットと歩行訓練の真っ最中。折しも旧知のリリー・ローワンが知り合いの娘の悩みごとをウルフに解決させてほしいと話を持ちこみ、アーチーは一計を案じます。

なんといっても、あの美食に人生を捧げたウルフがダイエットに挑戦というのですから、まさに狂気の沙汰で、それだけで一読に値します。リリー・ローワンの持ちこんだ事件は思いもよらない悲劇的な展開をみせますが、正気（？）を取り戻したウルフが犯人を捕まえるのが救いです。

ブービートラップ（Booby Trap）

ウルフはアーチーとの協力を条件に軍情報部からの仕事を無償で請け負うことになりました。ある日、二人が軍情報部に到着したちょうどそのとき、新型手榴弾が爆発して大佐が死亡します。事故か、それとも、殺人か。手榴弾のことを知っていたのはごく限られた人々で、調べていくうちに事件の裏には軍の大規模な汚職が絡んでいたことがわかってきました。謎めいた女軍曹ブルースに、珍しくアーチーが振り回されます。アーチーに負けない機転の持ち主であるこの美女の正体は？　戦争という国家の非常時、軍にはびこる腐敗をウルフは一掃できるのか？　グッドウィン少佐の仕事ぶりが垣間見られ、もちろん、軍人でもアーチーはアーチーのままですが、厳しい軍隊生活に苦労している様子が伝わってきます。

急募、身代わり《ターゲット》（Help Wanted, Male）

脅迫状を受けとって怯える依頼人イェンセンを、ウルフは手の打ちようがないと言ってにべもなく追い返します。その後、イェンセンは脅迫状にあったとおりに殺害され、驚いたことにウルフにもまったく同じ脅迫状が送られてきました。一通目の脅迫状が実行された以上、二通目も実行に移される可能性が高い。追い詰められたウルフは、自分が生きていれば殺人犯を捕まえられるからと、自分と身体的特徴が一致する男性の求人広告を出し、身代わりに仕立てようともくろみます。事務所に陣どるのはもちろん、アーチーに連れられて、これ見よがしにウルフの数少ない外出先を訪ねていく身代わり《ターゲット》。ウルフは身代わりを餌に犯人をおびきだし、事務所と平穏な生活を取り戻せるのでしょうか？

この世を去る前に（Before I Die）

戦争の影響で肉の流通規制が続き、ウルフの苛立ちは募る一方。そんなとき、〈闇市の王〉と異名をとる、裏社会の大立て者ペリットが依頼を持ちこみます。助手に戻っていたアーチーは、ギャングの争いに巻きこまれては一大事と必死で断ろうとしますが、ウルフは肉ほしさに娘からの脅迫をやめさせるという依頼を勝手に引き受けます。が、その娘もペリットも銃撃で死亡し、ウルフはペリットの本当の娘の後見と保護を担うことに。その後、ウルフの事務所ではペリットの手下と敵対組織のボスが鉢合わせて、一触即発の状態になります。まさにアーチーが怖れたとおりの事態ですが、事件を解決しない限り、ギャングの抗争の泥沼からは到底抜け出せそうにありません。日本人にはちょっとわかりづらいトリックかも（訳がまずいのかも）しれませんが、読者の皆さんは、見抜けたでしょうか。

アーチーと犯人の銃撃戦を描いた挿絵。"The American Magazine" 1947年4月号より（画：Stanley Ekman）

最後になりましたが、本書の出版にあたっては大勢のかたがたにご協力をいただきました。三巻に及ぶウルフの短編集を出すことを決めてくださった今井佑氏はじめ論創社の皆様、翻訳権の確認から細かい点まで念を入れてアドバイスをしてくださったアメコミ通の編集担当の黒田明氏、ウルフの世界の一端をすてきな絵にしてくださった佐久間真氏、ウルフの家の間取り図作成に協力してくださったフレックスアートの加藤靖司氏、そして、ウルフを楽しんでくださった読者の皆様に心から感謝申し上げます。

〈ネロ・ウルフ〉シリーズ著書一覧

1. Fer-De-Lance　長編　一九三四年出版
2. The League of Frightened Men　長編　一九三五年出版
3. The Rubber Band　長編　一九三六年出版
4. The Red Box　長編　一九三七年出版
5. Too Many Cooks　長編　一九三八年出版
6. Some Buried Ceasar　長編　一九三九年出版
7. Over My Dead Body　長編　一九四〇年出版
8. Where There's a Will　長編　一九四〇年出版
9. Black Orchids　中短編集　一九四二年出版 "Black Orchids" "Cordially Invited to Meet Death" 収録
10. Not Quite Dead Enough　中短編集　一九四四年出版 "Not Quite Dead Enough" "Booby Trap" 収録
11. The Silent Speaker　長編　一九四六年出版
12. Too Many Women　長編　一九四七年出版
13. And Be a Villain　長編　一九四八年出版
14. The Second Confession　長編　一九四九年出版
15. Trouble in Triplicate　中短編集　一九四九年出版 "Help Wanted Male" "Instead of Evidence"

"Before I Die" 収録
16. In the Best Families　長編　一九五〇年出版
17. Three Doors to Death　中短編集　一九五〇年出版 "Man Alive" "Omit Flowers" "Door to Death" 収録
18. Murder by the Book　長編一九五一年出版
19. Curtains for Three　中短編集　一九五一年出版 "Bullet for One" "The Gun with Wings" "Disguise for Murder" 収録
20. Prisoner's Base　長編　一九五二年出版
21. Triple Jeopardy　中短編集　一九五二年出版 "The Cop-Killer" "The Squirt and the Monkey" "Home to Roost" 収録
22. The Golden Spiders　長編　一九五三年出版
23. The Black Mountain　長編　一九五四年出版
24. Three Men Out　中短編集　一九五四年出版 "This Won't Kill You" "Invitation to Murder" "The Zero Clue" 収録
25. Before Midnight　長編　一九五五年出版
26. Might as Well Be Dead　長編　一九五六年出版
27. Three Witnesses　中短編集　一九五六年出版 "When a Man Murders" "Die Like a Dog" "The Next Witness" 収録
28. Three for the Chair　中短編集　一九五七年出版 "Immune to Murder" "A Window for Death"

“Too Many Detectives” 収録
29. And Four to Go　中短編集　一九五八年出版 “Christmas Party” “Easter Parade” “Forth Of July Picnic” “Murder is No Joke” 収録
30. If Death Ever Slept　長編　一九五七年出版
31. Champagne for One　長編　一九五八年出版
32. Plot it Yourself　長編　一九五九年出版
33. Too Many Clients　長編　一九六〇年出版
34. Three at Wolfe's Door　中短編集　一九六〇年出版 “Poison à La Carte” “Method Three for Murder” “The Rodeo Murder” 収録
35. The Final Deduction　長編　一九六一年出版
36. Gambit　長編　一九六二年出版
37. Homicide Trinity　中短編集　一九六二年出版 “Eeny Meeny Murder Mo” “Counterfeit for Murder” “Death of a Demon” 収録
38. The Mother Hunt　長編　一九六三年出版
39. A Right to Die　長編　一九六四年出版
40. Trio for Blunt Instruments　中短編集　一九六四年出版 “Kill Now-Pay Later” “Murder Is Corny” “Blood Will Tell” 収録
41. The Doorbell Rang　長編　一九六五年出版
42. Death of a Doxy　長編　一九六六年出版

43. The Father Hunt　長編　一九六八年出版
44. Death of a Dude　長編　一九六九年出版
45. Please Pass the Guilt　長編　一九七三年出版
46. A Family Affair　長編　一九七五年出版
47. Death Times Three　中短編集　一九八五年出版 "Frame-Up for Murder" "Assault on a Brownstone" "Bitter End" 収録

※一九七五年十月二十七日、レックス・スタウト死去。Death Times Three は没後出版。本リストは、*Stout Fellow : A Guide Through Nero Wolfe's World*（O.E.McBride 著）を参考にした。

〔訳者〕
鬼頭玲子（きとう・れいこ）
藤女子大学文学部英文学科卒業。インターカレッジ札幌在籍。札幌市在住。訳書に『アプルビイズ・エンド』、『四十面相クリークの事件簿』、『黒い蘭　ネロ・ウルフの事件簿』など（いずれも論創社）など。

ネロ・ウルフの事件簿《じけんぼ》　アーチー・グッドウィン少佐編《しょうさへん》
——論創海外ミステリ 182

2016年10月25日　初版第1刷印刷
2016年10月30日　初版第1刷発行

著　者　レックス・スタウト
訳　者　鬼頭玲子
装　画　佐久間真人
装　丁　宗利淳一
発行所　論 創 社
〒101-0051 東京都千代田区神田神保町2-23 北井ビル
電話 03-3264-5254　振替口座 00160-1-155266

印刷・製本　中央精版印刷
組版　フレックスアート

ISBN978-4-8460-1563-3